सुभाष-एमिली

*नेताजी **सुभाष चंद्र बोस**, उनकी ऑस्ट्रियन मूल की पत्नी **एमिली शेंकल** और बेटी **अनिता** की ज़िंदगियों का **अनावृत्त दस्तावेज़ी सच**!*

सुभाष-एमिली

अधूरे प्रेम की पूरी कहानी

राजगोपाल सिंह वर्मा

हिन्द युग्म

ISBN: 978-81-19555-09-3

प्रकाशक :
हिंद युग्म
सी-31, सेक्टर-20, नोएडा (उ.प्र.)-201301
फ़ोन- +91-120-4374046

मुद्रक : विकास कम्प्यूटर ऐंड प्रिंटर्स, दिल्ली
कला-निर्देशन : विजेन्द्र एस विज

पहला संस्करण : जुलाई 2025
मूल्य : ₹399

Subhash-Emilie
by Raj Gopal Singh Verma

Published By
Hind Yugm
C-31, Sector-20, Noida (UP)-201301
Phone- +91-120-4374046
Email- sampadak@hindyugm.com
Website- www.hindyugm.com

First Edition: Jul 2025
Price: ₹399

‘मैं तुम्हारे अंदर की औरत को प्यार करता हूँ,
तुम्हारी आत्मा से प्यार करता हूँ।
तुम पहली औरत हो जिससे मैंने प्यार किया है।’

—*सुभाष चंद्र बोस*

समर्पित

पं. जवाहरलाल नेहरू को—
जिन्होंने कथित राजनीतिक असहमतियों के बावजूद सुभाष चंद्र बोस और एमिली शेंकल के विवाह का यथोचित सम्मान किया; और एमिली शेंकल तथा बेटी अनिता शेंकल बोस के साथ चुनौतीपूर्ण परिस्थितियों में एक अभिभावक की तरह दृढ़ता से खड़े रहे।

‘मुझे नहीं मालूम कि भविष्य में क्या लिखा है; यह कि मेरा पूरा जीवन जेल में बीते, मुझे गोली मार दी जाए या मुझे फाँसी पर लटका दिया जाए। हो सकता है मैं तुम्हें कभी देख नहीं पाऊँ या यह भी हो सकता है कि कभी पत्र नहीं लिख सकूँगा। लेकिन भरोसा करो, तुम हमेशा मेरे दिल में रहोगी, मेरी सोच और सपनों में रहोगी। अगर हम इस जीवन में नहीं मिले तो अगले जीवन में मैं तुम्हारे साथ रहूँगा।’

—सुभाष चंद्र बोस,
एमिली शेंकल को लिखे एक पत्र में

‘प्रेम मेरे लिए वास्तविकता की एक ज़रूरी प्रकृति है। प्रेम इस ब्रह्मांड का सार है और यही मानव जीवन का ज़रूरी सिद्धांत है... मैं अपने चारों तरफ़ प्रेम का खेल देखता हूँ, मैं इसमें भी वही सहज भाव पाता हूँ; मुझे महसूस होता है कि मुझे स्वयं को पूर्णता प्रदान करने के लिए प्रेम करना चाहिए और मैं इसलिए प्रेम करता हूँ कि जीवन का पुनर्निर्माण करने के लिए मुझे प्रेम की ज़रूरत है।’

—सुभाष चंद्र बोस,
एक पत्र में

युवावस्था में एमिली शेंकल

सुभाष चंद्र बोस और एमिली शेंकल

एमिली शेंकल बेटी अनिता के साथ

Hindusthan Standard

CALCUTTA—FRIDAY, AUGUST 24, 1945.

MR. SUBHAS CHANDRA BOSE DEAD

SUCCUMBS TO INJURY FROM AIR CRASH

ANNOUNCEMENT BY JAP NEWS AGENCY

LONDON, AUG. 23.—The death of Mr. Subhas Chandra Bose is announced today by the Japanese News Agency.

The Agency added that Mr. Bose died in a Japanese hospital from injuries received in an air crash.

A LIFE SKETCH

NEHRU CAUTIONS BRITAIN

CONCERN OVER INDIAN NATIONAL ARMY

"IT WOULD BE TRAGEDY IF THEIR PRECIOUS LIVES PERISH"

HUNGRY & EXPLOITED INDIA A TEST CASE FOR BRITISH LABOUR

"CHURCHILLS OF COLONIAL POWERS PLOTTING

कथित हवाई दुर्घटना की ख़बर, जैसा कि कलकत्ता के एक समाचारपत्र में प्रकाशित हुई

प्रस्तावना

यह कथा देश के एक बहुचर्चित और स्नेहिल क्रांतिकारी की प्रेम कहानी से अपने असामान्य प्रारब्ध को पहुँची स्थिति का दस्तावेज़ी बखान है।

यह भारत के स्वतंत्रता संग्राम के उस जुनूनी सेनानी की प्रेम कहानी है; जिसके न केवल विचार बौद्धिक रूप से क्रांतिकारी थे, बल्कि कार्य करने की शैलियाँ भी दुस्साहसी थीं। एक विचारशील तथा सामाजिक-आर्थिक रूप से समृद्ध परिवार में जन्मे इस युवक ने पराधीन देश की सर्वोच्च प्रशासनिक सेवा- इंडियन सिविल सर्विस में प्रतिभा और प्रतिस्पर्धा के आधार पर मिली अपनी नियुक्ति को अस्वीकार कर ब्रिटिश शासन के विरुद्ध जनचेतना जागृत करने का मार्ग अपनाया था। वह रास्ता कई तरह की अनिश्चितताओं और दुश्वारियों से भरा था : परंतु उन्होंने हार कब मानी थी! मध्यम मार्ग से अतिवाद तक का उनका सफ़र और एक राजनेता-लेखक से क्रांतिकारी योद्धा तक की उनकी यात्रा रोमांचकारी थी। उनका लक्ष्य एक ही था- देश के लिए पूर्ण स्वतंत्रता की प्राप्ति। इसी लक्ष्य को लेकर स्वास्थ्यगत समस्याओं और विपरीत राजनीतिक परिस्थितियों से जूझते हुए उनको भी आकर्षित किया एक ऑस्ट्रियन युवती ने, जो उनकी इस अनोखी यात्रा की सहयोगी बनी।

इस दृष्टि से यह एक युगल की मात्र आम रूमानियत भरी प्रेम कथा मात्र नहीं है, यह आज़ादी के संघर्ष के महानायक क्रांतिकारी सुभाष चंद्र बोस की प्रेम कहानी है। ये प्रेमल अनुभूतियाँ उस प्रेम की भावनाओं का विस्तार थीं जिसे उन दोनों प्रेमियों ने परतंत्रता की स्थिति से स्वतंत्र भारत की तरफ़ बढ़ते संक्रमण काल को मूर्त रूप में परिवर्तित होने के स्वप्न के साकार होने की अनुभूतियों के रूप में देखा था। वह स्त्री जिससे सुभाष बाबू को प्रेम हो गया, एक विदेशी होते हुए भी प्रेमी के अपने देश के लिए किए जा रहे संघर्षों में उनकी साथी थी, उनका संबल थी। इन प्रेम संबंधों के पत्रों से झाँकती यह कथा उन्हीं चुनौतीपूर्ण परिस्थितियों का

दस्तावेज़ है, जिनसे तपकर हमें स्वतंत्रता की राह मिली।

सुभाष बाबू एमिली शेंकल के प्रेम में कैसे पड़े, उस शालीन युवती ने उन्हें कैसे प्रभावित किया, उन दोनों की रासायनिकी कैसी थी, किन मुद्दों पर अक्सर चर्चा हुआ करती थी—वह सब जानने के बाद नेताजी सुभाष चंद्र बोस और एमिली के एक दूसरे के प्रति समर्पण की भावना के प्रति नतमस्तक हुए बिना नहीं रहा जाता। एमिली ने भी स्वयं को सुभाष बाबू की अनुभूतियों, नीतियों और कार्यकलापों के साथ जिस प्रतिबद्ध भाव से जोड़ा और क़दम-क़दम पर सहयोग किया, यह कथा रोमांचक है। यह पुस्तक नेताजी के इस अल्प-ज्ञात पक्ष, उनकी कोमल अनुभूतियों, प्रेम और आकर्षण का एक प्रामाणिक दस्तावेज़ है।

सुभाष बाबू ने एमिली को 30 मार्च 1936 को एक लंबे पत्र में अन्य बातों के अलावा लिखा था :

'अपनी ज़िंदगी में किसी भी स्वार्थी उद्देश्य या लक्ष्य पाने की प्रार्थना मत करना। हमेशा उस बात के लिए प्रार्थना करना जो मानवता के लिए अच्छी हो और जो हमेशा, हर हाल में अच्छी बात कहलाए, जो ईश्वर की निगाह में अच्छा हो, ऐसे निष्काम भाव से काम करना।'

एमिली की स्वीकारोक्ति थी कि सुभाष चंद्र बोस उसे हमेशा कहा करते थे :

'भारत मेरा पहला प्रेम है, और वही मेरा एकमात्र प्रेम है।'

बाद के वर्षों में नेताजी की गुमनामी से उपजी जटिलताओं के बावजूद एक आम परिवार से वास्ता रखने वाली एमिली ने जिस आत्मनिर्भरता, सम्मान और गरिमा से अपने जीवन का उत्तरकाल जिया, बेटी की परवरिश की, सुभाष बाबू की स्मृतियों को सहेजकर रखा, वह कम प्रशंसनीय नहीं है। एमिली निजता पसंद करती थीं और इन संबंधों की धरोहर को सहेजने में उन्होंने जिस धैर्य और समर्पण का परिचय दिया, वह स्थिति अद्भुत रही थी। उनकी और सुभाष बाबू की आख़िरी मुलाक़ात फ़रवरी 1943 में दर्ज है, जब बेटी अनिता कुछ ही माह की रही थी।

इन दस्तावेज़ों से हमें यह भी समझने एवं विश्लेषण करने का अवसर मिलता है कि सुभाष बाबू जैसे उस पीढ़ी के लोगों ने कैसे अपनी निजी और भौतिक इच्छाओं को दरकिनार कर, सब सुख-सुविधाओं को त्याग कर देश सेवा का प्रण लिया था। सुभाष बाबू कितने मितव्ययी थे और एमिली को भी ऐसी ही सलाह दिया करते थे, यह उनके बीच हुए पत्राचार से आसानी से समझा जा सकता है। सुभाष

बाबू का स्वास्थ्य ठीक नहीं रहता था। वह विएना गए ही स्वास्थ्य लाभ के लिए थे लेकिन वहाँ रहकर भी उन्होंने भारत के स्वतंत्रता आंदोलन पर महत्त्वपूर्ण किताब लिखी और अपनी मुहिम के लिए ज़रूरी लोगों का साथ हासिल किया। इस तथ्य की झलक भी इन पत्रों में मिलती है कि कई तरह की स्वास्थ्य संबंधी समस्याओं से जूझने के बावजूद उन्होंने अपने चेहरे पर न कोई शिकन आने दी और न अपनी प्रतिबद्धता में संशय की भावना को फटकने दिया। वह लगातार और दृढ़ भाव से देश की स्वतंत्रता प्राप्ति के अपने उद्देश्य पर केंद्रित रहे। प्रेमिका-सह पत्नी एमिली ने भी उसी भावना से उनका साथ दिया।

इस पुस्तक के पहले अध्याय में, हम तब के समय की कहानी से अभी तक की स्थिति से रूबरू होते हैं, जब सुभाष बाबू की तथाकथित हवाई जहाज़ दुर्घटना में मृत्यु का समाचार मिला था। वह तथाकथित दुर्घटना हमेशा संशय के रूप में देखी जाती रही है। उनके निकट रहे कुछ लोगों ने भी इस बात पर विश्वास नहीं किया कि इस हादसे के परिणामस्वरूप नेताजी हम लोगों के बीच नहीं रहे थे। आज तक इस विषय पर कोई सर्वमान्य अंतिम निर्णय नहीं लिया जा सका है कि वह प्लेन क्रैश में मारे गए थे या गुमनामी में जीवित रहे। सरकारें भी इस संबंध में निश्चित निर्णय लेने में पूरी तरह कामयाब नहीं हो सकीं। फिर भी जाँच आयोगों की संस्तुतियों के आधार पर यह मान लिया गया कि संभवतः नेताजी उस हवाई दुर्घटना में अवसान को प्राप्त हो गए थे। पर यह पड़ताल करना इस किताब का विषय नहीं है।

सुभाष बाबू के पश्चात का वह समय एमिली शेंकल के लिए कैसा दुष्कर रहा होगा, इसकी मात्र कल्पना ही की जा सकती है। चूँकि सुभाष बाबू ने अपने प्रेम संबंधों और विवाह के विषय में अपने जीवन काल में किसी से चर्चा नहीं की थी, इसलिए यह स्थापित करना और भी कठिन था कि एमिली से सुभाष चंद्र बोस का औपचारिक रूप से विवाह हुआ भी था ? और क्या बेटी अनिता नेताजी की ही संतान है ? लेकिन सत्य को आँच नहीं होती। अंततः इन संबंधों का सच सुस्थापित हुआ और भारत सरकार ने तत्कालीन प्रधानमंत्री जवाहरलाल नेहरू सहित अन्य लोगों ने उनकी पत्नी तथा बेटी को नेताजी की पत्नी तथा बेटी के रूप में मान्यता दी और उनकी देख-रेख की व्यवस्थाएँ करने की ज़िम्मेदारी ली।

कतिपय निहित स्वार्थी लोगों और वर्गों द्वारा समय-समय पर एमिली शेंकल की पृष्ठभूमि और उनके सुभाष बाबू के साथ हुए विवाह पर विवाद खड़े किए

जाते रहे, पर भारत सरकार के पास इस संबंध में पुष्ट प्रमाण थे। सुभाष बाबू, एमिली का विवाह और उनकी बेटी का जन्म एक सुस्थापित तथ्य बना, जिसे बाद में जानकारी मिलने पर न केवल सुभाष चंद्र बोस के परिवार ने मान्यता दी, बल्कि सरकार ने भी स्वीकार किया। प्रधानमंत्री जवाहरलाल नेहरू ने उन्हें ज़रूरी सहायता करने की पेशकश की पहल की और उनकी पत्नी तथा बेटी के प्रति नियमित रूप से इस प्रतिबद्धता का निर्वहन भी किया। हर महीने नियमित रूप से एमिली को एक सम्मानजनक धनराशि भेजी जाती रही, जिससे वह बेटी का बेहतर ढंग से पालन-पोषण कर सकीं। इस उद्देश्य के लिए ₹ दो लाख की धनराशि का एक फ़ंड बनाया गया था, जिसके ब्याज़ की राशि से एमिली को यह मदद भेजी जाती थी। यह धनराशि सरकार के कोष से उपलब्ध न कराकर, इसे भारतीय राष्ट्रीय कांग्रेस के आईएनए कोष से दिया गया था। बेटी अनिता के भारत भ्रमण पर प्रधानमंत्री नेहरू ने उन्हें अपना व्यक्तिगत आतिथ्य प्रदान किया था।

भारत से लगाव बनाए रखने वाली, आत्मनिर्भर और निजता पसंद करने वाली सुभाष बाबू की पत्नी एमिली शेंकल जब तक जीवित रहीं, उन्होंने शालीन और गरिमापूर्ण ढंग से जीवन जिया। उनका सन् 1996 में निधन हो गया। जर्मनी में रह रही उनकी बेटी, अनिता बोस पफ़, जो विश्वविद्यालय से अर्थशास्त्र के प्रोफ़ेसर पद से सेवानिवृत्त हुईं, आज भी अपने पिता और माँ की स्मृतियों को जीवंत बनाए रखती हैं।

आशा है कि इस पुस्तक से लोगों को अपने प्रिय नेता सुभाष बाबू की कोमल अनुभूतियों, उनके प्रेमल स्वभाव की जानकारी तो मिलेगी ही, यह भी पता चल सकेगा कि दृढ़ निश्चय के साथ विपरीत परिस्थितियों में उन्होंने किस तरह से देश की आज़ादी के संघर्ष को जारी रखा। उस कालखंड की ऐसी कुछ विशिष्ट और अल्प-चर्चित जानकारियाँ जानना रोमांचक है जिन्हें सुभाष बाबू ने अपनी पत्नी से समय-समय पर साझा किया था।

यह पुस्तक मूल रूप से सरकारी अभिलेखों, नेताजी सुभाष चंद्र बोस शोध संस्थान के प्रकाशनों, विभिन्न संस्थाओं, समाचारपत्रों और पत्रिकाओं में प्रकाशित रिपोर्टों, शोधपत्रों तथा प्रामाणिक अभिलेखकीय सूचनाओं पर आधारित है। सुभाष चंद्र बोस और एमिली शेंकल तथा अन्य परिजनों के पत्र-व्यवहार को शिशिर कुमार बोस तथा सुगत बोस ने संपादित किया था। एमिली शेंकल ने इन निजी पत्रों को जनता की आँखों के सामने लाने की अनुमति प्रदान की थी। तदनुसार ही, यह कार्य

सुनिश्चित किया गया और इनका विवरण उपलब्ध हो सका है। भारत सरकार द्वारा नेताजी के हवाई दुर्घटना से बाद के सरकारी पत्राचार वर्तमान सरकार द्वारा सन् 2016 में लिए गए निर्णय के अनुसार अ-वर्गीकृत/पब्लिक डोमेन के लिए मुक्त कर दिए गए थे, जिससे इस विषय में तथ्यात्मक जानकारी और प्रामाणिकता के साथ घटनाक्रम अधिकृत रूप से उपलब्ध हो सका। यह मूल पत्रव्यवहार मुख्य रूप से अँग्रेज़ी, बांग्ला अथवा जर्मन भाषा में है, पर कहीं-कहीं हिंदी का भी उपयोग किया गया है। अनुवाद करने में थोड़ी भाषायी/भाव की त्रुटि की संभावना हो सकती है, यद्यपि इस हेतु पूरी सतर्कता बरती गई है।

प्रयास यह किया गया है कि पुस्तक की विषय-वस्तु और प्रामाणिक घटनाक्रम को उसी रूप में न्यूनतम टिप्पणियों के साथ पाठकों के समक्ष रखा जाए, ताकि मुख्य रूप से पाठक स्वयं उपलब्ध सूचनाओं के आधार पर अपने सुविचारित निष्कर्ष निकाल सकें, उस प्रेमल स्थिति और उससे उपजी स्थितियों को विश्लेषित कर सकें। ज़रूरी अभिलेखों के संपादन में भी यह ध्यान रखा गया है कि उससे घटनाक्रम की तथ्यात्मकता और प्रामाणिकता प्रभावित न हो। नेताजी के इस पहलू के विश्लेषण के आरंभ में प्रथम दृष्टि में कई विसंगतियाँ और संशय दिखते हैं, पर धीरे-धीरे वह कुहासा छँटने लगता है और सब कुछ पारदर्शी रूप में सामने आकर हमें परिस्थितियों को समझने में मदद करता है।

इस किताब के लिखने से तात्कालिक राजनीतिक-सामाजिक स्थितियों को प्रभावित करने में महत्त्वपूर्ण लोगों के व्यक्तित्व की प्रखरता बेहतर रूप से सामने आई है। उनमें भारत के प्रथम प्रधानमंत्री जवाहरलाल नेहरू का नाम प्रमुख रहा है। इस पूरे प्रकरण को प्रधानमंत्री नेहरू ने जिस शालीनता, अविवादित और संवेदनशील ढंग से संभाला, वह हमें आश्वस्त करता है। वास्तव में ऐसी कोई कड़ी नहीं है जिसे मिलाकर हम इस मामले में जवाहरलाल नेहरू की किसी भूमिका को संशय और प्रश्नचिह्न के रूप में ले सकें। जानकारी मिलने के बाद आरंभिक रूप से और अपने जीते-जी वह मज़बूती से उन परिस्थितियों और चुनौतियों का मुक़ाबला करते रहे जिनसे श्रीमती एमिली बोस शेंकल और बेटी अनिता गुज़र रही थीं। उन्होंने हर अवसर पर श्रीमती बोस का साथ दिया, उनकी चिंता की और ज़रूरी सहायता मुहैया कराई। यह तथ्य संबंधित समय के 'गोपनीय' और 'परम गोपनीय' पत्रावलियों के गहन अध्ययन से स्पष्ट होते हैं। वह अलग बात है कि सन् 1929 तक नेहरू-सुभाष के संबंधों में कांग्रेस दल के आर्थिक विचारों पर

प्रगाढ़ता और आधुनिक बोध की भावना अध्यक्ष पद पर चुनाव को लेकर उसी वर्ष के कांग्रेस अधिवेशन के सत्र में छितरा गई थी। बोस तत्काल स्वतंत्रता प्राप्ति के पक्षधर थे, जबकि नेहरू इसे अंतिम लक्ष्य के रूप में देखते थे। इसके बावजूद नेताजी के मन में गाँधी या नेहरू के प्रति ऐसा कोई आक्रोश अथवा पूर्वाग्रह नहीं दिखता जिसको लेकर सुभाष बाबू ने एमिली से पत्र-व्यवहार में लिखा हो, जिनसे वह अपने मन की सारी बातें साझा किया करते थे। यह स्वयं सुभाष बाबू के व्यक्तित्व की उदारता और प्रभावशीलता थी।

नेताजी सुभाष चंद्र बोस और एमिली शेंकल के प्रेमल संबंधों, उनके विवाह और उससे एक बेटी के जन्म की बात उनके प्लेन क्रैश होने के काफ़ी समय बाद सामने आई। इसके लिए कई परिस्थितियाँ ज़िम्मेदार थीं, जिनका इस पुस्तक में यथास्थान वर्णन किया गया है, पर वस्तुस्थिति यह थी कि यह जानकारी एक रहस्योद्घाटन की तरह थी, जिसपर भारत में नेताजी के परिवार, यहाँ के लोगों और समाज के विभिन्न वर्गों में मिश्रित प्रतिक्रिया हुई। स्वाभाविक रूप से यह ज़िम्मेदारी एमिली की थी कि वह अपनी विश्वसनीयता प्रमाणित करे, जो उसने की भी। एमिली ने अंत तक किसी संपत्ति और क्षतिपूर्ति की धनराशि के लिए अपना कोई दावा प्रस्तुत नहीं किया। हाँ, वह बेटी के भविष्य को अवश्य सुरक्षित करना चाहती थीं और इस हेतु जो उचित धनराशि उनको भारत सरकार से मिली, वह उन्होंने सहज रूप से स्वीकार की। ये सब जानकारियाँ पुस्तक के विभिन्न हिस्सों में क्रमिक रूप से दर्शित हैं।

—राजगोपाल सिंह वर्मा

पता कैसे चला था : एक पृष्ठभूमि

'क्या आप जानते हैं कि नेताजी सुभाष चंद्र बोस की पत्नी और बेटी जर्मनी में रह रही हैं? क्या सरकार उनको भारत बुलाने की इच्छा रखती है?'

प्रधानमंत्री पत्रकारों के प्रश्नों के उत्तर दे रहे थे। एक पत्रकार ने अपना होमवर्क पूरा कर भारत के तत्कालीन प्रधानमंत्री जवाहरलाल नेहरू से एक प्रेस कॉन्फ्रेंस में यह प्रश्न किया था। यह प्रधानमंत्री के लिए भी ख़बर थी। इस प्रश्न से अचकचाए नेहरू ने कहा : मुझे ऐसी कोई पुख़्ता जानकारी नहीं है कि नेताजी की कोई पत्नी और बेटी जर्मनी में हैं। मैं निश्चित रूप से पता लगाऊँगा और यदि ऐसा है तो उनके लिए ज़रूरी व्यवस्था कराने की ज़िम्मेदारी भारत सरकार की है।

यह कोरा वादा न था। बात महत्त्वपूर्ण थी, इसलिए नेहरू ने इस विषय में गहन छानबीन करने और वास्तविक स्थिति[1] पता लगाने के आदेश दिए। प्रश्न नेताजी की विरासत का भी था : तो इस विषय पर देश भर में चर्चा होने लगी। आरंभिक रूप से सुभाष चंद्र बोस के बड़े भाई शरत चंद्र बोस, जो अपने भाई सुभाष बाबू के सबसे निकट थे, ने भी इस विषय पर अनभिज्ञता प्रकट करते हुए कहा था : मैं इस विषय में कुछ नहीं जानता। मुझे संशय है कि यह ख़बर सही होगी।

पर ख़बर सही थी—शत-प्रतिशत सही थी। सरकारी छानबीन से और कतिपय पुष्ट स्रोतों से धीरे-धीरे जो तथ्य निकलकर आए उनसे पता चला कि एमिली शेंकल, जो मूल रूप से एक ऑस्ट्रियन महिला थीं, नेताजी की विवाहिता पत्नी थीं। उनकी मुलाक़ात और फिर विवाह एक दिलचस्प क़िस्सा है :

1. कहा जाता है कि देश को स्वतंत्रता प्राप्ति के एक-दो दिन पूर्व जवाहरलाल नेहरू को इस आशय का एक पत्र मिला था। इसका उल्लेख पुस्तक में अन्यत्र भी किया गया है। पर स्वाभाविक था कि उस उथल-पुथल के दौर में यह बात काफ़ी दिनों तक दबी रही। जब सामने आई तो नेहरू ने इसकी वास्तविकता खोजने के यथोचित प्रयत्न किए।

इस रिश्ते का आरंभ होता है सन् 1934 के जून माह से।

37 वर्षीय सुभाष बाबू उस समय ऑस्ट्रिया की राजधानी विएना गए हुए थे। वह भारतीय राष्ट्रीय कांग्रेस के एक जुझारू कार्यकर्ता की प्रोन्नति के पायदान चढ़ रहे थे। अचानक बिगड़ते स्वास्थ्य के दृष्टिगत सुभाष बाबू को विएना में अपना उपचार कराने के लिए जाना पड़ा था। यह बीमारी उनके 'सविनय अवज्ञा आंदोलन' के दौरान भारतीय जेल में बंदी रहने की अवधि में बढ़ गई थी। इलाज ब्रिटिश सरकार की सहमति से ज़रूर हो रहा था परंतु इसका पूरा ख़र्च सुभाष चंद्र बोस के परिवार को ही उठाना था।

इस इलाज कराने के दौरान स्वास्थ्य में थोड़ा सुधार होते ही नेताजी ने निश्चय किया कि वह यूरोप में रह रहे भारतीय छात्रों को देश की स्वतंत्रता के संघर्ष के लिए जागरूकता पैदा करने और एकजुट करने में अपने समय का उपयोग करेंगे। संयोग से उसी समय यूरोप के एक चर्चित प्रकाशन गृह 'विशआर्ट' ने नेताजी को सन् 1920 से तब तक की अवधि में भारत के स्वाधीनता संघर्ष के विषय पर एक पुस्तक लिखने का प्रस्ताव दिया। 'द इंडियन स्ट्रगल'[2] नामक यह किताब लिखने का काम उनके मन के अनुरूप था : परंतु कुछ ही समय बाद वह अकेले इस काम को करने में कठिनाई अनुभव कर रहे थे। दरअसल उन्हें एक ऐसे सहयोगी की ज़रूरत थी जिसे अँग्रेज़ी भाषा का तो अच्छा ज्ञान हो ही, उसकी टंकण में भी दक्षता हो।

सुभाष चंद्र बोस के एक स्थानीय मित्र डॉ. माथुर ने उन्हें इस काम के लिए दो लोगों का संदर्भ दिया। पहला उम्मीदवार उनकी अपेक्षाओं के अनुरूप नहीं था। इंटरव्यू के लिए जिस दूसरे उम्मीदवार को बुलाया गया, वह थीं लगभग 24 वर्ष की मिस एमिली शेंकल। सुभाष बाबू उनकी दक्षता से प्रभावित हुए। वह जर्मन भाषा के साथ अँग्रेज़ी की भी अच्छी जानकार थी, प्रशिक्षित स्टेनोग्राफ़र थी। वह निश्चित ही सुभाष बाबू की अपेक्षित मदद कर सकती थी। उनके काम करने के तरीक़े और

---

2. The Indian Struggle, 1920–1942 is a two-part book by the Indian nationalist leader Netaji Subhash Chandra Bose that covers the 1920–1942 history of the Indian independence movement to end British imperial rule over India. Banned in India by the British colonial government, The Indian Struggle was published in the country only in 1948 after India became independent. The book analyses a period of the Indian independence struggle from the Non-Cooperation and Khilafat movements of the early 1920s to the Quit India and Azad Hind movements of the early 1940s.

जानकारियों से भी सुभाष बाबू प्रभावित थे। आकर्षक व्यक्तित्व, उत्साह और ऊर्जा से भरपूर ख़ूबियों वाली, अपने काम में दक्ष उस ऑस्ट्रियन युवती को सुभाष चंद्र बोस ने अपनी सहायिका के पद पर नियुक्त कर लिया।

उस समय तक नेताजी भारत के नवयुवकों में आज़ादी के संघर्ष और जुनून का पर्याय बन चुके थे। उन्होंने देश की सर्वोच्च प्रशासनिक सेवा की नौकरी को ठोकर मारकर राष्ट्रप्रेम और मातृभूमि की सेवा का रास्ता अपनाया था। युवाओं में उनका ज़बरदस्त क्रेज़ था। सुभाष बाबू लंबे क़द के आकर्षक युवा थे, आत्मविश्वास से ओत-प्रोत। इसलिए तत्कालीन बंगाली लड़कियों के लिए तो वह स्वप्नपुरुष सरीखे थे।

आरंभिक रूप से एमिली के किसी भारतीय के साथ काम करने की जानकारी से उस युवती के परिजन थोड़ा असहज हुए, पर जब वे सुभाष चंद्र बोस से मिले तो उनके आकर्षक व्यक्तित्व से प्रभावित हुए बिना नहीं रह पाए। नेताजी को जल्दी ही उन लोगों ने अपने परिवार का हिस्सा मान लिया। उनका कहना था कि वे अभी तक भारत को एक दूरस्थ और रहस्यमयी देश के रूप में जानते थे, इसलिए एमिली को वहाँ के किसी व्यक्ति के साथ काम करते नहीं देखना चाहते थे, पर सुभाष बाबू के व्यक्तित्व की विराटता और सहजता से उनकी धारणाओं को खंडित होने में देर नहीं लगी।

26 जनवरी 1910 को कैथलिक ईसाई परिवार में जन्मी एमिली के पिता पशु-चिकित्सक थे, जबकि बाबा एक मोची (शूमेकर) थे। एमिली ने देर से पढ़ाई शुरू की पर उनके पिता पढ़ाई से संतुष्ट नहीं थे, अतः उन्होंने बेटी का दाख़िला चार साल के कोर्स के लिए एक धार्मिक स्कूल में करा दिया, जहाँ से वह नन बनकर निकलतीं; लेकिन एमिली ने इस पढ़ाई के लिए मना कर दिया और अंततः वह वापस स्कूल गईं। उन्होंने 20 साल की उम्र में स्कूल की पढ़ाई ख़त्म की। तब यूरोप विश्वव्यापी मंदी की चपेट में था और बेरोज़गारी बढ़ रही थी। एमिली शेंकल को ऐसे कठिन समय में डॉक्टर माथुर ने जब नौकरी का प्रस्ताव दिया तो वह सहजता से तैयार हो गईं। बाद में उनके पिता, माँ और बहन का सुभाष बाबू के साथ एक पारिवारिक रिश्ता बन गया।

एमिली एक ख़ुशमिज़ाज, सौम्य और ख़ुद्दार लड़की थी। ये कुछ ऐसे गुण थे, जिनकी हर इंसान अपने साथी, सहयोगी और किसी भी रिश्ते में अपेक्षा करता है। फिर सुभाष बाबू को वह क्यों न पसंद आतीं। सुभाष बाबू एमिली की इच्छाशक्ति

और दृढ़ व्यवहार के क़ायल हो गए थे। वह उसके इन गुणों और दृढ़ता से प्रभावित होकर स्नेहवश उसे 'बाघिनी' कहा करते थे।

दोनों के साथ का, उसके बाद का क़िस्सा इतिहास में एक सुमधुर संबंधों के रूप में दर्ज होना था लेकिन आश्चर्यजनक बात यह थी कि सुभाष चंद्र बोस के परिवार और निकटस्थ लोगों तक को उनके जीते-जी इस रिश्ते की भनक भी नहीं लग सकी थी। आरंभ में नेताजी स्वयं नहीं जानते थे कि वह एमिली को किस सीमा तक पसंद करने लगे थे। उनका रिश्ता केवल काम से शुरू हुआ था पर एमिली ने दबे पाँव काम के साथ-साथ उनके दिल में भी जगह बना ली थी।

सुभाष चंद्र बोस को तब तक विवाह के कई प्रस्ताव मिले थे लेकिन उन्होंने किसी में दिलचस्पी नहीं ली। ज़ाहिर-सी बात थी कि ऐसा इसलिए था क्योंकि सुभाष चंद्र बोस नहीं चाहते थे कि वह अपनी एकाग्रता, जो देश की आज़ादी के संघर्ष में लगी हुई थी, उसको भंग कर, प्रेम या गृहस्थ जीवन में डूब जाएँ। शायद वह संयोग एमिली शेंकल के नाम ही लिखा था : जिसके प्रेम की दस्तक वह एमिली से अधिक स्वयं महसूस करने लगे थे।

सुभाष चंद्र बोस ने एमिली को अपनी सहायिका के रूप में काम करते हुए बहुत समय तक निकट से देख लिया था : जिससे उन्हें उस युवती के विषय में उपयुक्त धारणा बनाने का पर्याप्त समय मिला। सन् 1934 के मध्य से लेकर मार्च 1936 के बीच ऑस्ट्रिया और चेकोस्लोवाकिया में रहने के दौरान दोनों के कामकाजी संबंध थोड़ा आगे बढ़ आए थे। इन संबंधों को प्रेम से अभिसिंचित करने की पहल स्वयं सुभाष बाबू ने की। एमिली ने बाद में बताया था :

> 'प्यार की पहल सुभाष की ओर से हुई और धीरे-धीरे हमारे रिश्ते रूमानी होते गए।'[3]

निकट आने के साथ ही सुभाष चंद्र बोस और एमिली, दोनों ने यह बात समझ ली थी कि उनका रिश्ता मात्र एक आम प्रेमी और प्रेमिका वाला नहीं रहने वाला है। वह उससे कहीं अधिक जटिल परंतु ख़ूबसूरत होने का प्रारब्ध लिए हुए है। शायद यही कारण था कि एक दूसरे को लिखे पत्रों में दोनों जिस संबोधन का ज़िक्र करते हैं वह काफ़ी समय तक एक औपचारिक संबोधन बना रहा था। एमिली सुभाष को 'मिस्टर बोस' लिखती थीं, जबकि सुभाष चंद्र बोस उन्हें 'मिस शेंकल' या 'पर्ल

---

3. Sugata Bose, His Majesty's Opponent– Subhash Chandra Bose and His Struggle Against Empire'

शेंकल' के नाम से संबोधित किया करते थे।

समय-समय पर पहचान छिपाकर रहने की बाध्यता और अपने देश को ब्रिटिश शक्ति के चंगुल से मुक्त कराने के लिए किए जा रहे क्रांतिकारी संघर्ष में सुभाष बाबू का पग-पग पर सतर्क रहना ज़रूरी था। अन्य यूरोपियन देशों से मदद प्राप्त करने के लिए की जा रही गतिविधियों के दौरान सुभाष चंद्र बोस को अपने इस प्रेमल रिश्ते को लेकर अतिरिक्त सतर्कता भी बरतनी पड़ती थी।

यह वह समय भी था जब नेताजी का भारतीय राष्ट्रीय कांग्रेस से एक महत्वपूर्ण रिश्ता क़ायम हो चुका था। वह दो बार भारतीय राष्ट्रीय कांग्रेस के अध्यक्ष चुने गए थे। उल्लेखनीय है कि दूसरे कार्यकाल की अवधि के लिए हुए चुनाव में उन्होंने महात्मा गाँधी के प्रत्याशी के विरुद्ध जीत दर्ज कराई थी। ऐसे में प्रेम संबंध की गरिमा बनाए रखना, विएना, यूरोप और भारत की यात्राओं, राष्ट्रीय राजनीति तथा राष्ट्रप्रेम की भावना की अनुभूतियों में सामंजस्य बिठाए रखना कम प्रबल चुनौती न थी। ऐसा इन दोनों प्रेमियों के पत्रों पर दृष्टिपात करने से स्पष्ट होता है।

उदाहरणार्थ, भारतीय स्वतंत्रता के एक बेहतरीन योद्धा सुभाष चंद्र बोस का पाँच मार्च 1936 को एमिली को लिखा गया प्रेम पत्र कुछ इस तरह से था :

> 'प्रिये, समय आने पर हिम पर्वत भी पिघलता है, ऐसा भाव मेरे अंदर भी है। मैं तुमसे कितना प्रेम करता हूँ यह बताने के लिए कुछ लिखने से ख़ुद को रोक नहीं पा रहा हूँ। तुम मेरे दिल की रानी हो। लेकिन क्या तुम भी मुझसे प्यार करती हो?'

इसी पत्र में सुभाष बाबू ने अपनी प्रेमिका को लिखा :

> 'मुझे नहीं मालूम कि भविष्य में क्या लिखा है। यह कि मेरा पूरा जीवन जेल में बीते, मुझे गोली मार दी जाए या मुझे फाँसी पर लटका दिया जाए। हो सकता है मैं तुम्हें कभी देख नहीं पाऊँ, या यह भी हो सकता है कि कभी पत्र नहीं लिख सकूँ, लेकिन भरोसा करो, तुम हमेशा मेरे दिल में रहोगी, मेरी सोच और सपनों में रहोगी। अगर हम इस जीवन में नहीं मिले तो अगले जीवन में मैं तुम्हारे साथ रहूँगा।'

कितनी कोमल भावनाएँ जुड़ी थीं सुभाष चंद्र बोस की एमिली से, यह इस एक पत्र की भाषा और उनमें अभिव्यक्त किए गए भावों से समझ आता है। इसी पत्र के अंत में सुभाष बाबू ने लिखा था :

'मैं तुम्हारे अंदर की औरत को प्यार करता हूँ, तुम्हारी आत्मा से प्यार करता हूँ।'

इस पत्र में सुभाष बाबू ने एमिली को निर्देश दिए थे कि वह पत्र को पढ़ने के बाद उसे नष्ट कर दे, परंतु सुभाष बाबू के प्रेम में दीवानी हो चुकी एमिली के लिए यह पत्र एक बड़ी धरोहर था इसलिए उसने इसे नष्ट करने के स्थान पर, सँजोकर रखा। सुभाष बाबू ने एमिली को लिखा था :

'तुम पहली महिला हो, जिससे मैंने प्यार किया। भगवान से यही चाहूँगा कि तुम मेरे जीवन की आख़िरी महिला भी रहो।'

यह जानना कितना सुखद था कि मन की गहराइयों से प्रेम में डूबने के बाद भी सुभाष चंद्र बोस अपने उद्देश्य की प्राप्ति के लिए, अपने देश को गुलामी की ज़ंजीरों से बाहर निकालने के लिए और भी जुनून तथा उत्साह से उस संघर्ष में जुट गए थे। वह एमिली से उसी तरह प्रेम करते थे जितना अपनी मातृभूमि से किया करते थे।

मई 1937 में जब एमिली और सुभाष बाबू का प्रेम अपने उत्कर्ष पर था : एक पत्र में उन्होंने एमिली को लिखा था :

'पिछले कुछ दिनों से तुम्हें लिखने की सोच रहा था : लेकिन तुम समझ सकती हो कि मेरे लिए तुम्हारे बारे में अपने मनोभावों को लिखना कितना मुश्किल होता है। मैं तुम्हें केवल यह बताना चाहता हूँ कि मैं जैसा पहले था : वैसा ही अब भी हूँ। एक भी दिन ऐसा नहीं बीता है जब मैंने तुम्हारे बारे में नहीं सोचा होगा। तुम हमेशा मेरे साथ हो, मैं किसी और के बारे में सोच भी नहीं सकता।

मैं तुम्हें यह भी नहीं बता सकता कि इन महीनों में मैं कितना दुखी रहा, कितना अकेलापन महसूस किया। मैं जानता हूँ कि मुझे केवल एक चीज़ ख़ुश रख सकती है, लेकिन मैं नहीं जानता कि क्या यह संभव होगा। इसके बाद भी दिन-रात मैं इसके बारे में सोच रहा हूँ और प्रार्थना करता हूँ कि मुझे ईश्वर सही रास्ता दिखाए।'

यह वही पत्र था जिसके बाद सुभाष चंद्र बोस ने अपने और एमिली के संबंधों को एक रिश्ते का नाम देना तय किया था। अगली बार जब दोनों की मुलाक़ात हुई तो उन्होंने शादी कर ली। यह विवाह 26 दिसंबर 1937 को एमिली के 27वें

जन्मदिन के अवसर पर हुआ। जगह थी ऑस्ट्रिया के बदस्तान स्थित उनका एक मनपसंद रिज़ॉर्ट।

एमिली ने बाद में दावा किया था कि उन्होंने हिंदू रीति-रिवाज से शादी की थी। हालाँकि तथ्य यह भी है कि उस विवाह में कोई पुजारी नहीं था : वहाँ किसी साक्षी का विवरण भी दर्ज नहीं है और न ही इसका कोई सिविल रिकॉर्ड उपलब्ध है। दरअसल यह वह समय था जब जर्मनी में हिटलर का उत्कर्ष था। कहते हैं कि हिटलर के अफ़सरों को एमिली का सुभाष बाबू के साथ रहना पसंद नहीं था : लेकिन हिटलर ने निजी रूप से कभी इसपर आपत्ति नहीं की। कम-से-कम किसी अभिलेख में ऐसा दर्ज नहीं है।

जर्मनी में नेताजी का बहुत सम्मान था। अडोल्फ़ हिटलर ने सुभाष चंद्र बोस के लिए स्पेशल ब्यूरो फ़ॉर इंडिया बनाया था। उन्हें शानदार बँगला, रसोइया, माली, ड्राइवर मिले हुए थे। इतिहासकार रोमियन हेज ने आरोप लगाया था कि एमिली एक बेहतर जीवन जीने के लिए सुभाष बाबू के साथ नज़दीकियाँ बढ़ा रही थी, परंतु इस घटनाक्रम और एमिली की बाद की परिस्थितियों पर दृष्टि डालने वाले अमेरिकी इतिहासकार और सुभाष बाबू व उनके बड़े भाई शरत चंद्र बसु के जीवनी लेखक लियोनार्ड ए गोर्डन का कहना था कि जर्मनी के उच्चाधिकारी और हिटलर के क़रीबी एडम वन ट्राट, एलेक्जेंडर वर्थ और फ्रेडा क्रेटरोमर एमिली शेंकल को पसंद नहीं करते थे।

29 नवंबर 1942 को एमिली शेंकल ने बेटी को जन्म दिया। सुभाष बाबू फ़रवरी 1943 के एक दिन जापानी पनडुब्बी से जापान के क़ब्ज़े वाले दक्षिण-पूर्वी एशिया में पहुँच गए थे। वहाँ उन्होंने जापान की मदद से आज़ाद भारत की अंतरिम सरकार और इंडियन नेशनल आर्मी का गठन किया। उद्देश्य था कि जापान की सैन्य सहायता से भारत की आज़ादी के आंदोलन के लक्ष्य को प्राप्त कर लिया जाए, परंतु उनके प्रयास सफल नहीं हुए। अपुष्ट समाचारों के अनुसार 18 अगस्त 1945 को वह ताइपेह के ताइहोकू नामक स्थान पर हुई विमान दुर्घटना में अपनी जान गँवा बैठे।

इससे पूर्व दोनों के लिए कठिन समय था। सन् 18 सितंबर 1939 से 2 सितंबर 1945 तक चले द्वितीय विश्व युद्ध के दौरान और कथित विमान दुर्घटना से पूर्व के समय में एमिली का सुभाष बाबू से पत्र-व्यवहार होना मुश्किल रहा। वैसे भी विमान दुर्घटना के बाद सुभाष बाबू के ज़िंदा न रहने की आशंका लगातार बनी हुई

थी। इस प्रकार सात वर्ष, आठ माह के वैवाहिक जीवन के बमुश्किल तीन वर्ष ही इस दंपत्ति ने साथ बिताए।

बाद का समय एमिली के लिए अवसाद भरा था। सुभाष बाबू के न रहने का दुःख, छोटी बच्ची को पालने की ज़िम्मेदारी और कोई उपयुक्त जीविका न होना एमिली के लिए हमेशा चिंता का कारण बना रहा। विश्व युद्ध की समाप्ति के बाद एमिली ने ट्रंक टेलीफ़ोन एक्सचेंज में पारियों में नौकरी की। वही उसका अपना और बेटी को पालने की आय का साधन बना।

आरंभिक ऊहापोह के बाद सुभाष बाबू के बड़े भाई शरत चंद्र बोस ने एमिली को अपने भाई की पत्नी और अनिता को भतीजी के रूप में स्वीकार किया। वह सन् 1948 में उनसे ऑस्ट्रिया में मिले और बाद में उनके पारिवारिक रिश्ते बने रहे।

भारत सरकार द्वारा कराई गई गहन छानबीन, अभिलेखों और घटनाक्रम की पृष्ठभूमि से निर्धारित हो जाता है कि सुभाष बाबू से वैवाहिक संबंधों को लेकर एमिली पर संशय के आरोपों में कोई सच्चाई न थी। फिर सुभाष बाबू की गुमनामी के बाद एमिली ने जिस तरह का जीवन जिया, उससे समझ आता है कि वह कितनी ख़ुद्दार महिला थीं। उन्होंने वित्तीय परेशानियों के बावजूद किसी से आर्थिक मदद की माँग नहीं रखी। वह आमतौर पर निजी जीवन के विषय में बात करना पसंद नहीं करती थीं, न ही अपने जीवनकाल में इस बारे में एमिली कभी ज़्यादा बोलीं, पर तथ्य और अभिलेख उनके नेताजी के साथ रहे जुड़ाव की परिस्थितियों की पुष्टि करते हैं।

इस प्रसंग पर इतिहासकार गोर्डन का कहना है :

> 'यद्यपि हमें एमिली शेंकल के शब्दों पर भरोसा करना चाहिए (सन् 1937 में बोस के साथ गुप्त विवाह के संबंध में) परंतु कई तथ्य वास्तविक विवाह के समारोह की अनुपस्थिति को लेकर शक पैदा करते हैं, क्योंकि न मैंने, न किसी अन्य व्यक्ति ने ऐसे किसी सबूत या अभिलेख को देखा है... अन्य जीवनीकारों ने लिखा है कि बोस और मिस शेंकल का विवाह 1942 में हुआ था। कृष्णा बोस इसे 1941 कहती हैं, जिससे यह असमंजस होता है। सबसे विचित्र और भ्रमित करने वाली बात ए. सी. एन. नाम्बियार कहते हैं जो 1937 में इस दंपत्ति के साथ हुई संक्षिप्त भेंट में मौजूद थे। वह बर्लिन में, बोस के बाद युद्ध के दूसरे कमांड अफ़सर के रूप में जाने जाते थे। उन्होंने बोस के विवाह के संबंध में 1978 में अपने

संस्मरणों में लिखा था कि वह इस संबंध में कोई विशिष्ट जानकारी नहीं रखते थे क्योंकि उन्हें स्वयं इस विषय में विश्व युद्ध की समाप्ति के बाद पता चला, जो एक अनौपचारिक मामला रहा होगा।'

यह बात गोर्डन भी मानते हैं कि तिथियाँ जो भी रही हों, महत्त्वपूर्ण बात संबंधों की पुष्टि की है। लेकिन वह कहते हैं :

'यह समझ आने योग्य और सराहनीय बात है कि बोस ने जीवन के उस मोड़ पर राष्ट्र को विदेशी दासता से मुक्ति दिलाने की परियोजना के लिए कूदने का निर्णय लिया था। लेकिन बोस ने अपनी पत्नी और नवजात बेटी को युद्ध की विभीषिका से जूझ रहे यूरोप में उनके हाल पर छोड़ दिया। सिर्फ़ अपने भाई शरत चंद्र को बंगाली में लिखे एक पत्र के सहारे, जिसमें उन्होंने अपनी ज़िंदगी ख़त्म होने की स्थिति में उन लोगों की ज़िम्मेदारी वहन करने का अनुरोध किया था— यह काम यदि पति के रूप में नहीं तो कम-से-कम एक पिता के रूप में तो बहुत ही ग़ैर-ज़िम्मेदाराना था। वह पिछले साल से पूर्वी एशिया के मार्ग से निकलने की सोच रहे थे और उन्हें उसी समय से अपने पिता बनने का एहसास भी अवश्य रहा होगा।'

एक भारतीय इतिहासकार[4] ने लिखा है :

'बहुत संभव रहा होगा कि सुभाष इसका (विवाह का) असर अपने राजनीतिक करियर पर नहीं पड़ने देना चाहते होंगे। किसी विदेशी महिला से शादी की बात आने पर उनकी छवि पर असर पड़ सकता था।'

रुद्रांशु मुखर्जी ने सुभाष चंद्र बोस और जवाहरलाल नेहरू के जीवन को तुलनात्मक रूप से पेश करते हुए एक पुस्तक लिखी है— *'नेहरू एंड बोस, पैरलल लाइव्स'*। मुखर्जी ने इसमें लिखा है :

'सुभाष और एमिली ने शुरुआत से ही स्वीकार कर लिया था कि उनका रिश्ता बेहद अलग और मुश्किल रहने वाला है।'

अँग्रेज़ी के एक प्रख्यात लेखक[5] ने अपनी किताब में लिखा :

'यह उनके निजी ज़िंदगी से जुड़ा हिस्सा था; लेकिन जब मुझे जानकारी मिली तब मुझे झटका लगा।'

---

4. रुद्रांशु मुखर्जी, नेहरू एंड बोस, ए पैरेलल लाइफ़, पेंगुइन बुक्स लिमिटेड, 2014
5. नीरद सी. चौधरी, 1989 में 'दाय हैंड ग्रेट अर्नाक: इंडिया 1921-1951'

इन दोनों के प्रेम की प्रतीक पुत्री अनिता का नाम रखने की कहानी भी दिलचस्प है। यह नाम सुभाष बाबू और एमिली ने इटली के क्रांतिकारी नेता गैरीबाल्डी की ब्राज़ीली मूल की पत्नी अनिता गैरीबाल्डी के सम्मान में रखा था। अनिता अपने पति के साथ कई युद्धों में शामिल हुई थीं और उनकी पहचान यूरोप में एक बहादुर महिला योद्धा की रही थी।

अधूरे प्रेम की पूरी कहानी

1. आरंभिक दिन, वर्ष 1934-35

सुभाष चंद्र बोस का एमिली से प्रेम कैसे विकसित हुआ? कब से वह उन्हें पसंद करने लगे या कब एमिली और सुभाष बाबू को यह समझ आया कि दोनों के परस्पर प्रेम का अंकुरण हो रहा है, इसे ठीक से नहीं बताया जा सकता। ऐसा इसलिए था क्योंकि सुभाष बाबू की जीवनचर्या अनुशासित और देश की स्वतंत्रता के स्वप्न में डूबी हुई थी। सामान्य रूप से किन्हीं प्रेमल भावनाओं का उनकी ज़िंदगी में दस्तक देना अकल्पनीय था। यदि यह दस्तक एमिली की तरफ़ से थी, यह भी मान लिया जाए, तो उनके पत्रों से ऐसा कुछ समझ नहीं आता।

वे सुभाष बाबू के विएना में आरंभिक दिन थे। वह विएना में अपना इलाज भी करा रहे थे और वहाँ से भारत में ब्रिटिश शासन की जड़ खोदने वाली किताब का गंभीरता से लेखन भी कर रहे थे। एमिली ने सुभाष बाबू के साथ हुए अपने साक्षात्कार के बाद ही, यानी जून 1934 से ही उनके साथ काम करना आरंभ कर दिया था। उसी वर्ष नेताजी के पिता जानकीनाथ के कलकत्ता में गंभीर अस्वस्थ होने की ख़बर मिली। बेचैन सुभाष बाबू ने अपने स्वास्थ्य और काम की परवाह न कर पिता को देखने कलकत्ता जाने का मन बना लिया।

वह ज़माना अलग था। हवाई जहाज़ का यातायात इतना सुगम नहीं हुआ था कि कुछ ही घंटों में यूरोप से भारत तक पहुँचा जा सकता। ज़रूरी औपचारिकताओं के बाद वह किसी तरह दिसंबर 1934 के प्रथम सप्ताह में कलकत्ता पहुँच पाए।

सुभाष बाबू चार दिसंबर 1934 को कलकत्ता पहुँच गए थे, पर उनके दिल के एक हिस्से में एमिली के साथ बिताए हुए लम्हे क़ैद थे, जो उन्हें बेचैन किए हुए

थे। दूसरी ओर भारत आकर अपने बीमार पिता की सेवा करने का जज़्बा भी उनमें हिलोरे मार रहा था : पर उस चुनौतीपूर्ण समय में भी सुभाष चंद्र रास्ते से एमिली को पत्र पोस्ट करना नहीं भूलते थे।

विमान के रोम में पड़ाव के दौरान उन्होंने 30 नवंबर 1934[1] को एमिली को लिखा था :

> 'तुमने मुझे जो प्यारा पत्र चलते समय दिया था : वह मैंने आनंदपूर्वक पढ़ा। रोम तक की मेरी यात्रा सुखद रही है। कई बार हम बादलों के ऊपर होकर गुज़रे हैं और धूप में नहाए भी हैं, जबकि नीचे की ज़मीन धुँध और कोहरे से अटी दिखती रही। 'डोलोमाइट्स'[2] बर्फ़ से सफ़ेद था।
>
> यदि मैं कभी तुमको अपनी किन्हीं किताबों या बॉक्स को भेजने के लिए कहूँ, तो तुमको हर काग़ज़ के टुकड़े को नष्ट करना होगा। हर लेख और पत्र। तुमको मुझे केवल मुद्रित किताबें ही भेजनी होंगी। कृपया फ्रेंच की पढ़ाई जारी रखना।
>
> यदि संभव हो तो तुम उन 210 शिलिंग्स से एक टाइपराइटर ख़रीद लेना, जो मैंने तुमको लिफ़ाफ़े में दिए थे। मुझे उम्मीद है कि तुमने किताब की रूपरेखा, प्रस्तावना आदि ध्यानपूर्वक देखकर भेज दी होगी, जिसमें कोई त्रुटियाँ नहीं रही होंगी।
>
> मैं जब तक भारत न पहुँच जाऊँ, तब तक तुम्हें कोई और पत्र नहीं लिख पाऊँगा। तुम चिंता मत करना। मैं लिखने में हमेशा से थोड़ा लापरवाह इंसान हूँ, पर एक बुरा इंसान नहीं हूँ, यह तुम भी समझ सकती हो।
>
> मैं यह पत्र एयरमेल से भेज रहा हूँ। यह बात किसी से मत बताना कि मैंने तुम्हें एयरमेल से पत्र भेजा था : क्योंकि मैंने कभी किसी को आज तक एयरमेल से पत्र नहीं भेजा। और अगर लोगों को पता चलेगा तो उन्हें दुख होगा।[3]
>
> बीती रात मुझे किताब पूरी करने के लिए लगातार सवेरें 6:30 बजे तक काम करना पड़ा और इसलिए मैं सो नहीं पाया। कल सवेरे मेरी 7:30

1. Subhas Chandra Bose, Letters to Emilie Schenkl 1934-1942, edited by Sisir Kumar Bose and Sugata Bose, Netaji Research Bureau, Kolkata, 2016. Pg 1-2.
2. इटली की विख्यात पर्वत श्रृंखला
3. उन दिनों एयरमेल का ख़र्च बहुत आता था।

बजे की उड़ान है...'

सुभाष चंद्र बोस के एमिली को लिखे गए इस पत्र से एक बात स्पष्ट होती है कि उस समय तक दोनों का एक दूसरे के प्रति कुछ आरंभिक आकर्षण अवश्य रहा होगा, पर वे लोग अपने-अपने दायरों में बने रहे। पत्र की भाषा, औपचारिक संबोधन, बातें और माता-पिता को सम्मान की भावना व्यक्त करना किसी प्रेम-पत्र का भाग नहीं होता है, पर इस पत्र को प्रेमल भावनाओं की ओर बढ़ती अभिव्यक्तियों का एक क़दम ज़रूर कहा जा सकता है।

यद्यपि एक दिन पूर्व ही भेजे गए एयरमेल पत्र में सुभाष बाबू ने स्पष्ट किया था कि वह अब भारत पहुँचने से पहले एमिली को कोई पत्र नहीं भेज पाएँगे, परंतु पहला पत्र उन्होंने वेनिस से एक दिन पूरा होने से पहले ही यानी एक दिसंबर 1934 को दोपहर 1:30 बजे लिख भेजा। इस पत्र में उन्होंने एमिली को टाइपराइटर को एक भेंट के रूप में स्वीकार करने का आग्रह करते हुए लिखा था कि वह मशीन को क्रय करने के बाद उन्हें लिखकर यह ज़रूर बताएँ कि वह कैसा काम कर रही है।

उसी दिन सुभाष चंद्र बोस का विमान मिस्र के लिए रवाना हो गया, जहाँ से नेताजी ने लिखा[4] :

'यहाँ के पिरामिड, मस्जिद और उन मक़बरों को देखने में मैंने काफ़ी रुचिकर समय बिताया जो लगभग 4000 वर्ष पुराने हैं। मैं फिर से पूरब की गोद में जा बैठा हूँ। एथेंस से आते समय भोर में हम लोग बादलों के ऊपर उड़ रहे थे और एक बेहतरीन सूर्योदय का नज़ारा दिखाई दिया। मैं काफ़ी अच्छा हूँ। कल सवेरे फिर से शुरुआत होगी।'

सुभाष चंद्र का अगला पत्र रविवार दो दिसंबर 1934 को[5] ईराक़ से लिखा गया था जिसमें उन्होंने बताया था :

'काहिरा से यहाँ आज दोपहर आ पहुँचा हूँ। कल शाम तक कराची पहुँच जाऊँगा और उसके बाद, अर्थात मंगलवार को कलकत्ता। इन पुराने स्थानों को देखना कितना रुचिकर लगता है। दूसरी ओर का दृश्य एक मस्जिद का है जिसका स्वर्णयुक्त गुंबद 450 वर्ष पहले बनाया गया था। मुझे आशा है कि तुम ठीक होगी।'

---

4. Subhas Chandra Bose, Letters to Emilie Schenkl 1934-1942, edited by Sisir Kumar Bose and Sugata Bose, Netaji Research Bureau, Kolkata, 2016, Pg 3.
5. -do- Pg 3.

यह जानना दिलचस्प है कि सुभाष चंद्र बोस शोकाकुल थे। पिता की बीमारी की ख़बर सुनकर आनन-फ़ानन में वह भारत के लिए निकले थे और अगले दिन अपने गंतव्य कलकत्ता पहुँच गए थे। इस बीच में निश्चित रूप से वह परेशान रहे थे, पर यह उनका एमिली से एक ऐसा जुड़ाव था : जिसे इसलिए स्नेहिल कहा जा सकता है कि उन्होंने शायद एमिली के अतिरिक्त रास्ते से कोई पत्र ऑस्ट्रिया में या अन्यथा किसी को नहीं लिखा।

कलकत्ता पहुँचकर उन्हें मालूम चला कि उनके पिता दो दिसंबर को ही मृत्युलोक के लिए गमन कर चुके हैं। वह उस पूरे सप्ताह पिता के अवसान के शोक में डूबे रहे। ऐसे समय में एमिली को कोई पत्र लिखने का प्रश्न ही न था। समय मिलने पर उन्होंने कलकत्ता से एमिली को लिखा[6] :

> 'मेरे पिता ने इस सांसारिक दुनिया को दो दिसंबर को अलविदा कह दिया था— यह मेरे कलकत्ता पहुँच जाने से लगभग 40 घंटे पहले की घटना थी। मेरी माता गहरे शोक में हैं जबकि हम सब भाई-बहन उन्हें सांत्वना देने की कोशिश में लगे हैं। पाश्चात्य देश के लोगों के लिए हमारी मानसिकता को समझ पाना मुश्किल है। एक हिंदू स्त्री का जीवन अपने पति के जीवन के साथ इस तरह बँधा होता है कि वह उसकी अनुपस्थिति की कल्पना भी नहीं कर सकती है। इसके बावजूद हम उम्मीद करते हैं कि वह इस दुःख की घड़ी से उबर पाने में सफल रहेंगी। हाल के ही दिनों में हमारे परिवार में इस तरह की कई शोकाकुल करने वाली घटनाएँ हुई हैं जिनका क्रमिक प्रभाव मेरे माता-पिता के ऊपर पड़ता रहा है।
>
> मैं नहीं जानता कि क्या मैं तुमको भविष्य में भी लिखता रह पाऊँगा, परंतु यदि मैं नहीं लिखता हूँ तो मुझे ग़लत मत समझना। वर्तमान में मैं अपने घर में एक क़ैदी की तरह रह रहा हूँ। घर में नज़रबंदी का यह आदेश मुझे कलकत्ता पहुँचते ही तत्काल उपलब्ध करा दिया गया था। वर्तमान में सरकार ने मुझे एक सप्ताह तक अपनी माँ के साथ रहने की इजाज़त दी है। इस एक सप्ताह में मैं परिवार के अलावा न तो किसी से घुल-मिल सकता हूँ, न ही कोई संवाद स्थापित कर सकता हूँ, और न ही घर छोड़ सकता हूँ। जब यह सप्ताह ख़त्म हो जाएगा तब मुझे पता नहीं कि मेरे

6. Subhas Chandra Bose, Letters to Emilie Schenkl 1934-1942, edited by Sisir Kumar Bose and Sugata Bose, Netaji Research Bureau, Kolkata, 2016. Pg 4-5.

साथ क्या होगा। मैं भविष्य में शायद तुम्हें नहीं लिख पाऊँ। चाहे जो भी हो, मेरा भविष्य काफ़ी अनिश्चित है।'

इस पत्र में सुभाष एमिली को अपनी उन निजी भावनाओं को व्यक्त करते दिखते हैं, जिनके विषय में कोई इंसान भरोसे के मित्र से ही बात किया करता है। उनका एमिली से संबंध इस तरह से विकसित हो रहा था कि उन्हें उससे घर, बाहर, राजनीति, मौसम और स्वास्थ्य— किसी भी विषय पर बात करने से कोई गुरेज़ न था।

इसके बावजूद इन पत्रों के अवलोकन से समझ आता है कि इस अवधि में नेताजी सुभाष चंद्र बोस और एमिली शेंकल के संबंध काफ़ी औपचारिक बने रहे थे। इन्हें किसी प्रेम संबंध की परिधि में रखना तार्किक नहीं होगा। परंतु सुभाष चंद्र बोस के एमिली को लिखे गए इन औपचारिक पत्रों से भी स्पष्ट होता था कि उनके मन में एमिली के लिए किस तरह की सकारात्मक और स्नेहिल भावनाएँ मौजूद थीं। उनका बार-बार एमिली को पत्र लिखना ही इन भावनाओं को अभिव्यक्त करने का एक बेहतर माध्यम था। सात दिसंबर 1934 के बाद सुभाष बाबू ने एमिली को जो अगला पत्र[7] लिखा, वह 20 दिसंबर 1934 की तिथि का था। उस समय सुभाष बाबू के पत्र सेंसर करने के बाद ही भेजे जाते थे, तो वैसे भी उनको संभलकर लिखना पड़ता होगा और इस प्रक्रिया में स्वाभाविक रूप से विलंब होता होगा। पत्र में उन्होंने ऐसा लिखा भी था[8] :

'चूँकि मैं यहाँ आने के बाद घर पर ही नज़रबंद हूँ इसलिए मेरे समस्त पत्र-व्यवहार को पुलिस अधिकारियों द्वारा सेंसर किया जाता है। इस प्रक्रिया में कुछ विलंब होना अपरिहार्य होता है।'

पिता की मृत्यु का समाचार नेताजी के लिए एक बड़ा धक्का था। उसकी अनुभूति के विषय में उन्होंने एमिली को अपनी निजी क्षति और भारतीय धर्म के अनुरूप मृत्यु के सरोकारों के विषय में यूँ लिखा था :

'मेरी माँ अभी भी शोकाकुल हैं। 50 वर्षों के सुखद दांपत्य जीवन के बाद अपने पति से अलग होना एक ऐसा धक्का है जिससे कोई व्यक्ति आसानी से नहीं उबर सकता। इसके बावजूद हम आशा कर रहे हैं कि,

---

7. Subhas Chandra Bose, Letters to Emilie Schenkl 1934-1942, edited by Sisir Kumar Bose and Sugata Bose, Netaji Research Bureau, Kolkata, 2016. Pg 5-8.
8. -do- pg 5-6.

चूँकि हमारी माँ गहन धार्मिक मनःस्थिति की महिला हैं, इसलिए वह इस धक्के को कुछ समय पश्चात सहन करने योग्य हो जाएँगी, बशर्ते कि वह कुछ महीने अच्छे से गुज़ार लें।'

सुभाष बाबू को एमिली को लिखे हर पत्र में पर्यटन, आवागमन और देश-विदेश की जानकारियों को उपलब्ध कराने, उसे अपने दिल के निकट रहने वाली इस महिला से साझा करने की हमेशा उत्सुकता बनी रहती थी। इसी पत्र का एक हिस्सा देखिए :

'मेरे अंदर इतना धैर्य नहीं है कि मैं तुम्हें अपनी यात्रा के विषय में विस्तार से बताऊँ, यद्यपि तुम यह जानने के लिए ज़रूर उत्सुक होंगी। तो यह बताना है कि पहली शाम मैंने रोम–– आध्यात्मिक नगरी में गुज़ारी। मुझे तुम्हारा टेलीग्राम वहीं मिला जब मैं सवेरे निकलने ही वाला था। अगला दिन हमने एथेंस में बिताया। मेरे पास एक्रोपोलिस और ग्रीस के पुराने अवशेषों को देखने का पर्याप्त समय था। सुबह हमने काहिरा में बिताई। काहिरा में हमारे पास इतना समय था कि हम चकित कर देने वाले तूतनखामेन संग्रहालय को देख सकें और पिरामिड का भी दृश्यावलोकन कर सकें। वहाँ के गाइड के ज़ोर देने पर मैंने वहाँ अपना फ़ोटो भी खिंचवाया था। मैं उसकी एक प्रति साथ भेज रहा हूँ। इस पृष्ठभूमि में पिरामिड और स्फ़िंक्स को देखा जा सकता है। तूतनखामेन संग्रहालय में मैंने अन्य चकित कर देने वाली चीज़ों के अलावा बहुत-सी ममियाँ भी देखीं। अगली रात हमने बग़दाद में गुज़ारी जो ईराक़ की राजधानी है। बग़दाद में मेरे पास उनके पुराने अवशेषों को देखने का समय था : विशेष रूप से उस स्वर्ण मस्जिद को जो 500 वर्ष पुराने बताए जाते हैं। हम बग़दाद से तीन तारीख़ की सुबह निकल गए थे और उसी शाम को कराची पहुँच गए। कराची से हम जोधपुर के लिए उड़े और रात वहीं बिताई। अगले दिन हम दोपहर बाद 4:00 बजे कलकत्ता पहुँच गए थे।

यह यात्रा रुचिकर थी। मुझे सबसे आनंददायक पल वे लगे जब 2000 मीटर की ऊँचाई से हम एक शानदार सूर्योदय देख सकते थे। इतना खूबसूरत सूर्योदय आप कभी यूरोप में नहीं देख पाएँगे। जब जहाज़ ऊपर उठता या नीचे आता था, मैं बेचैन होता था परंतु जब वह एक से स्तर

पर पहुँचा रहा तब मुझे कोई असुविधा नहीं हुई। यहाँ तक कि मैं उड़ान के समय बिना किसी दिक़्क़त के लिखता रहा हूँ और शायद ही कोई झटका लगा होगा। हाँ, यह बात अलग है कि जहाज़ की आवाज़ें मेरे लिए असहज ज़रूर थीं, परंतु ऐसी भी नहीं थीं कि उनको बर्दाश्त नहीं किया जा सके।'

सामान्यतः हर पत्र में नेताजी एमिली के स्वास्थ्य की जानकारी अवश्य लिया करते थे। यह उनके अधिकांश पत्रों से स्पष्ट होता है। इसी पत्र का एक उदाहरण देखिए :

'मैं चिंतित हूँ कि वहाँ पर बहुत ठंड पड़ रही है और तुम्हारी खाँसी ख़राब होती जा रही है। यहाँ मौसम ठंडा ज़रूर है परंतु ठंड नहीं है, ख़ासतौर से तुम्हारी वर्णित स्थिति के अनुसार। यहाँ पर बिना किसी हीटिंग के कमरे का तापमान रात में 22 डिग्री रहता है। हम लोग आमतौर पर इस देश में अपने दरवाज़े और खिड़कियाँ खोलकर रखते हैं।'

किताबों, पठन-पाठन और सामान्य ज्ञान की बातों के विषय में एमिली को अपडेट करना भी सुभाष बाबू की प्राथमिकता में बना रहता था : भले ही वह कितने व्यस्त हों अथवा विपरीत परिस्थितियों से गुज़र रहे हों। सुभाष चंद्र बोस ने एमिली को लिखा था :

'*तुम ऑक्सफ़ोर्ड के इतिहास*[9] को अपने साथ रख सकती हो, तब तक जब तक कि तुम्हें पसंद हो और तुम अन्य ऐसी कोई पुस्तकें भी उधार ले सकती हो जिनकी तुम्हें आवश्यकता हो। क्या तुम फ्रेंच भाषा के अपने पाठ नियमित रूप से ले रही हो ? यदि हाँ, तो मैं जानना चाहूँगा कि तुम्हारी प्रगति कैसी है। तुमने जिस पुस्तक के विषय में जानकारी चाही है, उसके विषय में मैं तुम्हें अपने अगले पत्र में बताऊँगा। फ़िलहाल मुझे याद नहीं आ रहा कि यह कहाँ से प्रकाशित हुई है।'

सुभाष चंद्र बोस चाहते थे कि एमिली स्वामी विवेकानंद के लेखन को पढ़े, ताकि उनको भारतीय धर्म और दर्शन पर अधिक जानकारी मिल सके। पत्र का वह हिस्सा यूँ था :

'तुमको शायद पता होगा कि नेशनल बिबिलोथेक, विएना में स्वामी विवेकानंद के संकलित कामों का एक पूरा ग्रंथ मौजूद है जो मैंने पिछले

9. एक पुस्तक

साल उन्हें दिया था। यदि ज़रूरत महसूस हो तो कृपया उसका उपयोग करें। स्वामी विवेकानंद की किताबें भारतीय दर्शनशास्त्र पर बेहतरीन विवरण प्रस्तुत करती हैं।'

उन दिनों कड़ी सेंसरशिप का ज़माना था और सुभाष चंद्र बोस जैसे क्रांतिकारी लोगों पर सरकार की सख़्त निगाह थी, इसलिए उनका हर पत्र-व्यवहार सेंसर हुआ करता था। यह पत्र भी सेंसर के माध्यम से भेजा गया था। संभवत: यही कारण था कि डाक से भेजे जाने वाले पत्रों में वह एमिली के साथ अपने संबंधों को औपचारिक बनाए रखना चाहते थे, या संभव था कि उन दोनों के बीच तब तक उस तरह के प्रेम संबंध नहीं बन पाए थे जैसे दो विपरीत लिंगी लोगों के बीच समय के साथ-साथ अंतरंग रूप से विकसित हो जाते हैं।

सुभाष चंद्र बोस के पिता के अवसान की शोकाकुल अवधि बीतने के बाद उन्होंने एमिली शेंकल को अगला पत्र भेजा। सुभाष चंद्र बोस का एमिली शेंकल को लिखा गया एक पत्र विएना के लिए जाते समय रोम के पड़ाव से था। इस पत्र में उन्होंने इटली के तानाशाह जनरल मुसोलिनी से अपने एक इंटरव्यू का संदर्भ दिया जिन्हें उन्होंने अपनी एक किताब भेंट की थी। पत्र[10] का अंश इस प्रकार था :

'मुझे खेद है कि मैं नेपल्स से शीघ्र ही विएना नहीं पहुँच सका। मेरे पास यहाँ करने के लिए बहुत काम है और इसकी अनदेखी करना उचित नहीं होगा। शाम को मेरी सिग्नॉर और मुसोलिनी के साथ एक भेंट है जिसमें मैं उन्हें अपनी किताब की एक प्रति भेंट करूँगा (कृपया इस विषय को पूरी तरह निजी बनाए रखें)।'

इसी पत्र में उन्होंने एमिली शेंकल को कतिपय अन्य जानकारियाँ भी दी थीं। इसमें पुस्तक प्रकाशन का संदर्भ था और यूरोप के उन स्थलों की चर्चा थी, जहाँ से वह गुज़र रहे थे। यह अंश पढिए :

'पुस्तक प्रकाशित हो गई है। उसकी प्रिंटिंग काफ़ी बेहतर है। प्रस्तावना भी प्रकाशित हुई है जिसमें मैंने तुम्हें धन्यवाद ज्ञापित किया है। यहाँ की आबो-हवा सौम्य है और मेरा स्वास्थ्य जहाज़ की यात्रा के समय के स्वास्थ्य से कहीं बेहतर है। वहाँ पर मुझे गंभीर दर्द उठते थे और भूमध्य सागर में होने की भावना अवसाद दिया करती थी। कृपया मेरे इस्तेमाल के

10. Subhas Chandra Bose, Letters to Emilie Schenkl 1934-1942, edited by Sisir Kumar Bose and Sugata Bose, Netaji Research Bureau, Kolkata, 2016. Pg 12-13.

लिए परिशिष्ट की एक टंकित प्रति तैयार रखें, मेरा अर्थ है कि वह अंतिम पृष्ठ जो मैंने विएना से रोम जाने के दिन लिखकर छोड़े थे।'

सुभाष चंद्र बोस संभवतः इसके बाद की अवधि में लगातार विएना में बने रहे, इसलिए उनके और पत्र-व्यवहार की जानकारी नहीं मिलती है। चूँकि ये सारे पत्र भी एमिली शेंकल ने संभालकर रखे हुए थे इसलिए इसमें केवल सुभाष चंद्र बोस के भेजे गए पत्र उपलब्ध हैं। एमिली शेंकल द्वारा सुभाष चंद्र बोस को भेजे गए पत्रों की कोई जानकारी नहीं है। यह भी संभव है कि, चूँकि सरकार और गुप्तचर विभाग की कड़ी निगरानी सुभाष चंद्र के ऊपर लगातार बनी रहती थी, इसलिए उन्होंने आवश्यकतानुसार इन पत्रों को पढ़कर नष्ट कर दिया होगा, ताकि गुप्तचर विभाग किन्हीं स्थितियों में इन पत्रों के माध्यम से उनकी गतिविधियों पर निगाह न रख पाए और एमिली को किसी जटिलता का सामना न करना पड़े।

इस मध्य, विशेष रूप से जनवरी 1935 से फ़रवरी 1936 का कालखंड, सुभाष चंद्र बोस के लिए चुनौतीपूर्ण समय था। उनकी किताब का टंकण पूरा हो चुका था : उसकी एक प्रति सुभाष बाबू ने फ्रांस के विख्यात नाटककार, उपन्यासकार, निबंधकार, इतिहासकार और एक रहस्यवादी लेखक रोम्याँ रोलाँ को भेजी थी। रोलाँ की विशिष्टता इस तथ्य से सिद्ध होती है कि उनको सन् 1915 में उनके साहित्यिक चरित्रों के रूप में विभिन्न लोगों में बुलंद आदर्शवाद, संवेदनशीलता और सत्य के साथ प्रेम करने के जुनून का सम्मान करते हुए, साहित्य के 'नोबेल पुरस्कार' से सम्मानित किया था।

पांडुलिपि की प्रति रोम्याँ रोलाँ को भेजने के पीछे नेताजी का आग्रह यह था कि वह इस पुस्तक के विषय में कुछ लिखें। रोलाँ ने सुभाष बाबू को निराश नहीं किया। इस महान चिंतक ने उन्हें 'द इंडियन स्ट्रगल', 1920-34 को तैयार करने के लिए बधाई दी। रोम्याँ रोलाँ का कहना था :

'यह भारतीय आंदोलन के इतिहास की एक अपरिहार्य उपलब्धि है। हम जैसे विचारक लोगों को किसी भी प्रकार के लालच के विरुद्ध संघर्ष करना चाहिए। वह लालच जो हमें हमारे थकान और अस्थायित्व के लम्हों में कमज़ोर बनाता है। इस विश्व को ईश्वर, कला और आत्मा की स्वतंत्रता तथा दूरस्थ क्षेत्रों की रहस्यवादी आत्माओं के चंगुल से बाहर निकाल देना चाहिए। बस हमें संघर्ष करना चाहिए। हमारी ज़िम्मेदारी समुद्र के इस ओर बने रहकर युद्ध के मोर्चों के प्रति जवाबदेह होनी

चाहिए। भारत को तुम्हारी ज़रूरत है, मेरी शुभेच्छाएँ तुम्हारे साथ हैं।'

सुभाष चंद्र का ब्रूसेल्स आगमन हो गया था इसलिए उन्होंने एमिली को पत्र वहीं की डेटलाइन से लिख भेजा था। इस पत्र के भेजे जाते समय तक लगता था कि सुभाष चंद्र बोस और एमिली के बीच औपचारिकताओं के बंधन थोड़े ढीले हो गए थे। यह पत्र में इस्तेमाल किए गए संबोधन से प्रतीत होता है। सुभाष चंद्र बोस ने आयरलैंड जाने वाले पानी के जहाज़ हावरे से यात्रा शुरू की थी और वहीं से उन्होंने एक लंबा पत्र एमिली के लिए लिखा जिसमें कई प्रकार के विवरण दिए गए थे। इसमें सुभाष बाबू ने अपने अगले कार्यक्रम के विषय में बताया था। एक अच्छी बात यह थी कि एमिली के पत्र की त्रुटियों को भी उन्होंने इंगित किया था। इस पत्र के अंशों को निम्न प्रकार[11] पढ़ा जा सकता है :

'क्या मैंने तुम्हें बताया है कि डबलिन में मेरी पहली यात्रा में राष्ट्रपति डी वलेरा से भेंट निर्धारित हुई है।

मेरी पेरिस में कई रुचिकर लोगों से मुलाक़ात हुई। आयरलैंड से वापसी के दौरान मैं एक सप्ताह पेरिस में बिताऊँगा, लगभग एक सप्ताह स्विट्ज़रलैंड और फिर तीन सप्ताह गेस्टीन में। कांग्रेस 7 अप्रैल तक के लिए स्थगित हो गई है और मैं 20 मार्च को मारशैलीज़ से यात्रा करूँगा। अब मैं लॉयड ट्रिएस्टिनो से समुद्री यात्रा नहीं कर सकता।

तुम्हारे कुछ शब्द ग़लत लिखे हुए हैं, विएना, वंदे मातरम आदि। मुझे क्षमा करें कि मैंने अभी तक ब्लान का लेख नहीं पढ़ा है। जैसे ही मैं इसको पढ़ लूँगा, मैं तुम्हें इसके बारे में बताऊँगा। डॉक्टर सेलिग पंडित नेहरू की पुस्तक ले जा सकते हैं।

मैं तुम्हारे लिए कुछ पत्रकारिता का काम सोच रहा हूँ। जैसे ही मेरा विचार स्पष्ट होगा, मैं इस विषय में तुमको लिखूँगा। एक पत्र में तुमने मेरे युवा जीवन की बात की है परंतु अब मैं युवा नहीं हूँ।

फ़िलहाल तुम एक काम कर सकती हो कि तुम कम-से-कम एक पुराना समाचारपत्र ख़रीद लो और उसे पढ़ो। क्या मैं तुमको कुछ फ्रेंच दैनिक समाचारपत्र और पत्रिका भेजूँ? वैसे तुम कैफ़े से भी पुराने फ्रेंच अख़बारों

11. Subhas Chandra Bose, Letters to Emilie Schenkl 1934-1942, edited by Sisir Kumar Bose and Sugata Bose, Netaji Research Bureau, Kolkata, 2016. Pg 19-20.

की व्यवस्था क्यों नहीं करती हो? जर्मनी की आर्थिक स्थिति वास्तव में बहुत ख़राब है। अब लोगों की चिंता, इस बात के लिए सरकार की आलोचना करने की नहीं है। घरेलू महिलाओं की चिंता कहीं अधिक है।

मुझे इस बात की प्रसन्नता है कि तुमने अपनी धूम्रपान की आदत को कम कर दिया है। पेरिस छोड़ने से पहले मैं तुम्हारे लिए एक संवाददाता की स्थिति प्राप्त करने का प्रयास करूँगा। मैं इसके लिए पहले से प्रयास कर रहा हूँ। मेरा स्वास्थ्य अब काफ़ी बेहतर है, यद्यपि मैं थकान महसूस करता हूँ। मुझे एंटवर्प और पेरिस में भरपूर भारतीय भोजन मिला है...'

डबलिन से लिखा गया अगला पत्र नेताजी सुभाष चंद्र बोस ने एमिली को विस्तार से लिखा था जिसमें कुछ गंभीर निर्देश थे। विशेष रूप से इसमें एमिली को एक लेखक के रूप में स्थापित करने की उनकी इच्छा स्पष्ट दिखाई देती है। 11 फ़रवरी 1936[12] को लिखे गए उनके इस पत्र का विवरण निम्नवत है :

'इस पत्र के साथ 'द हिंदू' से मिला एक पत्र संलग्न है जिसे तुम सावधानीपूर्वक रखना। इस पत्र से पता चलता है कि वह दो लेख प्रतिमाह चाहते हैं जिसके लिए वह एक लेख के लिए 30 शीलिंग देंगे, इसका अर्थ है कि तीन पाउंड अथवा 75 ऑस्ट्रियन शीलिंग प्रतिमाह। यह आवश्यक है कि तुम अब नियमित रूप से समाचारपत्र पढ़ना शुरू कर दो। विएना के अख़बारों में 'न्यू फ्री प्रेस' से काम चल जाएगा। परंतु क्या तुम 'टाइम्स' की पुरानी प्रतियाँ सस्ती दरों पर प्राप्त कर सकती हो? यदि ऐसा हुआ तो 'टाइम्स' को नियमित रूप से प्राप्त करना अच्छा रहेगा। जब तक मैं यूरोप में हूँ मैं तुम्हें 'टाइम्स' की कतरनें भेजता रहूँगा। इसका परिणाम यह होगा कि 'टाइम्स' को फ़िलहाल नियमित रूप से पढ़ना ज़रूरी नहीं होगा। परंतु तुम्हें यह दिमाग़ में बनाए रखना होगा। 'टाइम्स' में वास्तव में दो पन्ने होते हैं जो विदेशी समाचारों को स्थान देते हैं। इसके अलावा अन्य पृष्ठों की तुम्हारे लिए कोई आवश्यकता नहीं है।

अगली बात यह है कि तुम्हें 'द हिंदू' नियमित रूप से पढ़ना चाहिए। मुझे लगता है कि 'द हिंदू' मेरे लिए आना शुरू हो गया है। यदि ऐसा है तो तुम इसे अपने लिए रख सकती हो। यदि तुम 'द हिंदू' को नियमित रूप

12. Subhas Chandra Bose, Letters to Emilie Schenkl 1934-1942, edited by Sisir Kumar Bose and Sugata Bose, Netaji Research Bureau, Kolkata, 2016. Pg 21-23.

से पढ़ोगी तो तुम्हें स्वयं समझ आ जाएगा कि उनकी आम नीति क्या है। यह अँग्रेज़ी के एक उत्कृष्ट समाचारपत्रों में से है, परंतु यह मध्यममार्गी राष्ट्रवादी नीति का पोषण करता है और मुझे नहीं लगता कि यह उतना दृढ़तापूर्ण राष्ट्रवादी है, जितना इसे होना चाहिए।'

भारतीय पाठकों के दृष्टिगत सुभाष ने जो सुझाव दिए थे, पत्र के इस हिस्से में उन्हें कतिपय सलाह दी गई थी :

'यह ज़रूरी है कि तुम किसी भी देश के विषय में अपने पहले लेख में हाल के राजनीतिक इतिहास का एक सामान्य विचार प्रस्तुत करो ताकि बाद में जो समाचार भेजो, वे भारतीय पाठकों के लिए विद्वतापूर्ण लगें। तुम प्रथम विश्व युद्ध से लेकर अब तक के इतिहास के विषय में शुरू कर सकती हो जिसमें युगोस्लोवाकिया और वहाँ के राजनीतिक इतिहास की चर्चा की जाए। इस उद्‌देश्य के लिए तुम्हें यूगोस्लोवाकिया के पत्रकारों से एक बार संपर्क में रहना होगा। मिसेज़ फ़ुलक मिलर से कहो कि वह तुम्हें मैक्सिम कंड और किसी अन्य विद्वान पत्रकार से परिचित करा दें, फिर तुम उनसे यथासंभव सूचना प्राप्त कर सकती हो। मेरी जानकारी पर्याप्त नहीं है परंतु मैं तुम्हें कुछ ऐसी टिप्पणियाँ भेजने का प्रयास कर सकता हूँ, जो तुम्हारे लिए उपयोगी हों। इन टिप्पणियों का तुम अपने लेख में उपयोग कर सकती हो।'

इस विषय में विस्तार से बताने के लिए सुभाष चंद्र बोस ने एमिली द्वारा लेख लिखने के लिए जानकारियों के कुछ बिंदु साझा किए थे, जो निम्नवत थे :

'यदि यह सुविधाजनक हो तो तुम किसी अन्य ऐसे देश के विषय में शुरुआत कर सकती हो जहाँ के विषय में तुम्हें आसानी और सुगमता से सूचना एकत्रित करने की व्यवस्था मिल सके। ऐसे देश जिनके विषय में तुम लिख सकती हो, निम्न हैं :

1. बाल्कन राज्य— युगोस्लाविया, बल्गारिया, रोमानिया, ग्रीस और संभवतः हंगरी भी, यद्यपि हंगरी पूरी तरह से बाल्कन बोलने वाले लोगों का राष्ट्र नहीं है।

2. निकट पूर्व— टर्की, फ़िलिस्तीन, सीरिया, मिस्त्र। तुम इसमें अरबिया को भी शामिल कर सकती हो।

तुम्हें यह याद रखना होगा कि मिस्र अब महत्वपूर्ण हो गया है। दोबारा सोचने पर मुझे लगता है कि तुम्हें 'टाइम्स' को नियमित रूप से पढ़ना चाहिए। इसलिए मैं 'टाइम्स बुक क्लब' से अनुरोध कर रहा हूँ कि वह मुझे भेजे जाने वाले 'टाइम्स' को तुम्हें भेजा करें। तुम्हें उसे पढ़ना चाहिए और उसके उपरांत विदेशी समाचारों वाले पन्ने अथवा कुछ महत्वपूर्ण कतरनें मुझे भेज देना चाहिए।

तुम्हें सभी बाल्कन और निकट पूर्व के देशों के प्रेस अटैची को अपने होने की जानकारी देनी होगी। कृपया उनको अपना एक कार्ड संलग्न करते हुए एक साक्षात्कार तथा ऐसी सूचना प्राप्त करने के लिए लिखो जो वह अपने देश के विषय में भारत में प्रकाशित होते देखना चाहेंगे। प्रेस अटैची अथवा प्रेस शैफ़ का पता होता है, मार्फत लीगेशन[13]। यह सब करने के लिए तुम्हें कुछ धनराशि की ज़रूरत पड़ेगी। इसलिए मैं तुम्हें पेरिस से दो पाउंड अथवा लगभग 50 शिलिंग्स की धनराशि भेजने का प्रयास करूँगा।

पहला लेख एक छोटे समूह का हैसबर्ग की पुनर्स्थापना के संबंध में दृष्टिकोण पर हो सकता है। जब तुम अपना पहला लेख 'द हिंदू' के संपादक को एयरमेल से भेजो तो कृपया उनसे अपने मान्यतापत्र की भी माँग कर लेना।'

यह सुभाष का एमिली को लिखा गया एक अगला पत्र था :

'मैंने तुम्हारे पिछले तीन पत्रों का जवाब नहीं दिया है। तुम्हारा 15 तारीख़ का पत्र मुझे यहाँ अगले दिन मिल गया था। धन्यवाद। मैं यह पत्र जल्दी में लिख रहा हूँ। इसलिए मैं केवल एक बिंदु लिखूँगा। इस सप्ताह अपने लेख को 'द हिंदू' में नहीं भेजना। कृपया एक सप्ताह का और समय लेकर एक दूसरा लेख भी लिखो और मुझे पहले इसको स्वीकृत करने दो। पहला लेख अच्छा होना चाहिए। इसका कोई फ़र्क़ नहीं पड़ता कि उसे भेजने में थोड़ा विलंब हो जाए। मुझे इस बात की चिंता है कि तुम कहीं शीघ्रता में इस सप्ताह उन्हें कोई लेख न भेज दो।

मैं तुम्हारे लिए लंदन से एक डिक्शनरी की व्यवस्था कराता हूँ। मैं इस सप्ताह तुम्हें दो पाउंड की धनराशि भेज दूँगा।

13. संबंधित राष्ट्र का दूतावास

छोटा समूह का अर्थ है चेकोस्लोवाकिया, रोमानिया और युगोस्लाविया। अगले पत्र में विस्तार से लिखूँगा। एक बार फिर मैं कहता हूँ कि इस सप्ताह 'द हिंदू' को अपना लेख नहीं भेजना।'

एमिली को भेजे गए अगले पत्रों के क्रम में वह पत्र भी है जो नेताजी ने तीन मार्च 1936 को बदस्तान से भेजा था। यह पत्र इस प्रकार था :

'मैं यहाँ आज सवेरे पहुँच गया हूँ। मुझे लौसाने में विलंब हुआ क्योंकि 28 फ़रवरी को श्रीमती गाँधी[14] की मृत्यु हो गई थी। मैं यहाँ पहुँचने के बाद तुम्हारे पत्र और लेख मिलने की अपेक्षा कर रहा था। मैं थका हुआ हूँ और मुझे इस बात की ख़ुशी है कि मुझे कुछ आराम मिल सकेगा। तुम कैसी हो ? यहाँ सुंदर लग रहा है। मैं यहाँ पर थोड़ा स्कीइंग करना चाहता हूँ।'

इस पत्र को लिखने के अगले दिन ही संभवतः सुभाष चंद्र बोस को इतना समय और आराम मिल गया था कि वह एमिली के लिए एक लंबा पत्र लिख सकते। इस दिन का उपयोग उन्होंने एमिली के पिछले सात पत्रों के जवाब देने में किया। उनका यह पत्र इस प्रकार था :

'मैं अब तुम्हारे 22 जनवरी, 8, 12, 15, 19, 20 और 25 फ़रवरी के पत्रों का जवाब देने के लिए बैठा हूँ। मुझे प्रसन्नता है कि तुम विएना के दो अख़बारों को नियमित रूप से पढ़ रही हो। यद्यपि वे तुम्हें ऑस्ट्रिया के बारे में पूरी जानकारी नहीं दे पाएँगे परंतु तुम्हें बाल्कन के विषय में अर्थपूर्ण सूचना ज़रूर मिल जाएगी।

यदि तुम डॉक्टर एलीवेरा से मिल सको या बात कर सको तो उन्हें मेरा सम्मान प्रेषित करना। कृपया उन्हें बताना कि मैं उनके उस बहन जैसे व्यवहार और देखभाल को नहीं भूल पाऊँगा जो उन्होंने रौडौलफ़िनर हाउस में मेरे लिए किया था। मुझे नहीं लगता कि यूरोप से प्रस्थान करने से पूर्व मैं कभी उनसे मिल पाऊँगा। वह इतनी अच्छी महिला हैं कि मुझे निश्चित रूप से यह लगता है कि उनके इस जीवन में हर चीज़ अच्छी होगी।

क्या 'दास लेटज़ फ़ोर्ट' में भारतीयों का कोई संदर्भ नहीं है ? क्या यह केवल नीग्रो और कुर्द के विषय में है ? कृपया मुझे इस फ़िल्म के विषय

14. यहाँ आशय श्रीमती जवाहरलाल नेहरू से है

में एक छोटा विवरण लिखकर भेजना। क्या इसकी कहानी बोसांबो की तरह की है?'

सुभाष बाबू हमेशा चाहते थे कि एमिली अँग्रेज़ी भाषा और लेखन में प्रगति करे। इसके लिए वह हमेशा उसको प्रोत्साहित करते रहते थे। कई बार नाराज़ भी होते थे। इस पत्र के अगले हिस्से में उन्होंने लिखा था :

'मेरी लापरवाही की वजह से मैं अभी तक तुम्हारे लिए अँग्रेज़ी का शब्दकोश ख़रीदने का आदेश नहीं कर पाया हूँ। मैं आज इसे करता हूँ। यह मेरे नाम से कार्ल्सबाद के माध्यम से आएगा और तुम्हें इसकी डिलीवरी लेनी है। मैं 'टाइम्स बुक क्लब' को युद्ध के बाद का यूरोपियन इतिहास के लिए लिख रहा हूँ। यह मैंने पहले नहीं किया। यदि मैं तुम्हारे लिए उपयुक्त किताब पाऊँगा तो मैं उनका भी आदेश दे दूँगा। मेरे पास मेरी किताबों में युद्ध के बाद अंतर्राष्ट्रीय विषयों से संबंधित एक बेहतरीन किताब है परंतु मुझे संशय है कि यह तुम्हारे लिए लंबी और कठिन पड़ेगी। तुम्हें जो चाहिए वह एक अधिक लोकप्रिय क़िस्म की किताब होनी चाहिए।

कार्ल्सबाद के मिस्टर स्टिनर तुम्हें यहूदियों के बारे में उपयोगी सूचना और दृष्टिकोण उपलब्ध करा सकेंगे। परंतु तुम्हें अरब दृष्टिकोण से भी और सूचना की आवश्यकता पड़ेगी।

सीरिया के लिए मैं तुम्हें एक कार्ड संलग्न कर रहा हूँ जो उस सीरियाई नेता का है जो देश से निष्कासित होने के बाद जेनेवा में रह रहा है। तुम मेरा कार्ड इस्तेमाल कर उससे भारतीय प्रेस के लिए जानकारी प्राप्त कर सकती हो। कृपया उन्हें यह बता देना कि वह फ्रेंच में लिख सकते हैं और यह सब लिखित सूचनाएँ तुम्हें भेजी जा सकती हैं। यदि संभव हो तो कृपया फ्रेंच में ही लिखिए क्योंकि वह केवल फ्रेंच जानते हैं। अगर फ्रेंच में न लिखा जा सकता हो तो अँग्रेज़ी में लिखना। मुझे लगता है कि उनके पास एक सेक्रेटरी है जो अँग्रेज़ी भाषा का जानकार है।

देश के मीडिया प्रमुख का दर्जा मंत्री का नहीं होता है परंतु ऑस्ट्रियन मीडिया प्रमुख को एक मंत्री का दर्जा मिला हुआ है। इसलिए उसे माननीय मंत्री कहकर संबोधित करना उचित होता है। तुम ऑस्ट्रियन

मीडिया मंत्री को भी लिख सकती हो, परंतु कृपया तब तक प्रतीक्षा करना जब तक कि तुम्हें तुम्हारा नियुक्ति पत्र नहीं मिल जाता। अन्य देशों के मीडिया प्रमुखों से संपर्क करने के लिए तुम्हें अपने तैनाती पत्र की प्रतीक्षा करने की ज़रूरत नहीं है। तुम्हें ऐसे विएनाई अधिकारियों से भी संपर्क में बने रहना चाहिए जो विदेशों में प्रोपेगेंडा करने में रुचि रखते हों।

मुझे इस बात की प्रसन्नता है कि तुम अब पहले से बेहतर हो। क्या यह सही बात है? 'द हिंदू' के लिए लिखा गया तुम्हारा पहला लेख काफ़ी अच्छा है। मैं अब पूरा लेख स्वयं देखना चाहता हूँ।

फ़िलिस्तीन का इंग्लैंड से वास्ता है (ब्रिटिश जनादेश के अनुसार)। सीरिया का जनादेश फ्रेंच के अधीन है। अरबिया स्वतंत्र है— एक भाग का शासन इब्न सऊद द्वारा किया जाता है (जिसमें मक्का जैसे पवित्र स्थल शामिल हैं) और निचले भाग का शासन यमन के इमाम द्वारा होता है। ईराक़ नाममात्र के लिए स्वतंत्र है परंतु वह ब्रिटिश प्रभाव में है। मिस्र में एक नाम मात्र का बादशाह होता है परंतु वह ब्रिटिश संरक्षण में है।

तुम्हें टर्की के प्रेस प्रमुख से बात करनी चाहिए, बशर्ते कि तुम अब तक नहीं कर चुकी हो। मिस्र के विषय में नाहस पाशा को लिखना व्यर्थ है।

भारतीयों को कोई पाठ देने से पहले तुम्हें सतर्क रहना होगा। सामान्य रूप से उन्हें ऐसी महिलाओं से संपर्क करना होता है जो उनके साथ स्वच्छंद हो सकें और संभवतः उन्हें नृत्य भी सिखा सकें। इस तरह की कई महिलाएँ पहले ही हैं और मुझे लगता है कि तुमको भी कहीं उन जैसा ही न समझ लिया जाए। डॉ. सेन का तुम्हारे प्रति व्यवहार कैसा है?'

इस लंबे पत्र के अंतिम भाग में सुभाष बाबू ने एमिली के कुछ प्रश्नों का उत्तर देते हुए इस प्रकार लिखा था :

'1. लोकार्नो संधि नौ यूरोपीय शक्तियों द्वारा लोकार्नो में कुछ वर्षों पहले हस्ताक्षरित हुई थी, जिसमें यह वादा किया गया था कि वे यूरोप में शांति बनाए रखेंगे और यदि किसी शक्ति पर कोई अन्य राष्ट्र आक्रमण करेगा तो उसकी मदद करेंगे। इस संधि का सही वर्ष मैं भूल गया हूँ, यह संभवतः 1925 में हुई थी।

2. स्ट्रेसा कॉन्फ्रेंस पिछले वर्ष इंग्लैंड, फ्रांस और इटली में, इटली के

स्ट्रेसा नामक जगह पर हुई थी। इसका उद्देश्य जर्मनी के विरुद्ध तीन देशों में एक सहमति बनाई जानी थी।

3. रोमन संधि संभवतः इटली, ऑस्ट्रिया और हंगरी के बीच निकट आर्थिक और राजनीतिक सहयोग के लिए हुई थी। यह भी पिछले वर्ष की गई थी।

4. लिटिल एंटेंटे का अर्थ है— चेकोस्लोवाकिया, युगोस्लाविया और रोमानिया। हंगरी इसके विरुद्ध है।

5. बाल्कन समूह का अर्थ है— टर्की, ग्रीस, रोमानिया और युगोस्लाविया। बल्गारिया इसके बाहर है और ऐसे ही अल्बानिया भी।'

पाँच मार्च 1936 को बदमस्तगीन से लिखे गए अपने पत्र में उन्होंने अपने पहुँचने के विषय में सूचित किया और कुछ निजी सामान की पूछताछ की परंतु उसके दो दिन बाद ही (7 मार्च) को लिखे गए पत्र में उन्होंने कई विषयों पर चर्चा की जिसमें मुख्य बिंदु निम्नलिखित थे :

- क्या मैंने तुम्हें पेरिस से एक फ्रेंच समाचारपत्र 'ला ल्यूमरे' की कतरन भेजी थी? इस समाचारपत्र में मेरा एक साक्षात्कार प्रकाशित हुआ है। यदि यह तुम्हें नहीं मिली है तो मैं इसकी प्रति फिर से भेज देता हूँ। एक अन्य समाचारपत्र में पंडित नेहरू और मेरे संबंध में एक लेख लिखा गया है।
- क्या तुम्हें याद है कि मैंने पटेल के पत्रों का बंडल कहाँ रखा है? यदि मैं यहाँ पर समय निकाल पाया तो मैं उन्हें भी देखना चाहूँगा। कृपया मुझे बताएँ कि वे कहाँ हैं?
- मेरा विएना आने का मन है परंतु यह अभी असंभव दिख रहा है। मुझे इन दिनों अपने आप पर भी ध्यान देना चाहिए क्योंकि मैं 18 तारीख़ को यहाँ से निकल रहा हूँ।
- टर्की के विषय में जानकारी के लिए पेरिस में लिख रहा हूँ। इस देश के विषय में टर्की प्रेस प्रमुख से मिलकर जानकारी प्राप्त कर सकती हो।
- लंदन में ईराक़ और अरब के दूतावासों को लिखने का कोई लाभ

नहीं है।

- तुम्हें मुझे एक हल्का कोट भेजना होगा, बशर्ते कि वह यहाँ आ सकता हो।
- तुम्हारे पत्र में उठाए गए अन्य बिंदुओं के विषय में मैं बाद में लिखूँगा, पहले मुझे तुम्हारे लेख को पढ़ना है। मैं इसे कल, यानी रविवार को भेजने का प्रयास करूँगा ताकि तुम इसे सोमवार को प्राप्त कर सको, तत्काल टंकित कर सको और सोमवार की शाम तक भेज सको।
- मुझे यह याद नहीं है कि उस लेख की क्या लंबाई होनी चाहिए जो 'द हिंदू' तुमसे अपेक्षा करता है। तुम्हारा ड्राफ़्ट छोटा लग रहा है। तुम्हें 'द हिंदू' के एक कॉलम की शब्द संख्या को गिनकर यह देखना चाहिए कि संपादक को किस तरह के लेख की आवश्यकता है। तुमको यह भी देखना होगा कि तुम संपादक की अपेक्षा से कम शब्दों का लेख न भेजो।
- मैं 'द हिंदू' को लिख रहा हूँ कि पहला लेख महीने के मध्य में भेजा जाएगा।

पाँच मार्च 1936 को लिखा गया शायद वह दूसरा पत्र था जो सुभाष चंद्र बोस के बड़े भाई की पुत्रवधू कृष्णा बोस को एमिली शेंकल ने बाद में सौंपा था। यह निजी पत्र सुभाष चंद्र बोस के एमिली को लिखे पत्र के संग्रह में शामिल नहीं था। इसमें सुभाष बाबू ने उनसे मन की बात करते हुए लिखा था :

'प्रिय डार्लिंग,

समय आने पर हिमपर्वत भी पिघलता है, ऐसा भाव मेरे अंदर भी है। मैं तुमसे कितना प्रेम करता हूँ, यह बताने के लिए कुछ लिखने से ख़ुद को रोक नहीं पा रहा हूँ। जैसा कि हम एक-दूसरे को आपस में कहते हैं। मेरी डार्लिंग, तुम मेरे दिल की रानी हो, लेकिन क्या तुम मुझसे प्यार करती हो?

मुझे नहीं मालूम कि भविष्य में क्या होगा। हो सकता है पूरा जीवन जेल में बिताना पड़े, मुझे गोली मार दी जाए या मुझे फाँसी पर लटका दिया जाए। हो सकता है मैं तुम्हें कभी देख नहीं पाऊँ। हो सकता है कि कभी पत्र

नहीं लिख पाऊँ। लेकिन भरोसा करो कि तुम हमेशा मेरे दिल में रहोगी, मेरी सोच और मेरे सपनों में रहोगी। अगर हम इस जीवन में नहीं मिले तो अगले जीवन में मैं तुम्हारे साथ रहूँगा।'

इस रूमानियत भरे पत्र के अंत में सुभाष बाबू ने लिखा है कि मैं तुम्हारे अंदर की औरत को प्यार करता हूँ, तुम्हारी आत्मा से प्यार करता हूँ, तुम पहली औरत हो जिससे मैंने प्यार किया। पत्र के अंत में सुभाष बाबू ने इस पत्र को नष्ट करने का अनुरोध भी किया था : लेकिन ज़ाहिर था कि एमिली ने अपने पहले प्रेम पत्र को संभालकर रखा।

संभव है कि सुभाष बाबू और एमिली के बीच रूमानियत भरे ऐसे पत्र और भी रहे हों, पर अधिकारिक स्रोत इसकी पुष्टि नहीं करते। चूँकि एक विशिष्ट अवधि के पत्रों को ज़ब्त कर लिया गया था : इसलिए उनकी विषयवस्तु के संबंध में अनुमान लगाना एक काल्पनिक स्थिति के बराबर होगा।

रविवार, 8 मार्च 1936 के दिन लिखे गए अगले पत्र में सुभाष चंद्र बोस ने एमिली को सूचित किया था कि वह उन्हें अपना लेख नहीं भेज पा रहे हैं। उन्होंने यह भी स्पष्ट किया था कि श्री नांबियार[15] ने दो सुझाव दिए हैं जो अच्छे हैं और उन्हें लेख लिखते समय ध्यान में रखना चाहिए। उन्होंने पत्र में ये बिंदु भी लिखे थे :

'—तुमको 'द हिंदू' में महिला आंदोलन और सिनेमा के समाचार से संबंधित लेख भेजने चाहिए। उनका कहना है कि 'द हिंदू' इन विषयों में रुचि रखता है। तुमको तब तक प्रतीक्षा करनी होगी जब तक बाल्कन के विषय में पत्र-व्यवहार पूरा न हो जाए। ऐसा मैं तुम्हें इसलिए कह रहा हूँ ताकि यह बात तुम्हारे दिमाग़ में बनी रहे। यदि 'द हिंदू' तुम्हारे बाल्कन पत्र-व्यवहार से प्रसन्न होगा, तो तब तुम उन्हें अन्य चीज़ें, जैसे महिलाएँ और सिनेमा विषय का सुझाव दे सकती हो।

—यह कि तुम्हें भारत से रुचिकर फ़ोटोग्राफ़ मँगाने की व्यवस्था करनी होगी और उन्हें सचित्र पत्रिकाओं जैसे वीनर बिल्ड आदि में प्रकाशित कराने का सोचना होगा। यह कहने की बात नहीं है कि भारत से ऐसे फ़ोटोग्राफ़ उपलब्ध कराने में मैं तुम्हारी पूरी मदद करूँगा। इस बीच तुम विएना और स्विट्ज़रलैंड की ऐसी पत्रिकाओं से यह पता कर सकती हो कि क्या उन्हें भारत से भेजे जाने वाले चित्रों को प्रकाशित करने में रुचि है

15. इनकी कोई कैफ़ियत नहीं दी गई थी

और क्या वे तुम्हें उसके लिए भुगतान करेंगी? क्योंकि वहाँ के मुक़ाबले भारत से फ़ोटोग्राफ़ आधी दरों में प्राप्त किए जा सकते हैं।'

अगला पत्र 10 मार्च 1936 का है जो सुभाष चंद्र बोस ने एमिली को मुख्यत: उनके लेख की कमियों को बताने के लिए लिखा था। इस पत्र की शुरुआत में ही उन्होंने लिख दिया था :

'तुम्हारा लेख असंतोषजनक है। पहली बात तो यह है कि तुम यह भूल गई हो कि तुम विएना की प्रतिनिधि नहीं हो बल्कि तुम बाल्कन और निकट-पूर्वी देशों की प्रतिनिधि बनकर लिख रही हो। दूसरी बात यह है कि तुम्हारे लेख में इतनी गंभीर त्रुटियाँ हैं जिसके लिए एक ऑस्ट्रियन इंसान को शर्मिंदा होना चाहिए। यह लेख अस्वीकृत कर दिया गया है, परंतु मैंने तुम्हारे लिए इसको दुरुस्त कर दिया है ताकि तुम्हें अपनी त्रुटियाँ पता चल सकें।'

पत्र के अगले ही पैराग्राफ़ में सुभाष चंद्र बोस ने एमिली को लिखा कि उन्होंने उनकी (एमिली) तरफ़ से पहला लेख लिख दिया है। उन्होंने यह भी निर्देश दिए कि इस लेख को टंकित कर उन्हें भेज दिया जाए ताकि अगर कोई त्रुटियाँ रहें तो उन्हें ठीक कर फिर से उसे टाइप करा लिया जाए। उसके बाद ही लेख को मद्रास[16] भेजा जाए।

नेताजी ने एमिली को एक उदाहरण देते हुए लिखा था कि इस लेख को ऐसे टाइप करना चाहिए :

'—युद्ध से पहले का बाल्कन (विएना से हमारे विशेष संवाददाता द्वारा)'

पत्र के नीचे टिप्पणी में सुभाष बाबू ने लेख की कमियाँ बताते हुए निम्न बिंदु लिखे थे :

'ख़राब अँग्रेज़ी।

सोशल डेमोक्रेटिक पार्टी कुछ हफ़्तों को छोड़कर कभी भी सरकार में नहीं रही। यह केवल विएना शहर के प्रभार में रही थी। फ़रवरी 1934 में इसे विएना म्यूनिसपिलटी से भी बाहर कर दिया गया।

ऑस्ट्रिया की कैथोलिक पार्टी को कभी सेंटर पार्टी नहीं कहा गया। इसे क्रिश्चियन सोशल पार्टी कहा जाता था।

16. 'द हिंदू' उन दिनों केवल मद्रास से ही प्रकाशित होता था

यह कहना ग़लत है कि क्रोटस और स्लोवन फिर से वापस आना चाहेंगे।

ऐसा तुम्हें किसने कहा?

तुम्हारा यह कहना कि इटली हैप्सबर्ग को पुनर्स्थापित करने के विरुद्ध है, ग़लत है। केवल जर्मनी इसके विरुद्ध है, इटली नहीं।'

इसके बाद सुभाष बाबू ने जो लिखा वह उनकी एमिली के लेखन पर टिप्पणी थी :

'बहुत ख़राब, बहुत निराशाजनक, अँग्रेज़ी भी ख़राब है!'

सुभाष चंद्र बोस ने एमिली को समझाने के लिए लगभग एक हज़ार शब्दों से भी अधिक का विवरण लिख भेजा था ताकि वह तत्कालीन राजनीतिक स्थितियों को आसानी से समझ सके और अंततः समाचारपत्र को लेख भेजने में कोई त्रुटि न हो।

12 मार्च 1936 के पत्र में उल्लेख था कि वह उन्हें शुद्ध किया गया लेख संलग्न कर रहे हैं। सुभाष बाबू का एमिली को लिखा गया 15 मार्च 1936 का अगला पत्र इसलिए महत्वपूर्ण था कि इसमें उन्होंने कुछ विशिष्ट जानकारी साझा की थी और एमिली को बदमस्तगीन बुलाया था।

'मुझे (विएना के राजनयिक) अधिकारिक स्त्रोतों से सूचना प्राप्त हुई है कि भारत सरकार मुझे भारत वापस पहुँचने पर मुक्त नहीं रहने देगी। इसका अर्थ यह हुआ कि मेरे भारत पहुँचते ही मुझे सीधे जेल में डाल दिया जाएगा।

मैं अब सोच रहा हूँ कि इस अधिकारिक स्वागत के बावजूद भारत जाऊँ। इस बात की अधिक संभावनाएँ हैं कि मैं वहाँ जाऊँगा लेकिन यह कार्यक्रम अगले दो या तीन दिन में बनेगा।

यदि मैं समुद्री मार्ग से जाता हूँ तब मुझे बदमस्तगीन के रास्ते इटली के बंदरगाह से 25 तारीख़ की सुबह जाना होगा। यदि मैं हवाई जहाज़ से जाने की सोचता हूँ तब मुझे 31 मार्च को निकलना होगा। इस बात की अधिक संभावनाएँ हैं कि मैं इटली के समुद्री जहाज़ से जाऊँगा। यदि मुझे जाना पड़ा, तब मुझे कुछ ज़रूरी काम निपटाने पड़ेंगे। मुझे कुछ लेख लिखने हैं और अपनी पुस्तक का दूसरा संस्करण तैयार करना है। यह श्रम वाला काम है और इसमें लगभग एक सप्ताह का समय लगेगा।

क्या तुम यहाँ एक सप्ताह के लिए आ सकती हो? कृपया अपने पेरेंट्स से यह जानकारी प्राप्त करो कि क्या वे तुम्हें घर से एक सप्ताह के लिए यहाँ आने की स्वीकृति देंगे।

यदि तुम्हारा यहाँ आना आवश्यक हुआ तो मैं तुम्हें एक बार फिर पत्र लिखूँगा। जब तक मेरा दूसरा पत्र तुम्हें न मिले, तब तक तुम्हें मेरी किताब की विषय-वस्तु को पुनरीक्षित करने तथा उससे संबंधित अन्य काम के अलावा और कुछ नहीं करना है।

यदि तुम आ पाओगी तो तुम्हें मेरा एक कोट और दूरबीन लानी होगी। तुम अपने लिए भी कुछ चीज़ें ला सकती हो क्योंकि तुम्हारे पास अधिक सामान नहीं होगा। मैं तुम्हें रेलवे ख़र्च के लिए राशि भेज दूँगा।

कृपया इस मामले को गोपनीय रखना और अपने माता-पिता से भी ऐसा ही करने को बोलना। मैंने विएना में किसी को भारत सरकार की अधिकारिक धमकी के विषय में नहीं बताया है इसलिए तुम भी तब तक इसे गोपनीय बनाए रखना, जब तक कि मैं अन्य मित्रों को सूचित नहीं करता हूँ।

पुनश्च: मुझे आशा है कि तुमने पहला लेख 'द हिंदू' को भेज दिया होगा।'

उनके अनुसार इस पत्र को भेजने के अगले दिन अर्थात 16 मार्च 1936 को सुभाष चंद्र बोस ने बदमस्तगीन से एमिली को पत्र लिखते हुए कुछ बातें स्पष्ट की थी। इस पत्र का विवरण निम्न प्रकार है :

'मुझे घर जाना होगा। इसलिए मुझे तत्काल सारी तैयारियाँ करनी होंगी। मैं इस पत्र के साथ यहाँ तक आने के लिए तुम्हारे यात्रा के ख़र्च के रूप में 40 शिलिंग्स भेज रहा हूँ। कृपया मेरे लिए यह चीज़ें लेते आना :

1. ट्रेंच कोट[17]

2. माईडर कॉरसेट[18], यह एक बक्से में पैक रखा होगा।

कृपया ग्रे रंग का मेरा हल्का ओवरकोट मेरी मकान मालकिन के पास छोड़ देना ताकि जब मैं उन्हें लिखूँ तो वह मुझे डाक से अथवा किसी वाहक के हाथों भिजवा सकें। इसे साथ लाने की परेशानी मत उठाना।

---

17. बारिश से सुरक्षा रखने के लिए विशेष रूप से बनाया गया कोट

18. एक विशिष्ट परिधान

केवल ट्रेंच कोट लेकर आना।

कृपया कपड़ों के दोनों बक्सों को ढंग से देख लेना। यदि तुम्हें यह लगे कि उनमें से कोई चीज़ मेरी भारत यात्रा के लिए उपयोगी रहेगी तो उसे लेते आना, परंतु तुम्हें सफ़ेद सूती भारतीय कपड़ों (धोतियों) को लेकर आने की आवश्यकता नहीं है। उनमें से एक मेरे पास है और वह पर्याप्त है।

तुम्हारे अपने उपयोग के लिए कृपया कम-से-कम सामान लेकर आना ताकि तुम अधिक लगेज के कारण परेशान न रहो। तुम्हें कपड़े आदि लाने की ज़रूरत नहीं है क्योंकि यह केवल एक सप्ताह का मामला है। यह संभव है कि तुम्हें यहाँ से कुछ लगेज साथ भी लेकर वापस जाना पड़े। यदि तुम्हें मेरे कपड़ों में एक सफ़ेद टोपी (गाँधी टोपी) दिखे तो कृपया उसे लेते आना।

आज सोमवार का दिन है और यह पत्र तुम्हें शाम तक मिल जाएगा। क्या तुम कल (मंगलवार) चल सकती हो? तुम मुझे इस आशय का एक पंक्ति का टेलीग्राम भेज सकती हो।

यदि तुम कल नहीं निकल पा रही हो तो कृपया मुझे समय से एक एक्सप्रेस पत्र भेज देना परंतु मुझे यह उम्मीद है कि तुम अधिकतम बुधवार तक रवाना हो जाओगी।

तुम्हें विएना में किसी को यह बताने की ज़रूरत नहीं है कि तुम यहाँ आ रही हो, या यह कि वे मुझे जेल में रखने की तैयारी में हैं।

मैं अब तुम्हें संभवतः पर्याप्त धनराशि नहीं भेज पा रहा हूँ। कृपया किसी तरह से व्यवस्था कर लो, मैं तुम्हें तब कुछ और राशि दूँगा जब तुम यहाँ आओगी।

तुम्हारे टिकट के लिए तुम्हें किसी रीस ब्यूरो जाने की ज़रूरत नहीं है। चूँकि बदमस्तगीन ऑस्ट्रिया में ही है, इसलिए तुम किसी भी रेलवे स्टेशन से टिकट ख़रीद सकती हो। मुझे लगता है कि तृतीय श्रेणी का टिकट 33 शिलिंग्स का पड़ेगा। मुझे ट्रेन के पक्के समय का आइडिया नहीं है इसलिए तुम्हें यह टेलीफ़ोन कर स्वयं पता करना होगा। परंतु मुझे लगता है कि कोई सीधी ट्रेन नहीं मिलेगी। तुम्हें साल्सबर्ग अथवा किसी अन्य स्टेशन पर ट्रेन बदलनी होगी।'

यह पत्र एमिली शेंकल तक पहुँच पाता इससे पूर्व, अगले ही दिन 16 मार्च 1936 को सुभाष चंद्र बोस ने उन्हें एक और पत्र लिखा जिसमें कतिपय निर्देश दिए गए थे। दरअसल सुभाष बाबू पूर्व पत्र में कुछ चीज़ों का उल्लेख करना भूल गए थे इसलिए उन्हें यह एक्सप्रेस पत्र भेजना पड़ा। उन्होंने इन चीज़ों में उनकी प्रकाशित हुई किताब 'द इंडियन स्ट्रगल' की प्रति और उससे संबंधित नोट्स, टाइपिंग पेपर और कार्बन पेपर के साथ टाइपराइटर और एयरमेल पत्र भेजने के लिए 50 शीट तथा 50 लिफ़ाफ़े भी मँगाए थे।

नेताजी ने पत्र में एमिली को लिखा था कि अगर तुम स्टेशनरी आदि न ला सको तो कोई बात नहीं परंतु टाइपराइटर लाना मत भूलना जो यहाँ पर ज़रूरी होगा। वहाँ पर काग़ज़ महँगा था इसलिए एमिली को कहा गया था कि वह स्टेशनरी वहीं से लेकर आए तो बेहतर रहेगा। उन्होंने अंत में यह भी लिखा :

> 'मुझे आशा है कि मैं तुम्हें ज़रूरत से अधिक परेशान नहीं कर रहा हूँ। मुझे चिंता है कि तुम्हारे पास पैसों की तंगी है परंतु कृपया इसकी व्यवस्था कर लेना।'

सुभाष चंद्र बोस के इस पत्र को भेजने के अगले दिन उन्होंने एमिली को फिर एक पत्र लिखकर कुछ निर्देश दिए। हालाँकि उन्होंने यह भी स्पष्ट किया कि उन्हें नहीं लगता कि यह पत्र उसे समय से मिल सकेगा, परंतु यदि यह पत्र मिला तो उसके लिए कुछ निर्देश और भी थे। इन निर्देशों में सुभाष बाबू ने अपनी चिकित्सकीय रिपोर्ट्स लाने की भी बात की थी। हालाँकि उन्होंने एमिली को पूर्व में ही लिखा था कि उन्हें स्वयं ट्रेन की समय सारणी पता कर आना होगा लेकिन इस पत्र में उन्होंने एमिली के लिए जानकारी एकत्रित कर, ट्रेनों के समय भी लिख भेजे थे।

17 मार्च 1936 के इस पत्र के बाद जो अगला पत्र अभिलेखों में मिलता है, उसके अनुसार उन्होंने 30 मार्च 1936 को भी एमिली को एक पत्र लिखा था। इससे स्पष्ट होता है कि इस बीच एमिली उनके पास आ गई थी और यह पत्र उसके वापस जाने के बाद लिखा गया था। पत्र में उन्होंने अपने एक लेख को संलग्न किया था। उन्होंने एमिली को लिखा कि वह 'द हिंदू' के संपादक को उसके पुराने दो लेखों के संबंध में अपना मत भेजें और यदि कोई सुझाव हो तो वह भी दें।

सुभाष चंद्र बोस ने एमिली को आश्वस्त किया था कि वह भारत पहुँचने के बाद उसे एक नोट भेजेंगे। उन्होंने उम्मीद जताई थी कि वह बिना किसी दिक़्क़त

के वापस विएना पहुँच गई होगी। इस पत्र में आख़िर में एक नोट लिखकर उन्होंने बताया था कि उन्हें नहीं लगता कि कोई यहाँ उनका पीछा कर रहा है। हो सकता है कि ऐसा किया जा रहा हो परंतु उन्हें यह समझने का समय ही नहीं रहा था।

29 मार्च 1936 को लिखे पत्र में आगे उन्होंने जो लिखा कई बार वह पढ़ते हुए ऐसा लगता है कि जैसे हम एक यायावर की डायरी का अंश पढ़ रहे हों, परंतु जैसा कि उन्होंने स्वयं लिखा था बाद में उसमें किसी गंभीरता का पुट आता है और फिर कोई महत्वपूर्ण जानकारी दी जाती है।

सुभाष चंद्र बोस ने एमिली को जो एक लंबा पत्र लिखा था। उसमें उन्होंने आरंभ में ही बताया था :

'मैं तुम्हें बहुत-सी चीज़ों के विषय में लिखना चाहता था : परंतु मैं इन्हें असंबद्ध ढंग से लिखूँगा, इसलिए इस पत्र को ध्यानपूर्वक पढ़ना।'

पहले पैराग्राफ़ में उन्होंने लिखा था :

'यह समुद्र काफ़ी शांत है, ईश्वर की कृपा है। क्योंकि मैं अब बूढ़ा हो चला हूँ, इसलिए अब मुझे उग्र समुद्र का सामना करने का साहस नहीं होता, जैसा कि मैं एक युवक के रूप में कर पाता था। मौसम सुंदर और धूप वाला है, ऊपर नीला आसमान है और नीचे समुद्र का गहरा नीला रंग, जो हमें चारों तरफ़ से घेरे हुए है— पानी का एक अंतहीन विस्तार।'

यात्रा पर निकलते समय के अनुभव को उन्होंने इस प्रकार साझा किया था :

'जब मैंने इटली की सीमा पार की तो मुझे कोई दिक़्क़त महसूस नहीं हुई। उन्होंने मेरी तरफ़ देखा और मुझसे अपने बक्से खोलने के लिए भी नहीं कहा। रास्ते में मैं तीन घंटे रुका और बनहाफ़ रेस्तराँ में नाश्ता किया। तब मैंने अपना वह लेख पूरा किया जो तुम्हें भेजा है। मुझे लगता है कि वहाँ कोई मुझपर निगाह रखे हुए था : परंतु मैंने कोई चिंता नहीं की क्योंकि मैं लिखने में व्यस्त था। यदि वह पत्र तुम तक न पहुँचे, तब यह माना जा सकता है कि वह उन लोगों ने चुरा लिया, क्योंकि उसे मैंने स्वयं स्टेशन के पोस्ट ऑफ़िस से प्रेषित किया था।'

अपनी यात्रा के विवरण को साझा करते हुए सुभाष चंद्र बोस ने एमिली को लिखा था कि वह उनकी किस तरह की यात्रा रही थी :

'जहाज़ में यात्रा कम-से-कम सुविधाओं के साथ एक काफ़ी आरामदेह

अनुभव होता है। वहाँ खाने के लिए भरपूर भोजन होता है, मगर कहीं कम तो कहीं अधिक। आप वहाँ अपने दिन की शुरुआत बिस्तर पर चाय के साथ कर सकते हो। उसके बाद नाश्ता और फिर बार-बार विभिन्न क़िस्म के भोजन, दोपहर का खाना जिसके उपरांत चाय और केक आदि सर्व किए जाते हैं। अंतत: 7:30 बजे के आसपास रात्रि भोजन होता है परंतु यह आख़िरी भोजन नहीं कहा जा सकता। प्रथम श्रेणी में भोजन और भी बेहतरीन होता है तथा नाश्ते और दोपहर के भोजन के बीच में वह आपको सूप तथा सैंडविच भी देते हैं। शाम के समय एक संगीत संध्या का आयोजन होता है और रात्रि में फ़िल्म शो। पिछली रात को भी एक फ़िल्म शो आयोजित किया गया था। आपके लिए यहाँ पर रोज़ाना स्नान की भी व्यवस्था है तथा अनुकूल मौसम पर स्विमिंग पूल में स्नान करने पर एक बेहतर अनुभूति होती है। समय काटने के लिए कई तरह के खेलों की व्यवस्था है। आज एक निशानेबाज़ी प्रतियोगिता थी और इटली के यात्रियों ने बेहतरीन लक्ष्य साधकर दिखाए। उन्हें एक स्वचालित मशीन द्वारा हवा में फेंके गए लकड़ी के टुकड़ों पर निशाना लगाना था। प्रथम श्रेणी के यात्रियों के लिए एक जिमनास्टिक कक्ष भी है।

मेरे केबिन के सहयोगी लोगों में एक भारतीय तथा एक अफ़ग़ानी यात्री है। जहाज़ पर कुल छह भारतीय लोग हैं। यहाँ इटली के लोग भरे पड़े हैं, परंतु मुझे लगता है कि यह मसाबा में ख़ाली हो जाएगा। हम अगले बंदरगाह पर 30 या 31 मार्च को पहुँचेंगे और मैं वहाँ से तुम्हें पत्र भेजूँगा।

मुझे प्रसन्नता है कि यह समुद्र उग्र नहीं है। सामान्य रूप से भूमध्य सागर सर्दियों में उफान पर होता है जबकि अरब सागर गर्मियों में। केवल ग्रीष्म ऋतु (मार्च-अप्रैल-मई) और पतझड़ ऋतु (अक्टूबर-नवंबर) ऐसे मौसम कहे जा सकते हैं, जब भूमध्य सागर और अरब सागर शांत रहते हैं। लाल समुद्र कभी उग्र नहीं होता, सिवाय उस समय के, जब कोई तूफ़ान आया करता है, परंतु यह भयावह रूप से गर्म रहता है। मुझे नहीं पता कि जब हम पहुँचेंगे तो यह कैसे स्वभाव से गुज़र रहा होगा। इन लोगों ने लाल समुद्र के मौसम को ध्यान में रखते हुए बिजली के पंखों को व्यवस्थित करना शुरू कर दिया है।'

यह तो बात रही समुद्री यात्रा की, जिससे उन्होंने अपने पत्र की शुरुआत की थी, परंतु आगे के विवरण में उन्होंने एमिली के अध्यापक वाली पुरानी भूमिका का निर्वहन शुरू कर दिया। सुभाष बाबू ने एमिली को लिखा था :

'मुझे उम्मीद है कि तुमने बिना कोई बहाना बनाए हुए वह सब काम पूरा कर लिया होगा जो मैं तुम्हारे लिए छोड़कर आया था। करने के लिए इतना काम है कि मैं सच में तुम्हें दोषी नहीं ठहरा सकता, बशर्ते कि तुम लापरवाही न करो। दो महत्वपूर्ण चीजें हैं— मीडिया के लिए मेरा वक्तव्य और चिकित्सकों के पत्र जो मुझे तुमको एयरमेल से भेजने हैं।

यदि मैं व्यवस्था कर पाया तो मैं तुम्हें 'द हिंदू' के अगले लेख के लिए कुछ टिप्पणियाँ भेजूँगा। यदि तुम कोई अतिरिक्त सूचनाएँ प्राप्त कर सकीं और उन लेखों को फिर से बेहतर बना पाईं, तो यह अच्छा रहेगा। प्राग के मित्र से संपर्क में रहने की कोशिश करना, वह तुम्हें पत्रकारिता में मदद करेगा।

यदि तुम कभी पूर्वी देशों की यात्रा पर निकलो तो ग्रीष्म अथवा पतझड़ का मौसम चुनना। यदि तुमने गर्मी का मौसम चुना तो तुम्हें सदैव बंदरगाह के बाद गर्मियों के परिधानों के इस्तेमाल की व्यवस्था रखनी होगी। जहाज़ पर यूरोपियन महिलाएँ जब डेक पर टहलती हैं, वे समुद्री तट पर पहनने वाले पाजामा को पहनकर रहा करती हैं।

कल सवेरे जहाज़ के समाचारपत्र में विएना के विषय में एक समाचार था। कोई डॉक्टर जो फ़िनिक्स इंश्योरेंस कंपनी से संबंध रखता था, डॉनूबे के तट पर मृत पाया गया। एक ख़बर ज़्यूरिख़ में डॉक्टर के आँख के ऑपरेशन की थी और आज होने वाले जर्मन चुनाव से संबंधित आकलन की।

मेरे पास कुछ अतिरिक्त लीरा[19] हैं जो मैं तुम्हें इस पत्र के साथ भेज सकता हूँ। मुझे बताया गया कि पोर्ट सैयद अथवा बंबई में मुझे इनको बदलने के लिए ख़राब दर मिलेगी। मैं तुम्हें इस इटालियन मुद्रा के रूप में 100 अथवा 150 लीरा भेज सकूँगा। तुम इनको यथाशीघ्र ऑस्ट्रियन मुद्रा में परिवर्तित कराने की कोशिश करना। लीरा की क़ीमत घटने की संभावना

19. इटालियन मुद्रा

है इसलिए तुम्हें इसको जल्दी परिवर्तित करा लेना चाहिए।

मुझे लगता है कि मुझे 'टाइम्स बुक क्लब' के लिए आरंभ में एक माह के लिए उनकी सदस्यता को क्रय कर लेना चाहिए, अर्थात अप्रैल के अंत तक। तुम अख़बार को पढ़कर सप्ताह में एक बार मुझे भेज दिया करना। अंदर के केवल चार पृष्ठों को भेजने की ज़रूरत है, परंतु कृपया कतरनें मत निकालना। यदि तुम्हारी कोई उपयोगिता की चीज़ हो तो कृपया उसके नोट्स बना लेना। तुम्हें हर बाल्कन देश के लिए अलग नोट्स और कतरनें बनाकर रखनी चाहिए, ताकि तुम जब कोई लेख लिखो, तब तुम्हें अपनी ज़रूरत की सूचना निकालने में कोई असुविधा न हो।

और फिर, अपने स्वास्थ्य का ध्यान रखना। बदमस्तगीन में भोजन अच्छा नहीं था। मुझे लगता है कि अब घर पर आकर तुम्हें अच्छा लग रहा होगा। अब गरम मौसम है इसलिए तुम अब ठंड की शिकार नहीं रहोगी और लगता है कि तुम्हारी खाँसी भी ग़ायब हो जाएगी। मुझे उम्मीद है कि तुम्हारी गाल ब्लेडर की दिक़्क़त भी ख़त्म हो जाएगी। मैं तुमसे निवेदन करता हूँ कि कृपया अपने भोजन के प्रति सावधानी बरतो। यदि ऐसा करोगी तो तुम ऑपरेशन से बच पाओगी।

मेरे अँग्रेज़ी में लिखे गए पत्रों के विषय में अगर ज़रूरत पड़े तो तुम प्राग के मित्र से मदद ले सकती हो। तुम जानती हो कि राजनीतिक मामलों में मैं उसपर भरोसा करता हूँ। पार्सल के पत्रों को सावधानीपूर्वक रखना। यदि तुमको उस सामग्री में मेरा कोई पत्र मिले तो उसे अलग से सुरक्षित रख लेना और यदि तुमको मेरा रिलीज़ ऑर्डर मिले तो कृपया इसे रजिस्टर्ड मेल से मेरे भाई को भेज देना।

मैंने अपने कुछ कपड़े भारत ले जाने के लिए डॉक्टर के. से बात की थी और वह सहमत हैं। मुझे लगता है कि मुझे अपने कपड़ों को तीन बक्सों में बाँट लेना चाहिए— दो छोटे और एक बड़ा बक्सा (चमड़े का)। माथुर और कटियार संभवत: एक-एक बक्से को बिना किसी कठिनाई के आसानी से ले जा सकते हैं। जो कपड़े बहुत उपयोग के और महँगे हैं, उन्हें छोटे बक्सों में रखना होगा। यदि माथुर सहमत होते हैं तो यह बेहतर होगा क्योंकि वह सीधे कलकत्ता आएँगे। मैं बंबई से कलकत्ता तक का

उनको लाने और यूरोप का जो भी ख़र्चा हुआ हो, उसे वहन कर लूँगा। परंतु तुम्हें अपनी सामान्य बुद्धि से यह समझना होगा कि इस परिवहन के ख़र्चे अधिक न हों। यदि वह ख़र्चा अधिक होगा, तब उन्हें भारत में भेजने का कोई लाभ नहीं है। मिस्टर के. ने मुझे आश्वस्त किया है कि वह उन्हें बंदरगाह से विएना तक बिना किसी अतिरिक्त व्यय के, ले आएँगे। अगर यूरोप में अथवा भारत आने के लिए कोई अतिरिक्त ख़र्चा होगा तो वह तुम्हें देना होगा, या कम-से-कम तुम्हें मेरी तरफ़ से देने का आग्रह करना होगा। यदि डॉक्टर के. और माथुर मेरी ओर से यह भुगतान स्वीकार नहीं करते हैं तब वह बात अलग है, परंतु तुम्हें समझना चाहिए कि तुमको यह भुगतान देने का प्रस्ताव रखना चाहिए क्योंकि आख़िरकार वे लोग विद्यार्थी ही हैं।

मेरी किताबों के विषय में तुम्हें डॉक्टर वी. अथवा श्रीमती एफ़. एम. से बात करनी होगी, इनमें से जिसको भी बेहतर समझती हों। कृपया इन किताबों की एक सूची ज़रूर बना लेना और यह सुनिश्चित करना कि वे वापस आ जाएँ।

मेरे पास अमेरिकन एक्सप्रेस के पाँच पाउंड मौजूद हैं। मैं उनसे अनुरोध करूँगा कि वह इस धनराशि को पाउंड मुद्रा में ही तुम्हें दे दें। वे संभवतः कुछ कमीशन लेंगे। कृपया इस कमीशन को स्वयं दे देना और धनराशि को पाउंड में प्राप्त कर लेना। इस धनराशि में से तुम्हें एक पाउंड 'न्यू लीडर' के भुगतान के लिए देना होगा। शेष चार पाउंड को तुम अपने पास रख सकती हो। यह उचित होगा कि तुम इसे ब्रिटिश मुद्रा में ही रखो ताकि जब तुम इंग्लैंड जाओ तो तुम इसका उपयोग कर सको। यदि तुम इसको परिवर्तित करोगे तो कृपया डॉक्टर सेन से पता करना कि क्या वह तुम्हें इसकी बेहतर दरें दे सकते हैं। यदि तुम्हें इंग्लैंड नहीं भी जाना है, तो तुम्हारे पास ब्रिटिश मुद्रा का होना कई बार लाभप्रद हो सकता है।

मैं इस पत्र के साथ एक दूसरा पत्र 'न्यू लीडर' के लिए भेज रहा हूँ। इसके साथ एक पाउंड संलग्न कर एयरमेल से नाम्बियार के पास भेज देना। उनसे कहना कि वह इस पत्र को एक पाउंड के साथ संलग्न कर मेरे दिए गए पते पर भेज दें। मैं अब नाम्बियार को लिख रहा हूँ। नाम्बियार

को साधारण डाक की बजाय एयरमेल से लिखना इसलिए उचित है कि साधारण पत्र के मुक़ाबले एयरमेल से भेजे गए पत्र अधिक सुरक्षित होते हैं। प्राग से इसे पंजीकृत डाक से भेजना इसलिए उचित है कि यह लंदन सुरक्षित पहुँच जाएगा।

कृपया 'न्यू लीडर' को पढ़ना और इसे भारत भेज देना। कृपया दोनों 'न्यू लीडर' और 'द टाइम्स' को मेरे घर के पते वुडबर्न पार्क, कलकत्ता में बुकपोस्ट से भेजना।

बंगाली पत्रों के विषय में तुम्हें यह बताना है कि डॉ. सेन इन्हें तुम्हारी उपस्थिति में पढ़ेंगे और उसके बाद उनका अनुवाद करेंगे। इन्हें अशोक को मत भेजना। अनुवाद के बाद इन्हें नष्ट कर देना।

चमड़े का बड़ा बक्सा ट्रेन के कंपार्टमेंट में ले जाना असंभव है। इसे बुक कराना पड़ता है जिसका अर्थ अतिरिक्त ख़र्चा होगा। तुम्हें कुछ समय तक प्रतीक्षा करनी होगी, जब कोई इसे अपने ख़र्चे पर लाने को तैयार हो या परिवहन का ख़र्च कम हो। इस बक्से को यथाशीघ्र ख़ाली कर लेना और उन्हें इसमें अपने कपड़े और अन्य चीज़ें ले जाने का सुझाव देना। मैं इस बक्से को अपने पास चाहता हूँ क्योंकि एक तो यह काम का है और दूसरा, यह मेरे भाई का है। बक्से में रखी गई सफ़ेद वस्तु को तुम फेंक सकती हो। उस तरह की पारंपरिक भारतीय चीज़ें जो यूरोप में इस्तेमाल नहीं की जातीं, उन्हें तुम या तो कटियार अथवा माथुर को भेज देना या उन्हें नष्ट कर देना क्योंकि उनकी कोई क़ीमत नहीं है। बड़े बक्से से क़ीमती चीज़ें निकालकर उनको माथुर और कटियार के लिए दिए जाने वाले दोनों बक्सों में सहेज देना, ताकि वे उन्हें ले जा सकें। कृपया स्केटिंग और स्कीइंग के जूते भी रख देना, क्योंकि मैं उन्हें स्मृति चिह्न के रूप में रखना चाहता हूँ। अब मैंने एक पत्र के लिए काफ़ी कुछ लिख दिया है। अपने पेरेंट्स तथा बहन को मेरी शुभकामनाएँ देना। मैं तुम्हारे अच्छे भविष्य की कामना करता हूँ। कृपया अपने पेरेंट्स को बताना कि मैंने तुमसे पत्रकारिता में काम करने की स्वीकृति प्राप्त करने का अनुरोध किया है।'

30 मार्च 1936 को लिखे गए अपने पत्र को सुभाष चंद्र बोस ने एक अतिरिक्त

पत्र भी भेजा था क्योंकि उनके अनुसार वह पिछले पत्र में कुछ आवश्यक चीज़ों का उल्लेख करना भूल गए थे। यह पत्र इस प्रकार से लिखा गया था :

‘कुछ बिंदु हैं जिन्हें मैं पिछले पत्र में लिखना भूल गया था, इसलिए यह पत्र अतिरिक्त रूप से लिख रहा हूँ :

- यदि तुमको अवसर मिलता है तो तुम इंग्लैंड जा सकती हो। तुम वहाँ जाओ तो मिस्टर पुलिन सील को लिखना मत भूलना और उन्हें ‘द इंडियन स्ट्रगल’ के दौरान मेरे सेक्रेटरी के रूप में काम करने का परिचय देना। वह तुम्हारी मदद कर सकेंगे। इससे भी बेहतर यह होगा कि तुम उन्हें लिखने के स्थान पर लंदन के नंबर पर बात कर सको। जब तुम जाओगे, तब यदि अशोक वहीं होगा, तो वह तुम्हारी मदद कर सकेगा। उन दोनों के पत्र पुलिस खोलकर देखती है।
- यदि तुम लंदन जाओ तो तुम्हें रास्ते में पेरिस भी भ्रमण करना चाहिए। पेरिस देखने लायक़ जगह है। शायद तुम्हें मिसेज़ वैटर अथवा तुम्हारी अध्यापिका किन्हीं फ्रेंच महिलाओं से संपर्क में ला सकती हैं।
- जिन दो फ्रेंच महिलाओं से तुम्हें परिचित कराया था उनको पत्र लिखना। शायद उन्हें पहले से पता होगा, परंतु यदि तुम उन्हें नहीं लिखोगी तो वे तुम्हारे बारे में जानकर आश्चर्य करेंगी।
- यदि मुखर्जी पत्र नहीं लिखता है तो उन्हें फिर मत लिखना। शायद उन्हें यह अच्छा नहीं लगा कि तुम उन्हें पत्र लिखो। उनको तुम्हारे पत्र में उल्लेखित बंगाली किताबों के विषय में उत्तर देना चाहिए था। शायद वह इस बात से संशय में होगा कि तुम्हें बंगाली सीखने में रुचि क्यों है।
- तुमको अपने फ्रेंच के पाठ जारी रखने चाहिए और स्पेनिश का क्या हुआ?
- तुम सप्ताह में दो बार जिमनास्टिक के पाठ ले सकती हो। बिना किसी इंस्ट्रूमेंट के लेना। अगर इसमें असफल रहती हो तो इससे बेहतर है कि तुम उस जिम में जाया करो, जहाँ मैं जाता था।
- मुझे उम्मीद है कि तुम यथासंभव मितव्ययी होने की कोशिश करोगी।

मैं चाहता हूँ कि तुम इस बची हुई धनराशि का रिज़र्व फ़ंड की तरह इस्तेमाल करो, ताकि गंभीर समस्या के समय किसी अन्य पर निर्भर न होना पड़े। साथ ही तुम्हें यह भी सलाह है कि ग़ैर-ज़रूरी चीज़ों पर ख़र्चा मत करो (वह अलग बात है कि तुम गर्मियों के लिए नया परिधान अथवा एक नया कोट ले सकती हो)।

- कृपया ऐसी पत्रिकाओं से संपर्क करो जो फ़ोटोग्राफ़ प्रकाशित करने में रुचि रखती हों और उनसे पूछो कि क्या वे भुगतान के आधार पर भारतीय फ़ोटोग्राफ़ प्रकाशित करने के इच्छुक हैं।
- जब 'द हिंदू' तुम्हें अंततः तैनात कर दे, तब कृपया उन्हें अपनी सिनेमा की ख़बरों और महिला आंदोलनों के विषय में अतिरिक्त नोट्स भेज सकती हो। इनको प्रेषित करते समय कृपया कहना कि वह अगर इन्हें पसंद न करें तो प्रकाशित न किया जाए परंतु यदि इन्हें प्रकाशन योग्य समझा जाए तो उन्हें इसका भुगतान करना चाहिए।
- तुमको भारतीय समाचारपत्रों में विएना और बुडापेस्ट के मेलों के विषय में रिपोर्ट ज़रूर भेजनी चाहिए। 'द हिंदू' ऐसी रिपोर्ट का स्वागत करेगा। विएना मेले की ख़बर यूनाइटेड प्रेस को भेजी जानी चाहिए जो उसे अन्य समाचारपत्रों में प्रकाशनार्थ भेज देगा। तुम्हें उसका कोई भुगतान नहीं मिलेगा। इसके विपरीत 'द हिंदू' तुम्हें भुगतान भी देगा। परंतु वह बाल्कन रिपोर्ट के अतिरिक्त केवल महिला आंदोलन, सिनेमा और कला की ख़बरों में रुचि रखते हैं। संक्षेप में, 'द हिंदू' को भुगतान के लिए लिखना, और 'यूनाइटेड प्रेस' को यह दर्शाने के लिए कि तुम अन्य समाचारपत्रों से भी जुड़ी हुई हो। यदि तुम्हें यूनाइटेड प्रेस से तैनाती मिले तो किसी से यह मत बताना कि वे लोग तुम्हें कोई धनराशि नहीं देते हैं क्योंकि यूरोप के लोग उन पत्रकारों को कोई महत्त्व नहीं देते हैं जिन्हें भुगतान नहीं मिलता है।
- मैं तुम्हें यह महसूस कराना चाहता हूँ कि तुम चीज़ों को तब किस तरह से उलट-पुलट कर देती हो, जब तुम मेरे निर्देशों को ईमानदारी से नहीं लेती हो। इसका पिछला उदाहरण तुम्हारा डॉ. सेन को यह

बताना था कि भारत के लिए मेरी यात्रा स्थगित हो गई है। तुम्हारे साथ समस्या यह है कि तुम काम करने से पहले सोचती नहीं हो। तुम्हें अब ऐसी आदत डालनी होगी कि तुम कुछ करने से पहले सोचो ज़रूर। काम करने से पहले तीन बार सोचना होगा। अगर तुम ऐसा करो तो शायद ही कोई ग़लती करोगी।

- मैंने तुम्हें नेपल्स से एक संक्षिप्त पत्र लिखा था। उम्मीद है कि वह तुम्हें मिला होगा।
- जब 'यूनाइटेड प्रेस' को संबोधित करो तो संपादक को औपचारिक रूप से संबोधित करना, न कि उनका नाम मिस्टर बी. सेनगुप्ता लिखकर।
- 'द हिंदू' और 'यूनाइटेड प्रेस' को लिखते समय यह देख लेना कि दोनों को एक ही सामग्री प्रेषित न हो जाए। ऐसा करना ख़तरनाक होगा। इससे बचने के लिए कृपया भारत को भेजे जाने वाली टंकित प्रतियों को हमेशा अपने पास रखना।
- इस पत्र को बंद करने से पहले मैं एक बात और कहना चाहता हूँ। अपनी ज़िंदगी में किसी भी स्वार्थी उद्देश्य या लक्ष्य पाने की प्रार्थना मत करना। हमेशा उस बात के लिए प्रार्थना करना जो मानवता के लिए अच्छी हो और जो हमेशा, हर हाल में अच्छी बात कहलाए, जो ईश्वर की निगाह में अच्छा हो, ऐसे निष्काम भाव से काम करना।'

31 मार्च 1936 को जब सुभाष चंद्र बोस का जहाज़ स्वेज कैनाल क्षेत्र में था : उन्होंने एमिली को एक पत्र लिखा जिसमें उन्हें पाँच पाउंड भेजने की चर्चा की गई थी। इसके साथ ही उन्होंने एक महत्वपूर्ण सूचना यह भी दी थी कि जहाज़ में एक पुलिस अधिकारी उन्हें ढूँढ़ते हुए आया था और उनके पासपोर्ट को ज़ब्त कर यह निर्देश दिए गए थे कि एक पुलिसमैन हमेशा उनके ऊपर निगाह रखेगा। वह पुलिसमैन पिछले बंदरगाह तक जहाज़ पर तैनात था परंतु जब जहाज़ आगे के लिए चला तो उस गार्ड की सेवाओं को स्थगित कर दिया गया और पासपोर्ट वापस दे दिया गया। इससे स्पष्ट होता है कि ब्रिटिश नहीं चाहते थे कि वह जहाज़ से उतरें या बीच में किसी अन्य व्यक्ति से मिलें।

इस पत्र के साथ जो लेख संलग्न किया गया था वह 'महान युद्ध के बाद

बाल्कन' शीर्षक से था। अभिलेखों में सुभाष चंद्र बोस का वह पत्र भी मिलता है जो उन्होंने एमिली को यात्रा के रास्ते से समुद्री जहाज़ में बैठने से पूर्व लिखा था। इसमें उन्होंने एमिली तथा उसकी बहन और पेरेंट्स को शुभकामनाएँ भेजी थीं।

समुद्री जहाज़ में व्यवस्थित होने के बाद सुभाष बाबू ने एमिली को जो एक विस्तारपूर्वक पत्र लिखा था वह संभवत: पिछले वर्षों में लिखा सबसे बड़ा पत्र कहा जा सकता था। इस पत्र में उन्होंने विभिन्न विषयों पर चर्चा की। इस पत्र के माध्यम से नेताजी ने एमिली को संदेश दिया था कि इस घटना का व्यापक प्रचार किया जा सकता है। उनका यह भी कहना था :

> 'तुम इस घटना से यह भी समझ सकती हो कि बंबई में मेरा किस प्रकार से आधिकारिक रूप से स्वागत किया जाएगा।'

सुभाष चंद्र बोस की आशंका सही सिद्ध हुई क्योंकि उन्हें बंबई पहुँचते ही गिरफ़्तार कर लिया गया था। अगला पत्र उन्होंने एमिली को अर्थर रोड जेल, बंबई की जेल की सलाख़ों के पीछे लिखा था। इस पत्र के एक अंश को उद्धृत किया जा रहा है :

> 'मैं यहाँ पर सवेरे पहुँच गया था और अपने बक्से खोलते हुए मुझे पता चला कि मैं अपने चिकित्सकीय पेपर्स लाना भूल गया हूँ। वे उस बॉक्स में होंगे जो मैं पीछे छोड़ आया; वैसेई के घर पर। क्या तुम मेरे लिए उन्हें पता करने और पंजीकृत डाक से भेजने का काम कर सकती हो? यह संभव है कि उसने पहले ही मेरी ग़लती को समझ लिया हो और उन काग़ज़ों को घर के पते पर प्रेषित कर दिया हो। अगर ऐसा हुआ होगा, तो तुम्हें चिंता करने की कोई ज़रूरत नहीं है। कृपया उन लोगों को मेरा सम्मान पहुँचाना, क्योंकि मैं उन्हें अलग से पत्र नहीं लिख सकता हूँ। ये काग़ज़ सुपरिंटेंडेंट, अर्थर रोड जेल, बंबई के पते पर भेजे जाने चाहिए। चूँकि वह एक बड़ा बंडल है, इसलिए उन्हें एयरमेल से भेजना ज़रूरी नहीं है। तुम्हें दिए जाने वाले कष्ट के लिए मैं क्षमा प्रार्थी हूँ। तुम्हें मेरा सम्मान।'
>
> 'मिस्टर जेलर, मैं आभारी हूँगा यदि आप इसे सेंसर और स्वीकृत करने के बाद इसे एयरमेल से भेजने की व्यवस्था करा सकें।'[20]

8 अप्रैल की तारीख़ से भेजे गए इस पत्र के बाद संभवत: सुभाष चंद्र बोस द्वारा <u>कोई पत्र नहीं लिखा</u> गया क्योंकि एमिली के दस्तावेज़ों में उसका उल्लेख नहीं है।

20. यह टिप्पणी इस पत्र को एमिली तक पहुँचाने के लिए जेलर को संबोधित थी

अगला पत्र जो पुणे की यरवदा सेंट्रल जेल से लिखा गया वह 11 मई 1936 को था जिसके मुख्य बिंदु इस प्रकार से थे :

- मुझे पता नहीं कि तुम्हें अर्थर रोड जेल, बंबई से भेजा गया मेरा 8 अप्रैल का पत्र मिला अथवा नहीं। इस पत्र में मैंने तुमसे अपने मेडिकल पेपर्स को भेजने का अनुरोध किया था जो ग़लती से मैं छोड़ आया था। मुझे अपनी यह ग़लती बंबई पहुँचने से पहले ही समझ आई। इसलिए मैंने सबसे पहला काम इस संबंध में तुम्हें एयरमेल पत्र भेजने का किया।
- मैंने जब तुम्हें पिछला पत्र लिखा था : उसके बाद मुझे पुणे के लिए स्थानांतरित कर दिया गया है। इसलिए तुम मुझे सुपरिंटेंडेंट, यरवदा सेंट्रल जेल, पुणे के माध्यम से पत्र भेज सकती हो। यदि तुमने पूर्व में ही इन मेडिकल पेपर्स को अर्थर रोड जेल भेज दिया हो तो वे मुझे उचित समय पर वर्तमान पते पर प्रेषित होकर मिल जाएँगे।
- यह संभव है कि तुम इस समय वियना अथवा देश से बाहर हो। यदि ऐसा हुआ तो उन मेडिकल पेपर्स को तत्काल भेजने की कार्यवाही की चिंता मत करना। तुम उन्हें तब भेज सकती हो जब तुम शहर में लौट आओ। इस बीच अगर मुझे उनकी तत्काल आवश्यकता पड़ी तो मैं विएना में किसी और को बोल दूँगा, परंतु मुझे लगता है कि मुझे तुम्हारे विएना लौटने का इंतज़ार करना चाहिए।
- अब जबकि सर्दियों के काले दिन ख़त्म हो गए हैं, मुझे उम्मीद है कि तुम वहाँ की गर्मी और पतझड़ के मौसम का आनंद ले रही होगी। हम यहाँ पर जून की गर्मी के सबसे ख़राब समय में हैं। जब से, 13 अप्रैल से मैं यहाँ पर बंबई से आया हूँ, यहाँ की गर्मी उत्पीड़क है। तुम इस बात की कल्पना भी नहीं कर सकतीं कि यहाँ कितना गर्म होता होगा। मैं कई बार सोचता हूँ कि बदमस्तगीन में जब मैं निकला तो चारों तरफ़ मोटी परतों में बर्फ़-ही-बर्फ़ मौजूद थी।
- तुम्हें मेरे पत्र से पता चल गया होगा कि मैं अब जेल में हूँ। मुझे 8 अप्रैल को बंबई उतरते ही गिरफ़्तार कर लिया गया था। परिणामस्वरूप मेरे पास तुम्हें यहाँ से लिखने के लिए कम बातें हैं।

मैं अभी तक अपने छोटे भाई और उसकी पत्नी को छोड़कर अपने लोगों (परिजनों) से भी नहीं मिल पाया हूँ। वे लोग दो हफ़्ते पहले मुझसे भेंट करने आए थे। संभवतः तुम्हें यह जानने में रुचि होगी कि मैं उस जेल और उसी कमरे में रखा गया हूँ जहाँ कुछ समय पहले महात्मा गाँधी को रखा गया था।

- मैं तुमसे तकलीफ़ के लिए क्षमा माँगता हूँ (मेरे मेडिकल पेपर भेजने से संबंधित) परंतु मुझे ऐसा इसलिए करना पड़ रहा है क्योंकि मैं जानता हूँ कि तुम ऐसी तकलीफ़ के विषय में कोई शिकायत नहीं करोगी। मुझे प्रसन्नता है कि मेरी डाक विएना से सुचारू रूप से भेजी जा रही है। मैं पहले ही कई पत्र-पत्रिका और अन्य चीज़ें प्राप्त कर चुका हूँ जो विएना से भारत भेजी गई हैं।
- मैं 'इलस्ट्रेटेड वीकली ऑफ़ इंडिया' में एक ऐसी 15 वर्षीय लड़की की कहानी पढ़ रहा हूँ जो बेहतरीन तस्वीरें बनाती है। विएना के क्षेत्र में वह एक सनसनी की तरह है। उसका नाम 'रोसुरिता बिटरलिच' है। क्या तुमने उसके बारे में पढ़ा है?

इस पत्र पर अंकित मुहर से समझ आता है कि इसे जेल अधिकारियों द्वारा सेंसर करने के बाद एमिली को विएना में भेजने के लिए स्वीकृत तो कर दिया गया था : लेकिन ब्रिटिश प्रशासन को चैन नहीं था। उन्हें कड़ी सुरक्षा में दार्जिलिंग में नज़रबंदी के लिए भेज दिया गया, जहाँ उनका नया पता था— द्वारा पुलिस अधीक्षक, दार्जिलिंग (बंगाल)।

22 मई 1936 को सुभाष चंद्र बोस ने इस नए पते से एमिली को पत्र भेजने की व्यवस्था कर दी। इस पत्र में उन्होंने एमिली को धन्यवाद देते हुए लिखा था :

'मैं तुम्हारा आभारी हूँ कि मुझे मेरे वे मेडिकल पेपर्स मिल गए हैं जो मैं ग़लती से विएना में छोड़ आया था। मुझे तुम्हारा भेजा हुआ यह पैकेट और उनके साथ का पत्र लगभग एक सप्ताह पूर्व तब मिला जब मैं पूना में ही था। मुझे तुम्हें तभी धन्यवाद का पत्र भेजना चाहिए था परंतु उस समय मुझे दार्जिलिंग के पास इस जगह स्थानांतरित करने का आदेश आ गया था। मुझे यह निश्चित रूप से पता है कि तुमने इस जगह के विषय में कभी नहीं सुना होगा, परंतु तुमने दार्जिलिंग के बारे में पढ़ा ज़रूर होगा।

ऐसी स्थिति में यह संभव है कि तुम दार्जिलिंग को एक नक़्शे पर पा सको। यह बंगाल का दूरस्थ उत्तरी इलाक़ा है।

मेडिकल पेपर्स प्राप्त करने में हुई देरी के कारण मुझे लगा कि तुम गर्मियों के मौसम में अपने देश में रही होगी। इसलिए मैंने तुम्हें फिर से पुणे से लिखा था कि तुम तब तक इन अभिलेखों को भेजने की चिंता मत करना जब तक तुम लौट न आओ। मेरे इस पत्र के भेजने के तुरंत बाद ही मुझे तुम्हारा पत्र और ये सारे काग़ज़ात मिल गए थे।

मैं अब जेल में नहीं हूँ। मुझे नज़रबंद किया गया है। पता नहीं तुम इस शब्द के विषय में जानती हो या नहीं। यह जगह दार्जिलिंग के रास्ते में कर्सियाँग नामक जगह पर स्थित एक छोटी विला है जिसका स्वामित्व मेरे भाई का है। दार्जिलिंग लगभग 7000 फ़ीट की ऊँचाई पर है, जिसका अर्थ है लगभग 2300 मीटर ऊँचाई। पर यह जगह लगभग 5000 फ़ीट ऊँची है, अर्थात लगभग 1600 मीटर ऊँचाई पर। यद्यपि मैं अभी एक स्वतंत्र इंसान नहीं हूँ, पर यह बदलाव पुणे की जेल की ज़िंदगी से थोड़ा बेहतर है, जहाँ अप्रैल और मई की उत्पीड़क गर्मी से मेरा बुरा हाल था। उसके विपरीत यह जगह सुकून भरी ठंडक लिए हुए है और इस बँगले से मुझे मैदानी इलाक़े का ख़ूबसूरत दृश्य दिखा करता है।'

सेंसर से स्वीकृत होने के बाद अगला पत्र सुभाष चंद्र बोस ने पुलिस अधीक्षक दार्जिलिंग की मार्फ़त से 11 जून 1936 को लिखा था जिसमें उन्होंने अपने पिछले पत्र की प्राप्ति का धन्यवाद दिया था। उन्होंने उस पत्र के माध्यम से मिलने वाली प्रसन्नता को 'मेरी भयावह ज़िंदगी में एक पल को विएना की याद' की संज्ञा दी थी। सुभाष बाबू ने यह भी बताया था कि पिछले दिनों उन्होंने ऑस्ट्रिया से संबंधित कई समाचारों को पढ़ा है जिनमें मुख्य रूप से उनके चांसलर और भूतपूर्व उप-चांसलर के बीच चले आ रहे द्वंद्वों की ख़बरें मुख्य हैं। वे ख़बर ऑस्ट्रिया की राजनीति से संबंधित हैं इसलिए संभव है उनकी (एमिली) ज़िंदगी में ऐसी ख़बरों का कोई महत्व नहीं हो।

सुभाष चंद्र बोस ने एमिली को एक कला प्रदर्शनी देखने से वंचित रहने पर अफ़सोस भी व्यक्त किया था। उन्होंने बुडापेस्ट के संबंध में लिखा था कि उन्हें यह जानकर आश्चर्य नहीं हुआ कि एमिली को यह शहर पसंद आया था। उनका कहना

था : 'शायद ही कोई इंसान होगा जिसे इस शहर की ख़ूबसूरती ने प्रभावित न किया हो।' बोस का यह भी कहना था कि ग्रेट ब्रिटेन के पर्यटक विशेष रूप से बुडापेस्ट भ्रमण में रुचि रखते हैं। विएना और प्राग के बारे में उनका कहना था : 'इन शहरों को देखकर यह प्रभाव पड़ता है कि कभी ये शहर गौरवशाली रहे होंगे परंतु बुडापेस्ट और यहाँ तक कि प्राग भी अभी तक समृद्ध और संपन्न बना हुआ है।'

अपनी जर्मन भाषा सीखने के संबंध में सुभाष बाबू ने लिखा था :

'मेरे पास लिखने को कुछ अधिक नहीं है। मुझे खेद है कि मैं जर्मन भाषा सीखने में कम प्रगति कर पाया हूँ। समय-समय पर मैं कुछ पन्ने पलट लेता हूँ, परंतु मुझे लगता है कि मैं प्रत्येक दिन बैठने के मामले में आरामतलब हूँ। तुम्हें समझ आता होगा कि मेरी अभी भी जर्मन व्याकरण पर पकड़ नहीं हो पाई है और इसी कारण मेरी इस भाषा के अध्ययन में अरुचि है। मुझे यह भी समझ में नहीं आता है कि किसी गंभीर किताब को स्वयं से कैसे रुचिकर रूप से पढ़ा जाए। मैं तुम्हारा आभारी हूँ कि तुमने मुझे जर्मन साहित्य भेजने का प्रस्ताव दिया है परंतु इस स्थिति में यह मेरे लिए ज़्यादा उपयोगी नहीं होगा। जब कोई व्यक्ति अकेला होता है तब वह जर्मन व्याकरण से अधिक रुचि वाली चीज़ों को पढ़ना चाहेगा।'

सुभाष बाबू यद्यपि स्वयं जर्मन भाषा सीखने में सफल नहीं रहे थे लेकिन वह चाहते थे कि एमिली फ्रेंच भाषा में प्रवीणता प्राप्त कर ले। उन्हें अच्छा लगता था कि वह अपनी भाषा के साथ दो भाषाएँ और सीख लेगी— फ्रेंच और स्पेनिश। इस बात का उन्होंने पत्र में उल्लेख करते हुए उसकी सराहना की थी।

कर्सियांग के बारे में जानकारी देते हुए उन्होंने एमिली को लिखा था :

'यह स्थान लगभग 1500 मीटर ऊँचाई पर है और दार्जिलिंग के रास्ते में है। यह हिमालय श्रृंखला का हिस्सा है। यहाँ की जलवायु ठंडी, ख़ुशनुमा और निचले मैदानी इलाक़ों से काफ़ी भिन्न है। अंदर का तापमान 20 डिग्री सेल्सियस रहता है, जो बिना किसी गर्मी उत्पन्न करने वाले उपकरण के होता है। अगर भारत में किसी जगह साल भर नियमित रूप से इतना कम तापमान मिलता है तो इससे सुखदायी स्थिति और क्या हो सकती है। पुणे में यह तापमान सामान्यत: 43 डिग्री सेल्सियस तक पहुँच जाया करता था।

एक तरह से देखा जाए तो यहाँ का वातावरण यूरोप की तरह है, बस एक अंतर है कि यहाँ पर साल के कई महीनों में भारी बारिश हुआ करती है। बारिश के अलावा यहाँ लगातार कोहरा छाया रहता है और इसी कारण हर मिनट मौसम बदलता रहता है। समय-समय पर हमें कुछ देर के लिए सूरज की किरणों के भी दर्शन होते हैं और तब हम उसी तरह से इन सूर्य किरणों का आनंद लेते हैं जैसा यूरोप में लिया करते हैं। मैदानी इलाक़ों में हमेशा जलता हुआ सूरज पूरे दिन आपके सामने होता है, बस बारिश के मौसम को छोड़कर। इसका परिणाम यह होता है कि हम सूरज को इतना पसंद नहीं करते जैसा कि यूरोप में किया करते हैं। तुम देख सकते हो कि भरपूर सूरज की उपलब्धता और कम ठंडक हमारे यहाँ आम है।'

इसी पत्र में सुभाष चंद्र बोस ने एमिली को नज़रबंद होने की परिभाषा को समझाया था। उन्होंने लिखा था :

'मेरे बड़े भाई का यहाँ एक छोटा मकान है जहाँ मुझे नज़रबंद किया गया है (मुझे नहीं पता कि तुम्हें इस शब्द का अर्थ मालूम है)। यद्यपि यहाँ कई तरह के प्रतिबंध हैं परंतु यह किसी नियमित जेल में निरुद्ध होने से बेहतर है। बस सबसे बुरी बात यह है कि आप हर समय अकेले होते हो। परंतु समय के साथ-साथ मैं इन परिस्थितियों में रहने का आदी हो चला हूँ। हाल ही में सरकार द्वारा मेरे बड़े भाई को मेरे साथ कुछ दिन बिताने की स्वीकृति दी गई थी। यह मेरे लिए एक स्वागत योग्य परिवर्तन था। मैं अभी टहलने के लिए बाहर नहीं निकल सकता हूँ, परंतु सरकार इस विषय में भी सोच रही है।'

एमिली के शौक़ में डाक टिकटों का संग्रह करना शामिल था। इस पत्र में उन्होंने एमिली को उसके इस शौक़ के विषय में लिखा था जिसपर संभवतः उसने अपने भेजे गए पत्र में सुभाष बाबू से चर्चा की होगी। उन्होंने इस संबंध में जो लिखा था वह यूँ था :

'तो तुम अभी भी डाक टिकट इकट्ठे किया करती हो। मैंने इस संबंध में यूरोप में जो क्रेज़ है वह कहीं और नहीं देखा, या कहें कि ख़ासतौर से मध्य यूरोप में। होटल के क़ुली, घर पर काम करने वाली महिलाएँ, डाक विभाग के बाबू, अस्पताल की नर्सें, रेलवे अधिकारी, अभिजात्य वर्ग के

लोग, छात्र, बूढ़ी महिलाएँ— कोई भी इस क्रेज़ से मुक्त नहीं है। कई बार मेरे पास बिलकुल अनजान लोग आ जाते हैं और भारतीय डाक टिकटों के विषय में पूछते हैं। आपको यह जानना विस्मित कर सकता है कि लोगों को मात्र कुछ डाक टिकट देकर आप उनके चेहरे पर कितनी ख़ुशी ला सकते हो। एक सेनेटोरियम में विएना की एक बूढ़ी स्त्री थी, जो एक मरीज़ के रूप में वहाँ पर थी, उसने मुझसे जब पहले दिन बात की, उसने भी मुझसे डाक टिकटों की माँग की थी। बाद में, अगर देखा जाए तो मैं सब लोगों की ख़ुशियों के लिए एक टिकट संग्रहकर्ता बन गया हूँ। यह जुनून इस देश में सभी तक नहीं फैला है परंतु मैं यह कहने की हिम्मत रखता हूँ कि यहाँ भी जल्दी ही ऐसा होने वाला है। भारत के युवा लोगों में विशिष्ट लोगों के ऑटोग्राफ़ लेने का चलन चल पड़ा है।'

अंत में सुभाष बाबू ने एमिली के स्वास्थ्य को लेकर पूछताछ की और लिखा : 'मुझे प्रसन्नता है कि गर्मियों के आने के साथ-साथ तुम अच्छा महसूस कर रही हो। हमारे साथ यह अलग है। हम सर्दियों की प्रतीक्षा करते हैं और गर्मियों के जाने पर ख़ुशियाँ मनाते हैं।'

सुभाष बाबू ने एमिली को यह भी लिखा था कि वह हर बार उसके लंबे पत्र की प्रतीक्षा नहीं करते क्योंकि वह समझते हैं कि उसके पास वर्तमान में इतना समय नहीं होगा। इसके बावजूद अगर वह समझती है कि उसके पास ख़ाली समय है तो उसे अपना पेन सँभालकर कुछ अच्छे विचारों को अवश्य लिख भेज देना चाहिए।

22 जून 1936 को दार्जिलिंग में अपनी नज़रबंदी के दौरान लिखे एक पत्र में सुभाष चंद्र बोस ने एमिली को कई प्रमुख बातों की जानकारी दी थी। इनमें से अधिकतर बातें एमिली के अध्ययन से संबंधित रही थीं अथवा उनके व्यक्तिगत जीवन की छोटी-छोटी बातों के विषय में। उन्होंने यह भी स्पष्ट किया था कि ख़ाली समय में उनके लिए पत्र लिखना एक अच्छी कसरत हुआ करती है। जब एमिली उन्हें अपने पत्रों का शीघ्र जवाब देने का आग्रह करती तो उन्हें अच्छा लगता, यह उनके इस पत्र से ज़ाहिर होता है जिसमें उन्होंने लिखा था :

'तुमने मुझे फिर से पत्र लिखने को कहा है। मैं प्रसन्नतापूर्वक ऐसा किया करता हूँ क्योंकि मुझे वर्तमान परिस्थितियों में, इसमें कोई परेशानी नहीं होती है। अगर सच कहूँ तो पत्र लिखना (जितना मुझे स्वीकृत किया गया

है उस सीमा तक) कई बार मेरे समय को काटने का अच्छा माध्यम बन जाता है— विशेष रूप से तब, जब समय मेरे ऊपर भारी होता है। पत्र लिखना वास्तव में किसी अरुचिकर किताब को पढ़ने से अच्छी कसरत है। परंतु तुम्हें मेरे पत्रों का जवाब देने की अधिक चिंता करने की ज़रूरत नहीं है, बशर्ते कि तुम्हारे पास समय हो और तुम्हारी इच्छा हो (मुझे समझ नहीं आता है कि क्या तुम मेरी हस्तलिपि पढ़ सकती हो जो अक्सर ख़राब होती है)।'

इस पत्र में फिर से डाक टिकटों पर चर्चा चली। साथ ही एक अतिरिक्त विषय— फ़ोटोग्राफ़ी और कला पर भी। सुभाष चंद्र बोस का कहना था :

'तुमने मुझसे रुचिकर डाक टिकटों के विषय में पूछा है। चूँकि मेरा पत्र-व्यवहार सीमित है और विदेश के लोगों से मेरा डाक व्यवहार व्यवहारिक रूप से बिलकुल रुक गया है, मुझे बहुत कम ऐसा अवसर मिलता है कि कुछ अच्छे डाक टिकट मिले हों। इसके बावजूद मैं इस बात को दिमाग़ में रख लूँगा कि तुम्हारी इन डाक टिकटों में रुचि रहती है। जहाँ तक चित्रों की बात है, यह देश हर तरफ़ से ख़ूबसूरत है, परंतु मैंने ऐसे कोई चित्र नहीं लिए हैं। मैं कुछ चित्र खींचने की सोच रहा हूँ और यदि मैं इसमें सफल रहा तो प्रसन्नतापूर्वक तुम्हें उनमें से कुछ चित्र अवश्य भेजूँगा। इस बात के अलावा कि मैं एक अच्छा फ़ोटोग्राफ़र नहीं हूँ, बात यह भी है कि यहाँ का मौसम भी फ़ोटोग्राफ़ी के अनुकूल नहीं है। यहाँ हमेशा धुँध और कोहरा छाया रहता है और बारिश होना आम है। जब तक मौसम साफ़ न हो, तब तक पर्वतीय दृश्यों की फ़ोटोग्राफ़ी संभव नहीं है। यह बात तुम्हें भी मालूम होगी क्योंकि तुम्हें स्वयं फ़ोटोग्राफ़ खींचने का शौक़ है।

इसके बावजूद मैं उस विएनाई लड़की के कला संबंधी कुछ चित्रों को प्राप्त कर प्रसन्नता महसूस करूँगा, यदि वे अभी भी विएना में विक्रित किए जा रहे होंगे। परंतु मेरा अनुरोध है कि यदि वे अधिक महँगे हों, उनके लिए तुम ख़र्च मत करना।'

सुभाष बाबू एमिली के साथ समय-समय पर पत्रों के माध्यम से ही भाषा, व्याकरण और शब्दों के ज्ञान से संबंधित चर्चा भी किया करते थे। उनके भाव आमतौर पर एक गुरु-शिष्या के होते थे। 22 जून 1936 को एमिली को भेजे गए

अपने पत्र में अन्य बातों के अलावा सुभाष बाबू ने अँग्रेज़ी शब्द 'कैफ़े' की स्पेलिंग और उच्चारण पर व्यापक चर्चा की थी। उन्होंने बताया था कि 'कैफ़ी' को अँग्रेज़ी भाषा में 'कैफ़े' कहा जाता है परंतु जब हम उसका सेवन करते हैं तो उसे 'कॉफ़ी' कहते हैं।

उन्होंने एमिली को लिखा था कि उन्हें उम्मीद है कि उनके द्वारा शब्दों को सही परिप्रेक्ष्य में रखना एमिली को बुरा नहीं लगेगा। फिर उन्होंने एक फ़िल्म 'माँडले', जिसका जर्मन संस्करण 'अंतिम क़िला' के रूप में प्रस्तुत हुआ था, को देखने के विषय में भी पूछा। उन्हें लगता था कि फ़िल्म की तकनीक अच्छी है।

परिवार और अपनी स्थिति के विषय में अवगत कराते हुए सुभाष चंद्र बोस ने एमिली को लिखा था :

> 'सरकार ने मेरे दो भतीजों को एक पखवाड़ा मेरे साथ रहने की अनुमति दी है। वे आजकल मेरे साथ हैं और मुझे उनका साथ पसंद आ रहा है। वे संभवत: इस माह के आख़िर तक चले जाएँगे। बस मेरे पास तुम्हें बताने के लिए यही सूचनाएँ हैं।'

सुभाष बाबू का आगामी पत्र 15 जुलाई 1936 को ब्रिटिश प्रशासन द्वारा सेंसर होने के पश्चात एमिली के पास पहुँचा। अन्य बातों के अलावा उन्होंने इस पत्र में लिखा था :

> 'तुम्हारे पत्र से मुझे यह महसूस होता है कि तुम आजकल आध्यात्मिक चीज़ों में काफ़ी रुचि लेने लगी हो। भारत में जब कोई युवा व्यक्ति आध्यात्मिक मस्तिष्क का हो जाता है तो लोग चिंतित हो उठते हैं कि कहीं वह इस संसार को ही न छोड़ दे और सन्यासी बन जाए।'

पत्र में इसके बाद मौसम की बात थी। मौसम-जनित रोगों के संबंध में चर्चा थी और कुछ अन्य विषयों पर भी चर्चा चली थी। विएना के विषय में बोस ने बताया था कि वह आजकल भारत में एक चर्चित नगर के रूप में जाना जाता है, विशेष रूप से चिकित्सकीय मामले में। उनका यह भी सोचना था कि विएना के लोगों को भारतीय पत्रिकाओं में विएना और ऑस्ट्रिया के संबंध में सचित्र लेख लिखने चाहिए। उन्हें अपने कला संग्रहालय और विएना के राजमहलों के विषय में लिखना चाहिए। 'बदमस्तगीन जैसा स्थान जो मुझे बेहद पसंद था और इसका मैं दीवाना हो गया था : वह भारतीय पर्यटकों को भी आकर्षित करेगा' ऐसा उनका मानना था।

उन्होंने इसी क्रम में लिखा था :

'बदमस्तगीन तथा वहाँ उपलब्ध कराए जाने वाले बाथ ट्रीटमेंट के विषय में मैं स्थानीय भारतीय समाचारपत्रों में लिखना चाहता था क्योंकि मुझे उस जगह दो बार जाने पर आराम की अनुभूति हुई है। चूँकि ऑस्ट्रिया स्विट्ज़रलैंड की तरह पर्यटकों को आकर्षित करने की इच्छा रखता है, इसलिए उसे भारत की अनदेखी नहीं करनी चाहिए।'

एमिली के दार्जिलिंग के निकट उस स्थल के फ़ोटोग्राफ़ भेजने के संबंध में सुभाष चंद्र बोस ने अपनी सफ़ाई देते हुए लिखा था :

'मुझे खेद है कि मैं यहाँ के प्राकृतिक दृश्यों के अच्छे फ़ोटो नहीं ले पाया। आजकल यहाँ पर लगातार बारिश हो रही है और जब बारिश नहीं होती, तब यहाँ कोहरा छाया रहता है। कुछ फ़ोटो जो लिए गए थे, वे अच्छे नहीं आए हैं। यहाँ पर एक झरना है जिसे 'पागल झरना' कहा जाता है, जिसका मैं फ़ोटो लेना चाहता हूँ। अगर मैं इसमें सफल हो गया तो तुम्हें उसका कोई सुंदर-सा फ़ोटो भेजूँगा। परंतु यहाँ पर जो प्राकृतिक दृश्य हैं, वे दार्जिलिंग की अपेक्षा कुछ भी नहीं हैं। वहाँ पर तुम कंचनजंगा चोटी की बर्फ़ीली पहाड़ियों का पूरा दृश्यावलोकन कर सकती हो जहाँ बीच में आकाश में सूरज के भी दर्शन होते हैं। यह शानदार और सुकून भरा दृश्य होता है जब आप बर्फ़ और पत्थरों के बीच कुछ अलग क़िस्म का दृश्य देखें। ऐसे में व्यक्ति छोटा और सौम्य दिखता है। मुझे नहीं पता कि कोई यहाँ से दार्जिलिंग की फ़ोटोग्राफ़ी कर सकता है। मैं इस विषय में पता कर लूँगा।'

अपने अकेलेपन के एहसास को एमिली के साथ बाँटते हुए सुभाष बाबू ने पत्र में लिखा था :

'अब मैं फिर से अकेला हो गया हूँ। मेरे वे दो भतीजे जिन्हें मेरे साथ रहने की अनुमति मिली थी, चले गए हैं। अकेला रहना कोई बुरी बात नहीं है, परंतु कई बार व्यक्ति बुरा महसूस करता है। मैंने अपने साथ के लिए एक ग्रामोफ़ोन की व्यवस्था कर ली है। मुझे समझ में आया है कि मैं अब पहले की अपेक्षा यूरोपीय संगीत को पहले से कहीं अधिक बेहतर ढंग से जान सकता हूँ। क्या तुम मुझे कुछ अच्छे रिकॉड्र्स के नाम भेजोगी?

उसके बाद मैं उन्हें कलकत्ता से क्रय करने की व्यवस्था कर लूँगा। इतनी दूर से स्वयं चयन करना मुश्किल है, जब तक कि किसी अन्य ने उन्हें सुनकर संस्तुति न की हो।'

सुभाष बाबू को लंदन से लगातार उनकी पसंद के समाचारपत्र और पत्रिकाएँ मिलने लगी थीं जिससे उन्हें वैश्विक गतिविधियों से स्वयं को परिचित रखने में मदद मिलती थी। यह जानकारी भी उन्होंने एमिली को दी थी। उनका कहना था कि इन विदेशी समाचारपत्रों के अलावा उन्हें भारतीय पत्रिकाएँ और समाचारपत्र भी मिल जाते हैं। सुभाष चंद्र बोस ने लिखा था : *'इनके बिना मुझे नहीं समझ आता कि मुझे क्या करना है।'*

दरअसल सुभाष चंद्र बोस का एमिली से लगाव पूर्णता का था। वह उन्हें एक परिपक्व और जानकार महिला की भांति देखना चाहते थे, इसलिए उन्होंने एमिली को भाषा के संबंध में सुधार करने के लिए बार-बार लिखा। विस्तृत उदाहरण देने के बाद उन्होंने यह भी लिखा कि *मुझे अब तुम्हारी अधिक आलोचना नहीं करनी चाहिए क्योंकि तुम इसे मेरा रूखा व्यवहार कह सकती हो।* इसके अलावा, *'तुम्हारी अँग्रेज़ी काफ़ी अच्छी है और मुझे प्रसन्नता होगी यदि मैं भी उसी अनुपात में जर्मन भाषा में प्रवीणता प्राप्त कर सकूँ।'*

नेताजी का एमिली को लिखा गया अगला पत्र 30 जुलाई 1936 का है जो दार्जिलिंग के ज़िला पुलिस अधीक्षक के माध्यम से सेंसर होकर भेजा गया था। इस पत्र में उन्होंने एमिली को एक लंबे और रुचिकर पत्र भेजने के लिए धन्यवाद अदा किया था। उन्होंने अपने आसपास के मौसम की जानकारी देते हुए बताया था :

> 'यहाँ पर बारिश का मौसम जारी है और यह अगस्त के अंत अथवा अक्टूबर के मध्य तक ऐसा ही बना रहेगा। कई बार यह चुनौतीपूर्ण समय होता है परंतु हम अब इस तरह के मौसम के आदी हो चले हैं। अब मुझे घर से एक मील के वृत्त में टहलने की स्वीकृति प्राप्त हो गई है। परंतु यह टहलना तब संभव है जब मौसम साफ़ हो, जैसा यहाँ हमेशा नहीं हो पाता है। यहाँ के लोग कहा करते हैं कि स्वास्थ्य की दृष्टि से यह सबसे ख़राब मौसम होता है। परंतु इसके बावजूद मैं मैदानी क्षेत्रों की उस गर्मी से राहत महसूस कर रहा हूँ, जिसकी मुझे आदत नहीं है।'

सुभाष चंद्र बोस ने हमेशा की तरह अपने इस पत्र में भी उनको व्यक्तिगत

अपडेट दिए और कुछ नई बातें भी बताईं। वह एमिली को अँग्रेज़ी भाषा की प्रैक्टिस कराने की कोशिश किया करते थे इसलिए उन्होंने पत्र में लिखा :

'अगर तुम्हें भारतीय पत्रिकाओं में रुचि हो (निश्चित रूप से अँग्रेज़ी भाषा की) तो मुझे बताना। मैं किसी से तुमको ऐसी कुछ पत्रिकाएँ भेजने के लिए कह सकता हूँ। साप्ताहिक सचित्र समाचारपत्रों में 'टाइम्स ऑफ़ इंडिया' की 'द इलस्ट्रेटेड वीकली' जो कि बंबई से प्रकाशित होती है, सर्वश्रेष्ठ है। मासिक पत्रिकाओं में कलकत्ता से प्रकाशित होने वाली 'मॉडर्न रिव्यू' बेहतरीन है। मैं दोनों का प्रशंसक हूँ और नियमित रूप से पढ़ा करता हूँ।'

पत्र के अगले ही पैराग्राफ़ में सुभाष बाबू ने दार्जिलिंग की चाय का ज़िक्र करते हुए उसे भारतीय चाय का सर्वश्रेष्ठ ब्रांड बताया। उन्होंने कहा :

'मैं श्रीमती वैटर को कुछ दार्जिलिंग चाय भेजने की सोच रहा हूँ क्योंकि वह भारतीय चाय की शौक़ीन हैं और मुझे लगता है कि दार्जिलिंग की चाय भारतीय चाय का सर्वश्रेष्ठ ब्रांड है, परंतु मुझे डर है कि इसकी कस्टम ड्यूटी अधिक होगी जिसके कारण यह उन्हें बढ़े हुए मूल्य पर मिलेगी। मुझे पता है कि एक बार ऑस्ट्रियन कस्टम ने मुझसे प्रति पाउंड (अस्पष्ट) शिलिंग्स की दर से ड्यूटी चार्ज की थी। यदि संभव हो तो तुम यह बता सकती हो कि क्या चाय के छोटे नमूनों पर, जैसे आधा किलो और एक किलो के पार्सल पर भी ड्यूटी लगती है? सराय और कैफ़े के मालिक लोग इस संबंध में बता सकेंगे क्योंकि वे लगातार चाय और कॉफ़ी की ख़रीदारी किया करते हैं। कृपया यह भी जानकारी प्राप्त करना कि ऑस्ट्रिया में आम चाय पर कितनी ड्यूटी लगा करती है। मुझे नहीं पता कि जर्मनी में 'प्रति नमूना डाक' को किस तरह से अभिव्यक्त करेंगे। मुझे खेद है परंतु मैं तुम्हें इसलिए तकलीफ़ दे रहा हूँ क्योंकि मैं इस मुद्दे पर स्पष्टता चाहता हूँ और क्योंकि मुझे उन्हें चाय भेजनी है इसलिए श्रीमती वैटर को यह जानकारी प्राप्त करने के लिए नहीं लिख सकता हूँ।'

जब हम सुभाष चंद्र बोस के पत्र पढ़ते हैं तो उनकी अध्ययनशीलता और विविध विषयों में रुचि को जानकर विस्मित होते हैं। उन्हें बांग्ला, अँग्रेज़ी, फ्रेंच, जर्मन और हिंदी के साथ-साथ संस्कृत भाषा में भी रुचि थी। उन्होंने इस पत्र में

एमिली से संस्कृत के चर्चित नाटक 'शाकुंतलम्' के विषय में इस प्रकार ज़िक्र किया था :

'संस्कृत में एक नाटक है जिसे 'शाकुंतलम्' कहते हैं। इसे हमारे देश के महान नाटककार तथा कवि कालिदास ने लिखा था। जर्मन कवि गोथे ने जब उन्हें पढ़ा तो वह अभिभूत हुए। उन्होंने इसकी प्रशंसा में एक कविता लिखी। मैं उसके अँग्रेज़ी अनुवाद की कुछ पंक्तियाँ भेज रहा हूँ और आभारी हूँगा यदि तुम विएना में लौटकर मुझे पूरे अनुवाद के साथ इसका मूल जर्मन पाठ भेज सको।'

'हो सकता है यह गोथे की रचना न होकर किसी अन्य लेखक की हो, परंतु मुझे विश्वास है कि यह गोथे की ही कृति है।'

अपने स्वास्थ्य के विषय में लिखते हुए सुभाष बाबू ने एमिली को बताया था कि वह अब बेहतर हैं, शायद किसी अंदरूनी और कुछ गले के संक्रमण से कोई दिक़्क़त रही होगी। गले के संक्रमण के लिए डॉक्टर उनके लिए एक विशिष्ट टीका बना रहे थे। उन्होंने पत्र में एमिली को यह जानकारी दी थी। उन्होंने इस 'ऑटो इम्यून' टीके के विषय में जानकारी देते हुए स्पष्ट किया था कि संभवत: जर्मन लोग इस विषय में नहीं जानते हैं।

2. एमिली के पत्र : सुभाष बाबू के नाम

सुभाष चंद्र बोस से संबंधित उनके और एमिली के पत्र-व्यवहार में एमिली शेंकल के पत्र अपेक्षाकृत कम हैं। सुभाष चंद्र बोस को 3 अगस्त 1936 को एमिली का पत्र दार्जिलिंग के पुलिस अधीक्षक के मार्फ़त सेंसर और स्वीकृत होकर मिला था : जिसमें पिछले पत्र के लिए धन्यवाद देने के बाद विभिन्न विषयों पर चर्चा की गई थी।

उन दोनों की अध्यात्म, चाय-कॉफ़ी और स्वास्थ्य से लेकर मौसम तक के विषयों पर लंबी चर्चा हुआ करती थी। एमिली ने इस बात को बार-बार रेखांकित किया था कि वह सुभाष बाबू की स्पष्टवादिता से प्रभावित हैं और वह किसी भी मित्र की स्पष्ट अभिव्यक्ति की भावना को पसंद किया करती हैं। उन्होंने यह भी लिखा था कि उन्हें इस बात से परेशान होने की कोई ज़रूरत नहीं है कि कहीं उनकी किसी बात को लेकर उसे (एमिली को) कोई आक्रोशित या आहत होने की स्थिति न उत्पन्न हो जाए।

इस पत्र में एमिली ने एक जगह लिखा था कि उसे यह जानकर अच्छा लगा कि भारत में विएना चर्चित जगह के रूप में जानी जाती है। उसका मानना था कि यह कहना सही है कि उनका (सुभाष बाबू) ऑस्ट्रिया के लिए इतना स्नेह नहीं बन पाया था क्योंकि उन्होंने अपना अधिकतर समय भारत में बिताया था। वह ऐसा भी मानती थीं कि ऑस्ट्रिया ने कभी अपनी ख़ूबसूरती का लाभ नहीं उठाया। बस बाद में यहाँ के थोड़े स्थल चर्चा में आने लगे और वह भी इंग्लैंड में।

फ़ोटोग्राफ़ी के विषय पर एमिली ने सुभाष बाबू को इस पत्र में लिखा था :

'मैंने आसपास के कुछ इलाक़ों की फ़ोटोग्राफ़ी की है, परंतु उसे अभी डिवेलप नहीं कराया जा सका है। शेष फ़ोटोग्राफ़ मेरे परिवार के हैं और मुझे नहीं लगता कि आपको उनमें अधिक रुचि होगी। मैं आपको उन फ़ोटोग्राफ़ को अलग साधारण डाक से अथवा पिक्चर पोस्टकार्ड के रूप में भेजूँगी। मुझे लगता है कि दार्जिलिंग के दृश्य ख़ूबसूरत आने चाहिए। केवल कुछ दिन पहले ही मुझे एक विचित्र स्वप्न दिखाई दिया जिसमें मैं हिमालय पर्वतों के क्षेत्र में घूम रही हूँ, परंतु यह दार्जिलिंग नहीं था। यह कुछ ऐसी जगह थी जो ऊँचे शिखरों के निकट हुआ करती है और मैं इस स्वप्न की ख़ूबसूरती से, उसकी दृश्यात्मकता से इतना प्रभावित हुई कि जब मैं सोकर उठी तो मुझे बड़ा अफ़सोस हुआ कि कितना सुंदर स्वप्न मैंने खो दिया। यहाँ के प्राकृतिक दृश्य शानदार और आकर्षक नहीं हैं परंतु फिर भी यह सुंदरता शांति और स्नेहिल वातावरण की ख़ूबसूरती ज़रूर प्रदर्शित करती है। ऊँची पहाड़ियों की तुलना मैं हमेशा एक ऐसे युवा इंसान से करती हूँ जो स्वर्ग के शिखर पर अपनी पहचान दर्ज कराना चाहता है।'

सुभाष बाबू के संगीत के शौक़ पर एमिली ने चर्चा करते हुए अपनी प्रसन्नता व्यक्त की थी। इस विषय में उन्होंने लिखा था :

'यह अच्छा हुआ कि आपने एक ग्रामोफ़ोन ले लिया। मैं आपको निश्चित रूप से विएना पहुँचकर रिकॉर्ड्स की सूची भेज दूँगी, क्योंकि वहाँ पर जो मुझे चाहिए उतनी संख्या में मैं ले सकती हूँ, जैसा कि यहाँ संभव नहीं है। परंतु आपको कृपापूर्वक मुझे बताना होगा कि आप किस तरह का यूरोपीय संगीत पसंद करते हो। मुझे डर है कि संगीत के विकल्प के संबंध में मेरा चयन कहीं ग़लत न हो जाए। जैसा कि आप जानते हो कि मुझे भारी संगीत से नफ़रत है, मैं उसे पचा नहीं सकती। उदाहरण के लिए जैसे कोई अगर मेरी यात्रा में वागनेर का ओपरा सुना रहा हो। मैं जो पसंद करती हूँ वह हल्का संगीत है, विशेष रूप से विएना के गीत, परंतु मैं किसानों के गीत भी पसंद करती हूँ और यहाँ तक कि जैज़ संगीत भी। जो भी है, मैं आपको विएना पहुँचकर एक बेहतरीन सूची भेज देने का प्रयास करूँगी।'

एमिली के पत्र में सुभाष चंद्र बोस के पत्रों की तरह ही विषयों की विविधता

और गंभीरता के साथ जानकारी प्राप्त करने की जिज्ञासाएँ भी स्पष्ट रूप से परिलक्षित होती हैं। उन्होंने इसी पत्र के अगले प्रस्तर में लिखा था :

'क्या आपको 'मॉडर्न रिव्यू' मिल रहा है ? यदि हाँ, तो कृपया मुझे इस वर्ष की जुलाई की प्रति चाहिए। मैंने बुडापेस्ट के संबंध में एक लेख लिखा था और वह इसमें प्रकाशित हुआ है। मुझे उनकी ओर से इसकी एक प्रति प्राप्त हुई थी, परंतु वह ख़राब स्थिति में मिली थी क्योंकि कुछ पृष्ठ दूने हो गए थे जबकि कुछ अन्य ग़ायब थे और जिन पृष्ठों में लेख आया था, वे पृष्ठ थे ही नहीं। परंतु यह निश्चित रूप से प्रकाशित हुआ था, क्योंकि इसका शीर्षक आवरण पर दिया गया था। इसलिए यदि आपके लिए संभव हो तो मुझे कृपया उसकी एक प्रति उपलब्ध करा देना। मैं अपनी त्रुटियों को सही करने की आपकी दयालुता से प्रभावित हूँ और वादा करती हूँ कि भविष्य में इन्हें दोहराया नहीं जाएगा।'

एमिली ने पत्र में बर्लिन में संभावित ओलंपिक खेलों के विषय में भी चर्चा की थी और उनके टहलने के संबंध में भी। वह उनके स्वास्थ्य की चिंता भी किया करती थीं, ठीक ऐसे ही जैसे सुभाष बाबू एमिली के खाँसी-ज़ुकाम और अन्य रोगों को लेकर चिंतित हो जाया करते थे। उसने पत्र में पूछा था :

'क्या आपको अब बाहर टहलने की अनुमति मिल गई है ? मुझे ऐसी उम्मीद है। और आपका स्वास्थ्य कैसा है ? लगता है यह अब संतोषजनक होगा।'

इस पत्र का उत्तर सुभाष बाबू ने 12 अगस्त 1936 को दिया था जिसमें उन्होंने बादलों भरे, सर्द और नम दिनों में उनके पत्र न मिलने का ज़िक्र किया था। उन्होंने यह भी लिखा था कि ऐसे मौसम के कारण वह कहीं बाहर नहीं निकल पा रहे हैं। उन्होंने अगला जो ज़िक्र किया वह ग्रामोफ़ोन के रिकॉर्ड्स का था। उन्होंने लिखा था :

'यदि तुम मुझे कुछ ग्रामोफ़ोन रिकॉर्ड के नाम और संख्या भेज सको तो मैं आभारी हूँगा। नहीं, मुझे शास्त्रीय क़िस्म का और भारी संगीत नहीं चाहिए, चाहे वह स्वर संगीत हो अथवा वाद्य संगीत। मुझे हल्का संगीत पसंद है, जिसके रिकॉर्ड प्राप्त किए जा सकते हैं। शास्त्रीय संगीत की तब तक सराहना किया जाना मुश्किल होता है जब तक आप उसमें प्रशिक्षित

नहीं होते हैं। यही स्थिति हमारे संगीत के साथ है। स्पष्ट रूप से अगर कहो तो मैं अपने शास्त्रीय संगीत को कभी पसंद नहीं कर पाता, परंतु अब थोड़ा-थोड़ा करता हूँ। जिस संगीत को हम सामान्य रूप से पसंद करते हैं उसे विशेषज्ञों द्वारा 'ग़ैर संगीत' कहकर ख़ारिज किया जाता है। मेरे पास विएना के वॉल्ट्ज़ का कुछ संगीत है, वह काफ़ी अच्छा है।'

एमिली-सुभाष बाबू के पत्रों में संगीत के साथ सीधे दार्शनिक विषय पर उतर आना कोई अनूठी बात नहीं थी। पत्र के अगले हिस्से में सुभाष बाबू ने एमिली को लिखा था :

'यदि तुम्हें दार्शनिक शास्त्रों में रुचि हो, या कहा जाए कि भारतीय दर्शनशास्त्र में, तो तुम्हें 'भगवत गीता', जो हमारी बाइबिल की तरह है, का जर्मन अनुवाद पढ़ना चाहिए। पहली बार यह तुम्हारे लिए कठिन पड़ेगी, परंतु तुम कम-से-कम इसके कुछ हिस्से समझ सकती हो। इसमें कई ऐसे भाग भी हैं जिन्हें मैं भी आज तक समझ नहीं पाया हूँ जबकि मैं एक भारतीय हूँ और दर्शनशास्त्र का विद्यार्थी रहा हूँ। इसका सबसे महत्वपूर्ण भाग वह अध्याय है जिसमें कर्म योग के विषय में अथवा काम के माध्यम से पूजा करने को बताया गया है।'

सुभाष बाबू इन दिनों स्वास्थ्य संबंधी समस्याओं से पीड़ित थे, जिसके विषय में वह ज़रूरत के अनुसार एमिली से अवश्य चर्चा किया करते थे। पत्र के इस भाग में उन्होंने एमिली द्वारा उनके स्वास्थ्य की चिंताओं का उत्तर देते हुए लिखा था :

'मैं कुछ दिन से बेहतर महसूस नहीं कर रहा हूँ। संभवत: गले में कोई संक्रमण हो गया है जो मुझे अजीब-सा महसूस कराता है। चूँकि आम औषधियाँ मेरा इलाज करने में सफल नहीं हो पाई हैं, तो मेरे लिए एक ऑटो वैक्सीन तैयार करके उसे दिया जा रहा है। यह उनका तरीक़ा है। वह गले के एक भाग से कुछ द्रव निकालते हैं और प्रयोगशाला में उसका परीक्षण कर, पता करते हैं कि इसमें किस प्रकार के कीटाणुओं की उपस्थिति है। फिर वे लोग इन्हीं कीटाणुओं से ऑटो वैक्सीन बनाते हैं। डॉक्टर का कहना है कि यह गले के संक्रमण के लिए अकेला कारगर इलाज है। मैं तुम्हें इस ट्रीटमेंट के परिणामों से अवगत कराता रहूँगा।'

अपने पिछले पत्र में एमिली ने 'मॉडर्न रिव्यू' के जिस अंक को भेजे जाने का

अनुरोध किया था : उसके संबंध में भी सुभाष बाबू ने अपने पत्र में ज़िक्र किया था। साथ ही उन्होंने यह भी पूछा था कि क्या उन्हें किसी अन्य भारतीय पत्रिका को मँगाने की आवश्यकता भी है।

एमिली ने 17 अगस्त 1936 को सुभाष बाबू के पत्र का उत्तर देते हुए उन्हें धन्यवाद दिया था और कहा था कि उन्हें यह जानकर अच्छा लगा कि वह उसके लिखे पत्र में रुचि लेते हैं। एमिली ने लिखा :

> 'आप समझ सकते होंगे कि रुचिपूर्ण चीज़ों के विषय में लिखना कितना मुश्किल होता है, ख़ासतौर से तब जब आपके पास ऐसा कोई रुचिकर अनुभव न हो। आपको मेरे पिछले पत्रों से पता चला होगा कि मेरा यहाँ पड़ाव बिलकुल भी रुचिपूर्ण नहीं था। केवल पिछले 15 दिनों से स्थितियाँ तेज़ी से बदली हैं। हमें कुछ अच्छे लोगों का साथ मिला है जो अधिकतर युवा हैं। हम लोग सप्ताह में एक बार मिला करते हैं जहाँ हमारी चर्चाएँ हुआ करती हैं। हमने अपनी बेवक़ूफ़ी में एक 'ओलंपिक समिति' का गठन कर दिया है। एक सप्ताह पहले हम एक पहाड़ी पर चढ़ गए थे। उस काम के लिए हम सवेरे 5:30 बजे घर से निकले पर हमें अपने तीन अन्य सहयोगियों की प्रतीक्षा करनी पड़ी, इसलिए हम यहाँ से 6:00 बजे ही निकल पाए थे। हम उस पर्वत के शिखर पर 8:15 पर पहुँच गए थे। पहाड़ी शानदार थी। जब हम ऊँचा, और ऊँचा जा रहे थे तो आसपास के परिवेश की ख़ूबसूरती हमारी आँखों के सामने खुलती जा रही थी और यह एक बेहतरीन नज़ारा बन गया था।
>
> मेरे लिए अँग्रेज़ी भाषा में ऐसा बताना थोड़ा मुश्किल काम है। यदि मेरी अपनी भाषा की बात होती तो मैं इसको और बेहतर तथा दृश्यात्मक रूप से प्रदर्शित कर सकती थी। हम उस शिखर पर कुछ घंटे रुके और अच्छा समय बिताया, काफ़ी बेवक़ूफ़ियाँ कीं और सूरज की किरणों का अच्छे से सामना किया। हमें वहाँ से लौटते हुए दोपहर बाद के 4:00 बज गए, पर घर पहुँचते-पहुँचते 7:30 बज गए। जब मैं लौटी तो मेरा चेहरा धूप से स्याह हो गया था और मुझे अपना ही रंग शानदार और गर्वीला लग रहा था।'

एमिली ने पत्र में इस बात पर संतोष व्यक्त किया था कि सुभाष बाबू को

टहलने के लिए घर से बाहर जाने की अनुमति प्राप्त हो गई है। उसका कहना था कि हालाँकि एक मील की परिधि में टहलना कम होता है परंतु 'न होने से तो यह बेहतर है'।

एमिली यह जानती थी कि सुभाष बाबू चाहते थे कि उसकी अँग्रेज़ी भाषा और बेहतर हो ताकि वह वैश्विक समाचारों में बेहतर ढंग से अपनी रुचि प्रदर्शित कर सके। इसलिए एमिली ने उनको लिखा था :

> 'मुझे अच्छा लगेगा कि अगर आप समय-समय पर भारतीय समाचारपत्र अथवा पत्रिकाएँ भेजते रहें। हालाँकि मैं अँग्रेज़ी में अभी भी पढ़ती हूँ क्योंकि अब केवल मेरी अँग्रेज़ी सुधारने का यही विकल्प है या कम-से-कम उन चीज़ों को भूलने से बचाने का, जितना थोड़ा बहुत मैं जानती हूँ।'

चाय पर कस्टम ड्यूटी के संबंध में सुभाष बाबू की पृच्छा पर एमिली ने वह जानकारी प्राप्त करने का आश्वासन दिया था कि वह विएना में लौटकर इस संबंध में ज़रूर पता कर लेगी। लेकिन उसका मानना था कि शायद चाय पर आयात शुल्क अधिक लगता है। यदि ऐसा न हुआ होता तो एमिली का कहना था कि वह स्वयं पहले ही उनसे अनुरोध करती कि भारतीय चाय उसे ज़रूर भिजवाएँ। एमिली का यह भी कहना था कि उनके यहाँ जो चाय मिलती है वह पीने योग्य नहीं होती। यह केवल पानी तथा हल्का पीला रंग कहा जा सकता है। परंतु वह चूँकि चाय नहीं बल्कि 'कॉफ़ी अथवा दूध' लिया करती थी, इसलिए उसने कभी चाय के विषय में कोई चिंता नहीं की।

संस्कृत के भारतीय चर्चित नाटक 'शाकुंतलम' की एक कविता के जर्मन अनुवाद के विषय में एमिली ने लिखा था :

> 'मैं आपको शाकुंतलम की कविता का जर्मन अनुवाद भेज दूँगी, परंतु यहाँ मैं कुछ नहीं कर सकती क्योंकि मेरे पास गोथे की कोई प्रतिलिपि नहीं है और ऐसे किसी व्यक्ति को मैं नहीं जानती जिसके पास यह प्रति मिल सकती है। मैं अपने मित्र, जो चर्च में हैं, से इस विषय में चर्चा करूँगी, शायद उसके पास वह हो, परंतु मुझे संदेह है।'

सुभाष बाबू शाकुंतलम के जिस अंश का जर्मन अनुवाद चाहते थे, वह हिंदी में यूँ था :

> 'चढ़ते यौवन-सी गदराई और प्रौढ़ यौवन फल से तुम भरी हुई

वह सब जिससे लिप्त, भुक्त और छकी हुई है आत्मा मेरी

किसी एक ही नाम में गुँथा स्वर्ग-मर्त्य सब

ओ शकुंतले, नाम तुम्हारा बरबस ही आता है मुख पर'

एमिली ने इस पत्र में सुभाष बाबू को दो अन्य रुचिकर जर्मन किताबों के बारे में बताया था जो वहीं के एक प्रकाशक ने प्रकाशित की थीं। एमिली शेंकल के अनुसार उनमें से एक आधुनिक क़िस्म की थी जो केवल उस वर्ष ही प्रकाशित हुई थी, परंतु दूसरी एक पुरानी और बुद्ध के जीवन की कथा के संबंध में है। उस किताब ने एमिली को काफ़ी प्रेरित किया था। उसने इन किताबों की भारत में प्रकाशित समीक्षा के विषय में भी जानना चाहा था : संभवत: कलकत्ता के किसी समाचारपत्र में अथवा 'बंबई क्रॉनिकल' में।

एमिली का एक पत्र 18 अगस्त 1936 का था, जिसके आरंभ में ही एमिली ने इस बात पर प्रसन्नता व्यक्त की थी। उसे 'शाकुंतलम' का जर्मन भाषा में अनूदित वह भाग मिल गया था, जिसके लिए सुभाष बाबू ने उसे पिछले पत्र में निर्देश दिए थे। उन्होंने 'शाकुंतलम' की संबंधित काव्य पंक्तियों का अनुवाद कर एमिली को भेजा था।

एमिली ने इस पत्र में अपने द्वारा खींचा गया प्राकृतिक दृश्य का एक ख़ूबसूरत फ़ोटोग्राफ़ भी भेजा था। उन्होंने बताया कि जिस जगह का यह दृश्य है वह उनके घर से मात्र पाँच मिनट की दूरी पर है और उन्हें पसंद है। उन्हें लगा कि यह चित्र अच्छा आया है, इसलिए भेजा था : जबकि उनके पास और भी फ़ोटोग्राफ़ थे, परंतु उनमें सबकी पृष्ठभूमि में कोई-न-कोई घर का सदस्य मौजूद था जिनमें शायद सुभाष बाबू की रुचि न हो। परंतु अगर वह चाहें तो, उन्हें इस संकलन के बहुत सारे फ़ोटोग्राफ़ भेजे जा सकते हैं। एमिली के अनुसार इन फ़ोटोग्राफ़ की पृष्ठभूमि सुंदर थी।

3. सुभाष बाबू के पत्र, भारत से

इसके बाद सुभाष बाबू के पत्रों का सिलसिला जारी हुआ। 29 अगस्त 1936 को दार्जिलिंग से सेंसर हुए इस पत्र में उन्होंने लिखा था :

'17 अगस्त को लिखे गए तुम्हारे पत्र का आभार, जो मुझे कल तुम्हारे द्वारा भेजे गए भाग्य के प्रतीक, कुछ चिह्नों के साथ मिला। मुझे लगता है कि ऑस्ट्रिया के लोग पौधों, पत्तियों आदि में चमत्कार के प्रतीक के रूपों में अच्छी-ख़ासी श्रद्धा रखते हैं। मुझे वह दिन याद है जब मिसेज़ वैटर अपनी गर्मियों की छुट्टियों में पर्वतों पर जाया करती थीं। तब वह मेरे लिए पर्वतीय क्षेत्र के पौधों की भरपूर पत्तियाँ लेकर आया करती थीं। उन्हें मुख्य रूप से एक सफ़ेद पौधे से लगाव था : जैसा कि अन्य सभी ऑस्ट्रिया के लोगों को एडिलवेस नामक पौधे से होता है।

यूरोप के कई अन्य भागों में मैंने कई अंधविश्वासों को भी देखा है— घोड़े की नाल, काली बिल्ली, आदि के विषय में कहा जाता है कि वह अच्छे भाग्य को लेकर आते हैं, परंतु ऑस्ट्रिया के लोग संभवतः पौधों और पत्तियों को शुभ-लाभ की तरह मानते हैं। हम भारत के लोग न जाने कितने प्रकार के ऐसे अंधविश्वासों को माना करते हैं, जिसका परिणाम यह हुआ कि मैं ऐसे अंधविश्वासों में से किसी में भी विश्वास नहीं कर पाता हूँ।

वास्तव में मैं कई बार सोचता हूँ कि भारत के बाहर कोई अंधविश्वास नहीं होता होगा क्योंकि हमने जो पाया है वह उन्हीं से पाया है। इसके बावजूद यह जानना रुचिकर है कि वे लोग भी अंधविश्वासों से घिरे हुए हैं। मुझे

क्षमा करना यदि मैंने तुम्हें आहत किया हो, परंतु मैं वह सब कहने से अपने आपको रोक नहीं पाऊँगा जो मैं महसूस करता हूँ।'

पत्र के अगले भाग में सुभाष चंद्र बोस ने एमिली को भारत में चले एक मुक़दमे के विषय में विस्तार से बताया और उसे इस तरह के मामलों की अख़बार में रिपोर्ट अथवा लेख लिखने में उपयोग करने की सलाह दी। पत्र का वह हिस्सा निम्नवत है :

'पिछले कुछ दिनों से हमारे अख़बारों में एक सनसनीख़ेज़ समाचार की चर्चा है, जिसमें एक न्यायाधीश ने ऐसे मामले में निर्णय सुनाया है जो तीन वर्ष तक सुना गया। इस मुक़दमे के तथ्य इतने विचित्र हैं कि कोई भी यह कह सकता है कि 'सत्य कल्पना से कहीं अधिक विचित्र होता है'। चूँकि तुम लेख लिखा करती हो, इसलिए मैं तुम्हें कुछ ऐसी कतरनें भेज रहा हूँ जिससे तुम्हें ऐसा लेख लिखने की सामग्री मिलेगी। मुझे लगता है कि वहाँ की पत्रिकाएँ अथवा अख़बारों के रविवारीय संस्करण 'विस्मयकारी पूरब' से संबंधित इस सामग्री को अपनी रुचि के अनुरूप पाएँगे। मैं तुम्हें 'स्टेट्समैन', 'एडवांस' और 'अमृत बाज़ार पत्रिका' की कटिंग्स भेज रहा हूँ। 'अमृत बाज़ार पत्रिका' और 'एडवांस' की जिन कतरनों को मैंने संबंधित कहानी में लाल रंग से चिह्नित किया है, उससे तुम्हें पूरे मामले का विवरण मिलेगा, जबकि 'आनंद बाज़ार पत्रिका' की कतरन से तुम्हें मुक़दमे के फ़ैसले के मुख्य बिंदु मिल जाएँगे। इस कहानी को समझने के लिए तुम्हें पूरा निर्णय पढ़ने की आवश्यकता नहीं है, परंतु यह मैं तुम्हें केवल संदर्भ के लिए भेज रहा हूँ। वास्तव में जिस व्यक्ति को इस मुक़दमे के विषय में कोई ज्ञान नहीं है, उसके लिए यह जटिलतायुक्त केस है।'

सुभाष चंद्र बोस ने एमिली को लिखे गए अपने इस पत्र में बीच-बीच में आए कठिन हिंदी शब्दों को उनके समकक्ष जर्मन शब्दों में परिवर्तित कर लिख भेजा था। उन्होंने कहा था कि इस लेख को भ्रमित हुए बिना, पूरा समझने के लिए पहले 'स्टेट्समैन' की रिपोर्ट पढ़ी जानी चाहिए। उसके बाद लाल क़लम से चिह्नित भाग को पढ़ना उपयोगी होगा।

सुभाष बाबू ने एमिली को इस अदालती कार्रवाई के बिंदुओं को लगभग डेढ़ हज़ार शब्दों में समझाने का प्रयास किया था। अंत में उन्होंने यह भी चिंता की थी

कि संभवत: एमिली को उनका भेजा हुआ पिछला पत्र न मिला हो क्योंकि यहाँ से डाक ले जाने वाला विमान एथेंस के निकट दुर्घटनाग्रस्त हो गया था तथा उसमें जा रही काफ़ी डाक को बचाया नहीं जा सका था।

एमिली ने सुभाष बाबू को 8 सितंबर 1936 को भी एक पत्र लिखा था। इस सेंसर हुए पत्र में एमिली ने लिखा था :

'हम अब वापस आ गए हैं और अच्छा महसूस नहीं कर रहे हैं। हम वहाँ पर स्वच्छंद प्राकृतिक दृश्य का जो आनंद ले रहे थे उसकी याद आ रही है, जबकि अब लगता है कि हम अपने घरों के बीच में क़ैदियों की तरह रह रहे हैं। जब कोई नौ सप्ताह तक ग़ैर-शहरी इलाक़े में रहता है और उसके बाद वापस शहर में आता है तब उसे अप्रसन्नता होती है। तुमने देखा होगा कि आजकल वियना में कितने भिखारी आ गए हैं। ग्रामीण इलाक़ों में इतनी निर्धनता नहीं दिखाई देती जितनी वियना में दिखती है।

चूँकि जब मैं आई तो मेरे पास काम का अंबार लगा हुआ था इसलिए मैं अभी तक ग्रामोफ़ोन रिकॉर्ड्स के बारे में पता करने के लिए शहर नहीं जा पाई हूँ। इस साल मैंने लगभग 60 फ़ोटोग्राफ़ खींचे हैं और उनमें से कुछ अच्छे हैं।'

एमिली ने पत्र में सुभाष बाबू के स्वास्थ्य के विषय पर चिंता दिखाते हुए लिखा :

'यह जानकर दु:ख हुआ कि आपका स्वास्थ्य अभी भी अच्छा नहीं चल रहा है। क्या आपके चिकित्सक गले के संक्रमण का इलाज करने में सफल नहीं हो पा रहे हैं? यह संभवत: गीले मौसम के कारण हो रहा होगा, जैसा कि आपने भी लिखा है क्योंकि मैं अपने अनुभव से समझ सकती हूँ कि सर्दियों के दिन में जब और गीलापन होता है तब मुझे गले में आसानी से संक्रमण हो जाया करता है।'

एमिली ने सुभाष बाबू को पत्र में लिखा था :

'यह आपकी दयालुता है कि आप मुझे 'मॉडर्न रिव्यू' भेज रहे हो। अंक मुझे अभी तक नहीं मिले हैं, फ़िलहाल मुझे कोई पत्रिका नहीं चाहिए, क्योंकि मुझे नहीं पता कि उनमें से कौन-सी अधिक रुचिकर होगी, परंतु यदि आप किसी पुरानी अतिरिक्त प्रति के बारे में विचार रखते हो, कि वह

मेरे लिए उपयोगी होगी तो कृपया उसे अवश्य भेजना। मैं कृतज्ञ रहूँगी। क्या वे फ़ोटोग्राफ़ जिनका आपने ज़िक्र किया था : ठीक आए हैं? मुझे लगता है कि एक अच्छे कैमरे की मदद से ख़राब मौसम में भी फ़ोटोग्राफ़ लिए जा सकते हैं। मैंने एक दुकान से कैमरा माँगकर कुछ फ़ोटो खींचे और वे अच्छे आए। मैं अपने कैमरे को कोडक के कैमरे से बदलना चाहूँगी, क्योंकि वह एक तो सँभालने में आसान होते हैं और सस्ते होते हैं। उनकी 'रोल फ़िल्म' मेरे जैसे कैमरे की फ़िल्म से सस्ती होती है।'

'जहाँ तक मुझे याद है आपने मुझे कहा था कि आपने बंगाली में दो किताबें लिखी हैं। मैं उनके शीर्षक भूल गई हूँ। क्या वे दार्शनिक विषयों पर नहीं थीं? मेरा आपको सुझाव है कि अब आपको उन किताबों का अँग्रेज़ी भाषा में अनुवाद कराना चाहिए जिससे बंगाल से बाहर के लोग भी उन्हें पढ़ने में समर्थ हो सकें। मैं इन दो किताबों को पढ़ने में रुचि रखती हूँ, परंतु मैं बांग्ला के केवल तीन शब्द जानती हूँ— तुम कैसे हो, तुम्हारा दिन अच्छा हो और तुम्हारा क्या नाम है। मुझे लगता है कि मैं इस तरह आपकी किताब नहीं पढ़ पाऊँगी। मेरा भरोसा करो कि समय गुज़ारने के लिए आपका यह काम अच्छा रहेगा। आपका इस विषय में क्या सोचना है?'

यह वह समय था जब एमिली अपने लिए नौकरी की तलाश में थी। इस विषय पर भी उसने सुभाष बाबू को पत्र में विस्तार से लिखा था। उसी का एक अंश इस प्रकार है :

'अब मेरे पास एक काफ़ी बुरा काम आया हुआ है— वह है नौकरी की तलाश करना। मेरी माँ पूरे दिन इसी बात को लेकर बड़बड़ाया करती हैं और कहती हैं कि नौकरी न मिलने के लिए अकेली मैं ही ज़िम्मेदार हूँ। जैसे कि आज के ज़माने में नौकरी कोई सड़क पर पड़ी मिल जाती हो। आजकल मेरा दिमाग़ सुस्त पड़ा हुआ है और नौकरी के लिए युद्ध चल रहा है। बाहर जाकर मुझे भरपूर ताज़ी हवा और सूरज की रोशनी मिलने से थोड़ा आराम हुआ है।

आपको यह जानकर आश्चर्य होगा कि मैंने इस साल पर्वतों पर चढ़ने का काफ़ी काम किया है परंतु इस वर्ष चढ़ाई चढ़ते हुए मुझे कभी थकान नहीं हुई।

मैंने फिर से अपना वज़न घटा लिया है इसलिए मुझे लगता है कि मेरे लिए पहाड़ पर चढ़ना आसान रहा।'

अन्य बातों के अलावा पुनश्च: के रूप में एमिली ने सुभाष बाबू को लिखा कि वह अगले पत्र में चाय पर कस्टम ड्यूटी के संबंध में लिखकर भेजेगी और उस किताब को भेजने की भी व्यवस्था करेगी जो उन्होंने कहा था। एमिली ने यह भी लिखा था कि यदि उनकी कोई और अपेक्षा हो तो कृपया बता दिया जाए।

12 सितंबर 1936 को अपने पत्र में सुभाष चंद्र बोस ने एमिली को लिखा :

'पोस्टकार्ड और भेजे गए फ़ोटो अच्छे हैं। तुम्हारे क्लिक किए हुए फ़ोटो एक नौसिखिए के हिसाब से अच्छे हैं। मैं सोचता हूँ कि यदि मैं भी अपने पड़ोस और दार्जिलिंग के कुछ फ़ोटोग्राफ़ तुम्हें भेज पाता तो अच्छा रहता। मेरे फ़ोटो कभी अच्छे नहीं आते हैं और इस फ़ोटोग्राफ़ी में मेरा कैमरा भी क्षतिग्रस्त हो गया है। जब तक इसकी रिपेयरिंग नहीं होगी, तब तक कुछ नहीं किया जा सकता। इसके साथ ही यहाँ का मौसम इतना बुरा है जितना कि हो सकता था। 12 दिन तक लगातार वर्षा के बाद हमें दो दिन के लिए धूप के दर्शन हुए परंतु उसके बाद बुरी तरह बारिश और ठंडी हवाएँ तीन दिन तक चलती रहीं। अब हम उम्मीद करते हैं कि आसमान इस महीने के आख़िर तक साफ़ रहेगा, इससे पहले हमें ऐसी कोई उम्मीद बमुश्किल ही होगी। यदि मैं फ़िलहाल तुम्हें पिक्चर पोस्टकार्ड नहीं भेजता हूँ तो मुझे तुम्हें पूर्व में ही एक चेतावनी देनी होगी कि वह तुम्हारे फ़ोटोग्राफ़्स की अपेक्षा कहीं ख़राब गुणवत्ता के होंगे, क्योंकि भारत में फ़ोटोग्राफ़ी की कला ने अभी तक कोई ख़ास प्रगति नहीं की है।

मैं तुम्हारा शुक्रगुज़ार हूँ कि तुमने मेरे लिए 'शाकुंतलम' की गोथे के अनुवाद की किताब ढूँढ़ने में परेशानी उठाई। मुझे लगता है कि जर्मनी में लिखी गई इस किताब का अँग्रेज़ी अनुवाद बेहतर है।'

सुभाष बाबू का एमिली को एक और पत्र 26 सितंबर 1936 को लिखा गया था। इस पत्र में उन्होंने एमिली के बीत रहे अच्छे समय पर प्रसन्नता व्यक्त की थी। उन्होंने लिखा था कि वह अगले सप्ताह या बाद में उसे दार्जिलिंग और कर्सियाँग के कुछ फ़ोटोग्राफ़ अवश्य भेजेंगे। अपने स्वास्थ्य के संबंध में अपडेट देते हुए उन्होंने लिखा था कि दो दिन पहले वह दार्जिलिंग में मेडिकल चेकअप कराने गए

थे, जहाँ उन्हें आधा घंटा बिताना पड़ा। दार्जिलिंग कार से जाने पर डेढ़ घंटे की यात्रा है जबकि पहाड़ी रेलवे के माध्यम से वहाँ ढाई घंटे में पहुँचा जा सकता है। उनको यह भी अफ़सोस रहा कि कोहरे के कारण वह प्राकृतिक दृश्यों का आनंद अच्छे से नहीं उठा सके थे, परंतु उसके बावजूद भी एक परिवर्तन के लिए यह यात्रा अच्छी कही जा सकती थी।

सुभाष बाबू ने पत्र में लिखा था कि वह पिछले कई दिनों से अस्वस्थ थे और विगत सप्ताह ही उन्हें इन्फ़्लूएंज़ा का दौरा पड़ा था। मौसम के बारे में चर्चा करते हुए उन्होंने बताया था कि यह वर्ष भारत में आमतौर पर नम बना हुआ है। यहाँ के तीन प्रांतों यथा बंगाल, बिहार और यूनाइटेड प्रोविंस[21] की बारिश असामान्य बनी हुई है। यहाँ बाढ़ भी आई है। उम्मीद है कि वह अक्टूबर में जाकर दुष्ट प्रकृति की वर्षा और बादलों से निजात पा सकेंगे।

इस पत्र के उत्तर में तत्काल एमिली का कोई पत्र उपलब्ध नहीं है। सुभाष बाबू ने 9 नवंबर 1936 को एक पत्र लिखकर एमिली को धन्यवाद दिया था कि उनके द्वारा भेजा गया ग्रामोफ़ोन रिकॉर्ड का कैटलॉग और 'स्टेट्समैन वार्षिकी' उन्हें मिल गई थी।

मौसम के विषय में और अन्य विषय पर इस पत्र के भाव यूँ थे :

'वहाँ और ठंड हो गई होगी। मुझे बर्फ़ में कितना अच्छा लगता है। यहाँ हम सर्दियों में इस तरह के बादलों की कल्पना नहीं कर सकते, यहाँ काफ़ी ऊँचा नहीं होता है। परंतु दूर के पर्वत श्रृंखला पर बर्फ़ की चादर धीरे-धीरे बिछनी शुरू हो गई है। भले ही दूरी से हो, पर बर्फ़ देखना अच्छा लगता है।

मेरे कुछ संबंधियों को मेरे पास आने और कुछ सप्ताह के लिए रुकने की अनुमति मिली थी। केवल कुछ युवा लोगों को छोड़कर, वे लोग अब जा चुके हैं। अन्य भी जल्दी ही चले जाएँगे। उसके बाद मैं फिर से अकेला हो जाऊँगा।

तुम अपनी फ्रेंच के संबंध में कितनी प्रगति कर रही हो? मुझे नहीं पता अब विएना के कैफ़े में किस तरह के चुटकुले सुनाए जा रहे होंगे। श्रीमती हारग्रोव सामान्यतः मुझे ऐसे चुटकुले लिखकर भेजा करती हैं जो उन्होंने सुने हों।

21. वर्तमान उत्तर प्रदेश

पिछले कुछ दिनों से मेरा स्वास्थ्य सही नहीं है। इस सर्दी के मौसम में तुम कैसा महसूस कर रही हो? क्या तुम्हें फिर से खाँसी की शिकायत है?

हमारे सबसे बड़े धार्मिक त्यौहार— दुर्गा पूजा की समाप्ति हो गई है। इस त्यौहार के दौरान अपने संबंधियों और मित्रों को विजय की शुभकामनाएँ भेजी जाती हैं। इसका विचार यह है कि दिव्य माँ की पूजा के बाद उसके सभी बच्चों को प्रेम के साथ जुड़कर रहना चाहिए। इसलिए क्या मैं भी तुम सबको अपनी हार्दिक विजय शुभकामनाएँ भेज सकता हूँ? तुम सब लोग कैसे हो?'

4. कुछ पत्र एमिली शेंकल के

एमिली का एक पत्र विएना से 4 दिसंबर 1936 को लिखा गया था। वह सामान्य रूप से सुभाष चंद्र बोस को 'प्रिय मिस्टर बोस' कहकर संबोधित किया करती थीं। यह पत्र इस प्रकार लिखा गया था :

'मुझे अब यह अनुमान हो चुका है कि भारत कैसा दिखता होगा। हिमालयी शृंखलाएँ विस्मित करती होंगी, परंतु दार्जिलिंग यूरोप की तरह आधुनिक क़िस्म की जगह लगती है। मुझे लगता था कि वहाँ भारतीय प्रकार के भवन हुआ करते होंगे, पर वहाँ की इमारतों पर यूरोपियन प्रभाव स्पष्ट दिखाई देता है।

विएना का मौसम अचानक बदल गया है। अभी चार दिन पहले यहाँ बर्फ़बारी हुई है लेकिन दुर्भाग्य से यह देर तक नहीं चली, अन्यथा यहाँ का मौसम ख़तरनाक और ठंडा है, जैसा कि आपने स्वयं महसूस किया होगा। मेरी ठंडक और खाँसी ने मुझे नहीं बख़्शा है, पर सामान्य रूप से मैं काफ़ी ठीक हूँ। मेरा गॉल ब्लैडर अभी शांत है, यह अब मुझे अधिक तकलीफ़ नहीं दे रहा। मैं मनमर्जी बिना किसी दर्द के डर से गुज़रकर कुछ भी खा-पी सकती हूँ। इस विपत्ति भरे जीवन में कम-से-कम यह आराम तो हुआ। आजकल मेरा वज़न तेज़ी से घट रहा है परंतु मुझे इससे चिंता नहीं होती क्योंकि मोटापा बहुत दिक़्क़तों को जन्म देता है।

मैं आजकल डॉक्टर के अलावा किन्हीं मित्रों से नहीं मिलती हूँ क्योंकि मेरे पास क्रिसमस से संबंधित बहुत काम है। मुझे प्रसन्नता है कि आपके कुछ

संबंधियों को आपके साथ रहने की अनुमति मिली थी। इस तरह आप पूरी तरह से अकेले नहीं रहे और आपसे बात करने के लिए कोई-न-कोई उपलब्ध था। युवा लोगों से बात कर काफ़ी समय बीत जाता है। आपका बाक़ी समय पढ़ने में बीतता होगा, ऐसा मुझे लगता है।

दुर्भाग्यवश मुझे अपने फ्रेंच पाठों को रोक देना पड़ा है क्योंकि अभी मैं कुछ भी कमा नहीं रही हूँ और मुझे यह पाठ मुफ़्त में नहीं मिलते। यह एक दु:खद स्थिति है, परंतु इसमें कोई सहायक भी नहीं हो सकता। मैं पिछले कई हफ़्तों से प्रेस में कई प्रकार के प्रस्ताव भेज चुकी हूँ, परंतु मुझे कोई उत्तर नहीं मिलता। एक बार एक उत्तर मिला था परंतु वह काम मुझे नहीं मिला। एक अन्य बार मुझे एक उत्तर मिला परंतु मैंने उसे स्वीकार नहीं किया क्योंकि वह सारा प्रस्ताव व्यर्थ क़िस्म का था। मुझे एक सात वर्षीय बच्चे की दिनचर्या को सँभालना था और वह मुझे रहने तथा खाने की व्यवस्था मुफ़्त करने के साथ एक महीने में 25 शिलिंग्स की धनराशि देते। इसके अलावा मुझे अपना कमरा साफ़ रखना था और घर के कामों में मदद भी करानी थी, जो शर्त मुझे स्वीकार्य नहीं थी, क्योंकि मैं किसी की घरेलू नौकरानी नहीं हूँ।

आपको कुछ चुटकुले चाहिए? पर यह फ़िलहाल मुश्किल है, क्योंकि मैं अब अक्सर कैफ़े नहीं जाती हूँ। फिर भी मैं आपको एक नया चुटकुला सुनाती हूँ जो इस प्रकार है :

हमें ऑस्ट्रिया में नए शिलिंग्स मिल रहे हैं जो रबर के बने हैं। किसी ने पूछा, क्यों? तो उत्तर मिला, इसलिए क्योंकि तुम उन्हें खींच सकते हो और यदि शिलिंग्स गिरता है तो तुम उसकी आवाज़ नहीं सुन पाओगे।'

यह चुटकुला ऐसे व्यक्ति के पास आया था जो शिलिंग्स के फिर से गिरने पर निगाह रखे हुए था।'

एमिली ने आगे एक महत्वपूर्ण सूचना देने के लिए लिखा था। यह सूचना ऐसी थी जिसमें सुभाष बाबू की रुचि हो सकती थी। उन्होंने लिखा :

'सेन ने हिंदुस्तान अकादमिक एसोसिएशन को पुनर्जीवित करने की कोशिश की है। वर्तमान में विएना में लगभग 25 से 30 भारतीय मौजूद हैं। बहुत समय के बाद जब गैरोला इसका अध्यक्ष बनना चाहता था :

उसने इस एक शर्त पर समर्थन दिया है, परंतु सेन दृढ़ता के साथ उसके विरुद्ध है। इसलिए अली को फिर से प्रेसिडेंट चुन लिया गया है और गैरोला को सचिव का पद देकर एक सुलह कराई गई है। वर्तमान में प्रत्येक बृहस्पतिवार को होटल डी फ्रांस में बैठक हुआ करती है। अली इनमें अच्छी रुचि लेता है। यद्यपि सेन इस समिति से बाहर है फिर भी वह इसे जमाने में अपना पूरा साथ दे रहा है। वर्तमान में उम्मीद है कि यह सफलतापूर्वक चल सकेगी। त्रिवेदी ने अपनी सभी परीक्षाओं को पूरा कर लिया है और सेन ने उसे एसोसिएशन के एक सक्रिय सदस्य के रूप में शामिल कर लिया है।

मुझे और मेरे पेरेंट्स को आपकी भेजी गई शुभकामनाएँ प्राप्त कर प्रसन्नता हुई। कृपया हमारी ओर से भी हार्दिक आभार प्राप्त करें, बशर्ते कि एक ग़ैर हिंदू इन शुभकामनाओं को भेज सकता हो।

हमारा सबसे बड़ा धार्मिक उत्सव जल्दी ही आने वाला है— 24 तारीख को। पिछले साल आप विएना में थे और आपने देखा कि वह किस तरह से मनाया जाता है। विगत सप्ताह मैंने आपको रजिस्टर्ड सैंपल डाक से एक छोटी क्रिसमस भेंट भेजी थी। कृपया मेरे और मेरे पेरेंट्स तथा बहन की तरफ़ से हमारी शुभकामनाएँ स्वीकार कीजिए।'

एमिली ने पत्र के आख़िर में एक टिप्पणी लिखकर खेद प्रकट किया था कि वह एक बात बतानी भूल गई थी :

'मैंने आपके सारे बक्सों और कपड़ों को व्यवस्थित कर भेज दिया है। मैंने उन सबको एक बड़े ट्रंक में रख दिया था। इस सब को मैंने एक इटालियन कंपनी के माध्यम से, जिसे आपके भतीजे ने तय किया था; भेजा है।'

एमिली शेंकल ने यह भी बताया कि उसने उन सभी अनावश्यक चीज़ों को उचित जगह ज़रूरतमंदों को भेंट कर दिया है जिनके विषय में यह बताया गया था कि वे चीज़ें उपयोगी नहीं होंगी। एमिली ने सुभाष बाबू से जानना चाहा था कि अभी भी उसके पास कुछ कपड़े पड़े हैं जिनके विषय में उनके भतीजे ने उन्हें भेजने से रोका है :

'उनमें से एक गहरे रंग का रेनकोट है जो आपने कभी नहीं पहना, क्योंकि

यह आपको पूरी तरह से फ़िट नहीं आता था। मैं इसका क्या करूँ ? उसके बाद कुछ और चीज़ें हैं। एक यूरोपियन तरीक़े का कोट है और घुड़सवारी के कॉस्टयूम हैं, कृपया मुझे बताइए कि मैं इन चीज़ों का क्या करूँ ?'

एमिली को यह जानकारी भी चाहिए थी कि क्या सुभाष बाबू को वह पत्र मिल गया था जिसमें उसने भारतीय चाय पर कस्टम ड्यूटी के संबंध में जानकारी एकत्र कर लिख भेजी थी। इस जानकारी के अनुसार अगर चार पाउंड चाय को भारत से विएना के लिए आयात किया जाता है तो हमें लगभग 10 शिलिंग्स की ड्यूटी चुकानी होगी। 100 ग्राम अथवा 10 ऑस्ट्रियन डेका तक के पैकेट ड्यूटी फ्री होते हैं।

15 दिसंबर 1936 को लिखे गए पत्र में सुभाष बाबू ने इस बात के लिए चिंता व्यक्त की थी कि उनका पत्र दो माह से नहीं मिला था: जिसके कारण उन्हें लगता था कि संभवत: एमिली के अस्वस्थ होने के कारण ऐसा हुआ होगा, परंतु अगली ही पंक्ति में उन्होंने इस बात के लिए प्रसन्नता व्यक्त की थी कि ऐसा नहीं था। दरअसल इस पूरी अवधि में सुभाष बाबू स्वयं भी बीमार थे और मौसम ख़राब बना रहा था।

सुभाष बाबू ने एमिली को लिखा था :

'मैं स्थानांतराधीन हूँ और मुझे अभी तक नहीं पता कि मुझको कहाँ भेजा जाएगा। इसलिए यदि तुम मेरे घर के पते पर पत्र भेजोगी तो वह पत्र मुझे मिल जाएगा, चाहे मैं कहीं भी हूँ। लगभग दो माह पूर्व मैंने अपने स्थानांतरण की माँग की थी, क्योंकि इस जगह का वातावरण मेरे लिए अनुकूल नहीं हो पा रहा था। अब मैं एक या दो दिन के भीतर इस स्थान को छोड़ दूँगा।'

एमिली के स्वास्थ्य के विषय में जानकर चिंतित होते हुए उन्होंने खेद प्रकट किया था कि वह अस्वस्थ है परंतु उन्हें इस बात की भी राहत थी कि वह अपनी गॉल ब्लैडर की बीमारी से मुक्त है। इसके बावजूद उन्होंने चेतावनी भी दी थी कि उस बीमारी की अनदेखी नहीं की जानी चाहिए।

एमिली शेंकल ने सुभाष बाबू को विएना से सन् 1937 के पहले दिन एक विस्तृत पत्र लिखा जिसमें उसने उनके 15 दिसंबर के पत्र की प्राप्ति से हुई ख़ुशी का वर्णन किया था। उसी दिन सुभाष बाबू का क्रिसमस कार्ड भी मिला। इस संबंध

में एमिली ने सुभाष बाबू को लिखा था :

'तो पुराना साल बीत गया है और नया आरंभ हुआ है। यह क्या लेकर आएगा? क्या वैश्विक स्थिति बेहतर मोड़ लेगी या हम इसके बाद भी उन्हीं गहरी गड़बड़ियों में उलझे रहेंगे, कोई नहीं जानता।'

अपने स्वास्थ्य की चर्चा करते हुए एमिली ने लिखा था :

'मैं बीमार नहीं रही हूँ, केवल मेरी सर्दी और खाँसी मेरे साथ बनी रही है जो दोनों मेरी भरोसे की साथी हैं। उन्हें मुझसे इतना प्यार है कि वे हर वर्ष मुझसे मिलने आती हैं और पूरी सर्दियाँ मेरे पास रहा करती हैं। आप इस बीच स्वस्थ नहीं रहे हो, यह जानकर मुझे चिंता हो रही है, परंतु मुझे लगता है कि अब तक आप स्वस्थ हो गए होंगे और अच्छा महसूस कर रहे होंगे।'

नवंबर और दिसंबर में एमिली क्रिसमस भेंटों के कारण व्यस्त थी, यह लिखते हुए उसने बताया था कि उसे हर दिन सवेरे से देर रात तक काम करना पड़ रहा था। उसने सुभाष बाबू से यह भी जानने की उत्सुकता दिखाई थी कि क्या उनका दूसरी जगह स्थानांतरण हो गया था? दरअसल उसे नई जगहों के विषय में जानकारियाँ प्राप्त करने की इच्छा रहा करती थी। बीते दिनों की गतिविधियों की चर्चा करते हुए एमिली ने लिखा था :

'इस वर्ष का क्रिसमस अच्छा गया। मुझे बहुत-सी ज़रूरत भर की और लग्ज़री चीज़ें मिलीं, अधिकतर अपने परिजनों और मित्रों से। पिछले दिनों आयरलैंड के मेरे एक मित्र ने मुझे एक बढ़िया किताब भेजी : इरविन की 'बासन का फ़्लाइंग कॉलम' क्या आप इसके विषय में जानते हो? मिसेज़ हारग्रोव ने भी मुझे एक शानदार किताब भेजी— द मिंसट्रेल एंड देयर पैंटर्स। इसमें 24 बेहतरीन पुराने फ़ोटोग्राफ़्स का संकलन है। मुझे यह किताब पसंद आई। इसमें कुछ जर्मन गीत भी हैं। 26 दिसंबर को मास्टर और सेन यहाँ आए थे। मेरा एक अन्य मित्र भी आया था और हमारा अपराह्न का समय अच्छा बीता। सेन ने प्यानो पर भारतीय संगीत बजाया। सेन कुछ महीने के लिए बाहर जा रहा है और उसे एक अतिरिक्त बक्से की ज़रूरत है। उन्होंने मुझसे पूछा है कि क्या मैं आपका एक बाक्स उन्हें दे सकती हूँ? इसलिए मैं उन्हें काला बक्सा दे रही हूँ। मुझे उम्मीद है कि

आपको बुरा नहीं लगेगा। कल उसने मुझे यह भी बताया कि आपने उसे लिखा है कि वह कोई भारतीय रेकॉर्ड्र्स भी ले सकता है। परंतु उसने दो लिए हैं। मुझे नहीं पता कि वे दो कौन से हैं, क्योंकि मैं बांग्ला नहीं पढ़ पाती हूँ।'

विएना में चाय भेजने पर चर्चा इस पत्र में भी हुई थी। एमिली ने लिखा था : 'मुझे नहीं लगता कि वहाँ से किसी को भी चाय भेजना अच्छी बात रहेगी, क्योंकि उसपर आयात कर अधिक हैं। ड्यूटी का यह मामला डरावना है। मैंने जर्मनी में अपनी एक मित्र को एक छोटा-सा हाथ का बना आम-सा परिधान भेजा, और उस मामूली चीज़ के लिए उसे लगभग नौ ऑस्ट्रियन शिलिंग्स चुकाने पड़े। जब उसने मुझे इस बारे में लिखा तो सच में मुझे दुख हुआ। क्या आपको भी मेरी क्रिसमस भेंटों पर कोई ड्यूटी चुकानी पड़ी थी?'

एमिली ने लिखा था कि 25 दिसंबर से उनके यहाँ अच्छी-ख़ासी सर्दी का आगमन हो गया है। एमिली ने एक ज़ोरदार बर्फ़ीला तूफ़ान आने की बात भी बताई थी, परंतु वह बर्फ़ अधिक समय तक नहीं रही, हाँ कोहरा अवश्य बना रहा। तब से कोहरे और बर्फ़ के कण पेड़ों, टेलीफ़ोन तारों और अन्यथा बैठकर जम जाते हैं। ऐसा लगता है कि इनपर किसी ने सफ़ेद पाउडर की परत बना दी हो— शुगर पाउडर की तरह। एमिली ने विनोद में लिखा था : *'मुझे खेद है कि मैं पेड़ की पत्तियाँ तोड़कर आपके सजाने के लिए कुछ नहीं भेज सकती क्योंकि यह एक सुंदर दृश्य है।'*

अंत में एमिली ने अपनी और परिवार की तरफ़ से सुभाष बाबू को शुभकामनाएँ देते हुए अनुरोध किया था कि यदि संभव हो तो वह कुछ भारतीय समाचारपत्र भेजने की व्यवस्था कराएँ, क्योंकि वहाँ ये समाचारपत्र नहीं मिलते हैं।

सुभाष बाबू ने एमिली को 10 जनवरी 1937 को कलकत्ता के मेडिकल कॉलेज अस्पताल से भी पत्र लिखा था। वह वहाँ विगत 17 दिसंबर 1936 से 'नज़रबंदी' के दौरान अपनी चिकित्सकीय जाँचों के लिए रखे गए थे। पर उनका कहना था कि जाँचों के अलावा एक बात और थी, जिसके कारण वह वहाँ आकर ख़ुश थे— वहाँ का सौम्य मौसम। वहाँ सूरज की भरपूर रोशनी थी, जबकि पर्वतों पर सूरज के दर्शन ही नहीं होते थे, लेकिन यहाँ भी भरपूर ठंड है, ऐसा उन्होंने लिख

भेजा था। सुभाष बाबू की प्रसन्नता का कारण यह भी था कि सरकार ने उनके परिजनों-संबंधियों को प्रतिदिन उनसे मिलने की अनुमति दे दी थी।

अपने स्वास्थ्य की स्थिति के विषय में तथा अन्य विषयों पर उन्होंने एमिली को लिखा था :

'डॉक्टर ने अभी मुझे शारीरिक जाँच के परिणाम नहीं बताए हैं, बस उन्होंने यह बताया है कि मैं सेप्टिक टॉन्सिल्स से पीड़ित हूँ। बाक़ी जाँच परिणामों की मुझे प्रतीक्षा है।

कृपया मुझे भेजे गए क्रिसमस भेंट के लिए धन्यवाद स्वीकार कीजिए। फ़ोटोग्राफ़्स अच्छे हैं और वे एक अच्छी याद की तरह बन गए हैं। मुझे वे तभी मिल गए थे जब मैं कर्सियाँग में था। उन्होंने मुझसे कोई ड्यूटी नहीं ली। हमारे यहाँ इतनी ड्यूटी नहीं ली जाती, जितनी यूरोपीय देशों में ली जाती है। मुझे नहीं पता कि उन्होंने 70 ग्राम के एयरमेल पत्र के लिए एक शिलिंग्स क्यों लिए। मुझे लगता है कि उन्होंने हाल में ही अपनी दरें बढ़ाई हैं।

मैं अब कई महीने बाद शहर में आया हूँ और मुझे प्रथम दृष्टि में यह एक ख़ूबसूरत बदलाव लग रहा है, परंतु यहाँ शोर-शराबा है— अंदर भी और बाहर भी। बाहर इसलिए कि बसों और ट्रामों का हर तरह का यातायात चला करता है। अंदर इसलिए कि मरीज़ों की आवाजाही होती है और उनमें से कुछ जब दर्द में होते हैं तो चिल्लाते हैं। यह अस्पताल भारत के सबसे बड़े अस्पतालों में से एक है और कलकत्ता का सबसे बड़ा अस्पताल है। यह भारत का सबसे पुराना अस्पताल भी है जो शहर के बीचों-बीच स्थित है।'

सुभाष बाबू ने एमिली को पत्र में यह भी सूचित किया था कि उन्हें उम्मीद है कि डॉक्टर टॉन्सिल का इलाज कर उन्हें स्वस्थ करने में सफल हो पाएँगे, अन्यथा इसके लिए उन्हें ऑपरेशन का सहारा लेना पड़ेगा। अगला पत्र 26 जनवरी 1937 का है जो सुभाष चंद्र बोस ने कलकत्ता के मेडिकल कॉलेज अस्पताल से लिखा था। उन्होंने बताया था :

'कलकत्ता में ठंडक हमेशा मध्यम क़िस्म की रहती है और यह वर्ष भी इस सामान्य नियम का अपवाद नहीं है, लेकिन भारत के कई हिस्सों में

शीतलहर आया करती है। कर्सियाँग में अधिक ठंड और कोहरा रहता है। वहाँ मेरे रुकने के दौरान मुझे इतना कुहासा भरा मौसम देखने को मिला कि मैं अब यहाँ पर सूरज का आनंद ले रहा हूँ। मैंने देखा है कि जो लोग यहाँ रहते हैं वे सूरज को इतना पसंद नहीं करते जितना फ़िलहाल मैं कर रहा हूँ, और यह स्वाभाविक ही है।

मैं अभी भी कलकत्ता के अस्पताल में हूँ। कुल मिलाकर बेहतर हूँ। वर्तमान में मेरे गले की समस्या का इलाज चल रहा है और यकृत की बीमारी का भी। मैं अपने चलने-फिरने के बारे में अग्रिम रूप से नहीं बता सकता और किसी दिन मुझे कहीं भी स्थानांतरित किया जा सकता है। इसलिए जब भी तुम लिखो तुम्हें कृपापूर्वक मेरे घर के पते पर ही लिखना चाहिए।

मुझे कलकत्ता में अपने रहने के दौरान हफ़्ते में दो बार अपनी माँ से मिलने की अनुमति मिल गई है।'

एमिली का 28 जनवरी 1937 को विएना से लिखा गया पत्र सेंसर से स्वीकृत होकर सुभाष चंद्र बोस को मिला था। उसने सुभाष बाबू के स्वास्थ्य के विषय में लिखा था :

'मुझे यह जानकर दुःख हुआ कि आप स्वस्थ महसूस नहीं कर रहे हो। मैं केवल आशा कर सकती हूँ कि आप जल्दी ही फिर से स्वस्थ हो जाओगे, क्योंकि बीमार होने से बुरा और कुछ नहीं है और विशेष रूप से एक अस्पताल में रहना भयावह होता है, मुझे ऐसा लगता है। क्या अब आपको अपने स्वास्थ्य के विषय में आगे की जानकारियाँ मिली हैं? कृपया मुझे बताना।

तो आपको भारत में भरपूर सूरज की किरणें मिला करती हैं। हमें ऐसा कुछ नहीं मिलता। पिछले एक सप्ताह से यहाँ भयावह सर्दी (गलन बिंदु से 10 डिग्री नीचे तक) पड़ी हुई है और अपेक्षाकृत अधिक बर्फ़बारी हुई है। हालाँकि यह अच्छा लगता है परंतु सर्दी का असर तो है ही। इसलिए मैं कम बाहर निकलती हूँ और कभी-कभी तो मुझे घर से बाहर निकले हुए तीन या चार दिन हो जाते हैं, क्योंकि मुझे इस बात का ध्यान रखना होता है कि मुझपर कहीं सर्दी का असर न हो जाए।'

पत्र में एमिली ने सुभाष बाबू को भेजे गए क्रिसमस भेंट के संबंध में चर्चा की, उन फ़ोटोग्राफ़्स की बात की जो उसने भेजे थे, और उन्होंने किस तरह से क्रिसमस के त्योहार को मनाया, इस संबंध में विस्तार से जानकारी दी। एमिली ने एक नई बात और बताई। उसने लिखा :

'हमें अब एक रेडियो (बेतार) मिल गया है। यह वास्तव में सुविधाजनक चीज़ है क्योंकि हम अब विएना, चेकोस्लोवाकिया, जर्मनी, पोलैंड, स्विट्ज़रलैंड, फ्रांस, इटली और यहाँ तक कि इंग्लैंड को भी सुन सकते हैं। केवल इंग्लैंड के कार्यक्रम थकाऊ होते हैं। फिर बात यह भी है कि उन्हें सुनना मुश्किल भरा होता है। वह अलग है कि पिता इस बात को लेकर आक्रोश में रहते हैं कि पूरे दिन भर हम लोग परिवार की शांति को भंग किए रहते हैं आदि-आदि। परंतु वह जितना ही आक्रोश में आते हैं उतना ही हम रेडियो चलाया करते हैं।'

अगली कुछ पंक्तियों में एमिली ने अपनी परेशानियों का ज़िक्र करते हुए लिखा था :

'मैं पूरे दिन कोई उपयोगी काम नहीं करती हूँ, सिवाय अपने उदासी भरे भविष्य के बारे में सोचने के। मैं एक फ़र्म से दूसरी फ़र्म तक पागलों की तरह दौड़ा करती हूँ। लोगों को अपना परिचय देती हूँ, पत्र लिखती हूँ आदि-आदि। और उसका परिणाम क्या होता है— शून्य। यह सब इतना हतोत्साहित करने वाला है कि मैं आपको बता नहीं सकती। कई बार मैं आश्चर्य करती हूँ कि मैं किसलिए ज़िंदा हूँ। केवल जीने के लिए जीना कोई अच्छी बात नहीं है, परंतु फिर भी इस जीवन को निष्प्रयोज्य बना देना एक कायर का काम होता है।'

एमिली ने अपने पत्र में सुभाष बाबू को यह भी बताया कि हिंदुस्तान अकादमिक एसोसिएशन की गतिविधियाँ फिर से रुक गई हैं। वह एक बार होटल डी फ्रांस में गैरोला को एक समाचारपत्र वापस करने गई थी और वहाँ उसे बताया गया :

'वे लोग अनियमित रूप से मिला करते हैं। इस पूरी चीज़ में कोई व्यवस्था नहीं बची है। सेन, जो कुछ कर सकते थे, वह विएना से कुछ महीनों के लिए बाहर चले गए हैं और अन्य लोग कोई उपयोगी काम नहीं करते। आज मैं मिस्टर टाइमर से मिली थी। उन्होंने मुझसे आपके बारे में पूछा

और आपके प्रति अपनी शुभकामनाएँ व्यक्त करने के लिए कहा।

क्या आप वर्तमान में कोई रुचिकर चीज़ पढ़ रहे हो? मैं नहीं पढ़ रही, क्योंकि मेरे पास करने के लिए कुछ-न-कुछ बना रहता है इसलिए मेरा पूरा समय घिरा रहता है। और यह अच्छा है क्योंकि इंसान अपने विषय में सोचना भूल जाता है।'

दस फ़रवरी 1937 को कलकत्ता मेडिकल कॉलेज के अस्पताल से भेजे गए अपने पत्र में सुभाष बाबू ने एमिली को लिखा था कि उनके द्वारा भेजा हुआ कपड़ों का बक्सा कलकत्ता आ चुका है। उन्होंने अपने बेहतर होते स्वास्थ्य का ज़िक्र करते हुए लिखा था :

'कलकत्ता आने के बाद मैं अब थोड़ा-सा बेहतर महसूस कर रहा हूँ। इसके अलावा सरकार ने मुझे कुछ छूट दी हैं जिनका स्वागत होना चाहिए। मुझे अपनी माँ से मिलने की अनुमति दी गई है। आज से मैं उनके पास हर रोज़ जा सकूँगा। सवेरे के समय मुझे एक पुलिस अधिकारी के साथ कार में निकलने की छूट है। कभी-कभी दोपहर बाद मैं उन संबंधियों के घर जा सकता हूँ जिनको मुझसे मिलने की अनुमति है। बाक़ी समय किताबों, समाचारपत्रों और पत्र-व्यवहार से गुज़र जाता है। कलकत्ता में मेरा समय कटना मुश्किल नहीं है परंतु कर्सियाँग में बोरिंग और उबाऊ समय था।'

एमिली के 12 फ़रवरी 1937 के पत्र से समझ आता है कि सुभाष बाबू के पत्र मिलने के बाद ही उन्होंने यह पत्र उन्हें लिख भेजा था। इस विस्तृत पत्र में एमिली ने अपने विषय में एक विशिष्ट जानकारी दी जिसके अनुसार :

'दूसरी तारीख़ से मुझे एक छोटी-सी नौकरी मिल गई है। मैं दोपहर बाद एक भारतीय बच्चे की देखभाल किया करती हूँ। क्या यह एक मज़ाक़ की तरह नहीं है? तुम शायद जानते हो कि मुझे बच्चे कोई ख़ास पसंद नहीं हैं क्योंकि वे हर समय आपके इर्द-गिर्द रहा करते हैं और अब मुझे एक बच्चे को ही देखना होगा। यह बच्चा 17 महीने का है और सौम्य है। ख़ासतौर से जब उसके माँ-बाप वहाँ नहीं होते, वह उस समय अच्छा बना रहता है। जब अपने पिता या माँ को देखता है तो वह शैतान बन जाता है, क्योंकि वह जानता है कि वह उनके साथ जो चाहे कर सकता है। ऐसा

इसलिए है कि वह उनका पहला बच्चा है और माँ का ख़ुद कहना है कि वह इस मामले में बिलकुल भी अनुभवी नहीं है। वे कश्मीर के अच्छे लोग हैं। अब जबकि मुझे कुछ कमाने का अवसर मिला है तब मैंने फिर से फ्रेंच भाषा के पाठ लेने शुरू कर दिए हैं। मुझे लगता है कि यद्यपि मैंने कई महीनों से ये पाठ नहीं लिए थे, परंतु मैं कुछ भी भूली नहीं हूँ। मैं इस बात से स्वयं चकित हूँ।'

सुभाष बाबू के स्वास्थ्य की चिंता करते हुए एमिली ने इस लंबे पत्र में लिखा था :

'और अब आपका स्वास्थ्य कैसा है? मुझे उम्मीद है कि यह बेहतर होगा, शायद यह दार्जिलिंग के आद्र मौसम का असर था कि आपको सेप्टिक टॉन्सिल की शिकायत हुई। मुझे कहना चाहिए कि इन सर्दियों में मैं स्वयं बेहतर महसूस कर रही हूँ। पिछले एक सप्ताह से सर्दी और खाँसी से मुक्त हूँ। केवल कभी-कभी जब सर्दी होती है तब मेरे बाएँ फेफड़े में दर्द महसूस होता है, परंतु यह सहन करने योग्य होता है। मैंने एक चिकित्सक से इसके बारे में बात की थी और उसने मुझे बताया कि मुझे शाम को स्वयं को गर्म बनाए रखना चाहिए, कोहरे के समय बाहर नहीं निकलना चाहिए और जितना संभव हो हल्की धूप का सेवन करना चाहिए।

आपकी यकृत की दिक़्क़त का क्या हाल है? क्या इसका इलाज संभव है? यदि भारत में नहीं तो कृपया फिर से यूरोप और कार्ल्सबाद में प्रयत्न कीजिए। आप जानते हो कि यह कितना अच्छा है।'

सुभाष बाबू को भेजे गए इस पत्र में एमिली का पत्र-व्यवहार मुख्यत: उन्हीं बिंदुओं पर होता था जिनपर वह उसे बताया करते थे। कुछ अन्य विषय भी होते थे परंतु सुभाष चंद्र बोस के संदर्भित विषयों पर एमिली का उत्तर अवश्य मिलता था। ऐसी ही एक प्रसन्नता की अभिव्यक्ति एमिली ने तब की, जब उसे कलकत्ता में सुभाष बाबू को उनकी माँ के पास जाने की सूचना मिली थी। उसने लिखा :

'मैं यह जानकर प्रसन्न हुई कि आपको कलकत्ता में रहने की अवधि के दौरान अपनी माँ से मिलने की अनुमति प्रदान कर दी गई है। यह आपके और आपकी माँ के लिए एक सुकून की बात है, क्योंकि एक माँ हमेशा

अपने बच्चे के प्रति चिंतित बनी रहती है, ऐसा मुझे लगता है। आप माँ को देखकर प्रसन्न हो गए होंगे।'

पत्र को जर्मनी भाषा में लिखने के लिए एमिली ने सुभाष बाबू को बधाई देते हुए कहा था :

'यह एक बेहतरीन तरीक़े से लिखा गया पत्र है। कृपया मुझे इसमें सुधार करने की अनुमति दें। मुझे उम्मीद है कि आप इस बात का बुरा नहीं मानेंगे, और यह आपके लिए भी अच्छा है क्योंकि आप मुझे कभी-कभी जर्मनी में लिखे गए पत्र अथवा किसी अन्य चीज़ का अनुवाद भेज सकते हैं। इसके बाद ही मैं आपको त्रुटियाँ लिखकर बता सकती हूँ।'

26 फ़रवरी 1937 को मेडिकल कॉलेज अस्पताल, कलकत्ता से लिखे गए पत्र में सुभाष चंद्र बोस ने एमिली को उनके 12 तारीख़ के पत्र के लिए धन्यवाद देते हुए बताया था कि उन्होंने इस बीच में जर्मन भाषा में एक पत्र और लिखा था।

उन्होंने लिखा कि यूरोप से आने वाले पत्रों से उन्हें लगता है कि इस वर्ष वहाँ पर हल्की ठंड पड़ रही है। कलकत्ता में और भारत में सर्दी हमेशा हल्की ही रहती है तथा यह साल भी इस नियम का कोई अपवाद नहीं है। ज़िंदगी में पहली बार मुझे सर्दी और कोहरे से दूर रहने पर प्रसन्नता का अवसर मिला है जबकि मैं इन चीज़ों को सामान्य रूप से पसंद करता हूँ। अपनी दिनचर्या का विवरण देते हुए उन्होंने लिखा :

'मैं अभी भी कलकत्ता में हूँ, जैसा कि तुम मेरे पते से अनुमान लगा सकती हो, परंतु मेरा रुकना मेरी अपेक्षा से कहीं अधिक हुआ है। जब मैं पहली बार यहाँ आया तो मुझे यहाँ एक पखवाड़े से अधिक रुकने की अपेक्षा नहीं थी परंतु अब यहाँ मुझे ढाई महीने हो गए हैं। इसके बावजूद यह निश्चित है कि मैं जल्दी ही कहीं और जाऊँगा, हालाँकि मुझे इस विषय में कोई जानकारी नहीं है कि मुझे कहाँ ले जाया जाएगा। इसलिए बात यह है कि तुम जब भी लिखो, मुझे मेरे घर के पते पर ही लिखना।'

सुभाष बाबू ने एमिली को इस बात के लिए धन्यवाद भी दिया कि वह उनकी जर्मन भाषायी त्रुटियों को दुरुस्त करने को तैयार है।

26 फ़रवरी 1937 को विएना से लिखे गए पत्र में एमिली शेंकल ने सुभाष चंद्र बोस को वहाँ के मौसम के बारे में बताते हुए विनोद करते हुए लिखा था :

'हे भगवान! यहाँ मौसम फिर से ठंडा, ख़राब, धुँधला और बारिश भरा हो चला है। मैं पहले से ही उलझन में हूँ। अब मुझे आपके यहाँ के गर्म मौसम और सूरज की बातें ईर्ष्या पैदा करती हैं। हम एक बदलाव करते हैं। आप विएना आ जाओ और मैं भारत चली आती हूँ।'

एमिली ने सुभाष बाबू को यह भी बताया था कि उसने अब अपने नौकरी पर जाने के साथ-साथ फ्रेंच भाषा के पाठ को फिर से शुरू कर दिया था। उन्होंने सुभाष बाबू को लिखा था :

'मैं स्वयं से ख़ुश हूँ। सच में मेरे पास कम समय बचता है कि मैं घर के कामों को ढंग से पूरा कर सकूँ।'

वह बात अलग थी कि इतनी व्यस्तताओं और समय की कमी के बावजूद एमिली हमेशा सुभाष चंद्र बोस के पत्र की इंतज़ार करती और तत्काल उत्तर भी देती थी। वह उनके स्वास्थ्य, परिवार और कामों के प्रति चिंतित रहती थी, यह हर पत्र से समझ आता है। 26 फ़रवरी 1937 के इस पत्र में भी एमिली ने अपनी चिंता और फिर सुकून ज़ाहिर करते हुए लिखा था :

'यह अच्छी बात है कि अब आप अपनी माँ से प्रतिदिन मिल सकोगे। यह विशेष रूप से आपकी माँ के लिए अच्छा होगा क्योंकि वह पहले ही बूढ़ी और अकेली हैं तथा जितना संभव हो वह आपको देखना चाहती हैं। आपका स्वास्थ्य कैसा है? क्या चिकित्सकों ने आपके टॉन्सिल्स को बचा लिया है? और यकृत की बीमारी की क्या हालत है? गॉल ब्लैडर के ज़ख़्म की स्थिति क्या है? मुझे उम्मीद है कि अब तक आप ऑपरेशन के बाद की जटिलताओं से बाहर निकल आए होंगे।'

एमिली ने सुभाष बाबू से 'मॉडर्न रिव्यू' अथवा अन्य किसी समाचारपत्र या पत्रिका के एक अंक की माँग भी की थी। द्वितीय विश्व युद्ध के संबंध में राजनीतिक गतिविधियों की चर्चा करते हुए एमिली ने लिखा था कि यह सप्ताह विएना में महत्वपूर्ण रहा। जर्मनी के विदेश मंत्री वी न्यूरटन विएना में थे। उनके आगमन और जाने तक नाज़ियों ने पूरे शहर में नारेबाज़ी की और एक जनमत संग्रह की माँग की। एमिली ने बताया कि वह वहाँ नहीं गई, क्योंकि वह हमेशा इस तरह के जन आंदोलनों से दूरी बनाकर रखती है। ऐसी जगहों पर बिना किसी बात के भी आसानी से किसी जटिलता में पड़ने की संभावना बनी रहती है।

एमिली अपने काम को लेकर ख़ुश नहीं थी यह बात उसके पत्र के अंतिम हिस्से से समझ आती है जिसमें उसने लिखा था कि वह अभी भी एक उचित नौकरी की तलाश में है। इस पत्र में एमिली ने लिखा था :

'आपको यह समझ नहीं आएगा कि अब ऑस्ट्रिया किस ख़राब स्थिति से गुज़र रहा है। हर कोई दूसरे देश में जाना चाहता है, क्योंकि ऑस्ट्रिया अपने 65 लाख लोगों को रोज़गार देने की स्थिति में नहीं रह गया है, और यह स्थिति ख़राब होती जाएगी।'

एमिली का दावा था कि इस संकट के कारण देश में जन्म दर घटती जा रही है। इसका अर्थ यह हुआ कि ऑस्ट्रिया के कुछ हिस्सों में अगले कुछ वर्षों के लिए स्कूलों की कोई ज़रूरत नहीं रहेगी, इसलिए अध्यापक बेरोज़गार हो जाएँगे। विएना में पहले ही कई स्कूल बंद करने पड़े हैं, क्योंकि वहाँ पर पढ़ाने के लिए पर्याप्त बच्चे नहीं थे।

15 मार्च 1937 को कलकत्ता मेडिकल कॉलेज अस्पताल से सुभाष चंद्र बोस ने एमिली शेंकल को पत्र लिखा :

'पिछली बार तुम्हें लिखने के बाद मुझे दार्जिलिंग के पुलिस अधीक्षक ने बताया कि उनके कार्यालय में तुम्हारी तरफ़ से भेजा गया कोई पार्सल प्राप्त नहीं हुआ था। असलियत यह है कि जब मैंने इस संबंध में शिकायत की तो मुझे अपने अनुभव से यह पता था कि पार्सल की बरामदगी नहीं हो सकेगी। इसके बावजूद मैं इस मामले को पोस्टल डिपार्टमेंट के पास ले जाने के लिए इच्छुक था। तुम मुझे भेजे गए उस पार्सल के संबंध में पोस्टल अधिकारियों को एक शिकायत पत्र भेज सकती हो परंतु अगर तुम ऐसा करोगी तो उसके साथ पार्सल बुक कराने की रसीद नहीं भेजना लेकिन उसका नंबर और तिथि आदि ज़रूर भेजना। यदि यह तुम मुझे भेज दो तो मैं उस पार्सल को ढूँढ़ने में स्थानीय लोगों की मदद करूँगा।'

पत्र में सुभाष बाबू ने लिखा था कि उनके वर्तमान पते को देखकर उसे समझ आ जाएगा कि वह अभी कलकत्ता में ही हैं। उनका कहना था :

'मैं यहाँ पर तीन महीनों से हूँ। यद्यपि मैं दिसंबर में यहाँ आया था परंतु मुझे यह अपेक्षा नहीं थी कि मुझे यहाँ दो या तीन सप्ताह से अधिक लगेंगे। अब यहाँ धीरे-धीरे गर्मी हो रही है। दिन गर्म होते हैं जबकि रात का समय

अभी भी सुहाना रहता है। यहाँ हम बर्फ़बारी के संबंध में स्वप्न में भी नहीं सोच सकते, क्योंकि हम जागते समय की अपनी ज़िंदगी में कोई बर्फ़ीली पहाड़ियाँ नहीं देखते।'

सुभाष बाबू ने एमिली के फ्रेंच भाषा के पाठ फिर से आरंभ करने पर प्रसन्नता व्यक्त करते हुए और अपने स्वास्थ्य की जानकारी देते हुए कहा था :

'मैं सोचता हूँ कि किसी अन्य भाषा को जानना अच्छी बात है। एक बात तो है, कि यह व्यक्ति के दिमाग़ और उसके बौद्धिक स्तर पर अपना प्रभाव छोड़ती है। मैं भी जब यह अस्पताल छोड़ दूँगा और कहीं स्थापित हो जाऊँगा तो जर्मन भाषा सीखने के प्रयास जारी रखूँगा। यहाँ लंबी अवधि का कोई अध्ययन करना कठिन है, यह स्थान शोर-शराबे वाला है। फिर मैं दोपहर में अपने घर चला जाता हूँ और सवेरे के समय लॉन्ग ड्राइव पर निकल जाता हूँ (पुलिस अधिकारी की संरक्षा में)।

विशेषज्ञ का कहना है कि टॉन्सिल मेरी समस्या का कारण नहीं है। गॉल ब्लैडर का घाव सही है और उसके कारण किसी समस्या होने की बात नहीं आ रही है। मेरी समस्या का कारण या तो यकृत में है अथवा फेफड़ों में, जिसपर चिकित्सकीय विचार बँटे हुए हैं। जो डॉक्टर लेफ़्टिनेंट-कर्नल हॉज मुझे यहाँ पर ट्रीटमेंट दे रहे हैं, उनका विचार है कि यह यकृत की समस्या है, फेफड़ों की नहीं। मुझे उम्मीद है कि वह सही हैं, क्योंकि अगर ऐसा हुआ तो मेरी शिकायत थोड़ा कम चिंता वाली होगी।'

18 मार्च 1937 के अपने पत्रोत्तर में एमिली ने सुभाष बाबू को, जिन्हें वह 'मिस्टर बोस' कहकर संबोधित किया करती थी, लिखा था :

'हाँ, यह सही है कि इस बार सर्दियाँ थोड़ी हल्की रही हैं। यद्यपि भविष्यवाणी करने वाले लोगों का पूर्वानुमान था कि इस वर्ष कड़ाके की ठंड रहेगी। परंतु आप ऐसे लोगों की सोच के विपरीत विश्वास करने का दुस्साहस करते हो तो ख़ुद को ठीक पाते हो। अब हम ग्रीष्म ऋतु को आते हुए देख रहे हैं। हमें अभी से आनंदमय मौसम का आग़ाज मिल रहा है और फूल पल्लवित होने की राह में हैं, परंतु अभी तक पेड़ों अथवा झाड़ियों पर नई पत्तियों का आगमन नहीं हुआ है। इसके लिए अभी एक या दो महीने और लगेंगे। चूँकि मैं एक बच्चे की देखभाल कर रही हूँ,

इसलिए मुझे उसे हर दोपहर को घुमाने के लिए बाहर ले जाना मजबूरी है। यह बच्चे और मेरे लिए अच्छा ही है क्योंकि यदि कोई मुझपर दबाव नहीं बनाता है तो मैं कभी भी बाहर नहीं जा पाती हूँ।

मुझे नहीं पता कि आप कलकत्ता में हो अथवा नहीं। मुझे लगता है कि अब वातावरण आपके लिए थोड़ा उचित नहीं रहा होगा, इसलिए किसी पर्वतीय इलाक़े में जाना बेहतर होगा। मुझे इस बात की ख़ुशी है कि अब आपका स्वास्थ्य काफ़ी बेहतर है। मुझे विश्वास है कि यह और बेहतर होता जाएगा। मैं आपके अच्छे स्वास्थ्य के लिए अपनी शुभकामनाएँ भेजती हूँ।

क्या आप थोड़ी-बहुत जर्मन भाषा की प्रैक्टिस जारी रखे हुए हो? यह आपके लिए अच्छा रहेगा। मैं फिर से फ्रेंच सीख रही हूँ और मैं ऐसा कर पा रही हूँ, यह बात मुझे प्रसन्नता का अनुभव कराती है। दुर्भाग्यवश, मेरे फ्रेंच अध्यापक को ग्रीष्म ऋतु के लिए मई माह के आरंभ में जाना होगा। परंतु मुझे लगता है कि हेमंत ऋतु में मैं इन पाठों को फिर से शुरू कर सकूँगी। चूँकि मैं इन्हें तेज़ी से सीखने की दिशा में प्रगति कर रही हूँ, इसलिए अगर यह जारी नहीं रख सकी तो मुझे अपने ऊपर ही दया आएगी।

जब भी आपके पास समय हो और आपका मन हो, मुझे फिर से लिखना। आज के लिए मुझे यहीं पर रुकना होगा, क्योंकि मुझे अपने दोपहर बाद के काम पर निकलना होगा। मुझे आशा है कि आपका स्वास्थ्य अब बेहतर रहेगा।'

5. रिहाई का रोमांच

18 मार्च 1937 का सुभाष बाबू का एमिली को लिखा पत्र एक अलग क़िस्म के रोमांच से भरा था। बात ही कुछ ऐसी थी। इस पत्र के प्रेषण स्थल के रूप में उनके 38/2 एल्गिन रोड़ के घर का पता अंकित जो था। इस पत्र के मुख्य बिंदु इस प्रकार से थे :

> 'मुझे तुमको सूचित करना है कि मुझे कल रात अचानक जेल से रिहा करने का निर्णय लिया गया। मैं अस्पताल से रात दस बजे घर आ गया था।
>
> मैं फ़िलहाल व्यस्त हूँ और तुम्हें विस्तार से अगले सप्ताह लिखूँगा। मेरी रिहाई का मतलब है कि मैं कहीं भी मुक्त भाव से घूम सकता हूँ और मेरा पत्र-व्यवहार अब अधिकारिक रूप से सेंसर नहीं किया जाएगा, पर यह गुप्त रूप से हमेशा अवश्य सेंसर हुआ करेगा।'

जैसा कि इस पत्र से ज़ाहिर है सुभाष चंद्र बोस ने एमिली को अपनी रिहाई की सूचना यथासमय पत्र द्वारा प्रेषित कर दी थी, परंतु उसे यह जानकारी पहले ही समाचारपत्रों के माध्यम से मिल चुकी थी इसलिए उसने सुभाष बाबू को तत्काल अपनी और बहन की ओर से एक संयुक्त बधाई कार्ड तथा एक संक्षिप्त पत्र भेजा। 24 मार्च 1937 को लिखा यह पत्र इस प्रकार से था :

> 'कुछ दिन पहले मैंने समाचारपत्र में पढ़ा कि आपको रिहा कर दिया गया है। बहुत-बहुत बधाइयाँ। बहन अलवीरा और मैं इस अवसर पर आपके स्वास्थ्य के नाम पर जाम ले रहे हैं। साथ ही आपको ईस्टर की बधाई

और हार्दिक शुभकामनाएँ!'

एमिली का यह पत्र सुभाष बाबू को मिल पाता इससे पूर्व ही उन्होंने 25 मार्च 1937 को एल्गिन रोड, कलकत्ता के अपने आवास से उसे पत्र लिखा था। उन्होंने पत्र में जो लिखा था, वह निम्नवत था :

'पिछले सप्ताह 18 तारीख़ को, मैंने तुम्हें जल्दी में एक एयरमेल पत्र लिखा था जो संभवतः अब तक तुम्हें प्राप्त हो गया होगा। मेरी रिहाई के बाद मैं अपनी माँ के साथ अपने पुराने घर में रह रहा हूँ, जो मेरे भाई के घर से बस थोड़ी ही दूर है। दिन और रात मेरे से मिलने वाले आगंतुकों का ताँता लगा हुआ है जिसकी वजह से मैं व्यस्त रहता हूँ और थक जाता हूँ। इसके बावजूद मैं कलकत्ता छोड़कर किसी स्वास्थ्य की देखभाल करने वाले रिसॉर्ट में शिफ़्ट होने की सोच रहा हूँ। आज मैं सामान्य डाक से तुम्हें कुछ समाचारपत्र भेज रहा हूँ जिनमें मेरी रिहाई की ख़बर प्रकाशित हुई है। इसके साथ ही एक छोटी-सी कतरन संलग्न है। मेरा स्वास्थ्य ठीक नहीं है। भविष्य में मैं तुमको साधारण डाक से लिखा करूँगा और हर सप्ताह कुछ-न-कुछ पंक्तियाँ लिखने का प्रयास करूँगा। मैं अब हर तरह से मुक्त हूँ यद्यपि मेरे पत्रों को गुप्त रूप से हमेशा पुलिस द्वारा सेंसर किया जाता रहेगा।

कृपया अपने स्वास्थ्य के बारे में बताइए? और वहाँ का मौसम कैसा है? यहाँ अब काफ़ी गर्म हो चला है। श्रीमती फ़ुलप मिलर ने बंबई से एक टेलीग्राम भेजा है जिसमें उन्होंने बताया है कि वह बंबई से 25 तारीख़ को (आज) चलेंगी। उन्होंने मुझसे पूछा कि क्या तुम्हारा अपने विएना के मित्रों के लिए कोई संदेश है। मैंने उन्हें बताया कि मेरे पास कोई विशेष संदेश नहीं है परंतु वह मेरे सभी मित्रों को वहाँ पर शुभकामनाएँ अवश्य दें।

तुमने कुछ भारतीय समाचारपत्रों की माँग की थी। मैं तुम्हें एक साप्ताहिक सचित्र समाचारपत्र भेजने की व्यवस्था कर रहा हूँ। क्या तुम्हें साप्ताहिक अथवा दैनिक समाचारपत्र की भी आवश्यकता है? यदि तुम चाहो तो मैं उनमें से किसी भी समाचारपत्र को आसानी से भेजने की व्यवस्था कर सकता हूँ, परंतु मुझे संदेह है कि क्या तुम्हारे पास दैनिक समाचारपत्र को

पढ़ने का समय निकल पाएगा? संभवतः भारतीय समाचारों वाले दैनिक समाचारपत्र तुम्हें समझ नहीं आएँगे। कृपया मुझे अपनी इच्छा से अवगत कराएँ। मिसिज वैटर कैसी हैं? वह मुझे नियमित रूप से नहीं लिखती हैं। क्या तुम किसी भारतीय भाषा का भी अध्ययन कर रही हो? क्यों नहीं एक बार प्रयास किया जाए?'

सुभाष बाबू का 25 मार्च का पत्र एमिली को मिला होता, इससे पूर्व ही 26 मार्च 1937 को उसकी तरफ़ से उन्हें एक पत्र लिखा गया था जो समयनुसार उन्हें मिल गया था। उसने लिखा था :

'सच बात तो यह है कि मुझे विगत सोमवार से आपकी अचानक हुई रिहाई की ख़बर थी। आप कल्पना नहीं कर सकते हैं कि हम सब इस अच्छे समाचार को सुनकर कितने प्रसन्न हुए होंगे। मैंने जितने दोस्तों को हो सका, उन्हें ख़बर कर दी। परंतु जैसा कि मैं हमेशा व्यस्त रहा करती हूँ, हर किसी दोस्त को लिखकर सूचित नहीं कर पाई, जो मैं अब करूँगी।

कृपया इस अवसर पर मेरे परिवार की और मेरी शुभकामनाएँ स्वीकार करें। मैं चाहूँगी कि आप हमेशा ऐसे ही स्वतंत्र बने रहें।

खो गए पार्सल के विषय में मैं पहले इस पत्र को पोस्ट करने से पूर्व जानकारी प्राप्त करूँगी और यदि शिकायत के साथ रसीद भेजनी ज़रूरी होगी तो मैं इसे भारत में उपयोग करने के लिए अवश्य भेज दूँगी।

मैं कल्पना कर सकती हूँ कि आपके पास अब बहुत काम होगा। शायद आपका काफ़ी समय लोगों को पत्र लिखने और भेंट करने में बीत रहा होगा। इसलिए मुझे अच्छा लगा कि आपने इस व्यस्तता के बावजूद मुझे शीघ्रता से पत्र लिखा। आपके लिए स्वतंत्र होना अच्छा है, क्योंकि अब गर्म मौसम आ गया है जिससे आप आसानी से अपना बचाव कर सकेंगे। अभी विएना में हम इतनी गर्मी महसूस नहीं कर रहे हैं। एक या दो बार मौसम गर्म हुआ होगा लेकिन अगले दिन फिर से सर्दी और बारिश हो गई। आज काफ़ी ठीक दिन है। मुझे आज दोपहर 2:00 बजे बाद छोटे बच्चे, जिसे मैं देख रही हूँ, की माँ के साथ बाज़ार जाना है। चूँकि बच्चा ज़ुकाम से पीड़ित है और बहुत चिल्लाया करता है, इस वजह से मैं ख़ुद बीमार महसूस कर रही हूँ। ईस्टर के समय हमें बुडापेस्ट जाना था : परंतु

बच्चे की बीमारी के कारण ऐसा करना असंभव लग रहा है।

तो मैं फ्रेंच भाषा में फिर से काफ़ी अच्छी प्रगति कर रही हूँ। मैं प्रसन्न हूँ क्योंकि इस विषय में मेरी काफ़ी रुचि है। यदि मेरे पास और अधिक समय तथा पैसा हों तो मैं अन्य भाषाएँ भी सीखना चाहूँगी।

पिछले मंगलवार को मैं बहन अलवीरा के साथ शाम को कैफ़े गई थी। वहाँ हमने आपके लिए एक पोस्टकार्ड लिखा था, उम्मीद है कि वह आपको मिला होगा।

यह आपकी भलमनसाहत है कि आप मुझे एक समाचारपत्र भेजना चाहते हैं। कृपया जो समाचारपत्र आपको बेहतर लगे उसे चयनित कीजिए। यह बात वास्तव में सही है कि मेरे पास अब पढ़ने के लिए कम समय है, परंतु मैं किसी तरह से इसको व्यवस्थित करूँगी, क्योंकि मेरे लिए बिना पढ़े रहना भी असंभव है।

जब आप मुझे विस्तार से लिखने का समय निकाल पाएँगे तो मुझे अच्छा लगेगा, परंतु तभी जब आपके पास समय हो। मैं अपने आपसे लंबे पत्र नहीं लिख पाती हूँ, क्योंकि यहाँ समय कम है और मैं आज की मेल से ही आपको पत्र पोस्ट करना चाहती हूँ।'

पाँच अप्रैल, 1937 को सुभाष बाबू ने एमिली को जो पत्र लिखा, उसके मुख्य बिंदु इस प्रकार थे :

— मुझे अफ़सोस है कि मैं तुम्हें पिछले सप्ताह नहीं लिख पाया, इसलिए इस सप्ताह एयरमेल से पत्र भेज रहा हूँ। भविष्य में मैं तुमको साधारण डाक से पत्र भेजा करूँगा। मेरा स्वास्थ्य संतोषजनक नहीं है इसलिए मैं बदलाव के लिए जल्दी ही कलकत्ता छोड़ दूँगा। हाँ, मैं अब हर तरह से मुक्त हूँ, सिवाय इस बात के कि मेरा सारा पत्र-व्यवहार गोपनीय रूप से और नियमित तौर से पुलिस द्वारा सेंसर किया जाता रहेगा। मैंने तुम्हें 15 दिन पहले अपनी रिहाई के संबंध में प्रकाशित कुछ प्रेस कतरनें भेजी थीं। कल मेरे लिए एक जन समारोह है जहाँ भारी भीड़ इकट्ठी होगी। चिकित्सकों ने मुझे केवल एक सभा में भाग लेने की अनुमति दी है इसलिए उसके बाद मैं बदलाव के लिए जाऊँगा और अपने किसी समारोह में तब तक भाग नहीं लूँगा जब तक कि मैं किसी पर्वतीय स्थल

से वापस न आ जाऊँ। कृपया मुझे अपने स्वास्थ्य के बारे में सब बातें बताते रहना।

— मैंने तुम्हारे लिए कलकत्ता के समाचारपत्र 'अमृत बाज़ार पत्रिका' के साप्ताहिक संस्करण को भेजने की व्यवस्था कर दी है। कृपया मुझे बताना कि क्या तुम्हें कलकत्ता से प्रकाशित यह साप्ताहिक सचित्र समाचारपत्र मिलने लगा है ?

— मुझे यह जानकर प्रसन्नता हुई कि तुम फ्रेंच भाषा में प्रवीणता की तरफ़ बढ़ रही हो।

— तुम्हारा स्वास्थ्य कैसा है ?

यह एक सुखद संयोग था कि जिस पाँच अप्रैल 1937[22] को सुभाष चंद्र बोस एमिली के लिए पत्र लिख रहे थे उसी पाँच अप्रैल के दिन विएना में एमिली शेंकल भी उनके पत्र का जवाब देने और कुछ नई जानकारियाँ बताने के लिए उन्हें पत्र लिख रही थी। विस्तार में लिखे गए इस पत्र में एमिली ने विभिन्न बातों पर चर्चा की थी जिसके विशिष्ट बिंदु यहाँ प्रस्तुत किए जा रहे हैं :

- मैं इस बात की अच्छी तरह से कल्पना कर सकती हूँ कि आप दिन रात किस तरह से आगंतुकों के साथ व्यस्त रहते होंगे। ऐसे में व्यक्ति साँस लेने का भी समय नहीं निकाल पाता है, क्योंकि लोगों में दूसरे का समय और ऊर्जा प्राप्त करने की भयावह शक्ति होती है। परंतु मुझे लगता है कि अब आपको पहला अवसर मिलते ही अपने बेहतर स्वास्थ्य के लिए किसी रिज़ॉर्ट में जाकर आराम करना चाहिए और उसके बाद इन दैत्यों (आगंतुकों) के साथ फिर से संघर्षरत हो जाना चाहिए।
- वैसे मैं जानना चाहूँगी कि आपके साथ अब क्या ग़लत हुआ है ? क्या डॉक्टरों ने आपके रोग के स्रोत का पता लगा लिया है ? मुझे आशा है कि यह यकृत के कारण है, न कि फेफड़ों के कारण। क्योंकि यह काफ़ी समय से चल रहा है, इससे मुझे यह संदेह होता है। परंतु आप इतने दृढ़ हो इसलिए आप इससे पार पा जाओगे, और आपको इससे आसानी से पार पाना होगा, क्योंकि आप जानते हो कि अब आपके पास अधिक स्वतंत्रता है। ऐसा इसलिए है कि मुझे निश्चित है कि व्यक्ति के मन में

22. -do- pg 122-124.

मुक्त न होने और अपनी मर्ज़ी से बाहर न निकलने की स्वतंत्रता उसके स्वास्थ्य पर भी विपरीत प्रभाव डालती है।

- यह आपकी दयालुता है कि आपने मुझे भेजने के लिए एक साप्ताहिक समाचारपत्र की व्यवस्था की है। हाँ, यह बेहतर है यदि मैं एक साप्ताहिक समाचारपत्र पढ़ती रहूँ क्योंकि अब वास्तव में मेरे पास दैनिक समाचारपत्र पढ़ने का समय नहीं बचा है। मैं सवेरे से लेकर शाम तक व्यस्त रहती हूँ। आमतौर पर जब मैं घर लौटती हूँ तो मैं थक जाती हूँ, परंतु मुझे इसकी परवाह नहीं होती, क्योंकि मेरे पास जितनी अधिक ज़िम्मेदारी और काम होता है, मेरी शक्ति और ऊर्जा उतनी ही जल्दी से पुनर्जीवित हो उठती है। मेरा स्वास्थ्य ठीक-ठाक है परंतु मेरे पास ऐसा पर्याप्त समय नहीं है कि मैं इसकी ओर विशेष ध्यान दूँ। मुझे अपने आप पर ही दया आया करती है, इसलिए मैं आमतौर पर होने वाली समस्याओं को महसूस नहीं करती हूँ। पिछले कुछ दिनों से मैं गॉल ब्लैडर के दर्द से पीड़ित हूँ जिसे अनदेखा नहीं कर सकती। उसी कारण से फिर से मेरा वज़न घट रहा है, परंतु यह कोई अधिक चिंता की बात नहीं है। इसके अलावा मैं ठीक हूँ और फ़िलहाल ऊर्जावान तथा प्रसन्न हूँ।
- विएना का मौसम डरावना है। ईस्टर के बाद से यहाँ पर बारिश, बारिश और फिर बारिश होती रही है। बाहर जाना थकाऊ काम है, इसलिए पूरे समय भीतर रहना एक विकल्प बचा है।
- नहीं, मैं फ़िलहाल किसी भारतीय भाषा का अध्ययन नहीं कर रही हूँ। वर्तमान में ऐसा किया जाना संभव है, परंतु मैं अपने फ्रेंच भाषा के पाठों को पसंद करती हूँ। मुझे कहना चाहिए कि मैं तेज़ी से प्रगति कर रही हूँ। मेरी जो कमज़ोरी है वह आप कह सकते हैं कि बातचीत का अभ्यास न होना है। संभवतः अब मैं पाठ लूँगी और मुझे जर्मन पढ़नी होगी, परंतु यह पूरी तरह निश्चित नहीं है। ऐसा करने से मेरा काफ़ी मुक्त समय व्यतीत हो जाएगा जो अभी वैसे ही सीमित है। अब मेरे पास जो एक दिन मुक्त होता है वह रविवार है। और उसके बाद या तो मेरे पास कोई आगंतुक आ जाता है या मैं किसी मित्र के यहाँ चली जाती हूँ। इसके बावजूद भी हम लोग आलसी नहीं हैं। हम दोनों[23] बैठकर कुछ सुई का काम करते हैं

23. स्वयं और बहन

या मैं उसे गिटार बजाना सिखाती हूँ।

- अभी से गर्मियों के विषय में सोचते हैं। मुझे लगता है कि मैंने अपने विषय में काफ़ी बता दिया है और अब यह आपके विषय में जानकारी प्राप्त करने का समय है। आप वर्तमान में क्या कर रहे हो? क्या आप कोई नई किताब लिखने की सोच रहे हो?

अन्य बातों के अलावा एमिली ने इस पत्र के अंत में एक नोट लिखकर इस बात के लिए शुक्रिया अदा किया था कि सुभाष बाबू उसे अक्सर पत्र लिखा करते हैं। उसने यह भी लिखा था कि वह हमेशा जितना शीघ्र हो सके उत्तर देने का प्रयास करेगी। यदि कोई ज़रूरी बात होगी तो वह एयरमेल से पत्र भेजेगी अन्यथा सामान्य डाक से।

सुभाष बाबू ने 15 अप्रैल 1937 को एमिली को लिखा था :

'नहीं, मेरे पास अब जर्मन भाषा सीखने का समय नहीं है। परंतु जब भी मैं कलकत्ता से दूर रहूँगा तो मैं यह प्रयास अवश्य करूँगा।

मेरा स्वास्थ्य अब बेहतर है। हाँ, मैं स्वतंत्र होकर अब अच्छा महसूस कर रहा हूँ, परंतु मैं ज़्यादा सुधार नहीं कर पाया हूँ, क्योंकि अधिक आगंतुकों से मुझे तनाव हो जाता है। मुझे उम्मीद है कि पहाड़ों पर जाकर मुझे थोड़ा आराम मिलेगा।

मुझे उम्मीद है कि तुम फ्रेंच अच्छे से पढ़ रही होगी। हाँ, तुम्हें हर हाल में इसका अभ्यास जारी रखना होगा।

मुझे तुम्हारे गॉल ब्लैडर के दर्द के विषय में जानकर दुख हुआ। कृपया अपने स्वास्थ्य से संबंधित ज़रूरी डाइट लो और देखभाल अवश्य करो। मेरा स्वास्थ्य पहले की तरह है— मेरे गले, यकृत और फेफड़ों के साथ ज़रूर कोई दिक़्क़त है, परंतु मैं उम्मीद करता हूँ कि मैं इससे छह महीने में पार पा जाऊँगा, बशर्ते कि मैं इस बीच पर्याप्त आराम और स्थान परिवर्तन कर सकूँ, ऐसा डॉक्टर कहते हैं।'

सुभाष बाबू ने 22 अप्रैल 1937 को एमिली को एक संक्षिप्त पत्र भेजा जिसमें उन्होंने बताया था कि वह एक सप्ताह के भीतर पर्वतीय स्थल पर चले जाएँगे। उन्होंने डलहौजी के उस स्थल का अस्थाई पता भी एमिली से साझा किया था।

एक मई 1937 को सुभाष बाबू ने एमिली को लाहौर से पत्र प्रेषित किया था।

उन्होंने इस पत्र में स्पष्ट किया था कि वह 25 तारीख़ को कलकत्ता से निकल गए थे और चार दिन के लिए कांग्रेस दल की बैठक के लिए इलाहाबाद में रुके। उन्होंने पत्र में भी एमिली को डलहौजी का वह पता लिखा, जहाँ वह स्वास्थ्य लाभ के लिए रुकने वाले थे। उनका कहना था कि वह समुद्र तट से दो हज़ार मीटर ऊँचे इस पर्वतीय स्थल पर कुछ महीने रुकना चाहते हैं।

जर्मन भाषा के बारे में एमिली की टिप्पणी को लेकर सुभाष बाबू ने पूछा था :

'यह तुम्हें किसने कहा कि मैंने जर्मन में प्रगति कर ली है?'

उन्होंने एमिली को अपने खान-पीन में सतर्कता बरतने की बात कही और इस बात पर दुख प्रकट किया कि उसे फिर से दर्द का सामना करना पड़ रहा है। उनका कहना था कि यह संभवत: ग़लत भोजन के कारण हुआ है।

अपनी यूरोप यात्रा के विषय में सुभाष बाबू ने लिखा था :

'जैसा कि मैं पहले भी लिख चुका हूँ, अब मेरे लिए फिर से यूरोप जाना संभव नहीं होगा। मुझे उम्मीद है कि डलहौजी का मौसम धीरे-धीरे मुझे बेहतर कर देगा। मुझे इस बात की प्रसन्नता है कि तुम मेरे साथ सहमत हो। मैंने पुरी (एक समुद्री तटीय इलाक़ा) जाने का इरादा छोड़ दिया है, क्योंकि एक पर्वतीय स्थल अब बेहतर साबित होगा।'

एमिली के लंबे पत्र के लिए उसे धन्यवाद देते हुए सुभाष बाबू ने लिखा था कि वह सामान्य रूप से लंबे पत्र नहीं लिख पाते हैं। उन्होंने यह भी कहा था कि 'तुम जानती हो कि मैं अपने मित्रों को कभी नहीं भूलता और हमेशा उनके हाल सुनना चाहता हूँ।' अंत में उन्होंने लिखा था :

'कृपया जब भी तुम्हारे पास समय हो, मुझे संक्षेप में बताना कि तुमने अपना पिछला साल कैसे बिताया? मुझे नहीं पता कि मैं तुम्हें यहाँ से कंगन भेज पाऊँगा अथवा नहीं, परंतु तुम उन्हें यूरोप से क्यों नहीं ले लेतीं? तुम्हें किस तरह के चाहिए? काँच के कंगन यहाँ पर चेकोस्लोवाकिया या जापान से आयातित होते हैं।'

4 मई 1937 के लिखे गए पत्र में एमिली ने कई विषयों पर विस्तार से चर्चा की थी। उनके इस पत्र के मुख्य बिंदु इस प्रकार से थे :

'मुझे यह जानकर प्रसन्नता हुई कि अब आप एक परिवर्तन के लिए जा रहे हैं और आशा करती हूँ कि आप शीघ्र पूरी तरह स्वस्थ हो जाएँगे।

शायद डलहौजी में आपको उस तरह से भुगतना न पड़े जैसा कि गर्मी के कारण आप सहन कर रहे थे। पूरी अप्रैल के दौरान हमने ख़राब मौसम को झेला है। रोज़ाना बारिश और ठंड हो रही है। एक तारीख़ से अब परिवर्तन हुआ है और मौसम अच्छा हो गया है। बाग़-बग़ीचों में हर चीज़ हरे रंग में रंगी है और वृक्ष पूरी तरह पल्लवित हो रहे हैं। यह वास्तव में ख़ूबसूरत दृश्य हैं।

हाँ, मैं फ्रेंच के पाठों में काफ़ी ठीक कर रही हूँ परंतु मुझे घर पर अभ्यास करने का कम समय मिलता है। सवेरे के समय मैं घर के कामों में व्यस्त होती हूँ और दोपहर बाद का पूरा समय उस बच्चे के साथ निकल जाता है, जिसकी मैं देखभाल कर रही हूँ। शाम के समय मुझे बहुत चीज़ें करनी होती हैं। मेरे लिए पढ़ना अब एक लग्ज़री की तरह हो गया है।

मेरा स्वास्थ्य ठीक-ठाक है। मुझे कभी-कभी गॉल ब्लैडर में दर्द होता है। मैं अपने भोजन को लेकर यथासंभव सतर्क हूँ, परंतु ऐसा हमेशा नहीं हो पाता है, क्योंकि मेरे यहाँ के लोग मछलियों का काफ़ी सेवन करते हैं जो मेरे लिए नुक़सानदेह है। इसके अलावा माँ से यह भी नहीं कह सकती कि वह मेरे लिए अलग से खाना पकाए, क्योंकि एक तो वह महँगा होगा, दूसरा उसमें बहुत समय देना होगा, और माँ वैसे भी जल्दी थक जाती हैं। वह बूढ़ी हो चली हैं पर फिर भी युवाओं की तरह या उनसे भी कहीं अधिक काम किया करती हैं।

पिछले दो हफ़्तों से मुझे पत्रिका का साप्ताहिक संस्करण मिल रहा है, परंतु मुझे 'ओरियंट' की प्रति नहीं मिली।

जब डलहौजी में रहोगे, तब कृपया कुछ फ़ोटोग्राफ़ लेने के प्रयास करना। यदि फ़िल्म महँगी नहीं हुई तो मैं भी पलाऊ में कुछ फ़ोटोग्राफ़ खींचूँगी।'

6. लाहौर और डलहौजी से

लाहौर से लिखे एक पत्र में सुभाष बाबू ने एमिली को लिखा था कि वह पहली तारीख को इलाहाबाद से लाहौर पहुँच गए थे जहाँ वह चार दिन तक रुके थे। उन्होंने यह भी लिखा था कि उनके पास अभी लिखने को कुछ ख़ास नहीं है। वह जब यहाँ आए थे तो मौसम सुहाना था परंतु अब धीरे-धीरे गर्म हो रहा है। उन्होंने एमिली को समझाते हुए लिखा था :

> 'मुझे यह जानकर खेद हुआ कि तुम पपरिका आदि खाती रही हो, जिसके कारण तुम्हें दर्द के ज़्यादा अटैक हुआ करते हैं। तुम अपनी डाइट का ख़याल क्यों नहीं रखती? जबकि तुम्हें यह मालूम है कि तुम्हारी समस्याओं का मुख्य कारण डाइट है? कृपया मुझे अगले पत्र में यह समाचार लिख भेजना कि तुम अपने ऊपर उचित रूप से ध्यान दे रही हो। मैं मेल से तुम्हारे पास कुछ धनराशि भेजने की व्यवस्था कर रहा हूँ। मैं डलहौजी में कुछ महीने रुकने का इरादा रखता हूँ।'

यद्यपि सुभाष बाबू को डलहौजी के लिए निकलना था : परंतु किन्हीं कारणों से उन्हें लाहौर में रुके रहना पड़ा। इस बीच उन्हें एमिली का चार मई का लिखा पत्र डलहौजी के पते से पुन: प्रेषित होकर मिला। तब उन्हें 11 मई 1937 के अपने पत्र में एमिली को बताना पड़ा कि वह अभी तक लाहौर से डलहौजी के लिए नहीं निकले हैं। वह शायद उस रात में ही निकलेंगे और अगली सवेरे डलहौजी पहुँच जाएँगे। उन्होंने इस बात को जानकर दुख प्रकट किया कि आजकल एमिली को बार-बार दर्द से जूझना पड़ रहा है। उन्होंने सलाह के रूप में लिखा :

'कृपया अधिक कॉफ़ी मत पीजिए। यदि तुमको लेनी है तब भरपूर दूध के साथ लीजिए। इसे कभी भी ख़ाली पेट नहीं लेना चाहिए। पेट में ब्लैक कॉफ़ी लेने का अर्थ है गॉल ब्लैडर के दर्द को बुलावा देना।'

20 मई 1937[24] को एमिली ने सुभाष चंद्र बोस को लिखे पत्र में इस बात के लिए क्षमा याचना की कि वह उनके पिछले पत्र का शीघ्र जवाब नहीं दे पाई। उसने उम्मीद की थी कि वह संभवत: अब तक डलहौजी पहुँच गए होंगे, उसे उस स्थान के और उनके स्वास्थ्य के बारे में जानकारी लेने को बेसब्री थी। एमिली ने सुभाष बाबू को यह भी बताया :

'इलाहाबाद में आपके रुकने के विषय में मुझे पत्रिका के इस अंक में पढ़ने को मिला जो मेरे पास आता है। मुझे मालूम चला कि आपकी महात्मा जी से भेंट हुई थी। यह रुचिकर रहा होगा। पत्रिका अब मुझे नियमित रूप से मिलती है लेकिन सचित्र 'ओरिएंट' नहीं। फिर भी मैं इस बात की शुक्रगुज़ार हूँ कि मुझे एक समाचारपत्र पढ़ने को मिलता है और जिससे संसार के उस भाग में क्या हो रहा है, यह जानने के लिए काफ़ी जानकारी मिलती है।

जब भी आपको कुछ चीज़ चाहिए कृपया मुझे बताओ और मैं उन्हें (किताबें) भेजने की कोशिश करूँगी। आपको अब तक सभी किताबों की पूरी सूची मिल चुकी होगी, जो मैंने आपके भतीजे को यूरोप में रहते हुए भेजी थी।

मैं अपनी डाइट के प्रति यथासंभव सतर्क हूँ परंतु मुझे कभी-कभी हल्का दर्द होता है, यद्यपि यह इतना ख़तरनाक नहीं है जैसा मैंने एक बार आपके रहते हुए महसूस किया था।

सेन अब एडिनबरो में है और माथुर जर्मनी में, परंतु कहाँ, मुझे नहीं पता। मुझे उन दोनों की कोई ख़बर नहीं मिलती। केवल कटियार ही एक हमदर्द दोस्त है, और अक्सर लिखा करता है, यद्यपि मैं उसे उत्तर देने में देर लगाया करती हूँ। वह कुछ हफ़्तों में अपने घर जा रहा है। उसने अपने पिछले पत्र में लिखा था कि वह अभी से अपने दिन और घंटे गिन रहा है, जब वह अपनी मातृभूमि पहुँच जाएगा।

24. -do- pg 131-133.

आप संक्षेप में जानना चाहते हैं कि मैंने पिछला वर्ष कैसे बिताया, तो जैसा कि आप जानते हैं कि मेरे पास कोई नौकरी नहीं थी इसलिए मुझे घर पर रुकने के लिए विवश होना पड़ा। मैं सवेरे के समय घर का काम करती थी, दोपहर में फ्रेंच पाठ, पढ़ना और लिखना हुआ करता था। फ्रेंच को जून में रोक दिया गया, क्योंकि हम बाहर गए हुए थे और पैसे ख़त्म हो गए थे। और पाँच शिलिंग्स प्रतिमाह के जेब ख़र्च में मैं कुछ नहीं कर सकती थी। कभी-कभी मैं अपने दोस्तों के साथ कैफ़े जाया करती थी और कई बार किसी सिनेमा में। पिछले दिनों मैंने न केवल अपने लोगों, बल्कि अलवीरा के लिए क्रिसमस के लिए सूई-धागे का काम किया जिसका उसने मुझे भुगतान किया है। इस तरह मैं अपने परिवार और कुछ मित्रों को कुछ भेंट कर सकूँगी। एक फ़रवरी से मैं दोपहर में एक भारतीय बच्चे की देखभाल कर रही हूँ परंतु महीने के आख़िर तक वह परिवार चला गया है और फिर से मेरे पास कुछ भी बाक़ी नहीं है। इसके अलावा मैं पिछले साल कई जगह प्रस्ताव भेजती रही हूँ, परंतु कोई सफलता नहीं मिली। वर्तमान में मैं अपने ख़ाली समय में नई ड्रेसेस, बैग, बेल्ट्स आदि बनाया करती हूँ। बस यही।

मैंने पहले ही कंगनों के बारे में जानकारी प्राप्त की थी परंतु वह मुझे नहीं मिल सके। कृपया चिंता मत कीजिए यदि आप उन्हें नहीं भेज सकते तो कोई बात नहीं। मैं केवल साधारण काँच के बने विभिन्न रंगों के कंगन चाहती थी।

मुझे फिर से अपने फ्रेंच पाठों को छोड़ना पड़ा क्योंकि मेरे अध्यापक पहले ही गर्मियों की छुट्टी पर चले गए हैं, परंतु मैं उनके दो अनुवाद और फ्रेंच पत्रों को पढ़कर अनुवाद कर रही हूँ। वह मुझे उनकी त्रुटियाँ लिखकर भेज देंगी। पिछले सप्ताह मैंने एक मित्र से एक रुचिकर पुस्तक प्राप्त की, जेम्स कॉनोली की 'लेबर इन आइरिश हिस्ट्री'। मुझे इसे प्राप्त कर अच्छा लगा और इसे कुछ दिन में शुरू करूँगी।'

एमिली शेंकल ने सुभाष चंद्र बोस को विएना से जो अगला पत्र भेजा था वह 26 मई 1937 को लिखा गया था। संयोग से उसी दिन उन्हें अमेरिकन एक्सप्रेस से भेजी गई धनराशि के विषय में सूचना मिली। इसपर एमिली ने सुभाष बाबू को

धन्यवाद दिया था। उसका कहना था कि वह इस धनराशि को बैंक में रख छोड़ेगी और यदि सुभाष बाबू को कुछ ख़रीदना या कोई व्यवस्था करनी हुई तो वहाँ इसका उपयोग कर लिया जाएगा। उसने यह भी लिखा :

'मैं स्वयं भी कभी किसी संकट में हुई, तो भी यह धनराशि उपयोग में ली जा सकती है। जो भी हो, मैं इसे बचाकर रखूँगी। मुझे अच्छा रेट मिल रहा है, प्रति पाउंड 26.20 डॉलर। यदि आपको याद हो तो पिछले साल या दो साल पहले यह एक बार 25 शिलिंग्स[25] तक पहुँच गया था।'

एमिली सुभाष बाबू के पर्वतीय इलाक़े पर जाने के विषय में पूछताछ करती रहती थी। इस पत्र में भी उसने यह जानने की कोशिश की कि क्या वह डलहौजी पहुँच गए हैं। उसने लिखा था :

'अब तक आप डलहौजी पहुँच गए होंगे और संभवतः लाहौर में हुए तनाव से आप अब काफ़ी राहत महसूस कर रहे होंगे। हाँ, मैं हर स्थल को नक़्शे पर पहचान सकती हूँ, परंतु एक नक़्शा किसी स्थान के लिए कोई राय बनाने के लिए नाकाफ़ी होता है। डलहौजी कैसा है? वहाँ पर किस तरह के पौधे उगा करते हैं? शायद वहाँ का मौसम आपके लिए सहन करने योग्य होगा। यहाँ विएना में अब गर्म हो चला है। परंतु मैं यही मौसम पसंद करती हूँ। मैं इस मौसम में प्रसन्न होती हूँ। कह सकते हैं कि गर्म मौसम में मुझे अच्छा लगता है और ख़ुशी मिलती है।

हाँ, मैं अब इस बात का भरोसा दिलाती हूँ कि मैं भोजन के मामले में सतर्क रहूँगी और अपनी डाइट का यथासंभव दृढ़ता से पालन करूँगी। अधिक काम करने के विषय में मेरे लिए कोई संभावना नहीं बनती है क्योंकि भारतीय परिवार एक सप्ताह के अंदर विएना से जा रहा है। मैं इस बात के लिए दुःखी हूँ, क्योंकि मैं उस बच्चे को याद करूँगी।

मुझे उम्मीद है कि हम लोगों का समय अच्छा और गर्मी भरा रहेगा। तब मैं पूरे समय कहीं किसी घास पर लेटी रहूँगी और सूरज की गर्मी से भुनती रहा करूँगी। मैं कुछ किताबें भी साथ ले जाऊँगी और उन्हें पढ़ूँगी। कुल मिलाकर मुझे एक आलसी जीवन जीना है और केवल अपने आप पर ध्यान देना है।

---

25. मुद्रा का निम्नतम स्तर

कल मेरी मुलाक़ात मिसेज़ फ़ुलप मिलर से हुई। उन्होंने मुझे बताया कि वह घबराई हुई हैं। ऐसा हमेशा उन लोगों के साथ होता है जिनके पास करने को कुछ नहीं होता है। यदि ऐसी महिला के पास दो या तीन बच्चे हुए होते तो उसके पास घबराने का कोई समय नहीं होता। शायद मैं भी घबरा जाऊँ, यदि मेरे पास फिर से कोई नौकरी न रहे। कम-से-कम तब मैं समाज के लिए तो सहज रहूँगी, जैसा कि मैं इन लोगों को घबराते हुए देखती हूँ।

मुझे अपने फ्रेंच पाठों को फिर से रोकना पड़ा है क्योंकि मेरे अध्यापक अपने घर चले गए हैं। परंतु मैं उनको गर्मियों के दौरान लिखूँगी और ग़लतियाँ निकालने के लिए कुछ काम भेजूँगी।

मेरे पास लिखने के लिए इस समय और कुछ नहीं है। पुनश्चः अब मैंने अपटन सिनक्लेयर की 'द मनी चेंजर्स' पढ़ ली है। क्या आप इस लेखक को जानते हैं? यद्यपि यह किताब बैंक के कामकाज से भरी पड़ी है और मैं इसका हर शब्द नहीं समझ पा रही हूँ परंतु यह फिर भी रुचिकर है।'

सुभाष चंद्र बोस का एमिली को डलहौजी से लिखा गया पहला पत्र 27 मई 1937 का था। उन दिनों डलहौजी पंजाब प्रांत का एक हिस्सा था। डॉ. एन. आर धर्मबीर के पते के माध्यम से लिखे गए इस पत्र के मुख्य बिंदु इस प्रकार से थे :

'20 तारीख़ के एयरमेल पत्र के लिए धन्यवाद जो मुझे कल मिला। मुझे तुम्हारे विषय में दो सप्ताह से कोई जानकारी नहीं है और मैं चिंतित महसूस कर रहा हूँ। तुम शायद जानती होगी कि मैं यहाँ 12 मई को आया था। डॉक्टर धर्मबीर और उनकी श्रीमती मेरे मित्र हैं और मैं इसलिए उनके यहाँ एक अतिथि की तरह रुका हुआ हूँ। यद्यपि यूरोप में नहीं, पर भारत में ऐसा रुकना आम है।

मुझे प्रसन्नता होगी यदि तुम मुझे प्रत्येक सप्ताह साधारण डाक से कुछ पंक्तियाँ लिख भेजने का कष्ट किया करो। यदि तुम व्यस्त हो तो तुम्हें लंबा पत्र लिखने की ज़रूरत नहीं है, केवल कुछ पंक्तियाँ लिख सकती हो।

मैं अब बेहतर महसूस कर रहा हूँ, परंतु स्थिति में अधिक सुधार नहीं आया है। यह एक शांत जगह है जो दो हज़ार मीटर ऊँचाई का पर्वतीय इलाक़ा

है। एक तरफ़ आपको बर्फ़ से ढकी हुई हिमालय पर्वत की चोटियाँ दिखाई देंगी और दूसरी तरफ़ दूर तक आपको मैदानी इलाक़े तथा नदियाँ दिखती हैं। यहाँ की वायु ताज़ा और स्वास्थ्यवर्धक है।

मैंने अब तुम्हारे लिए 'ओरिएंट' की व्यवस्था कर दी है। पहले मुझे बताया गया कि मुझे कोई धनराशि का भुगतान करने की ज़रूरत नहीं है परंतु वे वास्तव में चाहते थे, इसलिए मैंने उसका भुगतान कर दिया है और अब अख़बार नियमित रूप से मिला करेगा। हाँ, मुझे उन किताबों की सूची मिल गई है जो तुमने मुझे भेजी थी।

यदि तुम चाहो तो मैं तुम्हें यह सलाह दे सकता हूँ कि तुम्हें अगले महीने से अपना समय किस तरह बिताना चाहिए। यद्यपि मुझे नहीं पता कि मेरी इस सलाह का तुम्हारे लिए कितना महत्व होगा। क्या तुम मुझे भूल गई हो? तुम मुझे इतना कम क्यों लिखती हो? मैं तुम्हारे पत्र की प्रतीक्षा किया करता हूँ, क्या यह तुम नहीं जानती? जैसा भी हो, तुम्हें अपने फ्रेंच पाठों को जारी रखना चाहिए। फ्रेंच में बात भी किया करो।

जब तुम्हारे पास समय हो तो वहाँ मेरी कुछ किताबें पढ़ना जो वहीं रखी हुई हैं। उनमें से काफ़ी तुम्हारी रुचि की होंगी। क्या तुम आजकल पोस्ट ऑफ़िस जाया करती हो?

मैं एक फ़ोटोग्राफ़ भेज रहा हूँ जो डलहौजी पहुँचने पर लिया गया था। यदि यह तुम्हें पसंद नहीं आए तो किसी और को दिखाने की ज़रूरत नहीं है। मुझे आश्चर्य होगा कि यदि तुम मुझे बंगाली वेशभूषा में पहचान पाओ।

क्या तुम्हारे फेफड़ों और गले में कोई समस्या है? कृपया अलवीरा को मेरा सम्मान देना। क्या तुम अपने छोटे दोस्त से भी आजकल मिलती हो?

पुनश्चः मेरे पुराने मित्रों में शर्मा मुझे कलकत्ता में देखने आए थे। वह पंजाब से यहाँ पर आए और मेरे प्रति दयालु थे।'

30 मई 1937 को एमिली ने विएना के उस रेस्टोरेंट से सुभाष बाबू को एक संक्षिप्त पत्र लिखा था जिसमें अपने साथ मिसेज़ फ़ुलप मिलर के होने और उस जगह पर बैठे होने की बात कही थी, जो उन्हें विएना में पसंद था। उसके साथ ही एमिली ने मिसेज़ मिलर के साथ एक संयुक्त कार्ड भी संलग्न किया था।

नेताजी सुभाष चंद्र बोस शोध ब्यूरो ने सुभाष चंद्र बोस के लिखे ऐसे पत्र को भी संकलन का हिस्सा बनाया है जिसमें किसी तिथि का उल्लेख नहीं है, परंतु ऐसा लगता है कि यह पत्र उन पत्रों में से है जो संभवतः उन्होंने मार्च 1937 में अपनी रिहाई के बाद अप्रैल या मई 1937 माह के दौरान किसी दिन लिखा था। यह वह पत्र है जब सुभाष बाबू के मन में एमिली के प्रति कोमल भावनाएँ व्यापक रूप से प्रस्फुटित हो रही थीं। गहरे अक्षरों में लिखे गए उनके इस पत्र के अंश के अनुसार :

'मैं तुमको पिछले दिनों से लिखने की सोच रहा था, परंतु तुम आसानी से समझ सकती हो कि मेरे लिए अपनी भावनाओं को लिखना कितना कठिन होता है। मैं बस केवल तुम्हें यह बताना चाहता हूँ कि मैं बिलकुल वैसा ही हूँ जैसा पहले था : जब तुम मुझे जानती थी। कोई भी एक दिन ऐसा नहीं बीता है कि मैं तुम्हारे बारे में याद न करूँ। तुम हमेशा मेरे साथ होती हो। मैं संभवतः इस संसार में किसी और के विषय में नहीं सोच सकता। मैं तुम्हारे विचार जानने को उत्सुक हूँ। कृपया मुझे जल्दी ही अपनी भाषा में एयरमेल से लिख भेजना (आम तरीक़े से) ताकि मैं जान सकूँ। मुझे नहीं पता कि मुझे भविष्य में क्या करना चाहिए। मैं निर्णय नहीं कर पा रहा हूँ। मैं तुम्हें नहीं बता सकता कि पिछले महीनों से मैं कितना अकेला और उदास महसूस कर रहा हूँ। मुझे केवल एक चीज़ प्रसन्न कर सकती है, परंतु मुझे नहीं पता कि क्या यह संभव है। इसके बावजूद मैं इस विषय में दिन और रात सोचा करता हूँ और ईश्वर से प्रार्थना करता हूँ कि वह मुझे सही रास्ता दिखाएँ। हर बार जब मैं सुनता हूँ कि तुम ठीक नहीं हो तब मैं दुःखी महसूस करता हूँ। कृपया अपने स्वास्थ्य का ध्यान रखो ताकि मैं कुछ राहत महसूस कर सकूँ। मैं हमेशा अपने दिल और आत्मा से तुम्हारे साथ हूँ।

पिछले 12 महीनों में तुम्हारे साथ लोगों ने घर और बाहर में कैसा व्यवहार किया है, कृपया मुझे बताना। मुझे अफ़सोस है कि तुम अपने स्वास्थ्य का ध्यान नहीं रखती हो और तुम्हें फिर से दर्द हो रहा है। तुम्हें नहीं पता कि मैं तुम्हारे स्वास्थ्य को लेकर कितना चिंतित रहता हूँ और मैं तुम्हारे विषय में कितना सोचा करता हूँ? क्या तुमने उस सब धनराशि को ख़र्च कर दिया है जो तुम्हारे पास थी? और तुम क्या सोचा करती हो? क्या तुम अपने पिछले मित्रों को याद करती हो? क्या तुम अभी भी प्रार्थना करती

हो? भविष्य के लिए तुम्हारी क्या अपेक्षाएँ हैं?

तुम मेरे स्वास्थ्य के बारे में जानना चाहती हो, तो यह अब पहले से बेहतर है। मैं काफ़ी लंबे समय तक एक्ज़िमा की बीमारी से गुज़रा हूँ और कोई डॉक्टर उसे ठीक नहीं कर पाया, तब मैंने अपने आपको अपने तरीक़े से ठीक किया।

जब तुम मुझे पत्र लिखो तो यह मत भूलना कि मेरे मित्र हमेशा मेरे पत्र पढ़ा करते हैं।'

एक जून 1937 को एमिली शेंकल ने सुभाष चंद्र बोस को विएना से एक विस्तृत पत्र लिख भेजा था जिसमें कई ख़ास बातों की चर्चा की गई। इस पत्र के मुख्य अंशों के अनुसार :

'आज के दिन से मैं फिर से बेरोज़गार हो गई हूँ, क्योंकि वह परिवार आज विएना से इटली के लिए निकल गया है। मुझे दु:ख है क्योंकि मैं उस छोटे बच्चे को याद कर रही हूँ। मैं कभी नहीं सोच सकती थी कि कोई इंसान एक बच्चे के लिए कैसे आदी हो सकता है और उसके लिए दु:खी भी हो सकता है।

मैं आजकल मितव्ययी हो गई हूँ। मैं किसी परिधान आदि पर व्यय न करके अपने आप व्यवस्था कर लेती हूँ।

मेरी बहन अभी हाईस्कूल नहीं कर पाई है। वह वहाँ केवल पाँच साल तक जा चुकी है (हाई स्कूल करने के लिए आठ वर्ष की आवश्यकता होती है)। मेरे पेरेंट्स का मानना है कि उसके लिए मैट्रिक परीक्षा पास करना कोई उपयोगी नहीं है, क्योंकि आजकल आपको कोई नौकरी नहीं मिलती, भले ही आपके पास विश्वविद्यालय की डिग्री हो। इसके अलावा उसे लैटिन तथा गणित के विषय में समस्या है, इसलिए उन्होंने उसे स्कूल से निकाल लिया है और वह घरेलू कामकाज सीखने में लगी हुई है। वह वहाँ खाना बनाना, सिलाई-कढ़ाई, कपड़े धोना और इस्त्री करना आदि सीखती है, जो किसी घर सँभालने वाली लड़की के लिए ज़रूरी होता है। यह पाठ्यक्रम जुलाई में पूरा हो जाएगा। इसके बाद वह क्या करेगी, यह अभी भी अनिश्चित है, संभवत: उसे टाइपिंग और शॉर्टहैंड सीखना होगा। उसके साथ कठिनाई यह है कि वह किसी विदेशी भाषा को सीखना

नहीं चाहती। उसने एक साल अँग्रेज़ी सीखी परंतु उसे आप वार्तालाप में शामिल नहीं कर सकते हैं। उसका दिमाग़ एक लोहे के आवरण से बना है और वह इस कारण मुझसे कई बार मार खा चुकी है।

मेरा स्वास्थ्य अब बेहतर है। कई दिन से मुझे कोई दर्द नहीं हुआ है। मैं यथासंभव सतर्क हूँ, परंतु दूध के साथ कॉफ़ी पीना मेरे लिए संभव नहीं है। यदि ऐसा करना हो तो मैं कॉफ़ी छोड़ना ही पसंद करूँगी।

हाँ, मुझे आपकी रिहाई के बाद भारतीय समाचारपत्र मिलने शुरू हो गए हैं। मैंने आपको इस संबंध में लिखा भी था। मुझे आजकल प्रत्येक सप्ताह 'आनंद बाज़ार पत्रिका' का साप्ताहिक संस्करण मिलता है। पिछले वाला कल ही आया है। मैंने पढ़ा कि आप पहले से बेहतर हो। मुझे यह जानकर प्रसन्नता हुई और आशा है कि अब आपके स्वास्थ्य में तेज़ी से सुधार आएगा। कृपया पूरी तरह आराम कीजिए और अपने आपको सवेरे 3:00 बजे तक पढ़कर, जैसा कि आपकी आदत है, तनाव में मत डालिए। जब आप पूरी तरह से ठीक हो जाओगे तब आप काम कर सकोगे। उसके बाद भी आपको अपने स्वास्थ्य का शोषण नहीं करना है, क्योंकि आप जितना अपना ध्यान रखोगे उतना ही बेहतर रूप से काम कर पाओगे।

क्या आपने डलहौजी में कुछ फ़ोटोग्राफ़ खींचे थे? वह किस तरह की जगह है? क्या डॉक्टर धर्मबीर संभवतः वही व्यक्ति हैं जिनकी पत्नी जर्मनी से हैं? मुझे याद आ रहा है कि आपने मुझे एक बार एक पंजाबी डॉक्टर की उनकी पत्नी के साथ फ़ोटो दिखाई थी जो एक जर्मन थी और पंजाबी फ़ैशन के कपड़े पहने हुए थी। उनके पास एक छोटा बच्चा भी था। क्या यह वही परिवार है?'

अन्य औपचारिक बातों के अलावा एमिली ने इस पत्र के साथ एक फ़ोटोग्राफ़ भी भेजा। यह फ़ोटोग्राफ़ उस छोटे बच्चे का था जिसका वह पिछले चार महीने से ध्यान रखे हुए थी। उसने मज़ाक़ में लिखा था कि 'मुझे उसके पेरेंट्स से ईर्ष्या होती है कि वह (बच्चा) उनके पास है'। इस पत्र की भाषा से ज़ाहिर है कि एमिली को तब तक वह पत्र नहीं मिला था, जिसमें सुभाष बाबू ने अपनी कोमल भावनाओं की अभिव्यक्ति की थी और उससे उत्तर की अपेक्षा की थी।

संभवत: इसीलिए सुभाष चंद्र बोस ने एमिली को तीन जून 1937[26] को डलहौजी में डॉक्टर धर्मबीर के अतिथि काल के दौरान फिर से एक पत्र लिखा और चिंता प्रकट की कि उन्हें एमिली के पत्र नियमित रूप से नहीं मिल पा रहे हैं। एमिली के शौक़ को ध्यान रखते हुए उन्होंने लिखा था :

'मैं तुम्हें इस पत्र के साथ कुछ डाक टिकट भेज रहा हूँ। क्या तुम अभी भी उन्हें इकट्ठा किया करती हो? यदि ऐसा हो, तो मैं तुमको और भी डाक टिकट भेज सकता हूँ। ...तुम्हारी बहन अब क्या कर रही है? क्या वह मैट्रिक की परीक्षा में भाग लेगी?

मुझे लगता है कि तुम्हें फ्रेंच वार्तालाप में पाठ लेने चाहिए। क्यों नहीं तुम फ्रेंच स्पीकिंग क्लब में भाग लेती हो? क्या तुमने उस सब धनराशि को व्यय कर लिया जो तुमने पिछले साल कमाई थी? तुम्हारा स्वास्थ्य अब कैसा है? मुझे लगता है कि गर्म मौसम का तुम्हारे फेफड़ों की दिक़्क़त से कोई वास्ता नहीं है? तुम्हारा एग्ज़िमा कैसा है? क्या उससे तुम्हें अभी भी दिक़्क़त होती है? पिछले गर्मी के मौसम (1936) के अप्रैल, मई और जून माह में तुम्हारा स्वास्थ्य कैसा था?

मुझे अपने गले की फिर से दिक़्क़त है और मैं पिछले 10 दिन से बीमार रहा हूँ, परंतु यह कोई गंभीर बीमारी नहीं है। मैं अब बेहतर महसूस कर रहा हूँ।

मैं कुछ महीनों से जर्मन का अध्ययन नहीं कर सका हूँ, परंतु मैं इसे फिर से जारी रखना चाहूँगा।'

अंत में सुभाष बाबू में एमिली को जर्मन में लिखा कि 'ओ भद्र महिला, तुम भविष्य में क्या करोगी?' वह जानना चाहते थे कि क्या एमिली फ्रेंच पत्र-व्यवहार को जारी रखेगी।

एमिली को लिखा गया सुभाष बाबू का एक पत्र 10 जून 1937 को था, जिसमें उन्होंने फिर से यह बात लिख भेजी थी कि वह उम्मीद करते हैं कि एमिली को उनके लिखे नियमित पत्र मिल रहे होंगे। यह पत्र उन्होंने एयरमेल डाक से भेजा था जिसमें उन्होंने लिखा था :

'मेरा स्वास्थ्य अब काफ़ी बेहतर है। लगभग 15 दिन पहले मेरे गले में

26. Subhas Chandra Bose, Letters to Emilie Schenkl 1934-1942, edited by Sisir Kumar Bose and Sugata Bose, Netaji Research Bureau, Kolkata, 2016. Pg 141.

समस्या हुई थी। वह अब कम हो गई है और मैं बाहर जा सकता हूँ। यदि मैं कुछ महीने यहाँ रुक जाऊँ, जैसी कि मेरी इच्छा है तो मैं स्वस्थ होकर वापस अपने काम में जुट सकता हूँ।

तुम जिस व्यक्ति के साथ काम कर रही थी वह कौन है? क्या तुम भारत में उसका नाम और पता जानती हो?

पिछले सप्ताह मैंने तुम्हें सुझाव दिया था कि तुम्हें फ्रेंच बातचीत के पाठ लेने चाहिए। कृपया इसपर विचार करना, क्योंकि यह भविष्य के लिए उपयोगी होगा। यदि तुम इसका ख़र्चा उठा सकती हो तो यह मूल्यवान है। यदि तुम चाहो तो मैं तुम्हें इस बात का सुझाव दे सकता हूँ कि तुम भविष्य में अपने समय को किस तरह उपयोगी रूप से बिताओ। यदि तुम्हारे पास कोई नौकरी नहीं है, तो तुम मेरे सुझावों पर विचार कर सकती हो।

क्या तुम अभी नियमित रूप से पोस्ट ऑफ़िस जाया करती हो?

मुझे अचानक सेन का पत्र मिला जो अपनी डिग्री की पढ़ाई के लिए अब इंग्लैंड में है। जुलाई में अपनी परीक्षा ख़त्म करने के बाद वह आगे की पढ़ाई के लिए फिर से विएना जा सकता है।

तुम अपने स्वास्थ्य को लेकर क्या कर रही हो? कल मुझे तुम्हारा पत्र मिला और मैं हर चीज़ समझ गया। चूँकि मैं आधा डॉक्टर हूँ, इसलिए तुम्हें मेरी सलाह की अनदेखी नहीं करनी चाहिए। क्या तुम्हें अभी भी फेफड़ों में दर्द महसूस होता है? क्या तुम्हें गॉल ब्लैडर से कोई दिक़्क़त होती है? क्या तुम बिजली के हीटर का इस्तेमाल करती हो? तुम नहीं जानतीं कि तुम्हारा पत्र पढ़कर मुझे कितनी प्रसन्नता हुई। यदि तुम्हें कोई एग्ज़िमा जैसी त्वचा संबंधित बीमारी हो तो मुझे लिख भेजना। मेरे पास उसकी एक साधारण परंतु प्रभावी दवा है जिसकी मैंने स्वयं अच्छे परिणामों के साथ पुष्टि की है।'

15 जून 1937 को एमिली ने सुभाष चंद्र बोस को उनके 27 तारीख़ के पत्र, जिसमें उन्होंने एक फ़ोटोग्राफ़ भी भेजा था, के मिलने का ज़िक्र करते हुए पत्र की शुरुआत की थी और उसके लिए उन्हें धन्यवाद दिया था। उन्होंने लिखा था :

'एकबारगी मैं आपको पहचान ही नहीं पाई, वेशभूषा के कारण नहीं, अपितु आप पतले दिख रहे हो, इस कारण से। यह दुःख की बात है,

आपको अब सतर्क रहना होगा। कृपया भरपूर खाइएगा ताकि थोड़ा-सा वज़न बढ़े, अन्यथा मुझे दुःख होगा।

हाँ, मैं अब आपको प्रति सप्ताह लिखा करूँगी, कम-से-कम कुछ पंक्तियाँ, यदि अधिक नहीं लिख पाई तो। पिछले सप्ताह मैं इतनी व्यस्त थी कि मैं आपको लिख नहीं पाई, परंतु मुझे उम्मीद है कि आप मुझे इसके लिए क्षमा करेंगे।

आपको निश्चित रूप से पता होगा कि डॉक्टर बी. सी. राय अब विएना में हैं और वह अपने साथ अपनी साली और भतीजी को भी लेकर आए हैं। यहाँ पर एक बूढ़ी यहूदी महिला मिस हरमन हैं जो कलकत्ता से हैं और एक युवा भारतीय महिला मिस हठी सिंह (या इस तरह के कोई नाम वाली) भी उनके दल में हैं। गैरोला ने व्यवस्था की थी कि मैं उन महिलाओं को विएना घुमाने और ज़रूरत पड़ने पर डॉक्टर की मदद करने की व्यवस्था करूँ। कल पूरे दिन मैं उनके लिए अनुवाद और टाइपिंग करती रही। मुझे कहना चाहिए कि वे सब आम और ख़ुशनुमा लोग हैं। रेनू (मिस राय) और मैं आज सवेरे काफ़ी घूमे और हमें मज़ा आया। उसके बाद हम लोग मेरे घर आए और वहाँ पर दोपहर का भोजन किया। उसे विएना की कुछ कुकिंग सीखने का मन है। दुर्भाग्य से वे लोग कुछ दिनों में चले जाएँगे।

ईश्वर का शुक्र है कि आप अब बेहतर महसूस कर रहे हैं। मुझे लगता है कि आपके लिए ताज़ी हवा अच्छा काम करती है। वहाँ पर फ़ोटोग्राफ़ लेना मत भूलिएगा, क्योंकि आपको पता है कि मैं फ़ोटोग्राफ़्स की कितनी शौक़ीन हूँ।

मुझे अब 'ओरिएंट' और 'पत्रिका' के साप्ताहिक अंक, दोनों नियमित रूप से मिल रहे हैं। यह आपकी कृपा है, परंतु आप मुझे कृपया उनका मूल्य बताइए क्योंकि आप इस सबका भुगतान करने की दिक़्क़त क्यों उठाएँ।

जब मैं बाहर जाऊँगी तो निश्चित रूप से कुछ किताबें पढ़ लूँगी परंतु अभी ऐसा करना असंभव है। मैं रात 1:00 बजे तक बैठकर अनुवाद करती रही हूँ। उसके बाद मैं पढ़ नहीं सकती क्योंकि मुझे सवेरे 7:00

बजे उठना भी होता है।

मैं अब काफ़ी ठीक हूँ... मेरे फेफड़े, गला और गॉल ब्लैडर वर्तमान में बिलकुल ठीक हैं। वे अब नियमपूर्वक काम कर रहे हैं।

क्या अब आप उस जगह के आसपास ठहरे हुए हो जहाँ शर्मा रहते हैं? कृपया यदि आप उनसे मिलो तो उन्हें मेरा सम्मान देना। कटियार ने मुझे लिखा था कि वह संभवत: जून के अंतिम सप्ताह में आएगा, परंतु तब, जब मैं वहाँ रहूँगी। आप समझते हो कि पुराने लोगों का स्नेह हमेशा अच्छा बना रहता है।'

एमिली ने इस पत्र को सुभाष बाबू को भेजने से पहले पुनश्च: के रूप में अपनी माँ को भेजी गई फ़ोटोग्राफ़ पसंद आने का ज़िक्र करते हुए कहा था कि वह हमेशा उन्हें अपने पास रखती हैं, परंतु एमिली ने इस पत्र के इस भाग में उन्हें एक सलाह भी दी थी। उसका कहना था कि आपके नाइट गाउन की तरह शर्ट की बाँहें लंबी हैं, उन्हें छोटी करा लीजिए। श्रीमती धर्मबीर इस विषय में अवश्य सहायता कर सकेंगी, यह एमिली का सुझाव था। परंतु इस बात को लेकर सुभाष बाबू कहीं नाराज़ न हो जाएँ, इसके लिए उसने क्षमा भी माँगी थी और साथ ही यह भी कहा कि वह जानते हैं कि *'मुझे स्पष्ट बोलना अच्छा लगता है।'* इसी पत्र को भेजने से पहले फिर से अंत में अगले दिन 16 जून 1937 को एमिली ने उस जगह की बात बताई जहाँ उसे बी. सी. राय के परिवार के साथ जाना था। उसने लिखा कि वहाँ उनका आनंददायक समय बीता। हेयूरीगर नामक उस स्थान पर और भी भारतीय तथा विएना की महिलाएँ मौजूद थीं।

'मिस हठी सिंह ने कुछ भारतीय गीत गाए, दो महिलाओं ने इटालियन गीत और मैंने विएनाई गीत सुनाए।'

एमिली ने अंत में लिखा था कि वह तत्काल सोने जा रही है क्योंकि अब उसकी आँखें और नहीं खुली रह सकतीं। विचित्र संयोग था कि जिस अगले दिन एमिली ने उस पत्र को पोस्ट किया, उसी दिन, अर्थात 17 जून 1937 को सुभाष चंद्र बोस ने एमिली को उसके 26 मई तथा 13 जून के पत्रों का उत्तर लिखकर भेजा था।

इस पत्र के मुख्य बिंदु इस प्रकार से थे :

'डलहौजी 200 मीटर या उससे भी अधिक ऊँचाई पर है। हम यहाँ से दूरी पर बर्फ़ से ढँकी पर्वत श्रृंखलाएँ देख सकते हैं। दूसरी ओर हमें मैदानी

इलाक़े और नदियाँ बहती दिखती हैं। यह एक काफ़ी शांत हिल स्टेशन है, ठीक ऐसा ही जैसा मैं चाहता था : इसलिए कि यहाँ पर मुझे चिंता में डालने के लिए अधिक आगंतुक नहीं हैं। मुझे यहाँ पर गर्मी से दूर रहने की भी राहत है।

मुझे उम्मीद है कि तुम बाहर निकलकर अच्छा समय बिता रही होगी। ऐसा लगता है कि तुमको भी केवल गर्म इलाक़े अधिक पसंद आते हैं, क्योंकि तुम सूरज को पसंद करती हो। मुझे लगता है कि तुम ऐसे में बहुत सारा फ्रेंच साहित्य पढ़ोगी और अपने समय को उपयोगी रूप से बिताओगी। हमारी ज़िंदगी इतनी संक्षिप्त है कि हमें अपने समय को व्यर्थ नहीं जाने देना चाहिए और हमेशा कुछ न कुछ उपयोगी सीखते रहना चाहिए।

श्रीमती एफ. एम. के संबंध में मुझे कहना है कि जब लोग कहते हैं कि वे नर्वस महसूस कर रहे हैं तो यह विश्वास नहीं करना चाहिए कि वास्तव में वे ऐसा महसूस कर रहे हैं। कुछ लोगों के लिए यह एक दिखावा होता है। वह यह दिखाना चाहते हैं कि वे नर्वस महसूस कर रहे हैं, जैसा कि एक अच्छा परिधान पहनते समय। यह बात ज़रूर है कि यूरोपियन महिलाओं में नर्वस होना अधिक रहता है, क्योंकि वे धूम्रपान करती हैं और शराब अधिक पीने के कारण रात को नियमित रूप से नींद नहीं ले पाती हैं। फिर एक ऐसा समय आता है कि जब वह सो ही नहीं पातीं, अगर चाहती हैं तो भी नहीं। पर यह बताओ कि तुम, जैसा कि तुमने मुझसे वादा किया था, धूम्रपान कब छोड़ोगी ? तुम एक दिन में कितनी सिगरेट पी जाती हो ?

यह बेहतर रहेगा कि अगर तुम ख़ाली समय में थोड़ा संगीत का अभ्यास करो। यह तुम्हें बेहतर समय बिताने में मदद करेगा क्योंकि वहाँ तुम्हारे पास कोई साथ नहीं होगा। अगर तुम मुझे प्रत्येक सप्ताह लिखने का समय निकाल सको तो तुम्हें एयरमेल से पत्र भेजने की ज़रूरत नहीं है।

मैं पता कर लूँगा कि क्या इस जगह के पिक्चर पोस्टकार्ड उपलब्ध हैं। यदि मुझे मिल सके तो मैं तुम्हें ज़रूर भेजूँगा और एक ग्रुप फ़ोटोग्राफ़ जो लाहौर में मेरे मेज़बान और उनकी पत्नी के साथ है, यदि वह मुझे मिल गया तो मैं अगली डाक से इसे भी तुम्हें ज़रूर भेजूँगा।'

इस पत्र में सुभाष बाबू ने एमिली को कुछ सलाह भी दी थी जिनको इस प्रकार से लिखा गया था :

'भविष्य के लिए मेरी तुम्हें जो सलाह रहेगी वह निम्न प्रकार होगी :

1. अपने शरीर को स्वस्थ रखने के लिए नियमित रूप से व्यायाम करना ज़रूरी है। विएना में तुम एक जिमनास्टिक स्कूल में जा सकती हो, जैसे कि मैं जाया करता था।

2. बाद की ज़िंदगी में अपने आपको उपयोगी बनाने के लिए तुम्हें घरेलू स्वच्छता, घर के प्रबंधन आदि के पाठ पढ़ने होंगे।

3. एक सक्षम सेक्रेटरी बनने का भी प्रशिक्षण लेना होगा। इसके लिए यह ज़रूरी है कि तुम्हें थोड़ा बहुत बुक कीपिंग, थोड़ी अकाउंटेंसी और फ़ाइलों को व्यवस्थित करना आना चाहिए।

4. थोड़ा संगीत भी सीखना होगा, जिसमें किन्ही इंस्ट्रूमेंट को बजाना भी शामिल है ताकि तुम समय पड़ने पर अपने आपको और अपने परिवार को आनंदित कर सको।

5. जितनी भाषाएँ सीखी जा सकती हों, वह सीखना चाहिए। यह और भी ज़रूरी है कि उन्हें बोलना भी आना चाहिए।

6. तुम्हें थोड़ा सुई का काम, बुनाई करना और कशीदाकारी आनी चाहिए।

7. जो विषय तुम्हें अध्ययन करने हैं उनका इस तरह से चयन करना चाहिए जो तुम्हारे भविष्य के काम में उपयोगी रहें। इसके अतिरिक्त तुम्हें थोड़ा दर्शनशास्त्र का भी अध्ययन करना चाहिए।

मुझे तुमको इस अर्थहीन सलाह देने के लिए क्षमा चाहता हूँ। संभवतः तुम इसमें से अधिकतर चीज़ों को, जिनका मैंने सुझाव दिया है, स्वयं जानती हो। वास्तविकता यह है कि आज की सुबह मैं तुम्हें बिन माँगी सलाह देने के मूड में था। आजकल हमें एयरमेल पत्रों को बृहस्पतिवार और सोमवार को यहाँ से पोस्ट करना होता है। तुम वहाँ से कब पोस्ट किया करती हो ? साधारण डाक हम बृहस्पतिवार को पोस्ट करते हैं।

मुझे ख़ुशी है कि तुम्हें विनिमय के लिए अच्छी दर मिल गई है। तुम इस

पैसे को जैसे चाहो वैसे ख़र्च कर सकती हो।

क्या तुम पिछले वर्ष की तरह यात्रा करने की इच्छा रखती हो।

कभी-कभी मुझे जर्मन भाषा में लिखने का मन होता है परंतु मैं त्रुटियों से डरता हूँ।'

24 जून 1937 को डलहौजी से लिखे गए अगले पत्र में सुभाष चंद्र बोस में एमिली को उनके द्वारा भेजे गए एक फ़ोटोग्राफ़ के लिए धन्यवाद अदा करते हुए पत्र की शुरुआत की थी। उन्होंने एमिली को भगवत गीता पढ़ने की सलाह देते हुए लिखा था :

'जब तुम्हारे पास समय हो तो कृपया भगवत गीता (जर्मन) और अँग्रेज़ी में गार्नर की किताब पढ़ना। यह तुम्हारे बौद्धिक विकास में सहायक होगी। पिछले सप्ताह मैंने तुम्हें बहुत-सी बिन माँगी सलाहें दी थीं— कृपया इस बात के लिए मुझसे अप्रसन्न मत होना। जब मैंने तुम्हें लिखा तब मेरे पास इससे बेहतर और कुछ करने को नहीं था।

तुम्हारे फ़ोटोग्राफ़ से यह नहीं लगता कि तुमने वज़न घटाया है। तुम्हारा वर्तमान में वज़न कितना है?

नहीं, डॉक्टर धर्मबीर वह व्यक्ति नहीं हैं, जिनका फ़ोटोग्राफ़ तुमने एक बार देखा था। उनकी पत्नी ब्रिटिश है, वह एक सौम्य महिला हैं। मैं उन्हें काफ़ी लंबे समय से जानता हूँ।'

सुभाष बाबू और एमिली के पत्रों में जो अगला पत्र है वह सुभाष चंद्र बोस ने एक जुलाई 1937 को डलहौजी से लिखा था। इस औपचारिक पत्र में उन्होंने केवल अपनी कुशलता का ज़िक्र करते हुए एमिली द्वारा पिछले दिनों भ्रमण किए गए स्थलों के फ़ोटोग्राफ़ भेजने का अनुरोध किया गया था।

आठ जुलाई 1937 के डलहौजी से भेजे गए पत्र में सुभाष बाबू ने एमिली के 15 जून और 4 जुलाई के पत्रों के मिलने का उल्लेख करते हुए बताया था :

'मैं अब दुबला हो रहा हूँ। मुझे अब और चर्बी की आवश्यकता नहीं है। परंतु यह भी सही है कि मुझे स्वस्थ होना है। तुम्हारा वज़न अब कितना है?

तुम अपना फ्रेंच पत्र-व्यवहार क्यों नहीं शुरू करतीं? जब तुम्हारे पास पते नहीं थे, तब तो बहुत चिंतित थीं। अब जबकि तुम्हारे पास कुछ फ्रेंच पते

होते हैं तब तुम यह पत्र-व्यवहार नहीं कर रही हो।

नहीं, शर्मा यहाँ से दूर रहते हैं, परंतु उन्होंने मुझे यह लिख भेजा है कि वह मुझसे मिलने आएँगे। जब मैं कलकत्ता में था तब वह वहाँ मिलने आए थे। कटियार अपने घर वापस नहीं लौटना चाहता, ऐसा मुझे लगता है।

मेरी कमीज़ की बाज़ू छोटी नहीं की जा सकती, क्योंकि यह एक भारतीय तरीक़ा है। यह कोट के नीचे पहनने वाली शर्ट नहीं है। यह कुर्ता अथवा कोट है।

तुम्हें डॉक्टर राय के लिए क्या काम करना पड़ा था? क्या तुमने इस काम के बदले में उनसे कोई भुगतान प्राप्त किया था?

कॉटेज सेनेटोरियम में कौन रुका था? क्या डॉक्टर राय के दल के लोगों में से कोई था?

लंबा समय हो गया है आशा है कि तुम सब ठीक होंगे। मैं भी यहाँ कुशलता से हूँ। अपने पेरेंट्स और बहन के लिए मेरा सम्मान स्वीकार करें।

यहाँ के कुछ डाक टिकट भी संलग्न हैं।'

नेताजी सुभाष चंद्र बोस और एमिली शेंकल के पत्रों की श्रृंखला में अगला पत्र 15 जुलाई 1937 का है। उस समय तक वह डॉक्टर धर्मबीर के डलहौजी स्थित आवास पर रुककर स्वास्थ्य लाभ कर रहे थे। इस पत्र में उन्होंने लिखा था :

'मुझे तुम्हारा छोटे बच्चे के साथ भेजा गया चित्र कुछ दिनों पहले प्राप्त हुआ था परंतु मैं उससे संतुष्ट नहीं था। मैं समझ सकता हूँ कि तुम इस बात से दुःखी हो कि बच्चे के परिजन अब चले गए हैं।

यदि तुम चाहो तो मैं तुम्हें कुछ डाक टिकट और भी भेज सकता हूँ। मैंने पिछले सप्ताह भी कुछ भेजे थे।

मुझे उम्मीद है कि अब तक तुम्हें डलहौजी के दृश्य वाला पिक्चर पोस्टकार्ड जो मैंने तुम्हें भेजा था : प्राप्त हो गया होगा।'

इस पत्र के एक सप्ताह बाद, अर्थात 22 जुलाई 1937 को सुभाष चंद्र बोस ने एमिली को एक संक्षिप्त पत्र लिखा जिसमें उनके द्वारा वेनिस के पिक्चर पोस्टकार्ड के मिलने का ज़िक्र किया गया था। उन्होंने यह भी लिखा कि वह देरी के कारण

विस्तृत पत्र न भेजकर केवल कुछ पंक्तियाँ ही लिखकर भेज रहे हैं।

29 जुलाई 1937 के पत्र में सुभाष बाबू ने एमिली के छह जुलाई के पत्र के मिलने का उल्लेख किया था और इस बात पर आश्चर्य व्यक्त किया कि उनका भेजा हुआ एयरमेल पत्र एमिली को साधारण डाक से मिला। वह पत्र में इस बिंदु को डाक विभाग के अधिकारियों तक पहुँचाने की बात भी करते हैं। आगे जो विवरण लिखा गया है उसमें स्वास्थ्य संबंधी चर्चा है। उन्होंने लिखा था :

'मुझे यह जानकर प्रसन्नता हुई कि तुम्हारा स्वास्थ्य अच्छा है। मैं समझता हूँ कि कटियार तुम्हारे फेफड़ों का परीक्षण करने के लिए चिंतित था। मुझे ख़ुशी है कि उनके साथ कोई गड़बड़ नहीं है। कृपया गॉल ब्लैडर की अनदेखी मत करो। तुम ठीक तभी हो पाओगी जब तुम अपनी डाइट के प्रति सतर्क रहोगी।

मैं अब पहले से बेहतर हूँ, परंतु कभी-कभी मुझे पेट की दिक़्क़त होती है। मुझे लगता है कि यह समय के साथ-साथ चली जाएगी। मेरी इच्छा है कि मैं बैडआस्टान में एक महीने का इलाज करा सकूँ, परंतु यह संभव नहीं है। मुझे प्रसन्नता है कि तुमने अपने धूम्रपान को थोड़ा कम कर दिया है, परंतु इसे और भी कम करना पड़ेगा। एक साथ ऐसा मत करो, बल्कि धीरे-धीरे करना। तब तुम सफल हो जाओगी।

मुझे लगता है कि जितना संभव हो तुम्हें उतनी चीज़ें सीखने का प्रयास करना चाहिए। एक पुरुष अथवा स्त्री के पास जितनी अधिक शिक्षा होगी उसका जीवन उतना ही बेहतर रहेगा।

मुझे आश्चर्य होता है कि गैरोला ने अपनी परीक्षाएँ कैसे पास की हैं। वह वास्तव में चिकित्सा विज्ञान के संबंध में कुछ नहीं जानता।

मैं अगले सप्ताह तुमको जर्मन में लिखने की कोशिश करूँगा।

मैं तुमको कुछ और पिक्चर पोस्टकार्ड भेज सकता हूँ, परंतु मैं सुनिश्चित करना चाहता हूँ कि मैंने जो पहले तुम्हें भेजे थे, वे क्या तुम तक पहुँच गए।

हाँ, मुझे तुम्हारे भेजे हुए फ़ोटो कुछ हफ़्ते पहले मिल चुके हैं। तुम्हारा वज़न अब कैसा है ?'

7. सुभाष बाबू के पत्र जर्मन भाषा में

29 जुलाई 1937 के पत्र के अंतिम भाग में सुभाष चंद्र बोस ने एमिली से जो वादा किया था कि वह अगला पत्र उन्हें जर्मन भाषा में लिखेंगे, उसे उन्होंने तब पूरा कर दिखाया, जब उन्होंने पाँच अगस्त 1937 को भेजा अपना पत्र जर्मन में लिखा। यह कोई संक्षिप्त पत्र न होकर विस्तार में लिखा और विभिन्न विषयों पर चर्चायुक्त पत्र था। इस पत्र के विशिष्ट बिंदु इस प्रकार थे :

> 'मुझे प्रसन्नता है कि अब तुम काफ़ी अच्छा महसूस कर रही हो। तुम्हें स्वयं को यह याद दिलाते रहने की ज़रूरत है कि तुम्हें गॉल ब्लैडर की बीमारी है और इसलिए तुम्हें सतर्क रहना है।
>
> मुझे अंततः बंगाल के पोस्ट ऑफ़िस से तुम्हारे पार्सल और कुछ अन्य पत्रों के संबंध में जानकारी मिल गई है जो पिछली दिसंबर में रास्ते में ट्रेन में जल गए थे।
>
> मुझे यह जानकर आश्चर्य हुआ कि मेरे दो एयरमेल पत्र तुम्हें साधारण डाक से मिले। यदि मेरे पत्र विएना में काफ़ी देर से पहुँचते हैं तो कृपया मुझे उनके लिफ़ाफ़ों को वापस करना, ताकि मैं उनके विषय में यहाँ शिकायत कर सकूँ अथवा तुम स्वयं विएना में इनकी शिकायत कर सको।
>
> (अस्पष्ट) और यहूदी लोग? क्या उन्हें और लोगों की तरह ईश्वर ने नहीं बनाया? क्या फरंजी वैस विएना अथवा लंदन में अध्ययन नहीं कर रहा? सेन ने मुझे लिखा था कि वह विएना जा रहा है। शायद वह विएना

पहुँच चुका है। वह कुछ महीने विएना में अध्ययन करेगा और वहीं पर काम करेगा।

यह अच्छी बात नहीं है कि तुम सिगरेट पिया करती हो। जर्मनी की महिलाएँ धूम्रपान नहीं करतीं। मैं यह निश्चित रूप से जानता हूँ कि यदि तुम चाहो तो बिना सिगरेट पिए भी जीवित रह सकती हो। तुम्हें उलझन में नहीं रहना चाहिए और तुम अगर स्वस्थ हो तो तुम्हें किसी की ज़रूरत नहीं पड़ेगी। अब तुम क्या कर रही हो? यह अच्छी बात है कि हम अपने भविष्य के लिए तैयारी करें। इंसान को हमेशा काम करते रहना चाहिए।

क्या तुम जर्मन में भगवत गीता का अध्ययन नहीं करना चाहोगी? यह तुम्हारे लिए ज़्यादा मुश्किल नहीं होगा।

मुझे नहीं पता कि गैरोला की सभी परीक्षाओं में उसने कैसा किया है। क्या तुम्हें पता है?

वियना में तुम्हारे पास गार्नर अथवा गेटेल (मुझे सही नहीं पता) की किताब है। यह राजनीति पर एक किताब है। जब मैं विएना आया था, मैं इसे तुम्हारे लिए भारत से लाया था। शायद तुम उसे भूल चुकी हो।

54.5 किलो तुम्हारे लिए बहुत थोड़ा है। तुमने वज़न घटाया है पर तुम्हें लगभग 57 किलो का वज़न रखना चाहिए।

यदि तुम 1910 में पैदा हुई थीं तब तुम युवा रही होगी। मैं बहुत बूढ़ा हूँ क्योंकि मैं पिछली सदी में पैदा हुआ था।

मैं अब पहले से काफ़ी बेहतर महसूस कर रहा हूँ, परंतु अभी पूरी तरह से ठीक नहीं हुआ हूँ। यहाँ का मौसम अच्छा है, यद्यपि यहाँ कभी-कभी बारिश हुआ करती है। तापमान लगभग 20 अथवा 21 डिग्री के आसपास रहता है। मैं दिन-रात खाता हूँ, पीता हूँ, सोता हूँ, अध्ययन करता हूँ और कभी-कभी टहलने भी जाता हूँ, परंतु मैं शायद ही कभी जर्मन भाषा का अध्ययन करता हूँ।

मुझे उम्मीद है कि अब वहाँ मौसम बेहतर होगा और तुम घूमने जा सकती हो। तुम अब पैदल कितनी दूर तक जा सकती हो?'

हमेशा की तरह एमिली के पेरेंट्स को सम्मान देने के लिए लिखी गई पंक्तियों

और शुभकामनाओं के बाद एक अंतिम टिप्पणी के रूप में उन्होंने अपनी भाषागत ग़लतियों के लिए क्षमा भी माँगी थी।

सुभाष चंद्र बोस ने एमिली को 19 अगस्त 1937 को भी डलहौजी से पत्र लिखा था। आरंभिक पैरा में मौसम की बात से शुरु करते हुए सुभाष बाबू ने भाषा सहित अन्य विषयों पर भी निम्नवत चर्चा की थी :

'अँग्रेज़ी में 'चाय को उबालना' अथवा 'पकाना' नहीं कहा जाता है बल्कि आमतौर पर 'चाय बनाना' कहा जाता है। आप चावलों को पकाते हैं परंतु चाय को नहीं, क्योंकि चाय स्टोव से पानी गर्म होने के उतारने के बाद डाली जाती है।

यहाँ लिखने के लिए कोई ख़ास बात नहीं है। यह बारिश का मौसम है और हम लोग हमेशा बाहर नहीं जा सकते, परंतु इस महीने के आख़िर तक बारिश ख़त्म हो जाएगी।

पिछले सप्ताह मैंने तुम्हें जर्मन में एक पत्र लिखा था। मुझे लगता है कि तुम्हें इसे प्राप्त करने में कोई विलंब नहीं हुआ होगा।

मीराबाई मिस स्लेड है— महात्मा गाँधी की वह शिष्या जो यहाँ पर एक परिवर्तन के लिए आई है। उसे मलेरिया बुख़ार हुआ है और जब वह यहाँ आई तो उसका स्वास्थ्य ख़राब था। अब वह बेहतर है और जल्दी ही महात्मा गाँधी के पास लौट जाएगी। मैं कोशिश करूँगा कि मैं तुम्हें यहाँ पर लिया हुआ एक समूह फ़ोटोग्राफ़ भेज सकूँ।

मेरा गला अब बेहतर है परंतु यकृत और पाचन तंत्र अभी भी ठीक नहीं है। आख़िरकार मैं अब बूढ़ा हो रहा हूँ।

तुमने मुझसे भारत के संबंध में कुछ किताबें माँगी हैं परंतु मुझे नहीं पता कि उन्हें भेजने का तुम्हें कोई फ़ायदा भी है। तुम उन किताबों को नहीं पढ़तीं जो तुम्हारे पास पहले से मौजूद हैं। जब तक तुम पढ़ने के लिए अपने दिमाग़ को गंभीरता से नहीं लगाओगी, तब तक तुम नहीं पढ़ पाओगी। तुम्हारे पास विएना में कई विषयों पर भरपूर किताबें हैं परंतु मुझे नहीं लगता कि तुम उनकी तरफ़ देखती भी हो।

मुझे आशा है कि तुम बेहतर समय से गुज़र रही हो और तुम्हारा स्वास्थ्य अच्छा है। मैं भी बेहतर हूँ।

अपने परिजनों को मेरा सम्मान देना और लौउटे को शुभकामनाएँ!'

अगले सप्ताह, 19 अगस्त को सुभाष बाबू ने डलहौजी से एमिली को एक पत्र लिखा जिसमें उनके पिछले पत्र का संदर्भ दिया गया था। उस पत्र में एमिली ने अपने यहाँ के मौसम तथा वज़न को लेकर चर्चा की थी। पत्र के मुख्य यूँ थे :

'इस महीने के आख़िर तक संभवत: बारिश का मौसम चला जाएगा; फिर हमारे यहाँ अच्छा मौसम आएगा। कुल मिलाकर यहाँ पर इतनी उमस नहीं है, जैसी दार्जिलिंग की तरफ़ हुआ करती थी। मेरा वज़न लगभग 154 पाउंड है, इसलिए मैं जब पिछले साल यूरोप से लौटा था, तब से लगभग 20 पाउंड कम हूँ। परंतु मैं वज़न को लेकर अधिक चिंतित नहीं हूँ, बशर्ते कि मैं फिर से मज़बूत हो सकता हूँ।

इस जगह के विषय में बताने के लिए कोई ख़ास बात नहीं है। यहाँ मैं अधिक लोगों से नहीं मिलता हूँ। मेरे मेज़बान इस मामले में कड़े हैं और मेरे अतिथियों को आने की स्वीकृति नहीं देते, जब तक कि कोई ख़ास कारण न हो। भारत में अगर कोई व्यक्ति सम्मानित होता है तो बहुत से लोग केवल उन्हें अपना सम्मान प्रकट करने के लिए आ जाते हैं। परंतु यह मेरे लिए बिना किसी उद्देश्य के समय की बर्बादी के बराबर है। कुल मिलाकर ऐसे आगंतुक यहाँ पर कम हैं, क्योंकि यह जगह थोड़ा पहुँच से हटकर है। डॉ. शर्मा पिछले सप्ताह मुझसे मिलने आए और डॉक्टर कटियार संभवत: अगले सप्ताह आएँगे।

नियमित रूप से जिमनास्टिक करना अच्छी बात है, बशर्ते कि आपकी मांसपेशियों में कोई दर्द न हो। फ़िलहाल तुम किस तरह का निडिल वर्क कर रही हो? क्या तुम पियानो या वाएलिन बजाया करती हो? तुम वाएलिन बजाना क्यों नहीं सीखती?

मुझे यह जानकर दु:ख हुआ कि तुम अपनी अनियमित डाइट के कारण फिर से दिक़्क़त में हो।

मैं तुम्हें जर्मन में लिख सकता हूँ परंतु यह मेरा बहुत समय ले लेती है। तुम मुझे आसान जर्मन में लिख सकती हो। मैंने हाल में ही प्रोफ़ेसर डैमेल को जर्मन में लिखा था और उन्होंने जर्मन में ही उसका जवाब दिया।'

सुभाष बाबू का एमिली को लिखा गया अगला पत्र 27 अगस्त 1937 को

लिखा गया था, जिसमें उन्होंने एमिली के 13 अगस्त के पत्र के 22 अगस्त को मिलने का उल्लेख किया था। इसमें उन्होंने भेजे गए फ़ोटोग्राफ़ के लिए धन्यवाद दिया था। इस पत्र के साथ सुभाष बाबू ने एक समूह फ़ोटोग्राफ़ भेजा था जिसमें मीराबेन भी साथ में थीं। उन्होंने मीराबेन के विषय में लिखा था :

'वह गाँधी जी की (ब्रिटिश) शिष्या हैं। यहाँ दो माह बिताने के बाद वह वापस उस आश्रम में चली गई हैं जहाँ गाँधी जी रहा करते हैं। वह हमेशा भारतीय परिधान पहना करती हैं और उन्होंने एक भारतीय नाम रखा है। चित्र में वह पंजाब की एक पारंपरिक वेशभूषा पहने हुए हैं जिसमें ढीली पेंट, ढीली शर्ट और एक घूँघट शामिल है।

मुझे यह जानकर प्रसन्नता हुई कि तुम फिर से फ्रेंच के पाठ ले रही हो। कृपया मुझे जर्मन में आसान भाषा में लिखना ताकि मैं समझ सकूँ। परंतु मुझे जर्मन लिखने में समय लगता है।

तुम्हारे जिमनास्टिक के व्यायाम कैसे चल रहे हैं? तुम्हें इनको नियमित रूप से करना चाहिए अन्यथा तुम्हारी मांसपेशियों में दर्द और कड़ापन महसूस हो सकता है।

मैं तुम्हें नियमित रूप से लिखता आ रहा हूँ। कृपया मुझे हमेशा यह बताया करो कि तुम्हें मेरा पत्र किस तिथि को मिला और मेरे लिखे गए पत्र पर क्या तिथि थी। सामान्य पत्र 18 दिन लेते हैं जबकि एयरमेल पत्र सात दिन में पहुँचते हैं। यदि इन्हें प्राप्त करने में कोई विलंब होता है तो कृपया उनका आवरण सुरक्षित रखा करो और उन्हें मुझे भेज दिया करो, ताकि मैं शिकायत कर सकूँ।

मैं तुम्हें तब तक कोई नई किताबें नहीं भेजना चाहता, जब तक तुम अध्ययन के विषय में ईमानदार नहीं रहोगी।

तुमने जो पहला फ़ोटोग्राफ़ भेजा था वह अच्छा नहीं था। बच्चे का चित्र अच्छा था परंतु तुम उसमें अच्छी नहीं दिख रही थी। यदि तुम्हें दूध अनुकूल नहीं लगता तब तुम दही क्यों नहीं लेती। यह हल्का होता है और इसे आसानी से घर पर बनाया जा सकता है। वैसे क्या तुम जानती हो कि दही कैसे बनाया जाता है? अन्यथा मैं तुम्हें बता सकता हूँ। एक छोटा हिस्सा दही का अथवा क्रीम, चीज़ या नींबू का रस लेकर उसे हल्के गर्म

दूध में मिलाना होता है तथा रातभर के लिए छोड़ दिया जाता है। सवेरे आपको दही जमा मिलेगा। यदि अधिक ठंड है तो दूध को रसोई घर में रातभर छोड़ना चाहिए।

मैं काफ़ी बेहतर हो रहा हूँ। संभवत: मैं यहाँ सितंबर के अंत तक रुकूँगा। यदि तुम उचित समझो तो मुझे हमेशा जर्मन में लिख सकती हो, परंतु मैं तुम्हें अपने अनुसार लिखूँगा क्योंकि इसमें समय लगता है।'

दो सितंबर 1937[27] को सुभाष चंद्र बोस ने एमिली को जर्मन भाषा में लिखा पत्र भेजा था। उन्होंने एमिली शेंकल को पत्र के आरंभ में 'ग्रेसियस लेडी' (सौम्य महिला) कहकर संबोधित किया था। इस पत्र के मुख्य बिंदु के रूप में उन्होंने लिखा था :

'मेरे पास हमेशा लिखने के लिए बहुत से पत्र होते हैं और काफ़ी लेख। मैं कुछ किताबें भी पढ़ रहा हूँ। यहाँ पर पर्वतीय इलाक़े में मेरे पास कोई सेक्रेटरी नहीं है। घर की मेज़बान, जो मित्रवत हैं, कभी-कभी मेरे लिए टाइप कर दिया करती हैं।

(अस्पष्ट) इसलिए मुझे लगता है कि तुम्हें भिक्षुणी बन जाना चाहिए। मुझे समझ में नहीं आ रहा कि मैं इस लेख का क्या करूँ। संभवत: मुझे इस लेख के विषय में संपादक को शिकायत करनी चाहिए।

मुझे लगता है कि तुम विएना पहुँच चुकी हो। वहाँ अब तुम क्या करना चाहती हो?

पिछले सप्ताह मैं एक भ्रमण पर था। हम लोग लगभग 18 किलोमीटर चले। अब मैं काफ़ी बेहतर महसूस कर रहा हूँ, परंतु यकृत और पाचन तंत्र पूरी तरह से ठीक नहीं है। कल मुझे यह लिखो कि तुम विएना में क्या कर रही हो। क्या तुम मिस्टर सेन से हमारी भाषा सीखना नहीं चाहोगी?'

नौ सितंबर 1937 को सुभाष चंद्र बोस ने एमिली को एक सामान्य पत्र लिखा, जिसमें उन्होंने अपने स्वास्थ्य के बेहतर हो जाने का भी ज़िक्र किया था। यह पत्र अँग्रेज़ी में था, परंतु 16 सितंबर 1937 को डलहौजी से लिखा गया पत्र फिर से सुभाष बाबू ने जर्मन में लिखकर भेजा था। उन्होंने मौसम के बारे में लिखा था :

---

27. Subhas Chandra Bose, Letters to Emilie Schenkl 1934-1942, edited by Sisir Kumar Bose and Sugata Bose, Netaji Research Bureau, Kolkata, 2016. Pg 161-162.

'यहाँ पर भारी बारिश हो रही है, इसलिए सितंबर का महीना इस वर्ष अधिक अच्छा नहीं रहा। मैं संभवतः अभी दो महीने तक और कलकत्ता से बाहर रहूँगा, क्योंकि चिकित्सकों का कहना है कि मैं पूरी तरह से फ़िट नहीं हूँ। यदि तुम्हारे पास विएना में पर्याप्त समय हो और यदि संभव हो, तब तुम एक अध्यापक ढूँढ़कर हमारी भाषा सीखने का भी प्रयास करना। क्या तुम्हारे पास गेटेल की किताब 'द आर्ट ऑफ़ गवर्नेंस' है, जो मैंने तुम्हें दी थी? यदि है, तो तुम उसे अब पढ़ सकती हो।

मैं तुम्हें प्रत्येक सप्ताह पत्र लिखता रहा हूँ। यदि तुम मेरे पत्र हर सप्ताह नहीं प्राप्त कर पाती हो तो कृपया मुझे लिखो और यदि तुम उन्हें देर से पाती हो तब मुझे उस लिफ़ाफ़े को भेजना।

तुम्हारे भेजे गए फ़ोटोग्राफ़ के लिए धन्यवाद, परंतु ये अधिक अच्छे नहीं हैं। इंडियन एसोसिएशन क्या कर रही है? अब विएना में तुम्हें फ्रेंच बोलना सीखना चाहिए।

मुझे यह जानकर प्रसन्नता हुई कि तुम कताई में रुचि रखती हो। क्या तुम्हारे पास कोई कताई का चक्र है? तुम्हें यह कहाँ से मिला? यहाँ पर डॉक्टर और उनकी पत्नी हर दिन कताई करते हैं। मुझे तुम्हारे पत्र के साथ बुना हुआ धागा भी मिला। बुना हुआ यह धागा हमारे यहाँ की तरह सूत का नहीं है।

तुम्हारा वज़न अब लगभग 57 किलो होगा और तुम पहले से अधिक मज़बूत महसूस कर रही होगी, ऐसा ही है न?

क्या तुम सोचती हो कि मैं यूरोपियन लोगों से बेहतर जर्मन लिख पा रहा हूँ?'

सुभाष बाबू ने 22 सितंबर 1937 को फिर से एमिली को जर्मन में पत्र लिखा। इस पत्र में सुभाष चंद्र बोस ने जिन बिंदुओं पर चर्चा की थी उनमें से कुछ निम्न प्रकार हैं :

'यूरोप में यहूदियों ने कई स्थितियाँ इसलिए पाई हैं क्योंकि वे कुशल हैं, जबकि आर्य लोग मूर्ख हैं अन्यथा यूरोप में कोई विदेशी ऐसी प्रगति कैसे कर सकते हैं?

तुम नर्वस क्यों हो? तुम अभी युवा हो। तुम जब मेरी तरह 40 वर्ष की

होगी तब क्या बनना चाहोगी?

मुझे यह सुनकर प्रसन्नता हुई कि तुम मेहनत कर रही हो और ख़ासतौर से बहुत अध्ययन कर रही हो।

तुम कहती हो कि तुम बहुत छोटी हो। तुम इतना कमज़ोर क्यों महसूस करती हो? तुम्हारा सही वज़न क्या है? मैं इस बात से सहमत हूँ कि जब कोई व्यक्ति मोटा हो जाता है तो वह आलसी हो जाता है, इसलिए मैं हमेशा पतला रहना पसंद करता हूँ।

यदि संभव हो तो कृपया जर्मन में उत्तर देना।

मुझे ख़ुशी है कि तुम अब स्वस्थ हो परंतु तुम्हें अच्छे से सोना चाहिए। मुझे लगता है कि तुम अधिक सोचती और चिंता करती हो। क्या ऐसा नहीं है? तुम्हें हमेशा शांत बने रहना चाहिए, चाहे तुम किसी भी खोज में हो।

यहाँ का मौसम वर्तमान में अच्छा और खिला हुआ है। हम लोग जल्दी ही ट्रैकिंग पर जाएँगे।

तुमने मेरे भोजन के विषय में जो कहा है वह ग़लत है। मैं केवल वही खाता हूँ जो मेरे चिकित्सक (और मेज़बान) द्वारा मुझे अनुमति दी जाती है; और वे बहुत सख़्त हैं।

यह अच्छी बात है कि तुम कताई कर सकती हो। क्या तुम अभी भी करती हो? तुम किस तरह का धागा बुनती हो? यहाँ अधिकतर सूत का धागा जाना जाता है।

क्या तुम अन्य भारतीयों से भी मिलती हो। वहाँ पर लगभग कितने भारतीय हैं और उनमें से कितने एसोसिएशन में आया करते हैं?

तुमने मुझे तीन बार फ़ोटोग्राफ़ भेजे और मुझे वे सब मिले। धन्यवाद!

भारत में 40 वर्ष का आदमी बूढ़ा मान लिया जाता है, क्या तुम यह जानती हो?

मुझे सही से नहीं पता कि मुझे यहाँ पर कब तक रहना है। मेरे डॉक्टर का विचार है कि मुझे पर्वतीय क्षेत्र में 15 नवंबर तक रहना चाहिए, चाहे यहाँ अथवा अन्य कहीं। वर्तमान में अपने संबंधियों से विचार-विमर्श कर रहा हूँ, उसके बाद निर्णय लूँगा।

कृपया मुझे बताइएगा कि तुम्हें किस तरह के सपने आते हैं। शायद मैं उनका विश्लेषण कर सकता हूँ क्योंकि मैंने थोड़ा सपनों का मनोविज्ञान पढ़ा है।'

सुभाष चंद्र बोस ने एमिली को जर्मन में लिखा एक पत्र 30 सितंबर 1937 को भी भेजा था। इस पत्र में उन्होंने घर वापसी के कार्यक्रम के विषय में भी चर्चा की थी। मुख्य बिंदु इस प्रकार थे :

'मैं संभवतः एक सप्ताह में घर जाऊँ, परंतु मुझे पक्का नहीं पता है। इसलिए तुम मुझे घर के पते पर लिख सकती हो। यहाँ पर अक्टूबर में सबसे अच्छा मौसम होता है, परंतु दुर्भाग्यवश मैं अधिक नहीं रुक सकता। मेरे मेज़बान और उनकी पत्नी को लाहौर जाना है तथा मुझे घर जाना होगा।

मुझे सुनने को मिलता है कि एसोसिएशन के लोग हमेशा लड़ा करते हैं। मुझे लगता है कि गैरोला एक आत्मकेंद्रित इंसान है और उसे पैसे का लालच है (यह बात उसे मत बताना)। इसके बावजूद वह काफ़ी सक्रिय है। सेन निडर तथा बड़े दिलवाला है परंतु वह गैरोला की तरह काम नहीं कर सकता, क्योंकि वह पढ़ाई कर रहा है। यह बेहतर होगा कि तुम इस तरह की बैठकों में न जाओ।

जब तुम मेरी कोई त्रुटि सुधारो तो केवल उस शब्द को लिखो।

क्या तुम्हें गेटेल की किताब 'आर्ट ऑफ़ गवर्नेंस' मिल गई है? क्या तुम इसको पढ़ना नहीं चाहोगी?

तुम कैसा महसूस कर रही हो? मैं अच्छा हूँ।'

सुभाष बाबू ने इस पत्र के अंत में एक अलग टिप्पणी में एमिली को लिखा था कि वह हमेशा जर्मन में उत्तर दिया करे। उन्होंने साथ में कुछ डाक टिकट भी भेजे थे।

यह कितना सुखद साम्य था कि 30 सितंबर को ही विएना में एमिली सुभाष चंद्र बोस को एक पत्र लिख रही थी जिसमें उसने लिखा कि वह एसोसिएशन के विषय में उनसे पिछली बार के पत्र में कुछ ज़रूरी बात का उल्लेख करना भूल गई थी। यह ज़रूरी बात क्या थी, इसका विवरण पत्र में था। उसने लिखा था :

'हम राष्ट्रीय ध्वज के संबंध में नियम और क़ानून जानना चाहते हैं।'

इस विषय पर विस्तार से जाते हुए एमिली ने लिखा था :

'मैं जानती हूँ कि ऐसा करना अशिष्टता है लेकिन मैं फिर भी आपसे अनुरोध करती हूँ कि एसोसिएशन के लिए एक छोटा दान दिया जाए। शायद आपके कुछ मित्र भी दान देना चाहेंगे। आप समझते होंगे कि बहुत-सी चीज़ें ख़रीदनी हैं और हाथ में कोई पैसा नहीं है। उदाहरण के तौर पर डॉक्टर बी. सी. राय ने छह महीने तक एक क्लर्क को भुगतान किया परंतु मुझे यह बात निश्चित रूप से पता है कि लड़के उसमें से कुछ धनराशि कमरों का किराया और अख़बार के लिए ख़र्च करते हैं। वे लोग आपसे अनुरोध करने की हिम्मत नहीं कर सकते हैं इसलिए यह बात मैंने उनके संज्ञान में लाए बिना आपसे कहने का प्रयास किया है। कृपया उनके पुस्तकालय के लिए, जो वे लोग आरंभ करना चाहते हैं, दो-तीन किताबें दे दीजिए।

अब आप कल्पना कर सकते होंगे कि चिंता करने के लिए कितनी बातें हैं। यह डरावना है। यदि आपके पास एसोसिएशन को आगे बढ़ाने का कोई सुझाव हों, तो कृपया लिखिए।

मुझे उम्मीद है कि आप मुझे इस समस्या के लिए क्षमा कर देंगे, क्योंकि मैं जानती हूँ कि आप कितने व्यस्त हो, परंतु वे लोग वास्तव में मदद की ज़रूरत रखते हैं।

मैंने 'पत्रिका' में इस सप्ताह भविष्य की यूरोपीय स्थिति की संभावनाओं पर आपका बेहद लंबा लेख पढ़ा। आप इतने लंबे लेख कैसे लिख पाते हैं? यद्यपि मैं राजनीति के विषय में कुछ भी नहीं समझती हूँ, लेकिन यह लेख रुचिकर था। मुझे इसे पढ़ने में लगभग दो घंटे लगे। मैं अब उस किताब को पढ़ने का प्रयास कर रही हूँ जो आपने मुझे मेरे 1935 के जन्मदिन के अवसर पर भेंट की थी। यह चतुराई से लिखी गई किताब है, लेकिन भयावह रूप से। पहले मुझे लगा कि मैं मूर्ख हूँ और इसे नहीं समझती हूँ, परंतु आज मेरे पिता के हाथ यह किताब लगी और उन्होंने भी वही बात कही। उन्हें इस किताब के अर्थ को समझने के लिए दो या तीन बार पढ़ना पड़ा।

आपका स्वास्थ्य कैसा है? क्या अभी भी यकृत समस्या कर रहा है?

मुझे बुरी तरह से ठंड लगी है परंतु ऐसा लगता है कि यह जल्दी ही रुक जाएगी। मेरी माँ पिछले सप्ताह एक्स-रे के लिए गई थी और पता चला कि उनके गॉल ब्लैडर में सूजन है। इसलिए कम-से-कम मैं अकेली नहीं हूँ। ईश्वर का धन्यवाद है आजकल मुझे कोई दर्द नहीं है।

मैं ऑस्ट्रियन अख़बारों के लिए एक पत्रकार से मिलकर भारत के विषय में कुछ लेख लिखना चाहती हूँ। क्या आप मुझे सुझाव देंगे कि मुझे आवश्यक सूचनाएँ कहाँ पर मिल पाएँगी? मैं ऐसी चीज़ों के विषय में लिखना चाहती हूँ— पारिवारिक जीवन, विवाह संबंधी उत्सव आदि।

मुझे अभी याद आया कि पूजा उत्सव ख़त्म हो गया होगा। मेरी ओर से विजय पर्व की शुभकामनाएँ स्वीकार कीजिए।

क्या मैं आपके लिए कुछ और कर सकती हूँ? यदि हाँ, तो मुझे बताने में संकोच नहीं करना। मेरी शक्ति के अंतर्गत जो भी होगा वह मैं ख़ुशी-ख़ुशी करूँगी।

क्या आप विएना में रखी हुई अपनी किताबों में से कोई किताब चाहते हैं? चूँकि अब आप फिर से काम कर रहे हैं, इसलिए संभवतः आपको उनकी ज़रूरत पड़े। मैं उन्हें आपको भेज दूँगी, परंतु उन्हें भारत जाने वाले किसी व्यक्ति के हाथ नहीं बल्कि डाक से भेजूँगी, क्योंकि आप जानते हैं ऐसे मामलों में लोगों के ऊपर कितना भरोसा किया जा सकता है। वे किताबें ले जाना भूल सकते हैं।

एक बार और मैं आपकी क्षमाप्रार्थी हूँ कि मैं आपको काफ़ी समस्याएँ दिया करती हूँ।'

जब तक एमिली का यह पत्र सुभाष बाबू को पहुँच पाता इससे पहले ही सुभाष चंद्र बोस ने उन्हें 7 अक्टूबर 1937 को पत्र लिख दिया था कि वह कलकत्ता की ट्रेन पकड़ चुके थे। उन्होंने लिखा था :

'मैं कुछ ही घंटों में कलकत्ता पहुँच जाऊँगा। एक या दो दिन आराम करने के बाद मैं कर्सियाँग (दार्जिलिंग के निकट) के लिए निकलूँगा, जहाँ मेरा इरादा कुछ सप्ताह बिताने का है। कृपया मुझे मेरे कलकत्ता के पते पर लिखें।

मैंने तुमको डलहौजी से बुक पोस्ट डाक के माध्यम से नाम की एक

पत्रिका और रजिस्टर्ड डाक से दो किताबें भेजी थीं। आशा है कि तुमने उनको प्राप्त कर लिया होगा। मैं काफ़ी ठीक हूँ। उम्मीद है कि वहाँ भी सब ठीक होगा।'

8. डलहौजी से विदा

13 अक्टूबर 1937 का पत्र सुभाष चंद्र बोस ने एमिली को कर्सियाँग से पत्र लिखा था जिसमें उन्होंने अचानक डलहौजी छोड़ने का विवरण देते हुए बताया था कि वह अब कर्सियाँग में अपने भाई के साथ रह रहे हैं। उन्होंने यह भी लिखा था कि वह इस पत्र को जल्दी में लिख रहे हैं परंतु इस पत्र में उन्होंने एमिली द्वारा माँगी गई जानकारी के अनुरूप उचित झंडे और रंग के विषय में आवश्यक जानकारी दे दी थी।

सुभाष बाबू ने एमिली को यह भी स्पष्ट किया था :

'मुझे खेद है कि मैं एसोसिएशन को तब तक कोई चंदा नहीं दे सकता जब तक मुझे यह न पता चल जाए कि वे क्या कर रहे हैं। अब तक मैं उनसे निराश हूँ। मैं नहीं समझता कि उनके ऊपर अपना समय तथा ऊर्जा ख़र्च करने का कोई ख़ास फ़ायदा है। मैं नहीं देना चाहता (पत्र की कुछ पंक्तियाँ और अक्षर उपलब्ध नहीं हैं)।'

सुभाष चंद्र बोस ने यह पत्र 4 नवंबर 1937 को जर्मन भाषा में कैपिटल अक्षरों में लिखा था। पत्र में एमिली शेंकल को 'डियर ग्रेसियस यंग लेडी' के नाम से संबोधित किया गया था। इसके अनुसार उन्होंने बताया था :

'मैं संभवतः नवंबर के मध्य में यूरोप की यात्रा पर निकलूँ। मेरा कार्यक्रम अभी भी निश्चित नहीं है, अगले सप्ताह लिखकर तुम्हें इसकी पुष्टि करूँगा। मैं अपने चार या पाँच सप्ताह बैडआस्टान में एक परिवर्तन के लिए गुज़ारना चाहता हूँ। तब मैं दिसंबर के मध्य में घर वापस लौट

आऊँगा। तुम यह भी जानकारी दे सकती हो कि क्या तुम वहाँ रुक सकोगी। मुझे वहाँ एक महीने के भीतर सन् 1934 की तरह एक किताब लिखनी है। मैं संभवतः हवाई यात्रा करूँगा। मेरे पत्र का उत्तर देने की ज़रूरत नहीं है। यदि मैं आता हूँ तो तुम्हें नेपल्स पहुँचते ही तत्काल टेलीग्राम करूँगा। नेपल्स से एक दिन के भीतर मैं बैडआस्टान आ जाऊँगा। तुम मेरे पहुँचने से पूर्व ही वहाँ आ जाना और मुझे रेलवे स्टेशन पर रिसीव कर लेना।

कृपया इस संदेश के विषय में केवल अपने पेरेंट्स को बताना।

कृपया मुझे उत्तर मत देना और मेरे अगले एयरमेल पत्र अथवा टेलीग्राम की प्रतीक्षा करना। मुझे अपनी यात्रा की निश्चितता नहीं पता है।'

सुभाष बाबू द्वारा एमिली को भेजे जा रहे पत्रों की श्रृंखला में अब पत्र नहीं, टेलीग्राम भेजा गया था। 16 नवंबर 1937 को भेजे इस टेलीग्राम में सुभाष चंद्र बोस ने लिखा था कि वह 22 तारीख़ को बैडआस्टान पहुँचेंगे और वह (एमिली) उनके रहने और भोजन की व्यवस्था सुनिश्चित करके रखें। उसके बाद अगला टेलीग्राम 21 नवंबर 1937 का था, जिसमें सुभाष बाबू ने एमिली को वहाँ तक ट्रेन से अपने आने की स्पष्ट जानकारी दी थी।

बीच की अवधि का विवरण अप्राप्त है, परंतु 8 जनवरी 1938 को उन्होंने एमिली को लिखा :

'म्यूनिख स्टेशन पर कुछ भारतीय मित्रों के साथ कॉफ़ी पी रहे हैं। सब ठीक है'।

10 जनवरी 1938 को सवेरे 8:00 बजे एंटवर्प से लिखे गए एक पत्र में उन्होंने एमिली को बताया था कि वह लंदन के लिए निकल रहे हैं। उनके मित्र उन्हें कार से ले जा रहे हैं, इसलिए वह देर से निकलेंगे। उन्होंने यह भी जानकारी दी कि म्यूनिख से आने वाली ट्रेन भीड़भाड़ वाली थी जिसमें बहुत से ब्रिटिश यात्री थे।

इस संक्षिप्त पत्र में भी सुभाष बाबू यह लिखने का समय निकाल पाए थे कि यदि वह अर्जेंटीना के विषय में बनी 'पार्नेल' नाम की फ़िल्म देख पाए तो उसे ज़रूर देखे, वह अच्छी फ़िल्म है। उन्होंने भी विगत रात वह देखी थी।

लंदन पहुँचकर सुभाष चंद्र बोस ने एमिली को विक्टोरिया स्ट्रीट के पते से 11

जनवरी 1938[28], को रात 11:00 बजे पत्र लिखा, जिसमें उन्होंने शाम 5:20 पर अपने स्टेशन पहुँचने की सूचना दी थी। उन्होंने यह भी लिखा था कि समुद्र उफान पर नहीं था। उस दिन शाम को उनकी पत्रकारों से बातचीत हुई थी और लिखा था :

'जब तक मैं यहाँ रहूँगा तब तक मेरा व्यस्त समय रहेगा'।

इस पत्र में उन्होंने यह भी बताया था कि उनकी साल्ज़बर्ग से म्यूनिख तक की यात्रा अच्छी रही थी। म्यूनिख से ब्रूसेल्स तक भीड़ भरी यात्रा थी और वह सो नहीं पाए थे। एंटवर्प में भारतीय दोस्तों के साथ अच्छा समय बीता और वे उन्हें अपनी कार से ऑस्टेंड तक ले आए। वहाँ से क्रॉस कर वह यहाँ तक पहुँचे थे।

उन्होंने एमिली के विषय में जानकारी प्राप्त करते हुए बताया कि उन्हें नहीं लगता कि वह विएना में रुक पाएँगे परंतु एमिली को यह सब किसी अन्य को बताने की ज़रूरत नहीं है। उन्होंने ख़राब हैंडराइटिंग के लिए एमिली से क्षमा माँगते हुए जानना चाहा था कि क्या वह उसे पढ़ पाएगी?

इसके पाँच दिन बाद अर्थात 16 जनवरी 1938 को सुभाष चंद्र बोस ने एमिली को पत्र लिखकर बताया कि वह पिछले दिनों कितने व्यस्त थे और इसीलिए पत्र नहीं लिख पाए। उन्होंने इस बात की भी पुष्टि की थी कि एमिली के दो पत्र उन्हें मिल गए थे।

सुभाष बाबू ने एमिली को ओमेगा कंपनी की दो स्टील की घड़ियाँ ख़रीदने के लिए भी कहा था : जिनके मॉडल का विवरण उन्होंने पत्र में साझा किया था। इसके लिए उन्होंने एमिली को ज़रूरी धनराशि भेजने की बात भी लिखी थी। सुभाष बाबू के अनुसार वह सवेरे 8:40 बजे विएना पहुँचेंगे और फिर से 10:30 या 11:00 बजे आगे चले जाएँगे। उनके अनुसार यह जानकारी वह किसी और को नहीं दे रहे हैं। उन्होंने यह भी बताया कि वह 19 तारीख़ को प्राग पहुँचेंगे और पूरी रात वहाँ रुकेंगे, फिर 20 तारीख़ को वह वहाँ से निकल जाएँगे।

इस पत्र का आख़िरी भाग मौजूद नहीं है।

19 जनवरी 1938 को सुभाष चंद्र बोस ने एमिली को प्राग से एक टेलीग्राम किया था :

'दो घड़ियाँ ख़रीदकर एरोड्रम पर मिलो।'

20 जनवरी को सुभाष चंद्र बोस ने रोम से लिखे पत्र में बताया था :

'मेरे पास नेपल्स से तुम्हें लिखने का समय नहीं होगा इसलिए मैं यहीं से

28. -do- Pg 177.

तुम्हें कुछ पंक्तियाँ लिखकर भेज रहा हूँ। मैं कुशलता से पहुँच गया हूँ। हम लोग वेनिस में नहीं रुके थे परंतु किसी अन्य हवाई अड्डे पर थे, जहाँ दोपहर के भोजन की कोई व्यवस्था नहीं थी। यह अकेली समस्या थी। यहाँ सब ठीक रहा। मैं अब नेपल्स से निकलने वाला ही हूँ। मैं काफ़ी थक गया हूँ, अन्यथा मैं बिलकुल ठीक हूँ। उम्मीद है तुम भी ठीक होगी।'

सुभाष चंद्र बोस ने अगला पत्र 21 जनवरी 1938 की रात को एथेंस से लिखा था, जिसमें उन्होंने एमिली को अपने यात्रा वृत्तांत के विषय में बताया था। वहाँ के मौसम की बात करते हुए उन्होंने लिखा था :

'नेपल्स और एथेंस के बीच में मौसम ख़राब था— एक तेज़ हवा हमारे बीच में सीधे बह रही थी। हम लोग यहाँ देर से पहुँचे और अलेक्ज़ेंड्रिया के लिए नहीं निकल सके, जैसा कि हमारा कार्यक्रम था। कैप्टन का कहना था कि इससे हमारे भारत में आगमन के समय पर कोई प्रभाव नहीं पड़ेगा, क्योंकि वह इस गुज़रे हुए विलंब को कवर कर लेगा। मैं तुम्हें आज इसलिए फिर से लिख रहा हूँ क्योंकि मेरे पास अभी समय है और जब मैं भारत पहुँच जाऊँगा तब कोई समय नहीं रहेगा। मुझे लगता है कि यदि मैं भविष्य में तुम्हें नियमित रूप से नहीं लिख पाया तो तुम बुरा नहीं मानोगी। कृपया काल्पनिक चीज़ों को लेकर चिंता मत करो और अपने स्वास्थ्य का अच्छे से ध्यान रखो।'

अंत में उन्होंने अपने रास्ते के पड़ाव के विषय में बताया था। इसके अनुसार सुभाष चंद्र बोस ने 22 तारीख़ की रात को बसरा (ईराक़) 23 तारीख़ को रात में जोधपुर तथा 24 तारीख़ की दोपहर में कलकत्ता पहुँचने की संभावनाओं का ज़िक्र किया था। इसी पत्र में उन्होंने एमिली को यह भी लिख भेजा था कि लोगों को हमेशा उन सब बातों को बताने की ज़रूरत नहीं है जो वह उसे (एमिली को) बताया करते हैं।

24 जनवरी 1938 को कलकत्ता से भेजे गए रेडियोग्राम में केवल एक शब्द लिखा गया था 'सुरक्षित'। अर्थात सुभाष चंद्र बोस कलकत्ता में सुरक्षित रूप से पहुँच गए थे। उसी दिन सुभाष बाबू ने एमिली को एक दूसरा रेडियोग्राम भेजा जिसमें लिखा था : 'हार्दिक सांत्वना'।

ऐसा किसलिए था? दरअसल जब सुभाष बाबू घर पहुँचे तो उन्हें पता चला

कि विएना में एमिली के पिता का देहांत हो गया है। एक दिन में दूसरा रेडियोग्राम भेजने का उद्देश्य एमिली के पिता के अवसान पर शोक संदेश के रूप में था। अगले ही दिन, यानी 25 जनवरी 1938 को सुभाष बाबू ने एमिली को एल्गिन रोड, कलकत्ता के अपने आवास से एक पत्र लिख भेजा जो इस प्रकार था :

'मैं यहाँ पर कल सकुशल पहुँच गया था और आते ही एक भीड़भाड़ भरे जीवन में प्रवेश कर गया। मैंने तुम्हें कल एक टेलीग्राम भेजा था— सुरक्षित।

उसके बाद एक दूसरा टेलीग्राम भेजा— हार्दिक सांत्वना!

मैं तुम्हारे पिता की अचानक हुई मृत्यु से गहन दुःख में हूँ। कृपया मुझे तत्काल यह बताओ कि ऐसा किस तरह से घटित हुआ। यह बिलकुल अचानक है। क्या यह कोई दुर्घटना थी अथवा अचानक हुई बीमारी? कृपया मेरी हार्दिक सांत्वना स्वीकार करें और अपने परिवार के अन्य सदस्यों को भी इससे अवगत कराएँ।

मैं कुछ इटालियन धनराशि भेज रहा हूँ। कृपया इसे ऑस्ट्रियन राशि में बदल लें और इसका उपयोग करें।'

25 जनवरी 1938 के बाद सुभाष बाबू को एमिली को कलकत्ता से लिखने का अवसर आठ फ़रवरी 1938 को मिल पाया। इस पत्र में उन्होंने अपनी स्थिति स्पष्ट करते हुए लिखा था कि वह 24 जनवरी को कलकत्ता पहुँचने के बाद से बहुत तरह की गतिविधियों में व्यस्त हो गए थे। उन्होंने एमिली के पिता की मृत्यु पर अफ़सोस प्रकट करते हुए लिखा था :

'मैं तुमको बता नहीं सकता कि मुझे तुम्हारे प्रिय पिता के अवसान की ख़बर से कितना दुःख पहुँचा है। मैं यही सोचता रह गया कि ऐसा अचानक कैसे हो सकता है। मुझे लगता था कि तुम मुझे इस बारे में विस्तार से लिखोगी परंतु तुमने नहीं लिखा। कृपया मुझे तत्काल इस दुखद घटना के बारे में लिख भेजना कि ऐसा अचानक कैसे हुआ। शायद तुम स्वयं इतना व्यस्त रही हो कि मुझे पत्र लिखने का समय नहीं निकाल पाई। मुझे 28 तारीख़ को कलकत्ता से बाहर अपने प्रांतीय सम्मेलन के लिए जाना पड़ा था। मैं 31 तारीख़ को लौट आया और फिर से एक फ़रवरी को वर्धा में कार्यसमिति की बैठक में भाग लेने के लिए निकल पड़ा। वहाँ

से मैं कल ही लौटा हूँ। वर्धा में मेरी भेंट महात्मा गाँधी, नेहरू और अन्य बड़े नेताओं से हुई। मैं 11 तारीख़ को फिर से हरीपुरा कांग्रेस के लिए निकल जाऊँगा। अब मैं अपना भाषण लिखने के लिए समय निकालने का प्रयास कर रहा हूँ।

मैंने तुम्हें 24 तारीख़ को यहाँ से दो टेलीग्राम भेजे थे, एक मेरे आने की ख़बर के लिए और दूसरा तुम्हारे पिता की मृत्यु पर शोक प्रकट करने के लिए। उसके बाद मैंने तुम्हें 25 या शायद 27 जनवरी को एक रजिस्टर्ड पत्र भेजा। क्या तुम्हें यह पत्र ठीक हालत में मिला ? कृपया मुझे इस संबंध में एयरमेल से बताना।

कृपया मुझे यह भी लिखना कि तुम आजकल क्या कर रही हो ?

मुझे उम्मीद है कि तुम्हें 'पत्रिका' नियमित रूप से मिल रही होगी। मैं इसका शुल्क समय से जमा कर दूँगा। क्या तुम्हें 'ओरिएंट' की भी आवश्यकता है ?

मैं 13 से 22 तारीख़ तक कांग्रेस में रहूँगा। उसके बाद बंबई चला जाऊँगा और वहाँ से इस महीने के आख़िर में कलकत्ता लौटूँगा।

कृपया मुझे यथासंभव नियमित रूप से लिखते रहना। तुम कैसी हो ? तुम्हारी माता और तुम्हें मेरा सम्मान पहुँचे।'

सुभाष चंद्र बोस ने इस पत्र में पुनश्चः के रूप में लिखा था कि बंबई में रहने के दौरान उनका पता, द्वारा बंबई प्रदेश कांग्रेस समिति, बंबई रहेगा। उन्होंने यह भी लिखा कि वह एमिली को लंदन के माध्यम से कुछ धनराशि भेजेंगे।

16 फ़रवरी 1938 को एक संक्षिप्त पत्र में सुभाष बाबू ने एमिली को लिखा था कि वह हरीपुरा कांग्रेस के सेशन में हैं और काफ़ी व्यस्त हैं। संभवतः वह एमिली के पत्र की चिंता कर रहे थे जो उन्हें अब तक केवल एक एयरमेल पत्र के रूप में मिला था। अन्य पत्र और पोस्टकार्ड उन्हें नहीं मिल सके थे।

उन्होंने एमिली शेंकल को यह भी लिखा कि उनका बैडआस्टान पर लिखा लेख फ़रवरी माह के 'मॉडर्न रिव्यू' में प्रकाशित हुआ है। पत्र के अंत में सुभाष बाबू ने यह जानकारी दी कि वह 23 तारीख़ को बंबई के लिए निकल रहे हैं, जहाँ से एक सप्ताह बाद वह कलकत्ता चले जाएँगे।

वर्धा से छह मार्च 1938 के पत्र में उन्होंने एमिली के चार फ़रवरी और 18

फ़रवरी के पत्रों के मिलने का उल्लेख करते हुए बताया था कि वह हरिपुरा कांग्रेस से 23 फ़रवरी को निकल आए थे। बंबई में उनका व्यस्त समय बीता। उन्होंने बताया था कि, 'बंबई ने मुझे ज़ोरदार स्वागत दिया। मैंने कल बंबई छोड़ दिया था और अब कलकत्ता के रास्ते में हूँ। मैं तीन सप्ताह के लिए कलकत्ता रहूँगा और उसके बाद भ्रमण पर निकल जाऊँगा।' एमिली का 18 फ़रवरी का पत्र उन्हें बंबई में ही प्राप्त हुआ था।

एमिली शेंकल की माता की चिंता करते हुए सुभाष चंद्र बोस ने इस पत्र में लिखा था :

> 'कृपया मुझे यह बताइए कि क्या आपकी माता को कोई पेंशन मिलेगी अथवा नहीं? यदि उन्हें मिलती है तो क्या वह उतनी ही होगी जितनी आपके पिता को मिला करती थी?'

पत्र के आख़िरी पैराग्राफ़ में उन्होंने लिखा था कि वह एमिली को कलकत्ता से विस्तार से लिखेंगे। अभी वह जल्दी में लिख रहे थे। उन्हें मिस्टर गाँधी को देखने भी जाना था जो शहर से सात मील दूर एक गाँव में रहा करते थे। पत्र को समाप्त करते हुए उन्होंने अंतिम पंक्तियों के रूप में लिखा कि वह उनके परिवार के लिए दुःख प्रकट करते हैं और उनकी माता को अपना सम्मान भेज रहे हैं। पुनश्चः के रूप में उन्होंने एमिली के स्वास्थ्य के विषय और गॉल ब्लैडर के दर्द के बारे में भी जानकारी प्राप्त करने के लिए लिखा था।

28 मार्च 1938 को ऑल इंडिया कांग्रेस कमेटी के लेटरहेड पर कलकत्ता से लिखे गए पत्र में सुभाष बाबू ने एमिली से इस बात के लिए क्षमा याचना की थी कि वह वर्धा से कलकत्ता आने के बाद उन्हें पत्र नहीं लिख पाए, यद्यपि वह हमेशा उनके बारे में सोचते रहे थे। सुभाष बाबू का कहना था :

> 'मैं जब से यहाँ आया हूँ, व्यस्त हूँ, परंतु आगे से मैं तुमको नियमित रूप से लिखा करूँगा। आजकल यूरोप के लिए एयरमेल सप्ताह में चार बार जाने लगा है। मैं तुम्हारी माता के स्वास्थ्य के लिए शुभकामनाएँ भेजता हूँ और उम्मीद करता हूँ कि वह जल्दी ही स्वस्थ हों, तथा सफल ऑपरेशन के उपरांत हर प्रकार के दर्द से मुक्त हो जाएँ। मैं तुम्हें इस सप्ताह के भीतर विस्तार से पत्र लिखूँगा।'

पत्र के बीच में उन्होंने जर्मन भाषा में लिखा कि वह अगले दिन उनको आठ

पाउंड की धनराशि भेजेंगे। उन्होंने उम्मीद की कि यह उनके काम आ सकेगी। सुभाष बाबू का कहना था कि वह अब फिर से जर्मन भाषा भूलने लगे हैं।

9. प्रेम कम, स्वास्थ्य की चिंता अधिक

सुभाष चंद्र बोस हमेशा एमिली के स्वास्थ्य की चिंता किया करते थे। ऐसा हर पत्र से समझ आता है। उनका मानना था कि एमिली को अपने स्वास्थ्य को सुचारू रखने के लिए चिकित्सकों से संपर्क बनाए रखना चाहिए और बेहतर स्वास्थ्य बनाए रखना चाहिए। उन्होंने एमिली को यह भी याद दिलाया कि उसने ऐसा करने का वादा किया था। अब चूँकि उनकी माता घर पर रहेंगी, इसलिए एमिली को अपने स्वास्थ्य का ध्यान रखने के लिए समय निकालना आसान रहेगा।

पाँच अप्रैल 1938 को एल्गिन रोड कलकत्ता के आवास से एमिली शेंकल को लिखे अपने पत्र में सुभाष चंद्र बोस ने फिर से अपने व्यस्त होने की बात लिखते हुए पत्र की शुरुआत की थी। उनका कहना था :

> 'मैं अब बुरी तरह से व्यस्त हूँ क्योंकि एक अप्रैल से कार्यसमिति की बैठक चल रही है। हम लोग सवेरे से देर रात तक बैठते हैं। मैं ठीक हूँ पर मेरे ऊपर काम का दबाव है।'

पत्र में इसी पंक्ति के आगे उन्होंने जर्मन भाषा में लिखा कि उन्होंने पिछले सप्ताह आठ पाउंड भेजे थे, क्या वह उसे मिले हैं?

आगे सुभाष बाबू ने एमिली की माता के विषय में जानकारी लेने की बात की थी। पत्र ख़त्म करने से पूर्व वह एमिली को जर्मन में एक स्नेहिल वाक्य लिखना नहीं भूले थे, जिसका हिंदी अनुवाद था— 'मैं तुम्हारे बारे में ही दिन रात सोचा करता हूँ।'

9 अप्रैल 1938 को जर्मन में लिखे गए अपने एक पत्र में उन्होंने एमिली का

परिचय लंदन के एक मित्र मिस्टर सील से कराते हुए बताया था कि वह उनके साथ चार चीज़ें भेज रहे हैं— हाथी दाँत का बना एक हार, एक जोड़ी जूते, एक ब्रोच और एक छोटा हाथी दाँत और चंदन की लकड़ी से बना हुआ बॉक्स। उन्होंने एमिली से अनुरोध किया था कि वह मिस्टर सील को विएना घुमाने में मदद करें।

सुभाष बाबू का अगला पत्र 9 मई 1938 का लिखा मिलता है जो उन्होंने बंबई जाते समय ट्रेन में लिखा था। उन्होंने लिखा था कि वह बंबई में 10 या 15 दिन रुकेंगे। सुभाष बाबू का कहना था :

'मुझे बंबई में कुछ महत्वपूर्ण काम है— 1. हिंदू-मुस्लिम समझ के लिए मिस्टर जिन्ना से एक प्रस्ताव पर चर्चा 2. सात प्रांतों के प्रधानमंत्रियों के एक सम्मेलन की अध्यक्षता करना 3. कांग्रेस कार्यसमिति की बैठक की अध्यक्षता।

मेरा पिछला पत्र तुम्हें नौ अप्रैल को लिखा गया था जिसमें मैंने यूरोप जाने वाले एक मित्र के विषय में बताया था। तब से मैं तुम्हें कोई पत्र नहीं लिख पाया हूँ। कृपया मुझे क्षमा करें। मैं बुरी तरह से व्यस्त रहा था : परंतु मैं भविष्य में तुम्हें नियमित रूप से लिखते रहने का प्रयास करूँगा। 'ओरिएंट' का छह महीने का चंदा जमा करा दिया गया है। क्या तुम्हें 'पत्रिका' भी चाहिए? यदि तुम्हारे पास समय होगा तो मुझे इसका चंदा जमा कराने में प्रसन्नता होगी।'

अपेक्षाकृत काफ़ी विस्तार से लिखे इस पत्र में सुभाष चंद्र बोस ने एमिली की माता के स्वास्थ्य के बारे में भी जानकारी ली और उन्हें सांत्वना दी कि गॉल ब्लैडर के ऑपरेशन के बाद वह दर्द से राहत महसूस करेंगी। फिर उन्होंने पूछा कि क्या उनके भेजे गए जूते उन्हें फिट आए? और क्या उन्हें लकड़ी के बॉक्स से अच्छी ख़ुशबू मिली?

सुभाष बाबू को इस बात का अफ़सोस था कि उन्होंने घर वापसी के बाद से अपनी किताब के लेखन को लेकर कोई प्रगति नहीं की। हालाँकि सुभाष बाबू के पास अपनी व्यस्तता के कारण समय कम था परंतु उन्होंने मन की बात साझा करते हुए एमिली को लिखा था :

'कृपया मुझे नियमित रूप से लिखा करो; तुम्हारे पत्र पढ़कर मुझे ख़ुशी मिलती है, यद्यपि यह अलग बात है कि मैं तुम्हें हर सप्ताह नहीं लिख

पाता हूँ जिसके लिए मैं क्षमा माँगता हूँ।'

सुभाष बाबू ने यह जानकर दुःख प्रकट किया था कि एमिली का स्वास्थ्य सही नहीं था। उन्होंने पूछा था कि क्या वह अपने चिकित्सक से मिलती रही थीं, जैसा कि उन्होंने वादा किया था।

एमिली को पिछले दो महीनों में बंगाल प्रांत में किए गए अपने भ्रमण के बारे में बताते हुए सुभाष बाबू ने लिखा था कि वह अब देश के एक भाग से दूसरे भाग में भ्रमण कर रहे हैं। एमिली ने सुभाष बाबू को जो जर्मन पत्रिकाएँ भेजी थीं, उनके लिए उन्होंने एमिली का धन्यवाद भी अदा किया और बताया कि उन्होंने फ़ोटोग्राफ़्स पर तो नज़र डाली है लेकिन पढ़ने का समय नहीं निकल पाया है।

उन्होंने एमिली शेंकल को अगला पत्र बंबई से 20 मई 1938 को लिखा था। इस पत्र में भी सुभाष बाबू ने एमिली से उसके स्वास्थ्य के बारे में और किए जा रहे उपचार की जानकारी प्राप्त की थी। उन्होंने एमिली से अपने विषय में, स्वास्थ्य और व्यस्तताओं का ज़िक्र किया था। अपनी इस व्यस्तता के दौरान वह पत्र के बीच में मन की कोमल भावनाओं से एमिली को अवगत कराने से नहीं चूके थे। उन्होंने जर्मन में फिर से दोहराया था : *'मैं तुम्हारे बारे में ही दिन रात सोचा करता हूँ।'*

24 मई 1938 को 26, मरीन ड्राइव, बंबई के पते से लिखे गए पत्र को सुभाष बाबू ने ऑल इंडिया कांग्रेस कमेटी के अध्यक्ष के लेटरहेड पर लिखा था। अपनी व्यस्तता के बावजूद सुभाष बाबू ने इस बात के लिए चिंता व्यक्त की थी कि एमिली का स्वास्थ्य अच्छा नहीं चल रहा था। उन्हें यह भी दुःख था कि वह अपने स्वास्थ्य पर पूरा ध्यान नहीं दे रही थी। उन्होंने लिखा :

'तुम ऐसा कब कर पाओगी ?'

अपने विषय में सुभाष बाबू ने लिखा था कि वह काफ़ी ठीक हैं, हालाँकि काम के दबाव में हैं।

दो दिन बाद उन्हें एमिली शेंकल को थोड़ा विस्तार में लिखने का समय मिल पाया था क्योंकि सुभाष बाबू 26 मई 1938 से 36 घंटे की ट्रेन यात्रा में थे। बंबई से कलकत्ता की यात्रा में उन्होंने शुरुआत में ही इस बात के लिए चिंता प्रकट की थी कि एमिली का स्वास्थ्य सही नहीं चल रहा था। उन्होंने फिर से लिख भेजा था कि उन्हें लगता है कि एमिली अपने स्वास्थ्य की उचित देखभाल नहीं किया करती है,

पर उन्हें यह भी लगता था कि उसके पिता की मृत्यु और घर पर बढ़े काम के बाद एमिली पर काफ़ी तनाव हावी हो गया था। उन्होंने एमिली से कहा था :

'मुझे उम्मीद है कि तुम डॉक्टर के पास जाकर अपनी सारी समस्याओं का सही निदान प्राप्त कर सकोगी। तुम क्यों एक सप्ताह (या दो सप्ताह) की छुट्टी लेकर रेस्ट-क्योर में नहीं जाती?'

उन्होंने यह भी लिखा था कि वह उसे कुछ धनराशि भेजेंगे जो केवल उसके स्वास्थ्य पर ख़र्च होगी। सुभाष बाबू फिर से अपने मन की बात एमिली से साझा करने से नहीं रोक पाए थे और उन्होंने जर्मन में वही पंक्ति दोहराई थी :

'मैं तुम्हारे बारे में ही दिन-रात सोचा करता हूँ।'

आठ जून 1938 को कलकत्ता से लिखे पत्र में सुभाष चंद्र बोस ने इस बात के लिए प्रसन्नता व्यक्त की थी कि एमिली ने अपनी परीक्षा को सफलतापूर्वक पास कर लिया था। उन्होंने अपना कार्यक्रम साझा करते हुए बताया था कि वह अब पूर्वी बंगाल के ज़िलों के दौरे पर निकलेंगे। वह उस कार्यक्रम से 18 जून को लौट आएँगे और संभवतः दो या तीन दिन के बाद फिर से कलकत्ता से निकल जाएँगे।

सुभाष बाबू ने एमिली को लिखा था कि वह अधिक काम के दबाव में हैं, इसीलिए पर्याप्त समय नहीं निकाल पा रहे हैं।

यह पत्र जल्दी में लिखा गया पत्र था : परंतु वह एमिली के लिए कुछ ख़ास तोहफ़ा भेजने से नहीं चूके थे। इसका उल्लेख उन्होंने पत्र में किया था :

'आज मैंने तुम्हारे लिए कुछ भेजा है।'

26 जून 1938 को सुभाष बाबू ने एमिली शेंकल को जो पत्र लिखा, उसमें उन्होंने बताया था कि 8 से 20 जून तक वह बंगाल के दूरस्थ इलाक़ों में घूमे हैं। उन्होंने सहजता से यह भी बताया :

'मेरे लिए एक दिन बहुत उत्तेजना का था जब कुछ लोगों ने हमारे जुलूस पर पत्थर और ईंटें फेंके। मुझे थोड़ी-सी चोट आई परंतु मैं अब ठीक हूँ।'

उन्होंने लिखा कि लगातार यात्रा करने के बावजूद वह काफ़ी स्वस्थ महसूस कर रहे थे। उन्होंने थोड़ा वज़न ज़रूर बढ़ा लिया था : जो उन्हें पसंद नहीं था। पत्र के अगले हिस्से में उन्होंने इस बात पर प्रसन्नता व्यक्त की थी कि एमिली अपने स्वास्थ्य का ध्यान रख रही थी, परंतु उन्होंने यह भी लिखा था कि अच्छे स्वास्थ्य को लेकर लिखी गई उसकी बातें पिछले पत्र की बातों से विरोधाभासी लगती थीं।

अपनी व्यस्तता के बारे में बताते हुए सुभाष बाबू का कहना था :

'जैसे ही मैं कलकत्ता पहुँचूँगा, मैं फिर से काम में जुट पड़ूँगा और मुझे पत्र-व्यवहार करने का कोई समय नहीं मिलेगा, इसलिए मैं ट्रेन में लिख रहा हूँ। इस पूरे साल के दौरान मुझे काफ़ी यात्रा करनी पड़ी है। कृपया मुझे समय-समय पर लिखते रहना, चाहे मैं नियमित रूप से तुम्हें नहीं लिख पाऊँ। अब मेरे पास एक सेक्रेटरी है जिसे जर्मन आती है। यदि तुम्हारे पास ख़ाली समय हो तो कृपया मुझे बताना क्योंकि मैं तुम्हें इस बात की सलाह दे सकता हूँ कि अपना समय उपयोगी ढंग से कैसे बिताया जा सकता है। क्या तुम अपनी जर्मन और इंग्लिश शॉर्टहैंड भूल गई हो?'

27 जून को कलकत्ता पहुँचते ही सुभाष बाबू को एमिली का 20 तारीख़ का लिखा पत्र मिला जिसमें उनके द्वारा भेजी गई धनराशि की विनिमय दर 18.45 शिलिंग्स बताई गई थी, जिसपर सुभाष बाबू ने आश्चर्य व्यक्त किया कि उन्हें विनिमय दर कम मिली है।

आठ जुलाई 1938 को लिखे पत्र में सुभाष बाबू ने एमिली से चर्चा की कि उन्हें काफ़ी दिन से एमिली का कोई पत्र नहीं मिला है परंतु उन्होंने एमिली को दोष देने की बजाय इसे अपनी भी कमी माना, क्योंकि वह इस अवधि में लगातार यात्राओं में रहे थे। पिछली चार जुलाई को उन्हें इनफ़्लुएंज़ा का अटैक हुआ था परंतु फिर भी आगंतुकों की कोई कमी न थी और उनके लिए समय निकाल पाना मुश्किल हो पा रहा था।

सुभाष बाबू ने एमिली को नियमित रूप से भेजे जाने के लिए 'आनंद बाज़ार पत्रिका' का शुल्क जमा करा दिया था, जिसका विवरण उन्होंने पत्र के साथ साझा किया था। इसके बाद उन्होंने एमिली के स्वास्थ्य पर चर्चा की और पूछा :

'अब तुम कैसी हो? क्या तुम डॉक्टर के पास गई थीं, जैसा कि तुमने बताया था?'

समाचारपत्रों में छपी ख़बरों के अनुसार सुभाष बाबू ने एमिली को लिखा था कि ऐसा लगता है कि ऑस्ट्रिया के लोग नई सरकार से असंतुष्ट हैं। यह पूरी तरह से असत्य भी हो सकता है क्योंकि हर चीज शांत दिखाई देती है।

अपने 38/2, एल्गिन रोड, कलकत्ता के पते से 14 जुलाई 1938 को भेजे गए पत्र में उन्होंने एमिली को लिखा था कि उसका छह तारीख़ का लिखा पत्र उन्हें

मिल गया था परंतु वह एक सप्ताह से इनफ़्लुएंज़ा से पीड़ित थे। वह 21 तारीख़ को कांग्रेस कार्यसमिति की बैठक में भाग लेने के लिए वर्धा के लिए निकल रहे थे और एक सप्ताह बाद लौटने का कार्यक्रम था। जर्मन जानने वाला उनका सेक्रेटरी चला गया था और उन्होंने उसकी जगह किसी नए व्यक्ति को तैनात किया था।

इस पत्र में सुभाष बाबू ने एमिली को यह काम भी सौंपा था कि वह स्थानीय प्रकाशक से जहाँ से उनके भाषणों और लेखों की श्रृंखला प्रकाशित हो रही थी, मूल प्रति लेकर उन्हें रजिस्टर्ड डाक से भेज दें। उन्होंने खेद प्रकट किया था कि इस काम के लिए उसे दिक़्क़त होगी, लेकिन यह उनके लिए सहायक काम सिद्ध होगा। उनके प्रकाशकों को इन लेखों और वक्तव्यों की ज़रूरत थी।

27 जुलाई 1938 को वर्धा से लिखे पत्र में सुभाष चंद्र बोस ने एमिली को अपने कार्यक्रम के विषय में लिखा था कि वह कलकत्ता से कार्यसमिति की बैठक में भाग लेने के लिए 21 तारीख़ को निकले थे और अब कल सवेरे वापस कलकत्ता के लिए निकल रहे हैं जहाँ वह 24 घंटे बाद पहुँच पाएँगे। उनका यह समय व्यस्त और चिंता भरा रहा था : उन्होंने ऐसा लिखा था।

सुभाष बाबू ने एमिली से अप्रसन्नता व्यक्त की थी कि वह हमेशा की तरह लापरवाह है और उसने अभी तक डॉक्टर को नहीं दिखाया है। उन्होंने क्रोधित होते हुए यहाँ तक लिख दिया था :

> 'जब तक तुम मुझे यह बात नहीं लिखोगी कि तुम डॉक्टर के पास गई हो और तुम्हारा इलाज चल रहा है, तब तक मैं तुम्हें फिर से पत्र नहीं भेजूँगा। जो समय तुम पत्र लिखने में व्यय करती हो, उस समय को डॉक्टर से मिलने में उपयोगी ढंग से ख़र्च कर सकती हो।'

सुभाष बाबू ने लिखा था कि वह ठीक हैं, बस उनके पास उससे अधिक काम है जितना वह सँभाल सकते हैं। उन्होंने एमिली को यह भी बताया कि उन्होंने अपने अंकल से जर्मनी में पत्र-व्यवहार कर कुछ टिकटों की व्यवस्था करने को कहा है।

सुभाष चंद्र बोस ने लिखा था :

> 'अब तुम्हारी माँ प्रसन्न और तुमपर गर्वित होती होंगी कि तुम काम कर रही हो। जर्मनी में मित्र को क्या कहते हैं ? मैं इस दोपहर में गाँधी जी को उनके आश्रम में मिलने गया था। वहाँ एक अँग्रेज़ व्यक्ति था जो संन्यासी बन गया है। वहाँ एक जर्मन महिला भी थी। उनकी अँग्रेज़ शिष्य मिस स्लेड या मीराबेन तो वहाँ थी ही।'

अंत में उन्होंने एमिली को जर्मन में एक पंक्ति लिखी थी जिसका हिंदी भावानुवाद हुआ, *'बहुत दिन हुए, मेरी नन्ही डार्लिंग!'*

तीन सितंबर 1938 को ट्रेन यात्रा के दौरान सुभाष बाबू ने एमिली को लिखा कि वह जो भी जर्मन जानते थे उसे लगभग भूल चुके हैं, तो क्या उन्हें कुछ पंक्तियाँ लिख भेजनी चाहिए। आगे का पत्र अधिकतर जर्मन भाषा में लिखा गया था : जिसके मुख्य अंशों के अनुसार उन्होंने सबसे पहले एमिली से इस बात की नाराज़गी व्यक्त की थी कि वह अपने स्वास्थ्य पर क्यों नहीं ध्यान देती है। पत्र के अंश के अनुसार,

'मैंने पहले सोचा... तुम अपने स्वास्थ्य के प्रति लापरवाह हो। मैं तुम्हें आज केवल एक बार लिख रहा हूँ। अगर तुम अपने डॉक्टर से मिलोगी तो मैं तुम्हें हमेशा प्रसन्नतापूर्वक लिखता रहूँगा। परंतु अगर तुम नहीं मिलीं तो जैसा कि मैंने तुम्हें पहले भी कहा था कि मैं तुमको फिर से नहीं लिखूँगा। मुझे दुःख होता है कि तुम्हारा स्वास्थ अच्छा नहीं है, यद्यपि मैं तुमसे बार-बार डॉक्टर से मिलने और पूरी तरह से स्वस्थ रहने के बारे में कह चुका हूँ।

आजकल मेरे पास अधिक काम है और पत्र-व्यवहार के लिए कोई समय नहीं बचता है। मैं अब वर्धा के रास्ते में हूँ और ट्रेन में बैठकर लिख रहा हूँ। मैं छह सितंबर को कलकत्ता वापस लौट आऊँगा और उसके बाद मद्रास के लंबे दौरे पर रहूँगा।

मुझे प्रसन्नता है कि तुम अब प्रति माह कुछ राशि कमा सकती हो। अगर तुम्हें किसी चीज़ की ज़रूरत हो तो कृपया मुझे लिखना।'

बंबई पहुँचने के बाद 13 अक्टूबर 1938 को सुभाष बाबू ने एमिली शेंकल को पत्र लिखकर उन्हें 16 सितंबर के उस पत्र के मिलने की प्रसन्नता भी दर्शायी, जो उन्हें तीन अक्टूबर को मिला था। एमिली से बहन और माता के विषय में जानकारी लेने के बाद उन्होंने अपने भ्रमण कार्यक्रम के विषय में बताया था। उन्होंने लिखा था कि उनका दक्षिण भारत का भ्रमण कार्यक्रम स्थगित हो गया है। इसके विपरीत उन्हें शिलांग (आसाम उत्तर-पूर्व) जाना पड़ेगा, और वहाँ से दिल्ली। बंबई से उनका 15 तारीख़ को नागपुर के रास्ते कलकत्ता जाने का प्रोग्राम था, जहाँ से फिर उन्हें शिलांग और तब दक्षिण भारत जाना था।

उन्होंने एक बार फिर एमिली को अपने स्वास्थ्य के प्रति सचेत रहने के लिए कहा और सड़क पार करते समय सावधानी बरतने का निर्देश दिया। उनका कहना था कि वह *'बहुत लापरवाह'* हैं।

वर्धा से सुभाष बाबू ने एमिली को 17 अक्टूबर 1938 को पत्र लिखा था। पत्र में उन्होंने एमिली को बताया था कि वह कलकत्ता के रास्ते में हैं परंतु वह रास्ते में भी भ्रमण करते और भाषण देते हुए चल रहे हैं। इस पत्र में उन्होंने लिखा :

'मैं दो बार बीमार पड़ा— एक बार कानपुर में 23 सितंबर को और दोबारा पाँच अक्टूबर को बंबई में। मैं एक विशेष जहाज़ से कलकत्ता से दिल्ली जा रहा था और कानपुर में रुका, जहाँ मुझे रास्ते में बुख़ार हो गया। ठीक होने के बाद मैं फिर से जहाज़ से दिल्ली आया। दिल्ली से मैं पाँच अक्टूबर को बंबई के लिए चला लेकिन वहाँ बीमार हो गया। अब मैं ठीक हूँ। कलकत्ता से मैं आसाम की राजधानी शिलांग जाऊँगा। शिलांग से वापस आने के बाद मैं एक और लंबे भ्रमण पर निकल लूँगा। मैं अभी तक दक्षिण भारत नहीं गया हूँ, उसके कई कारण हैं।'

आगे उन्होंने जर्मन में लिखा था :

'मुझे कभी-कभी जर्मन में लिखा करो।'

उन्होंने एमिली को सलाह दी थी कि वह अपने स्वास्थ्य को ध्यान में रखते हुए अधिक काम करने से बचे। उन्होंने यह भी पूछा कि क्या उसने डॉक्टर को दिखा लिया था। पत्र की आख़िरी पंक्तियों में उन्होंने भावुक होकर जर्मन में लिखा था :

'मैं कभी-कभी बिलकुल अकेला महसूस करता हूँ, हालाँकि मैं दिन-रात कठिन परिश्रम करता हूँ। जीवन मेरे लिए कठिन है परंतु मैं इसमें क्या कर सकता हूँ?'

सुभाष चंद्र बोस का एमिली को लिखा गया अगला पत्र लखनऊ के रास्ते से 19 नवंबर 1938 को लिखा गया था। इस पत्र में उन्होंने क्षमा याचना की थी कि उन्हें पत्र लिखने में काफ़ी विलंब हुआ है। उन्होंने लिखा :

'मुझे यह जानकर प्रसन्नता हुई कि तुम अपने स्वास्थ्य पर काफ़ी ध्यान दे रही हो। कृपया मुझे बताएँ कि तुम अस्पताल से वापस आकर कैसा महसूस कर रही हो। यह अच्छी बात नहीं है कि तुम इन दिनों काफ़ी थकी-थकी महसूस करती हो।

क्या तुम्हें समाचारपत्र नियमित रूप से मिलते हैं? लगभग एक महीने पहले मैंने पत्रिका का शुल्क छह माह के लिए बढ़वा दिया था। ओरिएंट का क्या हुआ? क्या यह तुम्हें नियमित मिलती है? क्या इसे जारी रखना ज़रूरी है? यदि ऐसा हो, तो मुझे अवश्य बताना।

मैं अब लखनऊ के लिए जा रहा हूँ और वहाँ से कानपुर जाऊँगा। मुझे उम्मीद है कि वहाँ मेरी कटियार से भेंट होगी। उसके बाद मैं लाहौर जाऊँगा। फिर मुझे एक संक्षिप्त समय के लिए कलकत्ता लौटना है। कलकत्ता से मैं वर्धा जाऊँगा और वहाँ से दक्षिण भारत। दक्षिण भारत का भ्रमण कार्यक्रम लंबे समय से टलता आ रहा है। मैं कलकत्ता में दिसंबर के पहले सप्ताह में रहूँगा, आठ दिसंबर से वर्धा में और उसके बाद दक्षिण भारत में।'

छह दिसंबर 1938 को जोधपुर से लिख भेजे गए पत्र में सुभाष चंद्र बोस ने एमिली को अपनी गतिविधियों के बारे में व्यापक रूप से बताया था। उन्होंने लिखा था कि वह पिछले महीने के मध्य से उत्तरी भारत अर्थात उत्तर प्रदेश, पंजाब और सिंध में लगातार भ्रमण पर रहे थे। इसी पत्र में उन्होंने एमिली को क्रिसमस उत्सव और नववर्ष की शुभकामनाएँ और बधाइयाँ दी थीं।

सुभाष बाबू ने एमिली के बुख़ार के चार्ट को पढ़कर चिंता प्रकट करते हुए उन्हें प्रोफ़ेसर विल्हेम न्यूमैन को फेफड़ों की जाँच के लिए दिखाने की सलाह दी थी। उनका कहना था कि यह डॉक्टर फेफड़ों के मामले में, एक बेहतरीन डॉक्टर हैं और इस मामले की अनदेखी नहीं की जानी चाहिए।

उन्होंने एमिली को यह भी कहा था कि वह उसके स्वास्थ्य को लेकर काफ़ी चिंतित हैं और इस संबंध में हर जानकारी प्राप्त करना चाहेंगे।

10. कांग्रेस अध्यक्ष पद पर पुनः निर्वाचन की चर्चा

यह वही पत्र था जिसमें सुभाष बाबू ने भारतीय राष्ट्रीय कांग्रेस के अध्यक्ष पद के पुनः निर्वाचन के संबंध में भी एमिली शेंकल को बताया था। उन्होंने लिखा था :

> 'यह संदेहास्पद है कि अगले वर्ष अध्यक्ष के पद पर फिर से चुना जाऊँगा। बहुत से लोग मुझसे ईर्ष्या रखते हैं।'

इतना लिखने के बाद सुभाष बाबू ने फिर से जर्मन में एक पंक्ति लिखकर एमिली को अपने दिल की भावनाओं से अवगत कराते हुए लिखा था, *'हार्दिक शुभकामनाएँ, प्रिये!'*

पत्र में उन्होंने यह भी लिखा था कि लगातार यात्रा और भाषण देने के तनाव के बावजूद भी वह ठीक हैं।

वर्धा जाने के लिए अपनी ट्रेन यात्रा में 10 दिसंबर 1938 को सुभाष चंद्र बोस ने एमिली को जो पत्र लिखा था उसमें उल्लेख किया गया था कि वह चार या पाँच दिन तक वर्धा में रुकेंगे और उसके बाद बंबई जाएँगे। तत्पश्चात उन्हें दो सप्ताह के लिए मद्रास प्रेसिडेंसी का दौरा करना था। उन्होंने इस बात के लिए भी प्रसन्नता व्यक्त की थी कि एमिली अस्पताल से घर आ गई थी। उन्होंने एमिली के ऑपरेशन के विषय में जानकारी प्राप्त करनी चाही थी। वह जानना चाहते थे कि किस डॉक्टर ने उनका ऑपरेशन किया और क्या उनके गॉल ब्लैडर को निकाला गया था? उन्हें एमिली के फेफड़ों की भी चिंता थी। सुभाष बाबू का कहना था कि एमिली को

सप्ताह में एक बार अपने फेफड़ों का परीक्षण कराते रहना चाहिए।

अपने दौरों के विषय में बताते हुए उन्होंने लिखा था :

'इस बार मैंने संयुक्त प्रांत, पंजाब और सिंध का दौरा किया है। कभी-कभी मुझे एक दिन में 10 बार भाषण देने होते हैं। फिर भी मैं स्वस्थ हूँ। सर्दी का मौसम सहन किए जाने योग्य होता है और इसलिए मैं कठिन काम कर पाता हूँ।'

इस पत्र में भी एमिली शेंकल को अपने कांग्रेस अध्यक्ष के चुनाव के विषय में अपडेट देते हुए सुभाष बाबू ने लिखा था :

'अध्यक्ष पद पर मेरे पुनः निर्वाचन का कुछ विरोध है; मुझे नहीं पता कि क्या होना है। जैसा भी हो मुझे फ़रवरी के अंत तक काफ़ी कठिन काम करना होगा।'

26 दिसंबर 1938 को एमिली शेंकल को भेजे गए पत्र में उन्होंने 24 तारीख़ को मिले उसके पत्र का ज़िक्र करते हुए शुरुआत की थी। जिस दिन वह पत्र लिखा गया, संयोग से वह एमिली का जन्मदिन था। इसलिए उन्होंने अवसर का उपयोग करते हुए लिखा :

'आज तुम्हारा जन्मदिन है। मैं कामना करता हूँ कि संसार में तुम्हें सर्वश्रेष्ठ हासिल हो और प्रार्थना है कि तुम्हें मानवता की सेवा के काम करने से ख़ुशियाँ और शांति मिले तथा तुम्हारे हृदय की इच्छाएँ पूरी हों।'

सुभाष बाबू ने वर्धा के लिए निकलने का ज़िक्र करते हुए कहा कि वह वहाँ से मद्रास जाएँगे और दक्षिण भारत के सफ़र पर निकल पड़ेंगे। उन्होंने इस बात के लिए फिर खेद प्रकट किया कि वह लंबे समय से लिखने का समय नहीं निकाल पाए हैं, परंतु वह उसके पत्र का प्रतिदिन इंतज़ार किया करते हैं।

नव वर्ष की बधाई देते हुए सुभाष बाबू ने यह जानने की इच्छा व्यक्त की थी कि एमिली यह नया दिन कैसे मनाएगी? पत्र के साथ क्रिसमस कार्ड भी संलग्न था, जिसपर संभवतः चाँद बीबी, जो बीजापुर की रानी रही थी, का चित्र बना था।

उन्होंने वर्धा पहुँचकर चार जनवरी 1939 को एमिली को पत्र लिखा था। इस पत्र में उन्होंने अपने कार्यक्रम में बदलाव का ज़िक्र किया जो उनके बीमार होने के कारण हुआ था। इस बार उन्हें नाक और गले की समस्या ने पीड़ित किया हुआ था। उन्हें चेहरे पर भी दर्द था और तेज़ ज्वर बना हुआ था। कांग्रेस अध्यक्ष पद के

चुनाव के लिए उन्होंने इस पत्र में जो चर्चा की थी वह इस प्रकार थी :

'यद्यपि लोगों के मन में मुझे फिर से अध्यक्ष पद पर निर्वाचित किए जाने की एक सामान्य इच्छा बनी हुई है, परंतु मुझे नहीं लगता है कि मैं फिर से अध्यक्ष बन पाऊँगा। कुछ लोग गाँधी जी से यह कहा करते हैं कि इस बार एक मुस्लिम को अध्यक्ष बनाना चाहिए, और यही उनकी भी सोच है परंतु मैंने अब तक उनसे इस विषय पर बात नहीं की है। एक तरह से मेरा फिर से अध्यक्ष नहीं बनना अच्छा ही होगा। तब मैं और मुक्त रहूँगा। चुनाव महीने के आख़िर में होगा।'

पत्र के अगले पैराग्राफ़ में सुभाष चंद्र बोस ने जर्मन में लिखा था :

'और तुम कैसी हो, मेरी प्रियतम ? मैं हमेशा, दिन और रात तुम्हारे लिए ही सोचा करता हूँ।'

एमिली शेंकल को सुभाष चंद्र बोस का अगला पत्र 11 फ़रवरी 1939 का लिखा हुआ है, जब तक कांग्रेस अध्यक्ष के चुनाव का निर्णय आ चुका था। इस संबंध में उन्होंने विवरण देते हुए एमिली को लिखा था :

'मुझे खेद है कि मैं तुम्हें लंबे समय से नहीं लिख पाया। कृपया मुझे क्षमा करना, क्योंकि मैं इन दिनों व्यस्त रहा हूँ। मैं अगले एक साल के लिए फिर से कांग्रेस का अध्यक्ष चुन लिया गया हूँ। महात्मा गाँधी और उनके सहयोगियों ने मेरा विरोध किया और पंडित नेहरू उदासीन बने रहे। इस चुनाव का परिणाम मेरे लिए एक बड़ी विजय है। पूरा देश इस चुनाव को लेकर उत्साह में था, परंतु मेरे कंधों पर एक बड़ी ज़िम्मेदारी आ पड़ी है। मेरा काम अब अधिक बढ़ गया है और मैं इसे बमुश्किल सँभाल पा रहा हूँ।

तुम्हें मेरे फिर से निर्वाचन की ख़बर कहाँ से और कब मिली ? मुझे लगता है कि यह ख़बर यूरोप के सभी समाचारपत्रों को केबल के माध्यम से भेजी गई थी। इंग्लैंड में रहने वाला मेरा भतीजा इस ख़बर को अगले सवेरे— 30 जनवरी को ही जान गया था। क्या तुम्हें मेरी विजय से आनंदित होने की अनुभूति हुई है ?'

इस पत्र में सुभाष बाबू ने 15 दिनों, ख़ासतौर से दिसंबर और जनवरी के आरंभ में रही अपनी गले और नाक की बीमारी के विषय में बताते हुए लिखा था कि अब

वह ठीक हैं। उन्होंने एमिली द्वारा भेजे गए क्रिसमस भेंट के लिए धन्यवाद देते हुए खेद प्रकट किया था कि वह उन्हें इसलिए कुछ नहीं भेज पाए कि गत वर्ष उनको ड्यूटी के रूप में काफ़ी धनराशि चुकानी पड़ती। उन्होंने एमिली से पूछा था कि क्या वह कोई ऐसी व्यवस्था करा सकती हैं जहाँ उनको भेजे जाने वाले सामान पर अग्रिम रूप से ड्यूटी चुकाई जा सके, ताकि उन्हें प्राप्त होते समय किसी प्रकार की कोई ड्यूटी न देनी पड़े। अगर ऐसा होता है तो सुभाष बाबू उन्हें कुछ भेजना चाहते थे।

अगले ही पैराग्राफ़ में उन्होंने एमिली से उसकी सही जन्मतिथि, जन्म स्थल और समय की जानकारी प्राप्त करनी चाही थी।

पत्र के अंतिम प्रस्तर में सुभाष बाबू ने लिखा था कि उनका यह पत्र एमिली के पिछले तीन पत्रों के जवाब में लिखा गया है। पत्र की जर्मन में लिखी अंतिम पंक्तियाँ हमेशा की तरह उनकी व्यक्तिगत अनुभूति को दर्शाती थीं :

'ढेर सारा प्यार और हार्दिक शुभकामनाएँ!'

11. पत्रों में विलंब और कांग्रेस अध्यक्ष पद की राजनीति

19 अप्रैल 1939 को सुभाष चंद्र बोस ने एमिली को जो पत्र लिखा वह निश्चित रूप से पिछले पत्र की अपेक्षा विलंब से लिखा गया था। इसीलिए उन्होंने पत्र की शुरुआत में ही लिखा था :

'न जाने कितना समय बीत गया है जबसे मैंने तुम्हें लिखा नहीं। मैं इस बात पर चकित होता हूँ कि तुम मेरे बारे में आजकल पत्रों का उत्तर देने को लेकर जाने क्या सोच रही होगी। मैं भविष्य में तुम्हें और नियमित रूप से लिखने का वादा करता हूँ। मुझे तब शिकायत करनी पड़ेगी कि तुम मुझे इतनी नियमितता से नहीं लिखती, जैसे पहले लिखा करती थी।

मैं 15 फ़रवरी से बीमार हूँ। ऐसी देर तक चलने वाली गंभीर बीमारी मेरे साथ बरसों से नहीं हुई। केवल अब जाकर मैं ठीक हो रहा हूँ। मैं कलकत्ता के लिए 21 तारीख़ को निकलूँगा। मेरी बीमारी के दिनों में ही मैं त्रिपुरी में कांग्रेस के वार्षिक अधिवेशन के लिए गया, जहाँ मुझे अध्यक्षता करनी थी परंतु इसके कारण मेरी बीमारी और बढ़ गई। त्रिपुरी कांग्रेस के बाद मैं बिहार प्रांत की इस जगह पर आकर अपने एक भाई के साथ रुका हुआ हूँ परंतु जैसे ही मैं कलकत्ता पहुँचूँगा मुझे फिर से कठिन काम में जुट जाना होगा।

क्या तुम्हें अब पत्रिका मिलती है? क्या तुम्हें इसे पढ़ने का समय मिल

पाता है? यदि हाँ, तो अब तुम्हें इसमें महत्वपूर्ण समाचार मिला करेंगे। कृपया मुझे बताना जब इसका शुल्क नवीनीकरण करना हो।

संभवत: तुम यह जानती होगी कि गाँधी वर्ग के विरोध के बावजूद मुझे दोबारा अध्यक्ष चुन लिया गया है। वह इस बात से झुँझलाए हुए हैं कि मैंने उनके प्रत्याशी को हरा दिया। गाँधी जी ने स्वयं कहा है कि मेरी विजय उनकी पराजय है। चुनाव के समय से मुझे गाँधी समूह के लोगों से बड़ी समस्या रही है और यह दिक़्क़त अभी तक दूर नहीं हो सकी है। मेरे अध्यक्ष पद पर चुने जाने के बाद से कांग्रेस के भीतर अंतर्विरोध है और यह सब गाँधी ग्रुप का कराया हुआ है।

तुम्हें यह जानने में रुचि होगी कि भारत सरकार ने मेरी किताब 'द इंडियन स्ट्रगल' पर प्रतिबंध हटा लिया है। इसलिए अब यह किताब भारत आ सकती है।

अब तुम्हारा स्वास्थ्य कैसा है? ऑपरेशन के बाद क्या तुम स्वस्थ महसूस कर रही हो? क्या तुम्हें परिवर्तन से अच्छा लग रहा है? आजकल तुम्हारा प्रतिदिन का काम कैसा है? तुम अपना बाक़ी समय कैसे बिताती हो? क्या तुम्हारे कोई मित्र हैं?

मैं आशा करता हूँ कि मैं स्वास्थ्य लाभ के लिए बदस्तान जाऊँ, परंतु मुझे नहीं लगता कि मैं वहाँ जाने के लिए समय और धनराशि की व्यवस्था कर पाऊँगा।'

औपचारिकता और विभिन्न जानकारियों के बाद सुभाष बाबू ने पत्र के अगले हिस्से में जर्मनी में लिखा था :

'कृपया मुझे क्षमा करना कि मैं तुम्हें लिख नहीं पाया, परंतु मैं पहले की तरह तुम्हें हर दिन याद किया करता हूँ। क्या तुम भी मेरे विषय में सोचा करती हो? सच में?'

अगले ही वाक्य में उन्होंने लिखा :

'तो अब तुम्हें समझ आ गया होगा कि मैं जर्मन भाषा पूरी तरह नहीं भूला हूँ, हालाँकि मेरे पास कभी लिखने और पढ़ने का समय नहीं होता।'

पिछले कुछ पत्रों की तरह इस पत्र में भी उन्होंने एमिली को अपने प्रेमल मन की अभिव्यक्ति भी लिख भेजी थी। उन्होंने एमिली के स्वास्थ्य के प्रति चिंता

जताते हुए संदेह ज़ाहिर किया था कि शायद शरीर में उत्पन्न रोगों का कारण उनमें आयोडीन की कमी थी। इसके लिए उन्हें चिकित्सक से सलाह लेकर इलाज कराना चाहिए।

14 मई 1939 के पत्र में इस बात के लिए क्षमा याचना की गई थी कि वह समय से नहीं लिख पाए थे। ऐसा उनके व्यस्त कार्यक्रम के कारण हुआ था। उन्होंने अपने कार्यक्रमों के विवरण देकर भी ऐसा सिद्ध करने का प्रयास किया था।

तब तक सुभाष बाबू कांग्रेस अध्यक्ष पद से त्यागपत्र दे चुके थे। इस संबंध में उन्होंने पत्र में लिखा :

> 'अब तक तुमने सुन लिया होगा कि मैंने कांग्रेस के अध्यक्ष पद से त्यागपत्र दे दिया है क्योंकि मैं महात्मा गाँधी और उनके रूढ़ीवादी अनुयायियों के साथ अपनी सहमति नहीं रख सकता। हुआ यह कि यद्यपि कांग्रेस के 3000 प्रतिनिधियों में से मेरे पास बहुमत था। मेरे पास अखिल भारतीय कांग्रेस कार्यसमिति के 400 सदस्यों का बहुमत नहीं था। अखिल भारतीय कांग्रेस समिति का कार्यकाल 12 महीने है।
>
> त्यागपत्र देकर मैंने कुछ खोया नहीं है। वास्तविकता यह है कि अब मैं और अधिक लोकप्रिय हो गया हूँ।'

सुभाष बाबू ने एमिली की म्यूनिख जाने की सलाह के संबंध में चर्चा करते हुए पत्र में लिखा था :

> 'तुम्हारे म्यूनिख में जाने के विषय में मुख्य बिंदु यह है कि उस सेवा में तुम्हारे भविष्य की क्या संभावनाएँ दिखाई देती हैं। वर्तमान में तुम्हें म्यूनिख में अधिक नहीं मिल पाएगा, बल्कि अगर देखा जाए तो वास्तव में तुम वियना से बुरी स्थिति में आ जाओगी। विएना में तुम्हारे पास फ़्लैट है और तुम अपने परिवार से कई बातें साझा कर सकती हो। म्यूनिख में तुम्हें हर चीज़ का अलग से भुगतान करना होगा। अब तुम्हें सोचना होगा कि क्या तुम म्यूनिख में और अधिक प्राप्त कर सकोगी या विएना में रहकर। तुम्हारे भविष्य की संभावनाओं को देखते हुए तुम्हें निर्णय लेना चाहिए कि तुमको म्यूनिख जाना है, अथवा नहीं। अगर म्यूनिख में भविष्य की संभावनाएँ बेहतर हैं, तो तुम वहाँ जा सकती हो अन्यथा तुम्हें विएना में ही रहना चाहिए।'

सुभाष बाबू ने लाहौर के लिए जाते समय 15 जून 1939[29] को ट्रेन से एमिली को पत्र लिखा जिसमें उन्होंने बताया था कि वह लाहौर से पेशावर जाएँगे और वहाँ से बंबई। बंबई में कुछ दिन रहकर उन्हें दक्षिण भारत के लिए निकलना था। उनकी कलकत्ता वापसी 08 या 10 जुलाई को संभावित थी। इस बार फिर से उन्होंने वादा किया था कि वह भविष्य में एमिली को नियमित रूप से लिखते रहेंगे। उन्होंने एमिली से भी उम्मीद की थी कि वह भी उनके लिए समय निकालकर पत्र लिखती रहेगी।

अपने त्यागपत्र के संबंध में सुभाष बाबू ने फिर लिखा था :

'मेरा इस्तीफ़ा मेरे निर्णय के रूप में एक मात्र सही क़दम था। इस क़दम ने मुझे कई इलाक़ों (जैसे बंगाल) में और प्रगतिशील विचारधारा के लोगों के मध्य लोकप्रिय बना दिया है, परंतु गाँधीवादी लोग स्वाभाविक रूप से मुझसे नाराज़ हो गए हैं। लेकिन इससे फ़र्क़ नहीं पड़ता। मेरे पास फिर भी पहले से कहीं अधिक काम है। मैं अब कांग्रेस में रहकर ही एक नए ब्लॉक का संचालन कर रहा हूँ, जिसे 'फ़ॉरवर्ड ब्लॉक' का नाम दिया गया है और जिसमें आमूलचूल परिवर्तन करने वाले तथा प्रगतिशील तत्व रहेंगे। इसके लिए मुझे कठिन परिश्रम करना होगा और अधिक भ्रमण की आवश्यकता पड़ेगी।

भारत एक विचित्र भूमि है जहाँ लोगों को इसलिए प्यार किया जाता है क्योंकि उनके पास शक्ति नहीं है बल्कि उन्होंने शक्ति का त्याग कर दिया है। उदाहरण के लिए इस बार मुझे लाहौर में अपेक्षाकृत अधिक गर्मजोशी का स्वागत मिला, बनिस्बत उसके जब मैं वहाँ पिछले साल कांग्रेस अध्यक्ष के रूप में गया था।'

सुभाष बाबू ने एमिली को 21 जून 1939 को देरी से पत्र लिखने पर खेद प्रकट किया था और बताया था कि वह लाहौर तथा पेशावर की यात्राएँ ख़त्म कर बंबई के लिए जा रहे हैं। उन्होंने एक निजी घटना का उल्लेख करते हुए लिखा था :

'लाहौर में मेरी जेब काट ली गई। मैं वहाँ जब एक बड़ी भीड़ के बीच में था, एक चोर ने मेरी जेब काट दी और कुछ धनराशि तथा पत्र चुरा लिए। इन पत्रों में तुम्हारे पत्र और कुछ फ़ोटोग्राफ़ भी थे। मुझे खेद है। यदि संभव हो तो मुझे अपना एक पोस्टकार्ड आकार का फ़ोटो भेज दो।

29. -do- pg 212-213.

तुमने मुझे कुछ महीने पहले दो पोस्टकार्ड साइज़ के फ़ोटो भेजे थे। काफ़ी दिन तक मेरे पास रहने के बाद यह फ़ोटोग्राफ़्स मेरे पास से चले गए हैं।'

इन दिनों सुभाष चंद्र बोस कई तरह के तनाव से गुज़र रहे थे। इस बात का उल्लेख उन्होंने अपने इस पत्र में एमिली को इस प्रकार से किया था :

'मैं गंभीर शारीरिक तनाव से गुज़र रहा हूँ। मुझे खेद है कि मैं अब आराम नहीं कर सकता क्योंकि यह काम करने का समय है, यद्यपि स्वास्थ्य के रूप से मुझे अब परिवर्तन पर ध्यान देना चाहिए। मैं अब जून और जुलाई में काम करने तथा फिर अगस्त में आराम करने की सोच रहा हूँ।'

आगे उन्होंने जर्मन में लिखा था :

'कृपया अगस्त तक प्रतीक्षा करना, संभवतः मैं तब बदमस्तगीन में आऊँ। यदि मैं वहाँ रहूँ तब तुम्हें भी आना चाहिए। क्या तुम आओगी?'

उन्होंने यह भी लिखा :

'मेरे पास अब जर्मन पढ़ने का कोई समय नहीं है। क्या तुम भारतीय अख़बारों को पढ़ती हो? तुम्हें पढ़ना चाहिए। क्या तुमने भगवत गीता पढ़ी है?'

यह सुभाष बाबू का वह पत्र भी था जिसमें उन्होंने पहली बार पत्र समाप्ति से पहले एमिली को जर्मन में लिखकर पूछा था :

'तुम भारत कब आओगी? तुम और तुम्हारी माँ कैसी हैं? ढेर सारा प्यार और शुभकामनाओं के साथ।'

चार जुलाई 1939 को जबलपुर से एमिली को लिखे पत्र में सुभाष चंद्र बोस ने उनके 23 जून के पत्र का बंबई में मिलने का ज़िक्र किया था। उन्होंने लिखा :

'अगले कुछ सप्ताह मैं लगातार भ्रमण पर रहूँगा। मेरा स्वास्थ्य अभी भी ठीक नहीं है और मैं कमज़ोर हो गया हूँ, परंतु जनता में इतना उत्साह है कि मुझे अपने स्वास्थ्य की परवाह किए बिना काम करना ही चाहिए। अब हम कांग्रेस के भीतर एक नया दल गठित कर रहे हैं— फ़ॉरवर्ड ब्लॉक। मैं हर जगह समर्थन पा रहा हूँ। मैं अब सोचता हूँ कि मुझे एक महीना और काम करना चाहिए, उसके बाद कम-से-कम एक महीने के लिए आराम करना चाहिए। उदाहरण के तौर पर यदि मैं 15 अगस्त से 15 सितंबर तक के बीच आराम करता हूँ तो मैं फिर से साल के आख़िर

तक काम करने में सक्षम हो जाऊँगा। इसलिए अब मैं तुम्हें पहले की तरह अधिक नियमितता से लिखूँगा। मेरा आख़िरी पत्र तुम्हें 21 जून को लिखा गया था जो मैंने बंबई से पोस्ट किया था। वह अब तक तुम्हें मिल गया होगा।

मैं यह जानकर प्रसन्न हूँ कि तुम कुल मिलाकर अच्छी हो। मुझे आशा है कि ऑपरेशन के जो प्रभाव रहे थे, तुम उनसे मुक्त हो चुकी होगी। मुझे लगता है कि तुम्हें एक बार बदमस्तगीन में इलाज कराना चाहिए। इससे तुम्हें फिर से अच्छा होने का एहसास आएगा। मुझे उम्मीद है कि तुम्हारी गॉल ब्लैडर की समस्या फिर से नहीं उभरी होगी। यदि ऐसा हुआ हो तो तुम्हें बदमस्तगीन जाना चाहिए। तुम्हें वहाँ जाना हो तो उसका सबसे अच्छा समय संभवत: अगस्त अथवा सितंबर में है जब न ज़्यादा गर्मी होती है और न ही ठंडक।'

छह जुलाई 1939 को सुभाष बाबू ने एमिली को ट्रेन से तब पत्र लिखा था, जब वह जबलपुर से अपना काम ख़त्म कर वापस बंबई लौट रहे थे। इस पत्र में उन्होंने लिखा था कि वह कम-से-कम एक महीने की छुट्टियाँ करना चाहते हैं, परंतु उन्हें नहीं पता कि वे कब से शुरू होंगी। यद्यपि वह मध्य अगस्त से यह अवकाश लेने की इच्छा रखते थे। उनका सोचना था कि इससे पूर्व छुट्टियों का सोचना संभव ही न था।

उन्होंने एमिली को लिखा कि यात्राओं और भागदौड़ भरी ज़िंदगी के बावजूद वह बेहतर थे। अगली ही पंक्ति में उन्होंने एमिली को जर्मन भाषा में अपने दिल के क़रीब वाली वह चिर-परिचित पंक्ति लिखी :

'मैं हर समय तुम्हारे विषय में ही सोचा करता हूँ। हमेशा की तरह तुम्हें बहुत सारा प्यार।'

12. ओरलैंडो मेजोटा के छद्म नाम से

सुभाष चंद्र बोस का अगला पत्र तीन अप्रैल 1941 का था, जो उन्होंने बर्लिन से लिखा था। परंतु हमारे पास छह जुलाई 1939 से इस पत्र के लिखे जाने के बीच के पत्र उपलब्ध नहीं हैं, इसलिए एमिली के साथ चर्चा में रहे उस अवधि के कतिपय घटनाक्रमों पर चर्चा नहीं की जा सकती। इस अवधि की गतिविधियों में उनके लिखे पत्रों का पुलिंदा ब्रिटिश अफ़सरों ने एमिली के घर से ज़ब्त कर लिया था।

अचानक बर्लिन से लिखे इस पत्र में सुभाष बाबू ने एमिली को लिखा था :

'तुम्हें मेरा यह पत्र पाकर आश्चर्य हुआ होगा, और यह जानकर और भी आश्चर्य होगा कि मैं यह पत्र बर्लिन से लिख रहा हूँ। मैं कल दोपहर बाद बर्लिन आ गया था और तुमको तत्काल ही लिखता, परंतु मैं शाम तक व्यस्त बना रहा। यहाँ के सभी होटल भरे हुए थे, और मुश्किल से मेरे लिए एक कमरे की व्यवस्था हो पाई।

मेरा आगे का कार्यक्रम निर्धारित नहीं है, पर संभावनाएँ हैं कि बर्लिन मेरा मुख़यालय रहेगा। मैं नहीं जानता कि मैं विएना आ पाऊँगा अथवा नहीं। इसलिए तुम्हें मुझसे मिलने के लिए बर्लिन आना होगा। क्या तुम आ सकती हो? तुम समझ सकती हो कि मैं तुमसे मिलकर कितना प्रसन्न होऊँगा।

संभव है कि मुझे यहाँ पर एक सेक्रेटरी की ज़रूरत पड़े। यदि ऐसा होगा तो क्या तुम यहाँ आओगी? क्या तुम्हारी माँ और बहन इस बात के लिए

तैयार होंगी?

मेरा पासपोर्ट मेरे नाम से नहीं है बल्कि ओरलैंडो मेजोटा के नाम से है। इसलिए जब तुम लिखो तो तुम मुझे ओरलैंडो मेजोटा के नाम से ही संबोधित करो। कृपया इस बात को कड़ाई से गोपनीय रखो कि मैं यहाँ पर आया हुआ हूँ। लेकिन तुम इस संबंध में अपनी माता और बहन को बता सकती हो, बशर्ते कि वे लोग इस विषय में किसी अन्य से बात न करें।

कृपया मुझे लौटती डाक से यह बताओ : 1. यदि मुझे यहाँ पर एक सेक्रेटरी की ज़रूरत पड़ती है तो क्या तुम यहाँ पर मेरी सेक्रेटरी के रूप में काम कर सकती हो? 2. तुम्हें बर्लिन आने के लिए कितनी तनख़्वाह की ज़रूरत होगी? 3. तुम फ़िलहाल कितनी तनख़्वाह पा रही हो? 4. तुम किस ब्यूरो में काम कर रही हो और वहाँ कार्य अवधि के कितने घंटे हैं? 5. क्या तुमने अपना टेलीफ़ोन अभी भी रखा हुआ है? और यदि ऐसा है तो क्या उसका वही पुराना नंबर है? 6. क्या तुम ब्यूरो से एक अल्प अवधि का अवकाश ले सकती हो ताकि तुम बर्लिन आकर मिल सको? यदि तुम आओगी तो क्या तुम अपने आने-जाने का ख़र्चा और यहाँ रहने का एक सप्ताह का व्यय उठा पाओगी? क्या तुम बर्लिन में ऐसी कोई जगह जानती हो जहाँ तुम रुक सको या फिर मुझे बर्लिन में तुम्हारे लिए जगह की व्यवस्था करनी होगी? मैं तुमसे यह छठा प्रश्न इसलिए पूछ रहा हूँ कि कभी ऐसा हो कि हम मिल न सकें।

पुनश्चः यदि तुम बर्लिन के एक सप्ताह के दौरे का ख़र्चा नहीं उठा पाओ तो क्या तुम फ़िलहाल के लिए कोई धनराशि उधार लेकर आ सकती हो? क्या युद्ध की स्थिति के कारण सरकार ने यात्राओं पर कोई प्रतिबंध लगाए हुए हैं?...'

तीन अप्रैल को ही एमिली शेंकल को एक टेलीग्राम भेजने का विवरण मिला है, जिसमें जर्मनी में लिखे गए संदेश में बताया गया था कि बोस अब बर्लिन में हैं और वह आपको तत्काल यहाँ बुलाना चाहते हैं। पुष्टि कीजिए।

इसके बाद फिर से एमिली और सुभाष बाबू के पत्र-व्यवहार में एक व्यवधान दिखता है, परंतु वह रुकावट इसलिए प्रतीत होती है कि उस अवधि के पत्रों अथवा टेलीग्राम की प्रतियाँ उपलब्ध नहीं हैं। तीन अप्रैल 1941 के बाद का जो पत्र है वह

एक साल से भी अधिक की अवधि के बाद सुभाष चंद्र बोस ने 17 जून 1942 को एमिली को लिखा था। इस पत्र का आरंभ उन्होंने एमिली के स्वास्थ्य की जानकारी लेने के लिए किया और संक्षेप में किसी मित्र का परिचय देते हुए, उसे विश्वसनीय बताते हुए उस मित्र से बातचीत करने को कहा था।

बाद में 8 जुलाई 1942, और एक सितंबर 1942 के दो औपचारिक टेलीग्राम भी उपलब्ध हैं परंतु उनमें किसी विषय पर चर्चा नहीं है।

15 सितंबर 1942, 26 सितंबर सन् 1942 का एक पत्र और एक टेलीग्राम के साथ उनके बाद की तिथि का एक पत्र भी अभिलेखों में मिला है परंतु वे सब भी औपचारिक प्रकृति के हैं। इनमें अंतिम पत्र में उन्होंने लिखा था कि वह अगले सप्ताह के आसपास, अर्थात अक्टूबर के माह में रोम जा सकते हैं। फिर 6 अक्टूबर और 21 अक्टूबर के दो पत्रों के विवरण उपलब्ध हैं लेकिन कोई उल्लेखनीय चर्चा नहीं हुई है।

सुभाष बाबू के एमिली को लिखे गए अंतिम पत्रों में विस्तार से कोई विवरण नहीं मिलता। कई बार तो केवल रेडियोग्राम के माध्यम से सूचना दी जाती है। उनके अंतिम पत्रों के पुलिंदे में किसी लेख का संदर्भ है जिसे एमिली को अँग्रेज़ी से जर्मन में अनुवाद करने के लिए दिया गया था। उस लेख की प्रकृति के विषय में भी कोई विशिष्ट जानकारी नहीं मिलती है।

13. भाई के नाम महत्त्वपूर्ण पत्र

यह जानना महत्वपूर्ण था कि सुभाष चंद्र बोस ने आठ फ़रवरी 1943 को बांग्ला भाषा में अपने बड़े भाई शरत चंद्र बोस को एक पत्र लिखकर सीलबंद लिफ़ाफ़े में एमिली को सौंपा था। सुभाष बाबू अपने भाई शरत से निकट थे परंतु उन्होंने अपने जीवन काल में उनसे भी एमिली से अपने प्रेम संबंधों की कोई चर्चा नहीं की थी। इस पत्र में पहली बार उन्होंने अपने किसी पारिवारिक सदस्य से इस विशिष्ट रिश्ते की जानकारी साझा की थी। मूल रूप से बांग्ला में लिखा गया वह पत्र जिसकी प्रति बाद में एमिली ने उनके भाई को भिजवाई, का हिंदी अनुवाद इस प्रकार था :

मेरे प्रिय भाई,

आज फिर से मैं ख़तरे के रास्ते पर चल पड़ा हूँ। परंतु यह रास्ता घर के लिए है। हो सकता है कि मुझे इस मार्ग का अंत न मिले। यदि मैं ऐसे किसी ख़तरे का सामना करता हूँ तो मैं आगे से आपको अपने जीवन के संबंध में कोई समाचार नहीं भेज पाऊँगा। इसलिए मैं आज अपनी ख़बर आपको भेज रहा हूँ— यह आपको उपयुक्त समय पर मिल जाएगी। मैंने यहाँ विवाह कर लिया है और मेरी एक बेटी है। मेरी अनुपस्थिति में कृपया मेरी पत्नी और बेटी को पूरे जीवन भर वही प्यार देना जो आपने हमेशा मुझे दिया है। मैं कामना करता हूँ कि मेरी पत्नी और बेटी मेरे अधूरे कामों को सफलतापूर्वक पूरा करें, यही मेरी आख़िरी प्रार्थना है।

कृपया मेरा प्रणाम स्वीकार करें और माता, मेजोदी और अन्य बड़ों को

भी दें।

आपका समर्पित भाई

सुभाष

बर्लिन, 8 फरवरी 1943

फ़िलहाल एमिली के सुभाष बाबू और उनके द्वारा एमिली शेंकल को लिखे गए पत्रों में से कुल 165 पत्र उपलब्ध हैं जो नेताजी की मुख्य बायोग्राफ़ी लिखते समय सन् 1990 में उपलब्ध नहीं हो पाए थे। 'ब्रदर्स अगेंस्ट द राज' नामक यह जीवनी सुभाष चंद्र बोस के प्रेम पक्ष पर अधिक जानकारी डालने में सक्षम नहीं हुई थी, ऐसा माना जाता है।

14. कैसा था यह प्रेम ? : एक आकलन

आँखों में अपने पराधीन देश की ब्रिटिश दासता से मुक्ति का स्वप्न लिए, और दिल में इस जुनून को पूरा करने की प्रतिज्ञा को सँजोकर सुभाष चंद्र बोस ने जब यूरोप में स्वास्थ्य लाभ के दौरान पुस्तक लिखनी आरंभ की थी, तब उनके लिए प्रेम एक अनजाना शब्द रहा होगा। लेकिन परिस्थितियाँ तो भावनाओं के अधीन होती हैं। दिल और दिमाग़ की इस ऊहापोह में कब वह अपनी कर्मठ, योग्य और अनजाने में ही उनके दिमाग़ से साम्य बिठाने वाली सेक्रेटरी को दिल दे बैठे, उन्हें स्वयं भी पता नहीं चला।

लोगों का और विशेष रूप से साहित्यकारों का आमतौर पर मानना होता है कि कल्पनाएँ और वास्तविकताएँ दो अलग चीज़ें हैं। रूमानियत और क्रांति, समर्पण और पराजय, श्रद्धा और विद्रोह कभी साथ-साथ नहीं चल सकते। वे धुरी के विपरीत किनारे होते हैं। रूमानियत सपनों से भरी उड़ान होती है, तो उसमें कल्पनाओं या रोमांच की अनुभूतियाँ भी भरपूर हुआ करती हैं। इसके विपरीत किसी भी क्रांति को प्रेम की अनुभूतियों को दरकिनार करते हुए ज़मीनी हक़ीक़त तलाश कर आततायी तंत्र को उखाड़ फेंकने की प्रतिबद्धता के लिए आगे बढ़ना होता है।

परंतु भारत के लाखों-करोड़ों युवाओं, मध्यम आयु के लोगों और वृद्धों के सम्मानित नेता सुभाष चंद्र बोस ने इस अवधारणा को ग़लत सिद्ध कर दिखाया। उन्होंने दुनिया को दिखाया कि क्रांतिकारियों की प्रेम कहानियाँ भी होती हैं, और वे क्रांतिकारी अपने कारनामों से प्रसिद्धि के शिखर पर भी जा पहुँचते हैं, लोगों के दिलो-दिमाग़ में जगह बना लेते हैं।

यह बात सही थी कि सुभाष बाबू के लिए अपनी युवावस्था में प्रेम कभी प्राथमिकता नहीं रहा। एक सम्मानित और समृद्ध परिवार, मेधावी विद्यार्थी, आईसीएस की परीक्षा में पास इस युवक से प्रेम संबंध का निवेदन करने तथा उनके अभिभावकों की ओर से आने वाले वैवाहिक संबंधों के प्रस्तावों की कोई कमी नहीं रही। आख़िर ऐसे शानदार व्यक्तित्व के युवक से कौन पिता अपनी बेटी का विवाह संबंध नहीं कराना चाहेगा।

पर प्रेम के साथ विवाह के विषय में सोचना भी सुभाष बाबू के लिए एक दूर का ख़्वाब था। हर दिन कोई रिश्ता आता और सुभाष की प्रतिज्ञा दृढ़ बनी रहती कि उनका अपना जीवन तो राष्ट्रीय आंदोलनों और अंततः देश को दासता से मुक्त कराने के नाम समर्पित है, और यह कि वह विवाह नहीं कर रहे। उन्होंने विवाह की इच्छुक लड़कियों को भी राष्ट्रीय धारा में आकर ऐसे आंदोलनों में हिस्सा लेने को प्रेरित किया। ऐसे थे नेताजी।

प्रश्न उठता है कि फिर ऐसा क्या हुआ कि वह एक विदेशी युवती के प्रेम आकर्षण में बँध गए? उन्होंने एक बार स्वयं एमिली शेंकल को लिखा था :

> 'क्या यह किसी तरह के सांसारिक सुखों के उपयोग वाला प्रेम है? हम दोनों दो विभिन्न जगहों से आते हैं— हममें क्या चीज़ साझा है? मेरा देश, मेरे लोग, मेरी परंपराएँ, हमारी आदतें, रीति-रिवाज और जलवायु, वास्तव में हर चीज़ तुम्हारी जगह से इतनी भिन्न है... पर फ़िलहाल के लिए मैं इन विषमताओं को भूल गया हूँ जो हमारे देशों को एक दूसरे से अलग करती हैं। मैं तुम्हारे भीतर की स्त्री से प्यार करता हूँ— मैं तुम्हारी आत्मा से प्रेम में हूँ।'

यह मूल रूप से एमिली शेंकल की सुभाष बाबू की सहायिका के रूप में भूमिका ही थी, जिसने उन्हें निकट आने का अवसर दिया। पुस्तक लिखते समय के एमिली के सहयोग के वे भावुक पल सुभाष चंद्र बोस के अंतस में जगह बनाते चले गए, जिनको कहीं-न-कहीं प्रेम की दरकार थी, और उनका प्रेमल मन तृप्त होता गया। ऐसा होना स्वाभाविक भी था, क्योंकि लगातार आसपास बने रहने से सुभाष चंद्र बोस ईमानदारी से एमिली के स्वभाव और उसके मन को जान सके थे। ऐसा ही एमिली शेंकल के लिए भी कहा जा सकता था। यह वह समय भी था जब सुभाष चंद्र बोस भारत में चल रहे राष्ट्रीय आंदोलनों और युद्धों की विभीषिका की अनिश्चितताओं से दूर स्वयं के लिए भी कुछ मनन कर सकते थे। वे दोनों अच्छा

समय बिताते, एक दूसरे को जानने की कोशिश करते और धीरे-धीरे उस प्रगाढ़ता की ओर बढ़ चले जिसे प्रेम परिणिति कहा जाता है।

सालों तक एक दूसरे को जानने के बाद उन्होंने गुप्त विवाह रचाया था। बेटी अनिता के जन्म के कुछ दिन बाद ही सुभाष बाबू को अपने मिशन पर निकलना पड़ा। आख़िरी बार उन दोनों की भेंट बर्लिन में सन् 1943 में हुई थी। बोस की दुविधा केवल वही समझ सकते थे। एक ओर तो राष्ट्रवाद की भावनाएँ प्रबल थीं, दूसरी ओर उनका प्रेम था। पर एमिली निश्चित रूप से इस दुविधा में भी खुले मन से सुभाष बाबू के साथ थी। उसने कभी नेताजी की राह में आने की कोशिश नहीं की, बल्कि इन राहों को सुगम बनाने का काम किया।

हमें यह नहीं पता कि क्या एमिली शेंकल स्वभावगत रूप से ही इतनी दृढ़ थी, या सुभाष बाबू के प्रेम ने उनमें इस विशिष्ट शक्ति का संचार कर दिया था। यह सही है कि एमिली कभी भारत की आज़ादी के संघर्ष के लिए प्रत्यक्ष रूप से नहीं लड़ी, उनके यूरोप में रहते उन परिस्थितियों में यह संभव भी न था, लेकिन सुभाष बाबू को प्रेरित करने, और उनके साथ इस संघर्ष को आगे बढ़ाने में उनकी भूमिका कमतर भी नहीं थी। जब तक जीवित रहे, एमिली शेंकल सुभाष चंद्र बोस की मज़बूती का एक आधार बनकर उनके साथ खड़ी रही।

उनके पत्रों को पढ़कर समझ आता है कि देश को औपनिवेशिक दासता से मुक्त कराने के लिए सुभाष चंद्र बोस जैसे एक क्रांतिकारी के प्रेमल हृदय की धड़कनें राष्ट्र को ग़ुलामी से मुक्त कराने के लिए भी उतनी ही स्पंदित होती रही थीं, जबकि उसी दिल के कोने में वह ईमानदारी से एमिली शेंकल के प्रति भी समर्पित थे।

नेताजी और एमिली के इन पत्रों को केवल प्रेम पत्र कहना उपयुक्त न होगा। वे प्रेम से कहीं अधिक राष्ट्रवाद और दोनों इंसानों के शैक्षिक, सामाजिक, पारिवारिक और नैतिक उन्नयन के क़िस्सों के दस्तावेज़ भी हैं। उनमें कहीं हल्कापन नहीं है, और न ही गंभीरता का अभाव। सुभाष चंद्र बोस ने अपने क्रांतिकारी विचारों को, अपने देश के प्रति भावनाओं को प्रेमिका-पत्नी के मन में बिठाने का काम किया, ऐसा उन पत्रों के अध्ययन से समझ आता है। उन्होंने एमिली शेंकल के विचारों को अभिव्यक्ति तो दी ही, उनमें दृढ़ता का समावेश भी कराया। यह कितना सुखद था कि ऑस्ट्रियन मूल की नागरिक होने के बावजूद एमिली शेंकल अपनी मातृभूमि की अपेक्षा पति द्वारा अपने देश को प्राथमिकता देने और उसे औपनिवेशिक शासन

से मुक्त कराने के प्रयासों में पूरी तरह उनके साथ थी।

विश्व युद्ध के आख़िरी चरण के दौरान उस आवासीय परिसर पर हुई बमबारी से वह स्थान बर्बाद हो गया, जिसमें एमिली शेंकल किराए पर रहा करती थीं। यहाँ तक कि अब उस गली को ढूँढ़ना भी संभव नहीं है, परंतु जब तक जीवित रही, एमिली शेंकल को इस विशाल 30 कमरों की संपत्ति की मकान मालकिन से हमेशा क्रिसमस का कार्ड ज़रूर मिला करता था।

सुभाष चंद्र बोस और एमिली शेंकल का प्रेम इस निष्कर्ष को रेखांकित करता है कि क्रांतिकारी लोग इस धरती पर सुंदर प्रेमल भावनाओं के साथ अवतरित होते हैं। शायद ऐसा उनकी प्रतिबद्धताओं के उच्च स्तर के कारण होता है, चाहे वह देश के प्रति हो, अथवा अपने जीवन साथी के प्रति। अगर ऐसी प्रेम कहानियाँ सफल नहीं भी होती हैं, तो भी उनका नाम लोगों के मन-मस्तिष्क पर हमेशा के लिए स्वर्ण अक्षरों में अंकित हो जाता है।

15. नेताजी से संपर्क टूटने के बाद की स्थितियाँ

उस क्षण का विवरण एमिली ने यूँ दिया था :

'मैं रसोईघर में थी। मेरी बहन और माँ भी वहीं थे। मैं साथ-ही-साथ ऊन का एक गोला सुलझा रही थी। रेडियो चालू था और हम शाम के समाचार सुन रहे थे। अचानक मैंने सुना कि समाचार वाचिका कह रही थी, 'भारतीय देशद्रोही सुभाष चंद्र बोस की फ़ारमोसा (ताइवान) में एक विमान दुर्घटना में मृत्यु हो गई'। इस समाचार से भौंचक मेरी माँ और बहन ने मेरी ओर देखा। मैं धीरे-से उठी और कमरे से बाहर निकल गई। बेडरूम में मेरी बेटी गहरी नींद में सो रही थी। मैं घुटनों के बल उसकी चारपाई के नज़दीक बैठ गई और ख़ूब रोई। अनिता उस समय तीन साल की भी नहीं थी।'

जिस प्रकार के सहयोग से सुभाष बाबू और एमिली की मुलाक़ात हुई थी, उसी तरह के एक संयोग ने उन्हें हमेशा के लिए एक दूसरे के जीवन से दूर कर दिया था। जब ख़बर मिली कि एक हवाई दुर्घटना में सुभाष चंद्र बोस नहीं रहे, तो वह एमिली के लिए अकल्पनीय, अवर्णीय और असहनीय दुख था।

शर्मिला बोस ने अपने शोध पत्र 'लव इन द टाइम ऑफ़ वॉर'[30] में सुभाष

30. Sarmila Bose, Love in the time of War: Subhas Chandra Bose's Journeys to Nazi Germany (1941) and towards the Soviet Union (1945), jstor.org, Economic and Political Weekly Vol. 40, No. 3 (Jan. 15-21, 2005), pp. 249-256 (8 pages).

चंद्र बोस द्वारा एमिली शेंकल को लिखे पत्रों का विश्लेषण कर सिद्ध किया था कि इनमें से अधिकांश पत्र निजी होते हुए भी राष्ट्रीय और अंतर्राष्ट्रीय स्थिति पर सुभाष बाबू की मन:स्थिति का अच्छा चित्रण करते हैं। उनका मानना है, 'बोस के अधिकांश पत्र अधिकृत अथवा अनधिकृत रूप से सेंसर होने के बाद भी इस जानकारी में लिखे गए थे कि वे गोपनीय नहीं थे'। फिर भी, इन पत्रों में अक्सर कोमल अनुभूतियाँ प्रस्फुटित हो ही जाया करती थीं। यह उनके अथाव राष्ट्र प्रेम की अभिव्यक्ति ही थी, जब वह एक पत्र में शेंकल को लिखते हैं, 'मेरा राष्ट्र मेरा पहला प्रेम है' परंतु साथ ही वह शेंकल को 'अपने दिल की रानी' कहते हैं। उन्होंने एक पत्र में लिखा था :

'मैंने पहले कभी नहीं सोचा कि किसी स्त्री का प्रेम मुझे अपने जाल में फँसा लेगा, मुझे बहुतों ने पहले भी प्रेम प्रस्ताव किया, परंतु मैंने उनकी ओर देखा भी नहीं। परंतु तुम, शरारती औरत, तुमने मुझे पकड़ लिया।'

सुभाष चंद्र बोस की बायोग्राफ़ी के लेखक गोर्डन ने सुभाष बाबू के 'प्रेम' के केंद्र बिंदु की उनके पत्रों के परिप्रेक्ष्य में व्याख्या करते हुए उनका 'मेरा विश्वास (दर्शन)' संबंधी अध्याय का एक भाग उदघृत किया था, जिसमें सुभाष बाबू ने लिखा था :

'प्रेम मेरे लिए वास्तविकता की एक ज़रूरी प्रकृति है। प्रेम इस ब्रह्मांड का सार है और यही मानव जीवन का ज़रूरी सिद्धांत है। मैं अपने चारों तरफ़ प्रेम का खेल देखता हूँ। मैं इसमें भी वही सहज भाव पाता हूँ; मुझे महसूस होता है कि मुझे स्वयं को पूर्णता प्रदान करने के लिए प्रेम करना चाहिए और मैं इसलिए प्रेम करता हूँ कि जीवन का पुनर्निर्माण करने के लिए मुझे प्रेम की ज़रूरत है।'

एमिली शेंकल से मिलने के बाद सुभाष चंद्र बोस के व्यक्तिगत जीवन में एक आमूलचूल परिवर्तन आया था। वह विवाह के मामले में अपनी पसंद के बंधन को तरजीह देने के पक्षधर हो गए थे।

यूरोप में सुभाष चंद्र बोस के निकटस्थ सहयोगी रहे ए. सी. एन. नाम्बियार का कहना था कि नेताजी यद्यपि भारत की आज़ादी के बड़े पक्षधर और जुनूनी क्रांतिकारी थे, परंतु द्वितीय विश्वयुद्ध से उनका जो निजी नुक़सान हुआ था, उसकी क्षतिपूर्ति नहीं हो सकती थी। वह 'भारत माता' को स्वतंत्रता दिलाने के जज़्बे

के लिए जितने समर्पित थे, उसमें उनका मातृभूमि से प्रेम के प्रति केवल एक ही 'विचलन' दिखता था— एमिली शेंकल के प्रति उनका प्रेम। वह उनसे प्रेम में थे। यह एक बेतहाशा और गहन प्रेम था। मातृभूमि के लिए आज़ादी प्राप्त करने का उनका अथाह प्रेम अपनी जगह था। वह पल भर के लिए भी उस प्रेम और जुनून से अलग नहीं हुए, पर एक हाड़-मांस की स्त्री का प्रेम भी उनके लिए कम अर्थपूर्ण नहीं रहा था। एमिली शेंकल उनके जीवन में पूरी तरह प्रविष्ट कर चुकी थी, यह मानने में उन्हें कोई असहजता नहीं थी।

तत्कालीन घटनाक्रम पर निगाह रखने वाले राजनीतिक विश्लेषकों का मानना है कि यदि द्वितीय विश्वयुद्ध के समय नेताजी यूरोप न जाते तो वह भारत में रहकर ही देश की आज़ादी की लड़ाई में शामिल रहते, फ़ॉरवर्ड ब्लॉक को सुदृढ़ करते, भारतीय स्वतंत्रता आंदोलन के संघर्ष के लिए उग्र तेवर के लोगों को एकजुट करते, तो हो सकता था कि अपनी गतिविधियों के कारण उनका पूरा जीवन जेल में बीतता, लेकिन वह राष्ट्रीय स्तर पर अपने राजनीतिक जीवन में, मुख्यधारा के उच्चतम स्तर पर छाए रहते।

इसके विपरीत तथ्य यह भी है कि इसकी क़ीमत उन्हें अपनी प्रिय पत्नी से विछोह के रूप में बितानी पड़ती, क्योंकि विश्व युद्ध की अनिश्चित अवधि दोनों की मिलन की राह में मज़बूती से एक अभेद्य दीवार की तरह बनकर खड़ी हो गई थी। स्थितियाँ इतनी दुश्वारियाँ भरी थीं कि उन्हें पता नहीं था कि क्या वह कभी एमिली से मिल भी पाएँगे। अगर ऐसा होता, तो नेताजी के राजनीतिक उत्थान का कोई अर्थ न रहता, शायद वह शेंकल को हमेशा के लिए खो दिए होते, और ऐसी किसी कल्पना से ही वह परेशान हो उठते थे, यह अनुभूति उनके पत्रों की ढकी-छुपी भाषा से समझना मुश्किल न था।

सन् 1940 में जेल से रिहा होने के बाद अपने घर की नज़रबंदी की अवधि में जिस प्रकार से नेताजी फ़रार हुए, एक मुस्लिम बीमा एजेंट, एक पठान और एक इतालवी राजनयिक के छद्म वेश में, कलकत्ता से पेशावर, फिर काबुल, और सोवियत रूस, मॉस्को के रास्ते बर्लिन जाना, यह एक ख़तरनाक निर्णय था। इस महान क्रांतिकारी ने इतना कठिन निर्णय क्यों लिया? यह ठीक है कि वह भारत माता को बेड़ियों से मुक्त कराने की मुहिम को विदेश जाकर सक्रिय रूप देना चाहते थे, पर लोग इस घटनाक्रम के पीछे एक बराबर महत्त्वपूर्ण कारण एमिली शेंकल को भी बताते हैं। वह कारक भी संभवतः सुभाष बाबू के लिए कम महत्त्वपूर्ण न था।

सुभाष चंद्र बोस के संगठन की महिला इकाई की प्रमुख लक्ष्मी स्वामीनाथन ने एक बार बाद की अवधि में नेताजी के निजी क्षणों को यूँ बताया था— नेताजी मेरी तरफ़ मुड़े और बोले, 'मैंने ऐसा कुछ किया है, जिसके विषय में मुझे पता नहीं कि क्या भारत के लोग समझ पाएँगे।'

उनका संकेत अपने गुप्त विवाह को लेकर था। लक्ष्मी ने तब उन्हें कहा था :

'क्यों नहीं समझेंगे।'

लक्ष्मी को कभी यह बात समझ नहीं आई कि नेताजी ने इस संबंध में उससे क्यों चर्चा की थी। हाँ, यह उसने ज़रूर समझा था कि उन दिनों नेताजी तनाव से गुज़र रहे थे। शायद उन्हें पहली बार समझ आ रहा था कि इंफाल की असफलता की पूर्ति नहीं हो सकती थी। उनको यह भी लगता था कि अगले वर्ष पराजय की पूरी संभावनाएँ बन रही थीं, और इस पराजय का उनके लिए मतलब था, भगोड़ा बनकर पकड़ा जाना, और फिर मृत्युदंड। शायद यही कारण था कि वह अपने मन को मथ रही बात अपनी निकटस्थ किसी महिला से साझा करना चाहते थे।

ऐसे में यदि सुभाष चंद्र बोस एमिली और बेटी अनिता से मिलने विएना जाना चाहते थे तो उनके पास रूस से होकर आने के अलावा कोई विकल्प न था। भारत या यूरोप के रास्ते आने का कोई प्रश्न ही नहीं था। युद्ध के आख़िरी दिनों में ऑस्ट्रिया मित्र राष्ट्रों के पाले में था। आरंभिक समय में तो एमिली का घर रूसी सेनाओं की निगरानी में भी रहा था।

एक बार उस समय के युद्धरत ऑस्ट्रिया में शेंकल के घर ब्रिटिश अफ़सरों ने आकर उनके परिजनों को प्रताड़ित किया था। उन्हें सुभाष चंद्र बोस के विषय में जानकारी चाहिए थी। उस समय एमिली बाहर गई हुई थी, जबकि बहन और माँ घर पर थीं। उन अफ़सरों में से एक सिख था। उन्होंने घर की तलाशी ली और सुभाष बाबू द्वारा सूदूर-पूर्व से एमिली को भेजे गए उन पत्रों के बंडल को ज़ब्त कर लिया, जो उन्होंने सहेज कर रखे हुए थे। पर इस अफ़रा-तफ़री में वे लोग कुछ अन्य पत्रों के बंडलों पर ध्यान देना भूल गए। जब्त हुई अवधि के पत्र लोगों की जानकारी का हिस्सा नहीं बन सके हैं।

सुभाष चंद्र बोस एक अनंत यात्रा पर चले गए थे और एमिली के लिए छोड़ गए थे अपने नौ साल से भी कम समय के साथ की यादों की धरोहर। उन यादों की प्रतिध्वनियाँ, जिनमें वह कहा करते थे :

'हो सकता है मैं तुम्हें कभी देख नहीं पाऊँ, या यह भी हो सकता है कि

कभी पत्र नहीं लिख सकूँगा, लेकिन भरोसा करो, तुम हमेशा मेरे दिल में रहोगी, मेरी सोच और सपनों में रहोगी। अगर हम इस जीवन में नहीं मिले तो अगले जीवन में मैं तुम्हारे साथ रहूँगा।'

16. कठिन दौर

सुभाष चंद्र बोस के भतीजे अरबिंदो बोस ने विएना में 1950-51 में अपनी चाची एमिली शेंकल से हुई भेंट के विषय में एक साक्षात्कार[31] दिया था। बोस का कहना था :

> 'वह अपनी चाची के प्रति गौरवान्वित महसूस करते हैं क्योंकि वह अपने आकर्षक व्यक्तित्व के पति की विचारधारा से पूरी तरह प्रेरणा लिया करती थीं।'

उन्होंने दावा किया था कि श्रीमती एमिली शेंकल अपनी बेटी अनिता के साथ 1949-50 की सर्दियों में भारत की यात्रा की तैयारियाँ कर चुकी थीं, परंतु दुर्भाग्य से उन्हीं दिनों सुभाष चंद्र बोस के बड़े भाई शरत चंद्र बोस का हृदयाघात से निधन हो गया था और यह यात्रा स्थगित हो गई।

बोस परिवार के इस सदस्य का कहना था कि वह अपने परिवार में पहले व्यक्ति थे जिन्हें विएना में श्रीमती सुभाष चंद्र बोस से मिलने का सौभाग्य प्राप्त हुआ था। वह एमिली के साथ लगभग तीन सप्ताह रहे थे। उस समय उन्होंने महसूस किया कि एमिली का अपने पति, भारत की प्राचीन संस्कृति तथा यहाँ की धरोहर से लगाव और आदर था।

अरबिंदो बोस के अनुसार नेताजी कहा करते थे कि वह अपनी बेटी को अनिता गैरीबाल्डी की तरह बनाना चाहेंगे। जिस दिन नेताजी ने अपनी पत्नी और बेटी से

---

31. नेताजी आर्काइव्स के सरकारी अभिलेखों में कलकत्ता के 'हिंदुस्तान स्टैंडर्ड' के 5 मई 1951 में प्रकाशित इस इंटरव्यू की प्रति उपलब्ध है

विदा लेकर अपने देश के लिए गुप्त रूप से दक्षिण-पूर्व एशिया जाने का ख़तरनाक रास्ता चुना, उसी दिन उन्होंने अपनी नन्ही बेटी का यह नामकरण किया था।

अरबिंदो बोस के अनुसार प्रधानमंत्री जवाहरलाल नेहरू ने कुछ समय पहले श्रीमती बोस को नेताजी के मित्र के नाते व्यक्तिगत क्षमता में उन्हें भारत आमंत्रित किया था। वह चाहते थे कि एमिली भारत आकर कुछ महीने बिताए, परंतु वह उस समय इसके लिए तैयार न थी, क्योंकि उनका कहना था कि वह जब भी भारत आएँगी तो बोस परिवार के एक सदस्य के रूप में आएँगी।

अपनी चाची से पहली बार मिलने का विवरण देते हुए बोस ने दावा किया था कि वह उनसे और अपनी भतीजी से विएना पहुँचने वाले दिन ही, 11 सितंबर 1947 को मिले थे। वह उनसे मिलने स्टेशन पर ही पहुँची थीं। उस समय को याद करते हुए अरबिंदो ने बताया :

> 'उस दिन मैंने अपने कोट के ऊपर जो बटन लगाया हुआ था, उसपर नेताजी का पोर्ट्रेट बना था। इसे देखकर अनिता का तुरंत ध्यान गया और उसने अपने पिता को पहचान कर बार-बार माँ से कहा, 'माँ देखो, पापा, पापा!'

जब साक्षात्कारकर्ता ने उनसे पूछा कि नेताजी के विवाह को अभी तक गुप्त क्यों रखा गया था? तो उनका कहना था कि ऐसा श्रीमती सुभाष बोस और बेटी की सुरक्षा के दृष्टिगत किया गया था, क्योंकि उन दिनों ऑस्ट्रिया एलाइड पावर्स[32] के अधीन था।

यह संवेदनशील विषय पर एक चकित करने वाली जानकारी थी। सुभाष चंद्र बोस, उनकी पत्नी और बेटी के विषय में जानकारी सार्वजनिक किए जाने का यह तरीक़ा बोस परिवार के बड़े लोगों को पसंद नहीं आया था। अरबिंदो ने बिना किसी वरिष्ठ पारिवारिक सदस्य को विश्वास में लिए, यह साक्षात्कार दिया था। कृष्णा बोस का कहना था कि अपनी निजता के प्रति आग्रही और किसी तरह का प्रचार नापसंद करने वाली एमिली ने भी इस समाचार को सार्वजनिक किए जाने पर आपत्ति दर्शायी थी। जिस तरह से यह समाचार सामने आया था, उससे लोग आश्चर्यचकित तो थे ही, इसकी सत्यता के प्रति सशंकित भी रहे। अंततः बिवावती को हस्तक्षेप करना पड़ा। उन्होंने बयान जारी कर, इसकी सत्यता की पुष्टि की और

---

32. The major Allied powers in World War I were Great Britain (and the British Empire), France, and the Russian Empire.

बताया कि वह शरत चंद्र बोस के साथ स्वयं यूरोप में एमिली और अनिता से अनेक बार मिली थीं। इसी समय उन्होंने सुभाष बाबू द्वारा अपने बड़े भाई को लिखा वह पत्र भी सार्वजनिक किया, जो वह एमिली के लिए छोड़ गए थे।

इस संबंध में एमिली का पक्ष यह था कि उसने नेताजी के बड़े भाई शरत चंद्र को यथासमय अपने विषय में लिखकर पत्र भेजे थे, पर वे किन्हीं कारणों से उन तक नहीं पहुँच पाए थे। उनमें से एक पत्र[33] के कुछ अंश निम्नवत थे :

डियर सर,

आपको एक अपरिचित इंसान से पत्र प्राप्त कर आश्चर्य होगा। मैं लंबे समय तक इस बात का निर्णय करने को लेकर झिझकती रही कि क्या मुझे आपके और अपने परिवार के मामले को लेकर आपको लिखना चाहिए था। मैं आपको इस मामले को निम्नवत समझाती हूँ :

मैंने आपके भाई सुभाष चंद्र बोस के साथ 1934 में, उस समय उनकी सेक्रेटरी के रूप में काम करना शुरू किया था, जब उन्होंने अपनी किताब 'द इंडियन स्ट्रगल' लिखी थी। आप संभवत: इस बात को जानते होंगे कि वह जब भी यूरोप में होते थे, मैंने उनके साथ काम किया।

आपके भाई 1941 में फिर से यूरोप आए थे और उन्होंने मुझसे पूछा कि क्या मैं उनके पास बर्लिन आकर काम कर सकती हूँ। मैं इसके लिए तैयार हो गई और अप्रैल 1941 में उनके पास चली गई, जहाँ हम दोनों ने 1942 की गर्मियों भर साथ-साथ काम किया।

जब मैं बर्लिन में थी, आपके भाई ने मुझसे पूछा कि क्या मैं उनसे शादी करने के उनके प्रस्ताव को स्वीकार करूँगी। चूँकि मैं उन्हें वर्षों से एक सदचरित्र इंसान के रूप में जानती थी और हम दोनों के बीच परस्पर समझ तथा आकर्षण था। मैं इसके लिए तैयार हो गई। केवल एक दिक़्क़त थी कि हम जर्मन सरकार से इस विवाह की आवश्यक स्वीकृति कैसे ले पाएँगे।

यद्यपि मैं जन्म से ऑस्ट्रियन नागरिक हूँ, परंतु उस समय मैं एक जर्मन नागरिक थी, इसलिए मुझे जर्मन क़ानूनों का पालन करना था और एक

33. Madhuri Bose, How the Bose family discovered Netaji had a child, February 11, 2016 20:55 IST, visited on November 30, 2022.

जर्मन नागरिक के लिए किसी विदेशी नागरिक से विवाह करने की स्वीकृति प्राप्त करना मुश्किल था। चूँकि हम लोग किसी का एहसान नहीं लेना चाहते थे, तथा इस मामले को प्रचारित नहीं होने देना चाहते थे, इसलिए हमने इसे अपने तक ही सीमित रखा और इसीलिए हिंदू रीति-रिवाजों के अनुसार जनवरी 1942 में विवाह कर लिया। इस पूरे मामले को गुप्त रखा गया, केवल दो लोग इसे जानते थे।

29 नवंबर 1942 को हमें एक बेटी का जन्म हुआ। मैं जर्मन अधिकारियों के साथ अनावश्यक जटिलताओं और चर्चा से बचने के लिए पूर्व में, सितंबर में ही विएना लौट आई थी। इसलिए मेरा नाम और राष्ट्रीयता वही बनी रही।

दुर्भाग्य से आपके भाई ने अपनी बेटी को केवल एक बार उस समय देखा था, जब वह चार हफ़्तों की थी। सन् 1943 को यूरोप छोड़ने से पहले वह फिर से अपनी बच्ची को देखने विएना आना चाहते थे, परंतु उनके अचानक जाने के कार्यक्रम से उन्हें बेटी को बिना देखे वापस जाना पड़ा। मैं उनके यूरोप जाने से पहले तीन हफ़्तों तक उनके साथ रही पर अनिता को साथ नहीं ला पाई थी।

जब वह पूर्व के लिए निकले, उससे एक दिन पहले उन्होंने आपको एक पत्र लिखा और मुझे उसकी फ़ोटो प्रतियाँ कराने का निर्देश देते हुए उनके साथ कुछ घटित होने की स्थिति में आपको भेजने को कहा था। यह पत्र बांग्ला में लिखा गया है, और वह इसमें आपको अपनी शादी तथा बच्ची के विषय में बताते हैं।

दुर्भाग्यवश, वर्तमान समय में कोई विदेश में फ़ोटो अथवा अभिलेख नहीं भेज सकता था, इसलिए मैं अधिकतम जो कर सकती थी, वह यह था कि मैं आपको इस विषय में व्यक्तिगत रूप से बता सकती थी। बाद में जब फ़ोटोग्राफ़्स को भेजने की स्वीकृति प्राप्त हो जाएगी, मैं उस पत्र की फ़ोटो प्रति और बेटी के कुछ चित्र आपको भेजूँगी, ताकि आप यह देख सकें कि वह कैसी दिखती है।

मैं आपको अपनी जीवन-शैली के विषय में बताना चाहूँगी, जिससे आपको समझ आए कि आपके भाई की बेटी का पालन कैसे हो रहा है।

जो भी हो, मैं आपको रेखांकित करना चाहूँगी कि मैं आपसे या आपके परिवार से कोई वित्तीय सहायता की माँग नहीं कर रही हूँ।

इस पत्र को लिखने का मेरा उद्‌देश्य यह सूचित करना है कि आप उनकी बेटी के अस्तित्व के विषय में जान सकें, ताकि भविष्य में मुझे कुछ होने की स्थिति में ज़रूरत पड़ने पर वह आपसे कोई सहायता ले सके। परंतु मैं ईमानदारी से यह आशा रखती हूँ कि मैं अपनी जीविका के माध्यम से उसकी देखभाल कर सकने में तब तक समर्थ रहूँ, जब तक कि अनिता बड़ी और स्वयं अपनी देखभाल करने लायक़ न हो जाए।

वर्तमान में मैं विएना में वहाँ के ट्रंक ऑफ़िस में अँग्रेज़ी और फ्रेंच के दुभाषिए की नौकरी कर रही हूँ। मैं प्रतिमाह 200 ऑस्ट्रियन शिलिंग्स कमाती हूँ। मैं अपनी माँ के साथ रहती हूँ, जिन्हें मेरे पिता के बाद म्यूनिसपलिटी से पेंशन मिला करती है। इसलिए हमें वित्तीय रूप से कोई कठिनाइयाँ नहीं हैं। भोजन और कपड़ों की जो दिक़्क़तें हैं वे विश्वव्यापी कमी की स्थितियों के कारण हैं।

अनिता अभी स्कूल जाने योग्य नहीं हुई है। जब वह छह साल की होगी, तब वह प्राथमिक स्कूल में प्रवेश करेगी। बाद में मैं उसे वह उत्कृष्ट शिक्षा दिलाने का भरपूर प्रयास करूँगी जो मुझसे हो सकेगा। वह काफ़ी चतुर लड़की है, और मुझे आशा है कि मैं उसकी इतनी मदद कर पाऊँगी कि वह बाद में जीवन को आरामपूर्वक जी सकेगी।

आपके भाई की इच्छा के अनुरूप मैंने उसे क्रिश्चयन धर्म में प्रविष्ट नहीं कराया है, क्योंकि वह उम्मीद करते थे कि वह एक दिन हम लोगों को भारत ले जाएँगे और तब उसका लालन-पालन एक हिंदू लड़की की तरह होगा। अब मुझे उसके स्कूल जाते समय संभवतः उसे धार्मिक स्वीकृति दिलानी पड़ेगी, क्योंकि मुझे लगता है कि शायद अब उसे पूरे जीवन भर यूरोप में ही रहना होगा। ऐसे में उसे किसी धर्म का न होने से बाद में कई दिक़्क़तों का सामना करना पड़ सकता है।

यह जानना शायद आपके लिए रुचिकर हो कि अनिता की शक्ल अपने पिता से पूरी तरह मिलती है। उसकी आँखें, मुँह और नाक उनकी तरह ही हैं, केवल उसकी आँखों का रंग अपने पिता से हल्का है और उसके बाल

हल्के भूरे हैं। उसका रंग अपने पिता से थोड़ा हल्का है परंतु उसे देखकर समझ आ जाता है कि वह यूरोपियन नहीं है।

जहाँ तक कोई अपने बच्चे के तीन गुणों के बारे में बात कर सकता है, उस विषय में मैं कहना चाहूँगी कि उसने अच्छी आत्मा पाई है, वह विनम्र है, सहायता करने और स्नेह प्रदर्शित करने की इच्छा रखती है, परंतु उसी के साथ-साथ वह दृढ़ विचारों वाली है। मुझे कहना चाहिए कि इन तौर-तरीक़ों में वह अपने पिता से पूरी तरह मिलती है।

वह धार्मिक स्वभाव की है और प्रार्थना में विश्वास रखती है, क्योंकि उसे आरंभ से ही यह बताया गया है कि ईश्वर का अस्तित्व है। यद्यपि उसमें कुछ कमियाँ भी हैं, परंतु इस संसार में ऐसा कौन है जिसके भीतर कमियाँ नहीं होतीं?

मैं आपकी आभारी हूँगी यदि आप मुझे इस पत्र की प्राप्ति के संबंध में कुछ पंक्तियाँ लिख भेजेंगे। क्या आप मुझे बता सकते हैं कि आपका परिवार और आप कैसे हैं? क्या आपकी आदरणीय माता जी अभी जीवित हैं? यदि आप ऐसा कर सकते हो तो उनको मेरा और मेरी बेटी की तरफ़ से प्रणाम बोलिएगा। आपका बेटा अमिय कैसा है? क्या वह भारत में है अथवा इंग्लैंड में?

हम अख़बारों में और बेतार द्वारा भारत की वर्तमान स्थिति के विषय में काफ़ी पढ़ते और सुनते हैं। यह प्राकृतिक रूप से मुझे रुचिकर लगता है, परंतु उसी समय मुझे दुःख भी होता है कि उस देश को भी ऑस्ट्रिया जैसे युद्ध के बाद की स्थितियों से उत्पन्न कठिनाइयों से गुज़रना पड़ रहा है। मैं उम्मीद करती हूँ कि आपके परिवार और आपकी स्थिति ख़राब नहीं है, क्योंकि यहाँ सुनाई पड़ता है कि देश[34] में भुखमरी फैली हुई है।

मैं यह भी जोड़ना चाहूँगी कि जब मैंने आपके भाई की मृत्यु की ख़बर सुनी तो मुझे धक्का लगा और मैं शोकाकुल हो गई। क्योंकि उनकी मृत्यु में मैंने उस इंसान को खो दिया है जो इस संसार में अकेला वह व्यक्ति था जिसे मैं वास्तव में प्यार और जिसका सम्मान किया करती थी।

दुर्भाग्यवश मैं अपने पति की मृत्यु के बाद एक भारतीय महिला की तरह

---

34. भारत

नहीं रह सकती, क्योंकि मुझे यूरोप में रहना है और वास्तविकता यह है कि मुझे यहाँ रहकर अपनी जीविका चलानी है।

मुझे ऐसे लोगों के साथ मिश्रित होना पड़ता है जिन्हें मैं कुछ प्रदर्शित नहीं कर सकती, क्योंकि वे यहाँ पर मेरी अनुभूतियों को नहीं समझ सकते। इसके अलावा पूरी चीज़ एक गोपनीय रही है, परंतु मेरी स्मृति में उनके लिए जो जगह है वह एक देवतुल्य है और उनकी पुत्री के रूप में वे स्मृतियाँ मेरे पास हमेशा बनी रहेंगी।

यदि आप इस बच्ची के विषय में कोई सुझाव देना चाहते हैं या कोई प्रश्न करना चाहते हैं तो कृपया मुझे बताएँ, मैं उनका प्रसन्नतापूर्वक उत्तर दूँगी अथवा वह जानकारी उपलब्ध कराऊँगी जो आप चाहते हैं। क्या मैं इस संबंध में, बाद में आपसे कुछ पारिवारिक फ़ोटोग्राफ़्स प्राप्त करने की अपेक्षा कर सकती हूँ ? ताकि मैं उन्हें अनिता के लिए रख पाऊँ और वह बड़ी होने पर उनसे अपने पिता और उनके परिवार के विषय में जानकारी प्राप्त कर सके।

कृपया अपने और परिवार के लिए मेरी ओर से शुभकामनाएँ तथा सम्मान स्वीकार कीजिए।

आपकी शुभेच्छु

एमिली शेंकल

कहते हैं कि नेताजी सुभाष चंद्र बोस के बड़े भाई शरत चंद्र की तरफ़ से जब एमिली को इस पत्र का कोई उत्तर नहीं मिला तो उन्होंने 15 मई तथा एक अगस्त 1946 को पुन: शरत बाबू को पत्र लिख भेजे लेकिन बाद में समझ आया कि ये कोई भी पत्र उनको प्राप्त ही नहीं हुए थे।

ख़बर यह भी थी कि इसी बीच विएना में रहने वाले एक भारतीय डॉक्टर अकमत, जो एमिली के परिचित थे, अपनी पत्नी के साथ उससे मिले और मध्य 1947 के दौरान उन्होंने जवाहरलाल नेहरू और सरदार पटेल का ध्यान इस ओर आकर्षित किया कि सुभाष चंद्र बोस की पत्नी और बेटी विएना में रहती हैं और यह कि वे कठिन परिस्थितियों में वहाँ रह रही हैं।

कहा यह भी जाता है कि जब देश स्वतंत्रता प्राप्ति की ओर बढ़ रहा था, तब पहले 11 और फिर 13 अगस्त 1947 को शरत बाबू को जवाहरलाल नेहरू और

सरदार पटेल की तरफ़ से डॉक्टर अकमत के भेजे गए पत्रों के संबंध में जानकारी प्राप्त हुई। शरत चंद्र ऐसी किसी जानकारी से स्वाभाविक रूप से दुविधा में पड़ गए कि क्या यह वास्तव में सच है? परंतु उन्होंने इस बात पर तीखी प्रतिक्रिया व्यक्त करते हुए कहा कि वह सुभाष चंद्र बोस की अनुपस्थिति में इस योग्य हैं कि उनके परिवार का ध्यान रख सकें। इस प्रकार जब अगस्त 1947 में देश, विभाजन और विशेष रूप से बंगाल में उत्पन्न हुई विभीषिकाओं के दुष्परिणामों से गुज़र रहा था तब शरत बाबू को यह समझ में आ पाया कि वास्तव में उनके भाई सुभाष बाबू की पत्नी और पुत्री यूरोप में हैं।

तब तक बंगाल के लोग और शरत बाबू अभी अपने प्रांत के विभाजन के ज़ख़्मों से उबर भी नहीं पाए थे कि देश के विभाजन से जुड़ी जटिलताओं ने अधिकतर देशवासियों पर प्रतिकूल प्रभाव डाल दिया था। बात यह भी थी कि शरत चंद्र बोस को ये जानकारियाँ अपने तथाकथित राजनीतिक प्रतिद्वंद्वी या 'शत्रु' के रूप में माने जाने वाले इंसान— जवाहरलाल नेहरू से मिली थीं, जिसको लेकर उनके मन में कुछ अच्छी भावनाएँ नहीं आई थीं। उन्हें लगता था कि अगर अचानक सुभाष चंद्र बोस प्रकट होकर देश के राजनैतिक परिदृश्य पर उभर आएँगे तो उनके विरोधियों को निश्चित रूप से इस घटनाक्रम से असहजता होगी, शायद इसीलिए सुभाष-एमिली की कहानी फैलाई जा रही थी।

अभिलेखागार में शरत बाबू का एमिली को लिखा एक अन्य पत्र उपलब्ध है :

प्रिय मदाम शेंकल

आपका 17 मई का पत्र मुझे 27 मई को मिला जिसका स्वागत है। सन् 1946 में अक्टूबर के महीने तक मैं अधिकांश समय कलकत्ता से बाहर था और एक स्थान से दूसरे स्थान तक जाता रहा था। मेरी पत्नी और बेटी भी मेरे साथ थे।

तब मेरे पास कलकत्ता में कोई सेक्रेटरी नहीं था और मुझे कोई आश्चर्य नहीं कि जो पत्र आपने मुझे 1946 में लिखे थे, वे किन्हीं ऐसे लोगों के हाथों पड़ गए हों, जिन्होंने उन्हें खोला और अपनी जेब के हवाले कर लिया।

मुझे यह कहने की आवश्यकता नहीं कि कोई भी चीज़ जो मुझसे अथवा मेरे भाई से वास्ता रखती है, वह मेरे लिए हमेशा सबसे अधिक महत्ता

रखती है। संभवत: आपने उनके मुँह से कई बार सुना होगा कि उनके और मेरे मध्य किस तरह के संबंध थे।

मैंने कर्नल हबीबुरहमान से अगस्त 1945 में हुई हवाई जहाज़ दुर्घटना के विषय में सब कुछ सुना। यद्यपि मेरे पास इस घटनाक्रम के विपरीत कोई तथ्य मौजूद नहीं हैं, परंतु मुझे आपको यह बताने में कोई संकोच नहीं है कि इस हवाई दुर्घटना ने मुझे इसकी प्रामाणिकता के विषय में प्रभावित नहीं किया है।

मुझे हमेशा इस भावना की अनुभूति रही है, और मेरे भीतर अभी भी यह भावना बनी हुई है, जो केवल एक अनुभूति मात्र नहीं है, कि मेरा भाई जीवित है।

मैंने आपके 17 मई के पत्र का उत्तर पहले इसलिए नहीं दिया कि मेरा विचार बंबई जाकर स्वयं इस दुष्प्रचार की प्रकृति को समझना था, जो वहाँ मेरे भाई के विरुद्ध किया जा रहा था और आपको इसके विषय में कुछ बताना था। जब तक आपका पत्र आया, मैंने बंबई के अपने कुछ मित्रों से, जो यहाँ आए थे, इस दुष्प्रचार के विषय में सुन लिया था।

मैं और मेरी पत्नी पिछले महीने बंबई गए और इस महीने की 4 तारीख़ को लौट आए। बंबई में जो दुष्प्रचार किया जा रहा है, वह जटिल और सूक्ष्म प्रकृति का है।

कहा जा रहा है कि मेरे भाई ने एक पाप किया है और आपको मँझधार में छोड़ दिया है। बंबई में इस बात की भी चर्चा है कि सरदार पटेल आपकी मदद को आए, और यह कि उन्होंने आपको 18,000 रुपए दिए। मैं जानता हूँ कि यह पूरी तरह झूठा दुष्प्रचार है। फिर भी मेरा यह कर्त्तव्य है कि मैं आपको इस विषय में कुछ सूचना दूँ। निश्चित रूप से मैं विशिष्ट कांग्रेसी नेताओं तथा नत्थालाल पारिख से, जिन्होंने सितंबर 1945 में उनके साथ मिलने का उपक्रम किया है, किसी बेहतर बात की उम्मीद नहीं कर सकता हूँ, क्योंकि वे मेरे भाई के राजनीतिक शत्रु रहे हैं।

डॉ. अकमत का व्यवहार विचित्र रहा है। हो सकता है कि उनकी भावनाएँ अच्छी हों, परंतु उन्हें निश्चित रूप से नेहरू और पटेल को लिखने से पूर्व मुझे लिखना चाहिए था।

मैं इस बात की क़द्र करता हूँ कि आपने अपने विषय में सारी बातें लिखी हैं और वर्तमान में किसी सहायता या मदद प्राप्त करने की अनिच्छा के कारण भी बताए हैं। मुझे इस बात को जानकर काफ़ी राहत और आश्वस्ति मिली कि आप अपने जीवन-यापन के लिए पर्याप्त अर्जित कर रही हो।

मेरे भतीजे अरबिंदो ने अभी तक मुझे उन फ़ोटोग्राफ़्स की प्रतियाँ नहीं सौंपी हैं, जो उसने वहाँ रहते हुए ली थीं, यद्यपि मैं पिछले माह वहाँ पर था और बंबई में उसने कुछ लोगों को वे चित्र दिखाए भी थे। क्या आप मुझे अपनी और पुत्री के फ़ोटो अपनी सुविधानुसार भेज सकती हो?

मैं आपसे एक सूचना साझा करना चाहूँगा। सन् 1938 में मैंने अपने भाई को, उसके सन् 1920 में जब वह कैंब्रिज में था, तब मुझे लिखे हुए कुछ पत्र भेजे थे, जो मैंने संरक्षित रखे हुए थे। उसने उनमें से कुछ पत्रों का उपयोग अपनी आत्मकथा में किया, परंतु बाद में उन मूल पत्रों का क्या हुआ, यह पता नहीं चल पाया है। उसने इन्हें यूरोप में छोड़ दिया था। क्या आपके लिए यह संभव होगा कि उन्हें ढूँढ़ पाओ? यदि आप ऐसा कर पाओगी तो उन्हें तब तक सँभालकर रखना, जब तक मैं यूरोप न आ जाऊँ।

मेरी पत्नी और मैं इस वर्ष सितंबर अथवा अक्टूबर में आने का विचार रखते हैं। यदि हमारी इच्छा मूर्त रूप लेती है, तो हम निश्चित रूप से विएना आएँगे और आपसे तथा बेटी से मिलेंगे। तब हमारे पास उन विषयों पर चर्चा करने के लिए भरपूर समय और अवसर होगा, जो आपकी और मेरी चिंता का विषय हैं। इस बीच हम लोग पत्र-व्यवहार करते रहेंगे।

क्या प्रोफ़ेसर डेमेल विएना में हैं? यदि आपकी उनसे मुलाक़ात हो तो उन्हें मेरा सम्मान देना।

नाम्बियार कल कलकत्ता पहुँचा है। फ़िलहाल वह इसी घर में है। वह एक या दो दिन में कलकत्ता से विदा लेगा, परंतु उसकी इच्छा है कि यूरोप जाने से पहले वह फिर यहाँ आए।

मुझे विश्वास है कि आपका स्वास्थ्य और अनुभूतियाँ बेहतर होंगी। भरपूर शुभकामनाओं के साथ!

आपका शुभेच्छु

शरत चंद्र बोस

17 मई 1948 को एमिली की ओर से भेजे पत्र के बाद उसकी ओर से दूसरा पत्र 8 जुलाई 1948 को लिखा गया था जिसमें उल्लिखित कतिपय पारिवारिक दुविधाओं को अंततः बेहतर तरीक़े से हल कर लिया गया था। शरत बाबू को दुःख इस बात का था कि वह एमिली द्वारा किए गए विगत दो साल तक के मूल पत्र-व्यवहार को ससमय प्राप्त नहीं कर सके थे।

और फिर सुभाष चंद्र बोस के परिवार से एमिली के पत्रों और उन लोगों के यूरोप में जाने पर एमिली तथा अनिता से मिलने का सिलसिला चल निकला।

17. भारतीय दूतावास का संपर्क

विएना में भारत के राजदूतावास में नियुक्त राजनयिक के. वी. रामास्वामी ने 21 दिसंबर 1949 को अपने वरिष्ठ राजनयिक, स्विट्ज़रलैंड में तैनात भारतीय राजदूत बी. बी. देसाई को एक गोपनीय और निजी पत्र लिखकर सूचित किया कि उनके विएना में आने के बाद से उन्होंने तीन बार श्रीमती शेंकल के घर पर जाकर उनसे भेंट की है और उन्हें दूतावास में भी आमंत्रित किया है। इन अवसरों पर उन्होंने इस महिला को सरकार की ओर से शुभकामनाएँ देते हुए बर्न (स्विटज़रलैंड)[35] से आए उपहारों को देते हुए यह भी आश्वासन था दिया कि ज़रूरत पड़ने पर उन्हें यथासंभव सहायता उपलब्ध कराई जाएगी।

रामास्वामी ने अपने इस पत्र में लिखा था :

'इस महिला से मिलने और उसका पक्ष जानने के बाद मुझे महसूस हुआ कि उनके मामले को ध्यानपूर्वक हाथ में लेने की आवश्यकता है। उनकी बेटी को राष्ट्रीयता प्रदान करने का प्रश्न मेरे लिए एक राजनयिक संवेदनशीलता का प्रश्न है। इसलिए यद्यपि हम व्यक्तिगत रूप से उनके लिए सभी सहायता का आश्वासन देते आए हैं, परंतु मैं इस बात पर संशय में हूँ कि आपकी सलाह की प्रतीक्षा किए बिना इस मामले में उनके दावे पर कोई सरकारी अथवा यहाँ तक कि ग़ैर-सरकारी मान्यता देने का वादा किया जाना भी उचित नहीं होगा।

मैं आपको यह पत्र झिझक के साथ लिख रहा हूँ। परंतु यह मेरा कर्तव्य

35. स्विट्ज़रलैंड की राजधानी

है कि मैं आपको महत्वपूर्ण मामलों से अवगत कराता रहूँ। इसलिए मैंने अपने विचारों को लिखने का प्रयास किया है। मुझे यह पता है कि आप निश्चित रूप से इस मामले के तथ्यों से वाक़िफ़ होंगे। इसके बावजूद भी मैंने श्रीमती शेंकल से संबंधित अभिलेखों को तलब किया है, जिनमें से कुछ मैंने बर्लिन में देखे थे। प्राप्त होने के बाद यथाशीघ्र उन्हें आपको भेजा जाएगा। संभवतः विएना आने के बाद आपसे इस मामले पर चर्चा करने की संभावनाएँ बनेंगी।'

विएना के भारतीय दूतावास में 24 जनवरी 1950 का एक गोपनीय अभिलेख मौजूद है जो वहाँ के राजनयिक के. वी. रामास्वामी ने नेताजी सुभाष चंद्र बोस के यूरोप के मित्र रिचटर (Richter) से हुई मुलाक़ात के संबंध में लिखा था। इस अभिलेख में रिकॉर्ड किया गया था :

'रिचटर से यूरोप में नेताजी की गतिविधियों, श्री ए. सी. एन. नाम्बियार और आई. एन. ए. के संबंध में चर्चा हुई। इस बातचीत के आख़िर में रिचटर ने संकेत दिया कि वह एमिली शेंकल के संपर्क में हैं और यह कि उनकी पत्नी उनको बेहतर रूप से जानती हैं।

इस वार्तालाप के दौरान उन्होंने रहस्योद्घाटन किया कि वह जानते है कि शेंकल का नेताजी के साथ विवाह नहीं हुआ था। जो वह कह सकते हैं, उसके अनुसार वे अच्छे मित्र थे और यह भी निश्चित रूप से कहा जा सकता है कि वह पुत्री नेताजी की बेटी थी। रिचटर के अनुसार उन्हें लगता है कि नेताजी की इच्छा थी कि वह युद्ध के बाद उससे शादी रचा लें, परंतु उन्होंने यह बात किसी से नहीं कही थी। इसके विपरीत फ्रॉ[36] शेंकल के पास बंगाली में लिखा एक पत्र था जो सुभाष के भाई को लिखा गया था और जिसे केवल उस समय प्रस्तुत किया जाना था जब वह मृत हो जाएँ। रिचटर का समझना था कि इस पत्र की फ़ोटो प्रतियाँ फ्रॉ शेंकल ने अपने एक कॉमन मित्र के माध्यम से श्री शरत चंद्र बोस को भेजी थीं, लेकिन इसकी प्रतियाँ उस मित्र के माध्यम से पंडित नेहरू और सरदार पटेल जी को पहुँच गईं।

रिचटर ने इस मामले के विषय में श्री नाम्बियार से चर्चा की थी, जिन्होंने

36. ऑस्ट्रिया में यह सामान्य और मृदुल माना जाता है कि किसी 25 वर्ष से अधिक आयु की युवती को फ्रालिन (कुमारी) के स्थान पर फ्रा (श्रीमती) कहकर पुकारा जाए

कतिपय कारणों से उसको भारतीय दूतावास में रोज़गार दिए जाने का विरोध किया था। नाम्बियार का प्रस्ताव यह था कि श्री शरत चंद्र बोस को इस बेटी के लिए किसी तरह की मदद करनी चाहिए। रिचटर जो एमिली शेंकल को विद्वान और सम्मानित मानते थे, की संवेदना शेंकल के साथ हैं। वह अपनी माता के प्रति समर्पित और भारत में रहने के विरुद्ध है। वह तनाव की स्थिति में है और यदि उनको कोई वित्तीय सहायता मिलती है तो वह उसकी सराहना करेगी। रिचटर का विचार था कि श्री शरत चंद्र बोस पर अलग से इस बात का दबाव डाला जाए कि वह उसके लिए एकमुश्त धनराशि की व्यवस्था करें अथवा भारत सरकार को राजनयिक कोष से इस हेतु कुछ धनराशि की व्यवस्था करनी चाहिए।

यह राय भी बनी कि नेताजी के साथ उनके संवेदनशील संबंधों के कारण उनको[37] विएना के दूतावास में किसी पद पर लिया जाना उचित नहीं होगा।'

पत्र-व्यवहार से ज्ञात होता है कि 15 मार्च 1950 से पूर्व ऑस्ट्रिया के भारतीय दूतावास की मुख्य कार्यवाही बर्लिन के दूतावास से चला करती थी इसलिए के. वी. रामास्वामी ने 15 मार्च 1950 को बर्लिन के दूतावास के अधिकारी मेजर टी. पी. फ्रांसिस को एक इस स्थिति का एक पत्र भेजकर लिखा था कि विएना की फ्रॉ एमिली शेंकल से संबंधित सभी अभिलेख उनके दूतावास को स्थानांतरित कर दिए जाएँ। परंतु 29 मार्च 1950 को बर्लिन के भारतीय सैन्य मिशन के द्वारा भेजे गए पत्र में उल्लेख है कि उनकी पत्रावलियों में विएना की फ्रॉ एमिली शेंकल के संबंध में कोई पत्र-व्यवहार उपलब्ध नहीं है।

10 सितंबर 1950 को जयपुर के जौहरी बाज़ार निवासी श्री कैलाश नारायण की ओर से भारत के विदेश मंत्रालय में एक पत्र प्राप्त हुआ, जिसमें स्वर्गीय सुभाष चंद्र बोस की विएना में रहने वाली पत्नी और बेटी की दयनीय स्थिति के संबंध में एक समाचारपत्र में छपी ख़बर को संलग्न करते हुए उनकी मदद करने का अनुरोध किया गया था।

पत्र में लिखा गया था :

'आम जनता के लिए यह दुखद बात है, और अख़बार में उसे यह पढ़कर धक्का लगा है कि हमारे महान नेता सुभाष चंद्र बोस की पत्नी और बेटी

37. एमिली शेंकल

दुखदायी तथा वित्तीय परेशानियों के बीच कहीं यूरोप में रह रही हैं। उनकी स्थिति इतनी ख़राब है कि उन्हें कई दिनों तक बिना भोजन के रहना पड़ता है। यह भी पता चला है कि हमारे प्रधानमंत्री द्वारा भेजी गई एक छोटी वित्तीय सहायता उनके लिए अपर्याप्त रही है।

वास्तव में नेताजी एक महान नेता थे और हम आज उनके ऋणी हैं। ऐसे बड़े नेता की पत्नी और बेटी अगर इन परेशानियों में गुज़र-बसर करती हो, तो यह भारत राष्ट्र के लिए शर्म की बात है।

इस बात को पढ़कर मेरी रुचि जागृत हो गई है और मैं उनकी भरपूर वित्तीय मदद करने के साथ उन्हें भारत लाने के प्रयास करना चाहता हूँ।

इसलिए क्या आप मुझे उनका पूरा पता और विवरण उपलब्ध कराएँगे? ताकि मैं उनसे संपर्क कर सकूँ।

कृपया मुझे यह भी बताया जाए उन्हें अब तक कितनी मदद भेजी जा चुकी है और उन्हें भारत लाने के क्या प्रयास किए जा रहे हैं।'

विदेश मंत्रालय द्वारा 30 सितंबर 1950 को जयपुर के श्री कैलाश नारायण का यह पत्र एयरमेल डाक से अग्रिम कार्रवाई के लिए विएना के भारतीय दूतावास को भेज कर निर्देश दिए गए थे कि इन व्यक्तियों (नेताजी सुभाष चंद्र बोस की पत्नी एमिली शेंकल और उनकी बेटी) के संबंध में खोजबीन की जाए और पता लगने पर परिणाम को मंत्रालय से भी यथाशीघ्र अवगत कराया जाए।

18. प्रधानमंत्री नेहरू का हस्तक्षेप

सरकारी अभिलेखों में भारत के प्रधानमंत्री जवाहरलाल नेहरू का 27 जून 1950 को लिखा एक पत्र उपलब्ध है जो उन्होंने बर्न, स्विट्ज़रलैंड के भारतीय राजदूत धीरजलाल बी देसाई को यूँ लिखा था :

प्रिय धीरू

मैंने आपसे इससे पूर्व उस विएनाई महिला के बारे में बात की थी जिनके विषय में कहा जाता है कि उन्होंने सुभाष चंद्र बोस के साथ विवाह किया था और उनका एक बच्चा भी है। मुझे लगता है कि उनका नाम फ्रा शेंकल है तथा उनकी बेटी का नाम अनिता। उन्हें वित्तीय रूप से मदद किए जाने की चिंता है। मुझे बताया गया है कि वह विएना के टेलीफ़ोन विभाग में नौकरी करती है और अपनी माँ के साथ रहती हैं। उनकी आय अधिक नहीं है और वह एक कठिन समय से गुज़र रही हैं। मैं चाहूँगा कि आप उनसे संपर्क में बने रहें और उन्हें सुविधानुसार कुछ (धनराशि) मासिक अथवा त्रैमासिक रूप से भेजने की व्यवस्था करें। यह धनराशि क्या होनी चाहिए, इस संबंध में आपको निर्णय लेना है। यह धनराशि पर्याप्त हो, परंतु किसी भी तरह से ऐश्वर्यपूर्ण न हो। हम इस धनराशि को यहाँ से आपको भेजने की व्यवस्था करेंगे। यह व्यवस्था पूरी तरह से निजी होगी और सरकार की इसमें कोई भूमिका नहीं होगी।

क्या आप इस मामले को देखकर मुझे बता सकते हैं कि आपने क्या किया है?

आपका स्नेही

जवाहरलाल नेहरू

ऑस्ट्रिया की राजधानी विएना में मौजूद भारतीय राजदूत धीरजलाल बी देसाई ने 7 जुलाई 1950 को प्रधानमंत्री के उपरोक्त पत्र के उत्तर में उन्हें लिखा :

'जब मैं विएना गया था तो मैंने फ्रेंकलिन शेंकल से मुलाक़ात की थी। वह फ़िलहाल टेलीफ़ोन विभाग में काम करती हैं और वर्तमान में अपने काम से संतुष्ट हैं। मैं कोशिश करूँगा कि उन्हें एक बेहतर पारिश्रमिक वाला रोज़गार मिल सके। उन्होंने हमारे दूतावास में काम करने की इच्छा प्रकट नहीं की है और मैं महसूस करता हूँ कि उनको ऐसा सुझाव देना बुद्धिमतापूर्ण नहीं होगा। उनकी तनख़्वाह ज़्यादा नहीं है और विएना की स्थितियाँ कठिन हैं, इसलिए निश्चित रूप से उनकी सहायता किए जाने की बात स्वागत योग्य है। वह एक स्वाभिमानी महिला है और अपने दायरे में रहकर जीवन जीने का प्रयास करती हैं। फिर भी मैं आवश्यक जानकारियाँ कर, आपको बताऊँगा कि वह उपयुक्त धनराशि क्या होनी चाहिए जिसका उन्हें भुगतान किया जाना होगा। मैं जब अंतिम बार माधुरी [38]के साथ वहाँ था तो उस बच्ची के लिए कुछ कपड़े और अन्य चीज़ें, जो उसके लिए उपयोगी हो सकते थे, लेकर गया था। मैं काफ़ी समय से उनको इस तरह के रूप में कुछ-न-कुछ सहायता भेजता रहता हूँ। लेकिन उनकी मुख्य चिंता अलग क़िस्म की है। उनका कोई संबंधी नहीं है और वह केवल अकेली महिला है जो इस बेटी की देखभाल कर सकती है, इसलिए स्वाभाविक रूप से उन्हें यह चिंता बनी रहती है कि यदि कभी उन्हें कुछ हुआ तो इस बेटी का क्या होगा। मैंने उनको इस बात का भरोसा दिलाया है कि उन्हें इस संबंध में चिंता करने की ज़रूरत नहीं है और बेटी का अच्छे से ध्यान रखा जाएगा। मुझे लगता है कि आप इसकी स्वीकृति देंगे।'

एमिली शेंकल भारत के स्विट्ज़रलैंड में राजदूत, श्री धीरजलाल बी देसाई और उनकी पत्नी की सहृदयता से प्रभावित थीं और उन्हें अक्सर हाथ से पत्र लिखकर भेजा करती थीं, जिसमें अपना, अनिता और अन्य बातों का ज़िक्र होता था। ऐसे पत्र एमिली शेंकल ने उन्हें 28 अप्रैल 1950, 26 जून 1950 और 20 जुलाई 1950

38. राजदूत की पत्नी

को लिखे थे। 20 जुलाई का पत्र उन्होंने अपनी छुट्टियों के स्थान से लिखा था, जिसके लिए उन्होंने श्री देसाई को धन्यवाद प्रकट किया था। एमिली देसाई, परिवार से आत्मिक रूप से जुड़ी थीं इसलिए, उनके हर पत्र में देसाई की पत्नी के लिए शुभकामनाएँ ज़रूर लिखी होती थीं, और वह उनके विएना आने की प्रतीक्षा किया करती थीं जिसका इन पत्रों में उल्लेख मिलता है।

18 जुलाई 1950 को भारत के प्रधानमंत्री जवाहरलाल नेहरू ने देसाई के 7 जुलाई के उस पत्र का उत्तर भेजा जिसमें उन्होंने एमिली शेंकल को आर्थिक मदद और उनकी बेटी के भविष्य को लेकर आश्वासन दिए जाने की बात पूछी थी। नेहरू ने स्पष्ट लिखा :

'आपने बिलकुल उचित रूप से फ्रा शेंकल को उनकी बेटी के विषय में आश्वासन दिया है। उन्हें बेटी के भविष्य के विषय में चिंता करने की आवश्यकता नहीं है और हम लोग प्रसन्नतापूर्वक वह सब करना चाहेंगे जो उस बेटी की शिक्षा के लिए ज़रूरी होगा।'

प्रधानमंत्री ने अपने पत्र में एमिली को आर्थिक मदद भेजे जाने के लिए अपने पिछले पत्र के क्रम में आगे लिखा :

'पिछले पत्र में मैंने जो व्यवस्था करने की बात कही थी, वह यह थी कि हम उनको एक निश्चित अवधि पर आर्थिक सहायता की व्यवस्था करें। आपके पत्र से यह स्पष्ट है कि उनके लिए अपने दो वक़्त का गुज़ारा करना मुश्किल हो रहा है। आपको उन्हें अपने दूतावास में काम करने के लिए पूछने की आवश्यकता नहीं है। मैं नहीं समझता कि यह बिलकुल भी उपयुक्त होगा। हमें जो मदद करनी होगी वह जहाँ हैं, वहीं थोड़ा अतिरिक्त रूप से करनी होगी। उनकी वर्तमान तनख़्वाह में अगर कुछ अतिरिक्त धनराशि जुड़ जाए तो उससे उनके जीवन में काफ़ी परिवर्तन आएगा। इसलिए मैं चाहूँगा कि आप उन्हें भेजने के लिए धनराशि का सुझाव दें, जो उन्हें मासिक अथवा त्रैमासिक रूप से जैसा भी आप चाहें, दी जाती रहे। इस संबंध में मेरी ओर से स्वीकृति की प्रतीक्षा न की जाए। आप मुझे बताएँ और मैं आपको नियमित रूप से इस धनराशि को भेजने की व्यवस्था करा दूँगा। जैसा कि मैंने पूर्व में भी बता दिया था, यह एक निजी व्यवस्था होगी और इस मामले को विदेश मंत्रालय में ले जाने की ज़रूरत नहीं है।'

नौ अगस्त 1950 को भारत के प्रधानमंत्री कार्यालय से उनके वरिष्ठ अधिकारी धर्मवीर ने स्विट्ज़रलैंड में भारतीय राजदूत श्री देसाई को एक पत्र भेजकर उनके दो अगस्त के उस पत्र पर प्रधानमंत्री की सहमति प्राप्त होना बताया था, जिसके अनुसार श्रीमती एमिली शेंकल को छह सौ रुपए प्रतिमाह के अनुसार ऑस्ट्रियन मुद्रा का भुगतान हर तीन माह में एक बार किया जाता रहेगा।

12 अगस्त 1950 को प्रधानमंत्री जवाहरलाल नेहरू ने राजदूत धीरजलाल बी देसाई को एक गोपनीय और निजी पत्र लिखकर सूचित किया कि वह उनके द्वारा सुझाए गए विवरण के अनुसार फ्रा एमिली शेंकल तथा उनकी पुत्री के लिए 1715 रुपए की धनराशि भेजने की व्यवस्था कर रहे हैं, जो प्रभावी रूप से ₹285 और 11 पैसे प्रति माह होती है। इस प्रकार यह धनराशि छह महीने के व्यय के रूप में भेजी जा रही है। ये छह महीने जनवरी 1951 तक पूरे होंगे। इससे पूर्व प्रधानमंत्री सचिवालय के अधिकारी धर्मवीर द्वारा भी यह जानकारी भारतीय राजदूत को भेजी जा चुकी थी।

15 अगस्त 1950 को भारत के प्रधानमंत्री जवाहरलाल नेहरू के निजी सचिव एम. ओ. मथाई ने स्विट्ज़रलैंड के भारतीय राजनयिक देसाई को अपनी हस्तलिपि में भेजे गए एक पत्र में 1715 राशि का एक चेकम जो विदेश मंत्रालय के माध्यम से लॉयड बैंक लिमिटेड, नई दिल्ली द्वारा निगमित किया गया था। संलग्न करते हुए इस धनराशि को विएना के भारतीय राजनयिक कार्यालय में इस आशय के साथ भेजने का निर्देश दिया गया कि वह इसको किसी नामित व्यक्ति के खाते में परिवर्तित कराकर श्रीमती एमिली शेंकल को उपलब्ध करा दें।

23 अगस्त 1950 को स्विट्ज़रलैंड के भारतीय राजदूत श्री देसाई ने प्रधानमंत्री के निजी सचिव को बताया कि इस धनराशि को संबंधित जगह भेजने के लिए आवश्यक व्यवस्था कर ली गई है। उनका कहना था, 'चूँकि यह एक संवेदनशील मामला है, इसलिए मुझे ख़ुशी हुई कि इसको सावधानीपूर्वक सुलझा लिया गया है'।

स्विट्ज़रलैंड के राजदूत ने विदेश मंत्रालय, भारत सरकार को 19 अक्टूबर 1950 को एक पत्र भेजकर यह भी लिखा :

> 'प्रधानमंत्री और उप-प्रधानमंत्री इस मामले के सभी तथ्यों से अवगत हैं। जहाँ तक माँ और बेटी का प्रश्न है, हम उन्हें एक निश्चित धनराशि की मदद दे रहे हैं। वे लोग विलासिता की ज़िंदगी नहीं जी रहे हैं, परंतु बेहद निर्धनता में भी नहीं हैं। वे विएना में मध्यम वर्ग के लोगों की तरह जी रहे

हैं। हम उनसे लगातार संपर्क बनाए हुए हैं और उनकी देखभाल किया करते हैं। मैं जब भी वहाँ जाता हूँ, हमेशा उनसे मिलता हूँ और उन्हें बाहर घुमाने तथा जो संभव हो वह करने का प्रयास करता हूँ। आप इस बात को अवश्य जानते होंगे कि हमारे नेताजी के साथ कैसे संबंध थे, और मैं उनकी देखभाल करने के लिए मुझसे जो बन पड़ेगा, वह करूँगा।'

भारत सरकार के स्विट्ज़रलैंड में रहे राजनयिक श्री देसाई को एमिली शेंकल द्वारा विएना से लिखे गए 6 दिसंबर 1950 के एक पत्र का भी रिकॉर्ड मिलता है जिसमें उन्होंने लिखा है :

'मैं आपके द्वारा दिखाई गई उस दयालुता के प्रति धन्यवाद करना चाहती हूँ जो आपने उस समय की, जब मैं ख़राब स्वास्थ्य से जूझ रही थी। मैं उस समय आपसे उधार ली गई धनराशि 1800 शिलिंग्स को वापस करना चाहती हूँ।'

जानकारी यह भी मिलती है कि रामास्वामी ने यह धनराशि विएना में भारतीय उच्चायुक्त कार्यालय में जमा करा दी थी, इसीलिए 7 दिसंबर 1950 को वहाँ के वरिष्ठ अधिकारी ने एक गोपनीय पत्र में स्विट्ज़रलैंड के राजदूत धीरजलाल बी देसाई को बताया कि श्रीमती शेंकल द्वारा उन्हें भेजी गई 1800 शिलिंग्स की धनराशि उन्होंने खाते में जमा कर दी है। राजदूत ने एक पत्र भेजकर इस धनराशि की रसीद श्रीमती एमिली शेंकल को भेजने का निर्देश भी दिया था।

19. संशय से पुष्टि और मदद की ओर

राजदूत देसाई ने 17 अगस्त 1950 को प्रधानमंत्री जवाहरलाल नेहरू को आश्वासन दिया कि वह फ्रा एमिली शेंकल और उनकी बेटी के लिए नियमित रूप से भुगतान कराने की व्यवस्थाएँ सुनिश्चित कर लेंगे।

गृह मंत्रालय की गुप्तचर इकाई के सहायक निदेशक स्तर के एक अधिकारी डी. के. कृष्णा ने अपने वरिष्ठ अधिकारियों को तीन अक्टूबर 1950 को पत्रावली में एक गोपनीय टिप्पणी में अंकित किया था :

'एक महिला जो स्वयं को एमिली शेंकल कहती है, वह सन् 1943 अथवा 1944 में कभी चर्चा में आई थी जब उसने शरत चंद्र बोस को उनकी कारावास की अवधि में मद्रास के ऊटकमंड में एक पत्र लिखा था। उसका दावा था कि वह सन् 1936 और 37 में विएना में सुभाष चंद्र बोस की सेक्रेटरी रही थी तथा उनका परिचय सुभाष चंद्र बोस के सन् 1943 के आरंभ में सुदूर पूर्व में जाने से पहले उनके विवाह में परिवर्तित हो गया था। उनकी अनिता नाम की एक बेटी भी है। फ्रा शेंकल ने कहा है कि यह बात वह पैसे के लिए नहीं लिख रही है, परंतु वह शरत चंद्र बोस को यह जताना चाहती है कि सुभाष चंद्र बोस ने उससे शादी की थी और वह उनकी पत्नी है तथा उनके एक बेटी भी है।

हमें इन माँ और बेटी की वर्तमान आर्थिक स्थिति के स्रोतों के संबंध में कोई सूचना नहीं है। यह जाना जाता है कि फ्रा शेंकल समय-समय पर श्री शरत चंद्र बोस के जीवन काल में उनसे तथा उनकी बेटी से पत्र-

व्यवहार करती रही है। ये पत्र विएना के उस पते से लिखे गए थे जहाँ शेंकल रहती हैं।

अपुष्ट ख़बरों के अनुसार फ्रा शेंकल विएना के जीपीओ में नौकरी करती है। उन्होंने अपनी बेटी के साथ स्विट्ज़रलैंड के ग्लायोन में शरत चंद्र बोस तथा उनके परिवार के साथ तब एक पखवाड़ा बिताया था जब वे लोग यूरोप के भ्रमण पर थे। इस संबंध में उस समय दिए गए सुझाव के अनुसार माँ और बेटी की भारत यात्रा करने के संबंध में कोई कार्यवाही नहीं की गई, संभवत: इसलिए कि ऐसी कार्रवाई शरत चंद्र बोस के यूरोप के अगले भ्रमण के लिए विचाराधीन रखी जा सके।'

ऑस्ट्रिया में भारत के राजनयिक रामास्वामी ने 14 नवंबर 1950 को स्विट्ज़रलैंड के भारतीय राजदूत धीरजलाल बी देसाई को एक गोपनीय पत्र लिखकर बताया कि उनकी और प्रधानमंत्री की पहल पर एमिली शेंकल को प्रतिमाह ₹500 की धनराशि देने के निर्देश प्राप्त हुए थे। वह एकमुश्त राशि नहीं चाहतीं, क्योंकि अफ़वाह है कि मुद्रा विनिमय की दरें परिवर्तित होकर उन्हें नुक़सान हो सकता है। इसके अलावा भी कुछ अन्य कारण हैं जो उन्होंने विस्तार से समझाए, कि वह एक नियमित अवधि में ही भुगतान क्यों प्राप्त करना चाहती हैं। अगस्त, सितंबर और अक्टूबर महीने में यह प्रक्रिया अपनाई गई, परंतु जब सामान्य रूप से उन्हें देने के लिए नवंबर की क़िस्त का समय आया तो श्रीमती एमिली शेंकल ने टेलीफ़ोन कर उन्हें यह बताया कि चूँकि अमिय नाथ बोस वहाँ पर आए हुए हैं, इसलिए वह इस मामले को गोपनीय बनाए रखना चाहती हैं। उन्होंने इस संबंध में बाद में टेलीफ़ोन कर चर्चा करने की बात कही, लेकिन उनकी पिछले 10 दिन के भीतर कोई कॉल नहीं आई। इसलिए उनसे फ़ोन पर स्वयं बात की गई और पूछा गया कि क्या उन्हें इस पैकेट को लाकर सौंप दिया जाए। इसपर उन्होंने कहा कि वह इस संबंध में अलग से बात करेंगी।

रामास्वामी ने राजदूत को लिखे पत्र में बताया था कि उन्हें ऐसा लगता है कि भारत में नेताजी की विधवा को दिए जा रहे इस भुगतान को लेकर कुछ प्रचार हुआ है, जिससे बोस परिवार की स्थिति असहज बनी है। उनका अनुमान रहा था कि संभवत: अमिय बोस ने इस संबंध में उनसे बात की होगी।

भारतीय राजनयिक ने इस मामले को अपने वरिष्ठ अधिकारियों के संज्ञान में लाकर उनसे निर्देश प्राप्त करने की कोशिश की। इस बीच सात दिसंबर

को रामास्वामी ने अपने पत्र में राजदूत देसाई को बताया कि एमिली शेंकल ने राजदूतावास से जो 1800 ऑस्ट्रियन शिलिंग्स लिए थे, वह आज उन्होंने वापस कर दिए हैं। एमिली शेंकल ने उन्हें इस आशय का पत्र भी लिखा था, जिसमें कृतज्ञता व्यक्त की गई थी।

प्रधानमंत्री जवाहरलाल नेहरू ने 24 दिसंबर 1950 को नई दिल्ली से एमिली शेंकल के विषय में स्विट्ज़रलैंड में भारत के राजदूत धीरजलाल बी देसाई ने एक गोपनीय तथा व्यक्तिगत पत्र लिखा :

'आपको याद होगा कि मैंने कई महीनों पहले सुभाष चंद्र बोस की विएना में रहने वाली पत्नी और बेटी के विषय में लिखा था। मैंने सुझाव दिया था कि आप उन्हें नियमित रूप से प्रतिमाह भुगतान किया करें और उसकी व्यवस्था मैं यहाँ से करा दूँगा। जब मैं यूरोप में रहूँगा, तब मुझे यह सूचना चाहिए कि उनके बारे में क्या किया गया है। क्या उनको भुगतान किया जाता है, और यदि हाँ, तो अब उनकी स्थिति कैसी है? मैं यहाँ संकेत करना चाहूँगा कि इस पुत्री के लिए एक विशिष्ट धनराशि को अलग रखने का प्रस्ताव विचाराधीन है।'

27 जनवरी 1951 को प्रधानमंत्री जवाहरलाल नेहरू ने फिर एक व्यक्तिगत पत्र लिखकर स्विट्ज़रलैंड के राजदूत को एमिली शेंकल का एक पत्र संलग्न कर लिखा था कि उन्हें उम्मीद है कि उन्होंने एमिली का नाम सही लिखा होगा, यदि नहीं, तो उसे सही कर लिया जाना उचित होगा। नेहरू ने लिखा :

'आप उन्हें इस बात का आश्वासन दे सकते हैं कि यह एक निजी मामला है और इसका सरकार से कोई लेना-देना नहीं है। दूसरी बात यह कि जब भी उन्हें भारत आना होगा तो उन्हें कोई परेशानी या दिक़्क़त नहीं होने वाली है। उन्हें हवाई मार्ग से आना चाहिए, बशर्ते कि वह समुद्री मार्ग से आना पसंद नहीं करती हों, जो उनके लिए संभवत: एक आनंददायक यात्रा हो सकती है। उनके सारे ख़र्चे हम वहन करेंगे। कृपया उन्हें यह भी बताएँ कि हम उनके सुभाष चंद्र बोस के परिवार से संबंधों के बीच में किसी भी तरह से नहीं आना चाहते। यदि वह निर्णय लेती हैं तो उन्हें निश्चित रूप से वहाँ जाना चाहिए।'

भारत के प्रधानमंत्री के निजी सचिव धर्मवीर ने 25 फ़रवरी 1951 को

स्विट्ज़रलैंड में भारत के राजदूत देसाई को पत्र लिखकर याद दिलाया :

'कुछ दिनों पूर्व प्रधानमंत्री ने उन्हें (राजदूत) एक पत्र भेजा था जो नेताजी सुभाष चंद्र बोस की विधवा को दिया जाना था। उस पत्र का कोई उत्तर प्राप्त नहीं हुआ है और वह यह नहीं समझ पा रहे हैं कि वह पत्र क्या उन तक पहुँच पाया है अथवा नहीं? अपेक्षा की गई है कि वह इस संबंध में प्रधानमंत्री की सूचना के लिए जानकारी उपलब्ध कराएँ कि वर्तमान में उस महिला की स्थिति क्या है? क्या उन्हें वह मासिक भत्ता मिल रहा है जिसका उनसे वादा किया गया था? यदि नहीं, तो उसमें कठिनाइयाँ क्या हैं? यह तथ्य कि नेताजी सुभाष चंद्र बोस ने उस महिला से विवाह किया था और उनसे उन्हें एक बेटी भी उत्पन्न हुई, यह बात भारत में पूरी तरह से प्रचलित है तथा लोगों का ध्यान आकर्षित करती है। इसलिए इस मामले को महत्ता देकर शीघ्रतम कार्यवाही की जानी अपेक्षित होगी।'

21 फ़रवरी 1951 को विएना के भारतीय राजनयिक के. वी. रामास्वामी ने स्विट्ज़रलैंड के राजदूत देसाई को एमिली शेंकल के विषय में जो पत्र लिखा उसमें बताया गया था कि स्विट्ज़रलैंड से लौटने के बाद उन्होंने श्रीमती एमिली शेंकल से मुलाक़ात की और उनके नाम संबोधित पत्र दिया। उन्होंने जानकारी दी कि पत्र पढ़कर श्रीमती शेंकल ने सूचित किया :

'वह इस निमंत्रण का स्वागत करती हैं और आभारी हैं। परंतु उन्हें इस मामले में सावधानीपूर्वक चलना होगा। उनका स्वयं का स्वास्थ्य अच्छा नहीं चल रहा है और कुछ दिनों पूर्व उनका ऑपरेशन हुआ है, इसलिए इस बात में संशय है कि क्या वह गर्मियों में कोई भ्रमण कार्यक्रम बना पाएँगी। तत्काल यात्रा का कार्यक्रम कठिनाइयों का है। वह अपनी नौकरी छोड़कर नहीं जाना चाहतीं और अल्प अवधि में कोई नोटिस देकर लंबी छुट्टियाँ नहीं ली जा सकतीं। इसके अतिरिक्त, बेटी स्कूल में है और वह सत्र के मध्य में उसकी पढ़ाई में व्यवधान नहीं पहुँचाना चाहतीं।'

भारतीय राजदूत ने 28 फ़रवरी 1951 को भारत के प्रधानमंत्री जवाहरलाल नेहरू को यह पत्र भेजते हुए लिखा था कि वह शीघ्र विएना जाएँगे। राजदूत देसाई ने लिखा :

'मैं स्वयं उनसे भारत आने का अनुरोध करूँगा। वर्तमान में वह इसके

लिए अनिच्छुक हैं।'

28 फ़रवरी का यह पत्र प्रधानमंत्री के पास पहुँच पाता, उससे पूर्व ही प्रधानमंत्री जवाहरलाल नेहरू ने स्विट्ज़रलैंड के भारतीय राजदूत धीरजलाल बी देसाई को एक पत्र भेजकर अपेक्षा की कि उन्हें श्रीमती एमिली शेंकल के विषय में जानकारी दी जाए। प्रधानमंत्री का कहना था :

'हम उनके विषय में सारी व्यवस्थाओं पर निर्णय लेना चाहते हैं। परंतु यदि वह भारत आएँ तो यह काम अच्छे और सुविधाजनक रूप से हो सकेगा।'

छह मार्च 1951 को राजदूत ने प्रधानमंत्री के निजी सचिव धर्मवीर को पत्र भेजकर अवगत करा दिया था कि उन्होंने प्रधानमंत्री को इस संबंध में विस्तारपूर्वक बातें समझा दी हैं और जब वह उनसे पेरिस में मिलेंगे तो इस संबंध की आगे की कार्यवाही पर भी चर्चा कर ली जाएगी। उनका कहना था कि इस सब को व्यवस्थित करने में थोड़ा समय लग सकता है परंतु उन्हें लगता है कि वह इसे सँभाल लेंगे।

प्रधानमंत्री के 26 फ़रवरी 1951 के पत्र के उत्तर में देसाई ने अपने पत्र में एमिली शेंकल के संबंध में कुछ जानकारियाँ दी थीं। उनका कहना था :

'ऐसा लगता है कि मैं अभी कुछ और समय तक विएना नहीं जा पाऊँगा, इसलिए मैंने श्रीमती शेंकल को यहाँ आने के लिए अनुरोध किया है। इसके अतिरिक्त शरत बाबू के बेटे और बेटी विएना में हैं और वह उनपर हर तरह का प्रभाव डालने की कोशिश करेंगे। यह स्पष्ट है कि उनकी यात्रा का ख़र्च सरकार के खाते में नहीं जाएगा। रेलवे का किराया मैं दे दूँगा और वह यहाँ रहने की अवधि में बाटलीवाला के फ़्लैट में रह सकती हैं। वह जब यहाँ पर होंगी तब आपके द्वारा सुझाई गई संवेदनशीलता के अनुसार मैं उनसे बात कर उन्हें राज़ी कराने का प्रयास करूँगा। मैं इसके विषय में आपको लिखूँगा। उम्मीद है कि अगले दो-तीन सप्ताह में मुझे आपका उत्तर मिल जाएगा। मुझे आशा है कि आप मुझे इतना समय देंगे।'

राजदूत देसाई को भारत के प्रधानमंत्री का यह पत्र मिल पाता, उससे पहले उन्होंने उसी दिन अर्थात सात मार्च 1951 को स्विट्ज़रलैंड के भारतीय राजनयिक धीरजलाल बी देसाई को उनके द्वारा 28 फ़रवरी को श्रीमती एमिली शेंकल के पत्र

को संलग्न कर भेजने के लिए धन्यवाद दिया। उन्होंने लिखा :

'मैं चाहूँगा कि आप उनको (एमिली) बता दें कि हमारे पास उनका पत्र आ गया है। यह निश्चित रूप से उनके निर्णय करने की बात है। हमारे प्रस्ताव में किसी विचार अथवा सिद्धांत का प्रश्न निहित नहीं है। यह सामान्य रूप से बेटी के लिए एक न्यास बनाकर धनराशि अलग रखने की व्यवस्था की बात है। यह न्यास तब तक काम करेगा जब तक कि बेटी की उम्र उस धनराशि को उसे सौंपने योग्य नहीं हो जाती। इस बीच धनराशि के ब्याज़ का उपयोग उसके द्वारा प्राकृतिक रूप से अपनी माता के माध्यम से किया जा सकता है। मैं अभी किसी धनराशि का संकेत नहीं दे सकता हूँ परंतु यह दस हज़ार पाउंड अथवा उससे कहीं अधिक हो सकती है।

आपका स्नेहिल

जवाहरलाल नेहरू

स्विट्ज़रलैंड में भारतीय राजदूत का 7 मार्च का पत्र प्रधानमंत्री को मिलने के बाद उन्होंने 12 मार्च 1951 को उसका उत्तर भिजवाते हुए लिखा था :

'मैं समझता हूँ कि यह अच्छा विचार है कि श्रीमती एमिली शेंकल बर्न जाकर आपसे बातचीत करें। उनकी यात्रा पर जो भी ख़र्च होगा वह निश्चित रूप से हमारे द्वारा एक अलग फ़ंड से भुगतान किया जाएगा। यह व्यवस्था सामान्य सरकारी ख़र्चों के तहत नहीं होगी।

मैंने शरत चंद्र बोस के बेटे अमिय नाथ बोस से कहा है कि वह अगले हफ़्ते श्रीमती एमिली शेंकल के विषय में बात करने के लिए यहाँ आएँ। आपको उनके ऊपर किसी क़िस्म का दबाव डालने की कोई आवश्यकता नहीं है। जो आपको करना है वह यह कि उन्हें स्थिति समझा दी जाए और यह उनके ऊपर छोड़ दिया जाए कि वह किस रास्ते पर जाना चाहें, इधर या उधर। हम हर हाल में संतुष्ट रहेंगे। अमिय से मेरी बात होने के बाद मैं आपसे आगे चर्चा करूँगा।'

भारत सरकार के नेताजी सुभाष चंद्र बोस से संबंधित अभिलेखों में विशेष रूप से उनकी पत्नी एमिली शेंकल तथा बेटी अनिता का उल्लेख करते हुए हुई कार्यवाहियों का विवरण दर्ज है। यूरोप में तैनात भारतीय राजनयिक ए. सी.

नाम्बियार जो सुभाष बाबू के क़रीब हुआ करते थे, ने प्रधानमंत्री को 30 अप्रैल 1951 को एक गोपनीय तथा निजी पत्र भेजकर सूचित किया कि 24 अप्रैल के 'हिंदुस्तान टाइम्स' समाचारपत्र में समाचार प्रकाशित हुआ है :

> 'सुभाष चंद्र बोस की यूरोप में एक पत्नी और बेटी है तथा यह कि वह (नाम्बियार) शादी के समय उपस्थित दो लोगों में से एक थे।'

उनका कहना था कि संभवत: अन्य समाचारपत्रों ने भी इस प्रकार की सूचना प्रकाशित की है। इस संबंध में नाम्बियार ने प्रधानमंत्री को लिखा :

> 'यह सच नहीं है। हालँकि मैं इस बात से अवगत हूँ कि बोस इस संदर्भित महिला को अपनी पत्नी की तरह देखते थे और उन्होंने उस बच्ची को अपनी बेटी की तरह स्वीकार किया था परंतु मैं किसी वैवाहिक समारोह में शामिल नहीं था। संभवत: इस बिंदु पर किसी खंडन की ज़रूरत नहीं है, फिर भी मुझे महसूस हुआ कि इस संबंध में मुझे आपको सूचित करना चाहिए।'

20. ट्रस्ट डीड : मदद के लिए उपयुक्त क़दम

प्रधानमंत्री ने अपने कार्यालय प्रमुख को 14 अप्रैल 1952 को एक नोट लिख भेजा, जिसमें एक ट्रस्ट डीड का आलेख था। यह सुभाष चंद्र बोस की बेटी के पालन-पोषण के लिए बनाया गया ट्रस्ट था जिसके एक सदस्य बंगाल के मुख्यमंत्री बी. सी. राय भी थे। जवाहरलाल नेहरू जानना चाहते थे कि इसकी कार्यवाही के लिए प्रक्रिया क्या रहेगी और कितने मूल्य का स्टांप पेपर लगेगा।

इस विषय पर विधि मंत्रालय की जो सम्मति प्राप्त हुई, उसके अनुसार यह आलेख उचित ढंग से नहीं लिखा गया था। उनके अनुसार अपरिहार्य स्थितियों में, अर्थात बेटी के 21 वर्ष होने से पूर्व मौत अथवा माँ की पहले ही मृत्यु हो जाने पर इस धनराशि को भारतीय राष्ट्रीय कांग्रेस को वापस कर दिया जाएगा। ऐसे मामलों में बेटी के भरण-पोषण, शिक्षा और 21 वर्ष पूरा होने तक के अन्य ख़र्चों के लिए किसी उपयुक्त व्यक्ति को नामित कर ज़िम्मेदार बनाना होगा। उन्होंने इस संबंध में संशोधित आलेख प्रस्तुत किया था।

वित्त मंत्रालय के सचिव के वी. के. सुंदरम ने इसपर कुल 22.80 की राशि (धनराशि) के स्टांप पेपर लगने का ख़र्च बताया था।

10 जून 1952 को सुभाष चंद्र बोस के एक अन्य भतीजे अमिय नाथ बोस ने प्रधानमंत्री जवाहरलाल नेहरू को प्रस्ताव दिया था कि वह अपनी चाची को विएना में रिज़र्व बैंक तथा ऑस्ट्रिया के नेशनल बैंक के माध्यम से कुछ धनराशि

भेजना चाहते हैं, परंतु उन्हें आशंका है कि ऑस्ट्रियन बैंक इस संबंध में आपत्ति कर कुछ जटिलताएँ उत्पन्न कर सकता है। इसलिए वह जानना चाहते थे कि क्या यह संभव है कि वह इस धनराशि को विदेश कार्यालय में सौंप दें, ताकि इसे उतनी ही ऑस्ट्रियन मुद्रा में परिवर्तित कर विएना में अपने वाइस काउंसिल के माध्यम से उपलब्ध कराया जा सके।

12 जून 1952 को प्रधानमंत्री जवाहरलाल नेहरू ने अपने प्रधान सचिव बी. एन. कौल को निर्देश दिए :

> 'वित्त और विदेश विभाग से यह पता किया जाए कि क्या इस तरह से कोई धनराशि भेजी जा सकती है ? चूँकि धनराशि छोटी होगी इसलिए इस मामले को व्यवहृत करने के लिए विदेश विभाग को एक विशेष मामले के रूप में कोई कठिनाई नहीं होनी चाहिए। विएना में जो महिला रहती है वह श्री सुभाष चंद्र बोस की पत्नी, अथवा कहा जाए तो विधवा है, और हमें उनको भेजे जाने वाली किसी भी मदद को सहज बनाने में योगदान करना होगा।'

सचिव बी. एन. कौल ने अमिय नाथ बोस के संदर्भित पत्र को प्रधानमंत्री की टिप्पणी के साथ वित्त मंत्रालय को भेजा था, जिसपर वहाँ से सुभाष चंद्र बोस की विधवा को भेजे जाने वाली धनराशि की प्रक्रिया की जानकारी दी गई। वित्त मंत्रालय ने इस संबंध में भारतीय रिज़र्व बैंक को भी लिखा था। 26 जून 1952 को इस टिप्पणी को प्रधानमंत्री जवाहरलाल नेहरू के संज्ञान में लाने के लिए प्रस्तुत किया गया तो उन्होंने पत्रावली पर लिखा :

'हाँ, कृपया अमिय (नाथ) बोस को लिख दीजिए।'

प्रधानमंत्री के निजी सचिव बी. एन. कौल ने आर्थिक मामलों के विभाग के सचिव के. जी. अंबेगाँवकर को 13 जून 1952 को एक पत्र लिखकर अमिय नाथ बोस के पत्र को संलग्न करते हुए ज़रूरी हर संभव मदद करने का निर्देश दिया था। ऐसा ही एक पत्र तत्कालीन विदेश सचिव, के. पी. एस. मेनन को भी लिखा गया, जिसमें बताया गया कि भारत के प्रधानमंत्री की भी यह इच्छा है कि इस मामले को सफलतापूर्वक पूरा किया जाए। यदि इस रूप में धनराशि को भेजने में कोई दिक़्क़त हो तो कोई अन्य वैकल्पिक प्रक्रिया अपनाने का सुझाव दिया जाए।

पत्र के उत्तर में वित्त मंत्रालय के अधिकारी जी. आर. कामथ ने कौल को 20

जून 1952 को पत्र लिखकर बताया था कि चूँकि यह एक विशुद्ध रूप से निजी लेन-देन है इसलिए इसे अमिय नाथ बोस द्वारा सुझाए गए तरीक़े से विएना के दूतावास के माध्यम से पूरा किया जाना उचित नहीं होगा। उन्होंने लिखा था कि बेहतर यह होगा कि श्री अमिय नाथ बोस इस धनराशि को सामान्य बैंकिंग माध्यम से विएना के दूतावास में उपलब्ध कराएँ जिसे वह उन्हें ऑस्ट्रियन करेंसी में श्रीमती बोस को उपलब्ध करा देंगे। उनका कहना था कि ऐसी ही प्रक्रिया तब अपनाई गई थी जब भारत के प्रधानमंत्री ने कुछ वर्ष पहले फ्रा शेंकल को एक धनराशि भेजने की व्यवस्था की थी। तदनुसार, प्रधानमंत्री के प्रधान सचिव बी. एन. कौल ने अमिय नाथ बोस को 27 जून 1952 को स्थिति स्पष्ट कर दी।

विदेश मंत्रालय की तरफ़ से विएना के राजदूत के नाम तात्कालिक रूप से जुलाई 1952 को एक व्यक्तिगत तथा गोपनीय टेलीग्राम भेजा गया जिसमें प्रधानमंत्री ने राजदूत आसफ़ अली से अपेक्षा की थी कि वह सुभाष चंद्र बोस की पत्नी से उनके घर पर मिलकर यह सूचना प्राप्त करने की कोशिश करें कि क्या उन्हें और उनकी बेटी को किसी प्रकार की मदद की ज़रूरत है और यह भी कि क्या वह इसे स्वीकार करने के लिए तैयार होंगी।

आसफ़ अली का कहना था कि उन्होंने पूर्व में ही श्रीमती एमिली शेंकल बोस से मिलने का प्रयास किया था लेकिन उन्हें पता चला कि वह अपनी बच्ची के साथ छुट्टियाँ मनाने शहर से बाहर गई हुई हैं। उप राजदूत रामास्वामी ने उनसे फ़ोन पर बात की थी और वह उनकी वापसी पर श्रीमती बोस से मिलेंगे। उन्होंने 31 जुलाई 1952 की तिथि को निर्गत किए गए इस गोपनीय तथा व्यक्तिगत पत्र में प्रधानमंत्री को यह भी लिखा :

> 'इसके बावजूद मुझे आपको सूचित करना है कि जैसा रामास्वामी ने मुझे बताया उससे प्रतीत होता है कि वह भली महिला सरकार से अनुग्रहित होने का इरादा नहीं रखती है। संभवत: उनको अमिय नाथ बोस ने इसी तरह से समझाया होगा। फिर भी मैं प्रयास करूँगा और देखूँगा कि मैं उन्हें इस मदद को प्राप्त करने के लिए राज़ी करने में क्या कर सकता हूँ। यदि वह ख़ुद के लिए नहीं तो कम-से-कम पुत्री के लिए यह मदद ले सकती हैं। मैं इस संबंध में सरकार की किसी प्रतिबद्धता के बिना यथासंभव सतर्कता बरते जाने का ध्यान रखूँगा।'

16 अगस्त 1952 को भारत के विदेश मंत्रालय की ओर से विएना में भारत के

उप राजदूत रामास्वामी को एक पत्र लिखा गया जिसमें विएना में श्रीमती एमिली शेंकल बोस के साथ आसफ़ अली की हाल ही में हुई बैठक के विषय में प्रधानमंत्री को जानकारी दी गई थी। इस पत्र में कहा गया था कि कतिपय समस्याओं के साथ श्रीमती बोस को जिस बात की सबसे अधिक चिंता थी वह उनकी चाय की आपूर्ति को लेकर थी। पत्र में पूछा गया था कि क्या विएना में चाय प्राप्त करने में कोई कठिनाई है? यदि ऐसा है तो इस आपूर्ति को लंदन से मँगाया जा सकता है। उनसे अपेक्षा की गई थी कि वह स्थिति से अवगत कराएँ ताकि श्रीमती शेंकल बोस को कुछ चाय भेंट के रूप में भेजी जा सके।

श्रीमती एमिली शेंकल बोस की तात्कालिक आर्थिक स्थिति और ज़रूरी वित्तीय सहायता प्रदान किए जाने को लेकर विएना में भारतीय राजनयिक रामास्वामी को सुभाष चंद्र बोस के भतीजे शिशिर कुमार बोस ने कलकत्ता से पत्र भी लिखा था, जिसमें अनुरोध किया गया था कि उनके भाई अमिय नाथ बोस को उनकी चाची को भेजने के लिए जुलाई 1952 से प्रति तिमाही ₹900 की धनराशि की स्वीकृति प्रदान करा दी जाए। यह धनराशि लॉयड बैंक लिमिटेड द्वारा ऑस्ट्रियन मुद्रा में परिवर्तित होकर श्रीमती शेंकल बोस को दी जानी थी। इस संबंध में शिशिर कुमार बोस ने 21 अगस्त 1952 को भी रामास्वामी को पत्र भेजकर अनुरोध किया था।

इस अनुरोध पत्र के उत्तर में आठ सितंबर 1952 को के. वी. रामास्वामी ने शिशिर बोस को बताया कि उन्हें अभी तक इस संबंध में कोई संदेश प्राप्त नहीं हुआ है। जैसे ही इस धनराशि के विषय में प्राप्ति की सूचना मिलेगी उसे उनकी चाची को सौंप कर सूचित कर दिया जाएगा। उनका कहना था कि वह श्रीमती एमिली शेंकल से एक दिन पहले मिले थे और उन्होंने भी इस बात की चर्चा की थी।

उसके बाद राजनयिक रामास्वामी के माध्यम से बैंक द्वारा 1610 ऑस्ट्रियन शिलिंग्स की धनराशि की प्राप्ति की रसीद संलग्न की गई जो 22 सितंबर को प्राप्त दर्शायी गई है। इस धनराशि को श्रीमती एमिली शेंकल को हस्तगत कराकर उनसे अगले दिन अर्थात 23 सितंबर 1952 को रसीद ले ली गई थी।

के. वी. रामास्वामी ने भारत सरकार के विदेश मंत्रालय के संयुक्त सचिव तैयब जी को 6 सितंबर 1952 को एक गोपनीय पत्र भेजकर चाय के संबंध में लिखे गए उनके 16 अगस्त 1952 के पत्र का उत्तर दिया था। उनका कहना था :

'यद्यपि स्थानीय मार्केट में चाय उपलब्ध है, परंतु श्रीमती बोस को भारत से आने वाली अच्छी चाय जैसे दार्जिलिंग, ब्रुक ब्रांड और लिप्टन चाय में

रुचि रहती है। ब्रुक ब्रांड और लिप्टन चाय यहाँ की दुकानों पर उपलब्ध नहीं है। इस चाय की आपूर्ति लंदन से सहजता से प्राप्त हो सकती है। मैं उन्हें भेजने के लिए कुछ पाउंड चाय की यथाशीघ्र व्यवस्था कराता हूँ।'

उनका यह भी कहना था :

'इस संदर्भ में मुझे यह भी अवगत कराना है कि मैं श्रीमती शेंकल को समय-समय पर उनके अनुरोध पर और कई बार स्वयं भेंट के रूप में कई पाउंड चाय उपलब्ध कराता रहा हूँ। यद्यपि वह मेरे द्वारा भेंट की जाने वाली चाय के साथ अपनी पसंद की इंग्लिश सिगरेट को भी स्वीकार करती रही हैं, वह इस मामले में संवेदनशील हैं तथा केवल छोटी मात्रा में ही चीज़ों को स्वीकार करती हैं। लगभग दो सप्ताह पहले हमारे राजदूत श्री आसफ़ अली ने उन्हें बर्न से एक पैकेट चाय (एक पाउंड) भेजा था जिसे मैंने उन्हें प्राप्त करा दिया था। इसलिए मुझे इस बात का आश्चर्य है कि क्या इन चाय के पार्सल को भारत से भेजा जाना ज़रूरी होगा। मैं यह सुनिश्चित करूँगा कि उन्हें प्रतिमाह एक पाउंड चाय की लंदन से उपलब्धता सुनिश्चित होती रहे, जो मेरे विचार से उनकी ज़रूरत भर के लिए पर्याप्त है। श्रीमती एमिली शेंकल बोस को कोई भेंट अथवा उपहार देने का प्रश्न सावधानीपूर्वक देखना होगा, क्योंकि वह ऐसे किसी स्रोत से किसी भेंट को स्वीकार करने के लिए प्रतिकूल ढंग से पेश आएँगी, जिनको वह व्यक्तिगत रूप से भली-भाँति नहीं जानती हों।'

संभवत: 9 अगस्त को प्रधानमंत्री जवाहरलाल नेहरू को भारतीय राजनयिक आसफ़ अली ने सुभाष चंद्र बोस की पत्नी के संबंध में एक अन्य पत्र लिखा था जिसकी विषयवस्तु ज्ञात नहीं है, परंतु 15 अगस्त 1952 को एक गोपनीय तथा व्यक्तिगत पत्र के रूप में जवाहरलाल नेहरू ने उसका जो उत्तर दिया था उसके अनुसार :

'हम सब इस प्रकरण के तथ्यों से वाक़िफ़ हैं। जहाँ तक हमारा मामला है, हमने उन्हें सुभाष चंद्र बोस की पत्नी के रूप में स्वीकार कर लिया है और यहीं मामला समाप्त हो जाता है।

उनकी बेटी के भविष्य की मदद के लिए उनसे बात करना उचित है। यह संभव तो है, परंतु कोई भी भविष्य की गारंटी नहीं ले सकता। मैं चाहता हूँ

कि उस बच्ची के लिए कुछ धनराशि अलग रखी जाए। तब तक उसके उपयोग की कोई ज़रूरत नहीं है, जब तक कोई आवश्यकता न पड़े। मैं किसी बड़ी धनराशि की बात नहीं कर रहा हूँ। इसके बावजूद यदि वह इसके लिए तैयार नहीं होती हैं तो मामला वहीं रुक जाता है। इस बीच यदि आप उचित समझें तो मैं आपको उनके लिए 100 पाउंड भेज सकता हूँ, जिसे हमारे विएना कार्यालय के माध्यम से उस बेटी को समय-समय पर दिया जा सकता है। यह धनराशि सरकारी स्रोत से नहीं होगी। यह कांग्रेस की तरफ़ से दी जाएगी।'

15 अगस्त 1952 को ही प्रधानमंत्री सचिवालय से विदेश सचिव को प्रधानमंत्री जवाहरलाल नेहरू के हस्ताक्षरयुक्त एक गोपनीय पत्र लिखा गया जिसमें आसफ़ अली के पत्र का जवाब प्राप्त होने की स्थिति में उन्हें 100 पाउंड की उक्त धनराशि भेजने की बात कही गई थी। उन्होंने यह भी पूछा था कि क्या विएना में हमारे प्रतिनिधि के माध्यम से सुभाष चंद्र बोस की पत्नी को कुछ चाय भेजने की व्यवस्था हो सकती है?

भारत के स्विट्ज़रलैंड में राजदूत आसफ़ अली ने प्रधानमंत्री को 3 सितंबर 1952 को एक पत्र भेजकर श्रीमती बोस को दी जाने वाली मदद के बिंदुओं पर चर्चा की थी। उनका कहना था कि श्रीमती बोस के औपचारिक और बाहरी तौर पर दिखने वाले अनमनेपन के बावजूद यदि उनकी आय में बढ़ोत्तरी अथवा अतिरिक्त आय की व्यवस्था की जाती है तो वह अवश्य कृतज्ञ होंगी। इसके लिए उन्हें क्रिसमस, ईस्टर और जन्मदिन जैसे मौक़ों पर उपयोगी उपहार दिए जा सकते हैं।

छह सितंबर 1952 को प्रधानमंत्री ने विदेश सचिव को एक टिप्पणी लिखकर आसफ़ अली के पत्र का संदर्भ दिया था और कहा था कि इस हेतु वह एक धनराशि के लिए कुछ निजी व्यवस्था करना चाहते हैं, जिसे विदेश मंत्रालय के पास रखा जाएगा और वह उसे इस काम के लिए बर्न के अपने दूतावास में भिजवा सकते हैं। अखिल भारतीय कांग्रेस कमेटी के महासचिव को एक गोपनीय संदेश में जवाहरलाल नेहरू ने 9 सितंबर 1952 को लिखा था कि वह श्री सुभाष चंद्र बोस की पत्नी और बेटी के संबंध में विएना में पूछताछ करते रहे हैं। उन्हें उचित लगता है कि उन लोगों को क्रिसमस के समय के आसपास 100 पाउंड की धनराशि भेंट के रूप में भेजनी चाहिए। यह धनराशि अखिल भारतीय कांग्रेस कमेटी के पास रखे आईएनए फ़ंड से भेजी जाएगी। इस धनराशि को भेजने की व्यवस्था विदेश मंत्रालय

के माध्यम से की जा सकती है।

16 सितंबर 1952 को प्रधानमंत्री के सचिव बी. एन. कौल ने टिप्पणी की कि फ्रा शेंकल (श्रीमती एमिली शेंकल बोस) के लिए चाय के पैकेट के गिफ़्ट पार्सल और उनके उपयोग के लिए 100 पाउंड की धनराशि निजी चैनल से विएना भारतीय कांउसिल को भेजे जाने का प्रस्ताव है। यह भी निर्देश दिए गए कि 100 पाउंड की धनराशि भेजने के लिए निर्धारित प्रक्रिया का पालन किया जाए। कहा गया कि यह धनराशि नक़द भी हो सकती है और उपहारों के रूप में भी, जिसका उपयोग उप कांउसिल अपने विवेक के अनुसार करेंगे।

वित्त मंत्रालय द्वारा इंपीरियल बैंक ऑफ़ इंडिया[39] के एजेंट से इस विषय पर विमर्श किया गया, कि इस धनराशि को भेजने का बेहतर रास्ता क्या रहेगा। इसपर विमर्श के बाद तय पाया गया कि 100 पाउंड की यह धनराशि जो भारतीय मुद्रा के रूप में रुपए 1338 बनती है, उसे एक रेखांकित चैक के माध्यम से इंपीरियल बैंक के एजेंट को दे किया जाएगा। वह उसे उपयुक्त तरीक़े से आगे पहुँचाएँगे।

इस धनराशि का बैंक ड्राफ़्ट जो विएना के भारतीय काउंसल के नाम था, 29 सितंबर 1952 को विदेश मंत्रालय को मिला, जिसे 4 अक्टूबर 1952 को प्रधानमंत्री के प्रधान सचिव ने देखा, और भेजने की अनुमति दी। प्रधानमंत्री जवाहरलाल नेहरू ने 7 अक्टूबर 1952 को स्विट्ज़रलैंड में अपने राजदूत आसफ़ अली को 100 पाउंड का एक बैंक ड्राफ़्ट भिजवाया था, ताकि इस धनराशि को समय-समय पर श्रीमती एमिली शेंकल को उपलब्ध कराया जा सके। इसी अवधि के दौरान शिशिर कुमार बोस ने भी अपनी चाची के लिए ₹300 की धनराशि भारतीय दूतावास के माध्यम से भिजवाई थी।

इस निर्देश के अनुसार विदेश मंत्रालय द्वारा विएना में भारतीय राजनयिक श्री के. वी. रामास्वामी को लिखा गया कि प्रधानमंत्री की इच्छा है कि इस धनराशि को सरकारी अकाउंट से अलग रखकर श्रीमती शेंकल को नक़द अथवा भेंट के रूप में दिया जाए। छह नवंबर 1952 को के. वी. रामास्वामी ने विएना से एक गोपनीय पत्र भेजकर इस धनराशि की प्राप्ति और उनके नक़द रूप में रखने की पुष्टि की, जिसे यथानुसार प्राप्त निर्देशों के क्रम में श्रीमती एमिली शेंकल बोस को उपलब्ध कराने का वचन दिया गया।

प्रधानमंत्री जवाहरलाल नेहरू ने एक संक्षिप्त टिप्पणी में यह जिज्ञासा प्रकट

39. यह बाद में स्टेट बैंक ऑफ़ इंडिया के रूप में परिवर्तित हो गया था

की थी :

'पता लगाएँ कि कि क्या 100 पाउंड की वह धनराशि विदेश मंत्रालय द्वारा हमारे विएना मिशन को उपलब्ध करा दी गई है?'

छह अक्टूबर को बी. एन. कौल ने प्रधानमंत्री को अवगत कराया कि विदेश मंत्रालय ने वह राशि फ्रा एमिली शेंकल[40] को देने के लिए विएना भेज दी है।

40. विएना की परंपराओं के अनुसार फ्रा का अर्थ एक सम्मानित महिला से है

21. संसद में चर्चा

आठ मई 1953 को लोकसभा में क्रमांक 1961 पर एक तारांकित प्रश्न पूछा गया, जिसमें सांसद एल.जे. सिंह द्वारा जानकारी चाही गई थी कि क्या भारत सरकार इस बात से परिचित है कि सुभाष चंद्र बोस अपने पीछे विएना में फ्रा एमिली शेंकल नाम की पत्नी और अनिता बोस नाम की बेटी छोड़ गए हैं ? यदि हाँ, तो सरकार द्वारा परिवार के पालन-पोषण के लिए क्या सरकारी मदद मुहैया कराई जा रही है ? क्या सरकार ने सुभाष चंद्र बोस की पत्नी और बेटी को भारत लाने का प्रस्ताव दिया है ? यदि हाँ, तो उस प्रस्ताव के क्या परिणाम हुए हैं ?

इस प्रश्न के उत्तर में प्रधानमंत्री जवाहरलाल नेहरू ने स्वीकारोक्ति करते हुए बताया कि उस महिला का नाम फ्रा एमिली शेंकल है। प्रश्न के अन्य भागों के उत्तर में उनका कहना था कि महिला को भारत आने के लिए आमंत्रित किया गया था, परंतु उन्होंने विएना में ही रहने को प्राथमिकता दी है। उनको वित्तीय सहायता देने के प्रस्ताव भी दिए गए थे। समय-समय पर निजी स्रोतों से कुछ मदद भी की गई है, परंतु वह महिला नियमित रूप से ऐसी किसी वित्तीय सहायता प्राप्त करने की इच्छुक नहीं है।

प्रश्न पर चर्चा के दौरान सांसद ने प्रधानमंत्री से पूछा कि क्या भारत सरकार नेताजी सुभाष चंद्र बोस के कलकत्ता में रह रहे परिवार से इस संबंध में सहायता प्रदान करने और उनकी पत्नी तथा बेटी को भारत वापस लाने के लिए संपर्क में है ? तो प्रधानमंत्री ने जवाब दिया कि इस प्रश्न का उत्तर उनके लिए देना थोड़ा कठिनाई भरा है, क्योंकि यह संवेदनशील मामला है। जहाँ तक भारत सरकार का

वास्ता है, हम इस मामले को पिछले तीन या चार वर्षों से जानते हैं और जितना हमारी शक्ति में है, हम उनकी सहायता करना, उनको आमंत्रित करना और उनके लिए जो भी संभव होगा वह करना चाहते हैं, परंतु हम ऐसा कुछ नहीं करना चाहते जिसका दूसरी तरफ़ से स्वागत न किया जाए। उनका कहना था कि उस परिवार के सदस्यों का इस संबंध में ध्यानाकर्षण करने तथा उस मामले से प्रत्यक्ष रूप से निपटने की कार्यवाही को सुनिश्चित किया जा रहा है।

12 अक्टूबर 1953 को सांसद एम. वलीउल्लाह ने मंत्रिपरिषद से भी कुछ इस तरह का प्रश्न पूछा, जिसपर प्रधानमंत्री का उत्तर था कि उनको भारत सरकार द्वारा कोई नियमित आर्थिक सहायता नहीं दी जा रही है। समय-समय पर निजी स्रोतों से सहायता दी गई है। वह महिला नियमित आर्थिक मदद प्राप्त करने की इच्छुक नहीं है। चर्चा में हस्तक्षेप करते हुए सांसद सी. जी. के. रेड्डी ने प्रधानमंत्री से पूछा था कि उन्हें किन-किन स्रोतों से सहायता दी गई है और क्या वह इस बात से अवगत हैं कि वे स्रोत यह सहायता देना जारी रखे हुए हैं?

प्रधानमंत्री जवाहरलाल नेहरू ने कहा :

'वित्तीय सहायता देने के विषय में कोई कठिनाई नहीं है। कहने का अर्थ है कि मुझे दो या तीन ऐसे स्रोतों का पता है जहाँ से समय-समय पर उनके कठिनाई के पलों में आर्थिक मदद दी गई है, परंतु चूँकि वह इस मदद के विषय में जानकारी देने से असहज हैं और इसका प्रचार नहीं चाहती हैं इसलिए इसे बताने में कठिनाई है। मैं नहीं समझता कि क्या मुझे इन स्रोतों को बताने की शक्ति प्राप्त है, परंतु मुझे पता है कि अन्य स्रोतों के अलावा श्री सुभाष चंद्र बोस के परिवार ने भी समय-समय पर उनको सहायता प्रदान की है।'

सांसद एम. वलीउल्लाह ने इसपर पूछा कि क्या नेताजी के परिवार के लोग उनसे (एमिली शेंकल) पत्र-व्यवहार किया करते हैं? इस प्रश्न का कोई उत्तर नहीं दिया गया।

भारत की संसद में तीन दिसंबर 1953 को फिर सांसद एम. वलीउल्लाह द्वारा फिर से पूछे गए एक तारांकित प्रश्न के उत्तर के अनुसार उन्होंने फिर से यह जानना चाहा था कि क्या नेताजी सुभाष चंद्र बोस अपनी पत्नी और बेटी को छोड़ गए हैं? क्या भारत सरकार से कोई नियमित वित्तीय सहायता दी जाती है? अगर नहीं, तो क्यों नहीं?

प्रधानमंत्री जवाहरलाल नेहरू ने इस प्रश्न के पहले भाग का उत्तर तो 'हाँ' में अवश्य दिया, परंतु आगे बताया कि उन्हें कोई नियमित वित्तीय सहायता भारत सरकार द्वारा नहीं दी जा रही है। उनको अक्सर निजी स्रोतों से मदद की जाती है। वह महिला कोई नियमित वित्तीय सहायता प्राप्त करने की इच्छुक नहीं है।

22. एमिली के संबंध में गोपनीय रिपोर्ट

विदेश मंत्री की एक पत्रावली में एमिली शेंकल और उनकी बेटी के संबंध में संभवतः विएना में भारत के राजनयिक की लिखी एक 12 पृष्ठ की 'परम गोपनीय' विस्तृत टिप्पणी मौजूद है। यह टिप्पणी के. वी. रामास्वामी ने सात जुलाई 1953 को स्विट्ज़रलैंड में भारत के राजदूत वाई. डी. गुंडेविया द्वारा लिखे गए निर्देशों के क्रम में तैयार की थी। इस पत्र में राजदूत ने अपेक्षा की थी कि फ्रा एमिली शेंकल के विषय में वह जो कुछ भी जानते हों, हर वह चीज़ जो रिकॉर्ड पर हो, वित्तीय स्थिति और अन्य वह जानकारियाँ जो स्थानीय तौर पर पता चली हों, इसमें होनी चाहिए। उन्होंने लिखा था कि जब वह 17 जुलाई को विएना पहुँचेंगे तब वह रिपोर्ट उन्हें तैयार मिलनी चाहिए। सात अगस्त 1953 को उनके एक अधिकारी द्वारा प्रस्तुत की गई इस टिप्पणी के मुख्य बिंदु इस प्रकार थे :

'मुझे एमिली शेंकल और उनकी बेटी के विषय में सन् 1945 में पता चला, जब मैं बर्लिन के इंडियन मिलिट्री मिशन के मेजर वारेन के साथ जुड़ा हुआ था, जो उस समय जर्मनी और ऑस्ट्रिया में भारतीय नागरिकों के मामले को देख रहे थे। उनके पास एक फ़ाइल थी, जिसमें ऐसे भारतीयों के वक्तव्य थे जो युद्ध के समय जर्मनी में रहे थे। ऐसे कई व्यक्तियों में मुझे सुभाष चंद्र बोस और उनकी गतिविधियों के संदर्भ में जानकारी मिली। उसमें फ्रा शेंकल का भी एक वक्तव्य था, जिसमें उसने स्वयं को ऑस्ट्रिया तथा जर्मनी में श्री बोस के साथ टाइपिस्ट के रूप में काम करना बताया था। कुछ दिन बाद मुझे बर्लिन में मिस्टर सुल्तान और

मिस्टर नायक, जो युद्ध के समय भारतीय दूतावास में काम करने वाले लोग थे, से ज्ञात हुआ कि मिस्टर बोस को एमिली शेंकल से एक बेटी भी है और माँ-बेटी विएना में रहती हैं। बाद में एक दिन सुल्तान ने कहा कि यदि मैं विएना जा रहा हूँ तो मुझे श्रीमती बोस और उनकी बेटी से मिलना चाहिए। मैं पहली बार सन् 1948 में व्यापारिक बातचीत के सिलसिले में और एक भारतीय चिकित्सक डॉक्टर मदान से मिलने विएना आया था। डॉक्टर मदान ने मुझे बताया कि सुभाष चंद्र बोस की पत्नी तथा बेटी यहाँ पर रहती हैं। इसके बावजूद मेरी उनसे मुलाक़ात नहीं हो पाई। जब मैं फिर सन् 1949 में विएना गया तब तक वहाँ भारतीय काउंसुलेट स्थापित हो चुका था।'

अपनी पहली मुलाक़ात के बारे में इस राजनयिक ने पूरी पृष्ठभूमि और विवरण को सरकारी अभिलेखों के रिकॉर्ड के लिए इस प्रकार लिखा था :

'विएना आने के लिए बर्लिन के रास्ते में मैंने अपने स्विट्ज़रलैंड के राजदूत स्वर्गीय श्री देसाई से बर्न में भेंट की और उनको एमिली शेंकल के विषय में भी संकेत दिया। उनका कहना था कि वह उन्हें सरदार वल्लभभाई पटेल के माध्यम से जानते हैं और उनकी चिंता थी कि दोनों माँ-बेटी की विशेष प्रकार से देखभाल की जाए। उन्होंने मुझे निर्देश दिए कि उनसे निकट संपर्क में रहा जाए और हर संभव सहायता की जाए। उन्होंने मुझे उनके बारे में दूतावास में एक टाइपिस्ट के रूप में काम करने की उपयोगिता पर विचार रखने के लिए भी कहा। उन्होंने बेटी के लिए कुछ भेंट— चॉकलेट और खिलौने दिए तथा मुझे कहा कि मैं व्यक्तिगत रूप से उस बच्ची को यह सौंपूँ और उनकी रहन-सहन की स्थिति तथा वित्तीय स्थिति के विषय में बताऊँ। उन्होंने मुझे यह भी कहा कि यह जानकारियाँ सहजता से प्राप्त की जानी चाहिए। मैं 23 नवंबर को पहुँच गया था और 26 तारीख़ को एमिली शेंकल और अनिता से मिला। बाद में मैं उनके एक मित्र फ़ुलप मिलर से भी मिला, जिनके विषय में कहा जाता था कि वह वो व्यक्ति थे, जिन्होंने उनको सुभाष चंद्र बोस से परिचित कराया था। मैंने डॉक्टर रिचटर से भी बात की जो विएना में तब बोस के मित्र रहे थे, जब वह सन् 1937 में बैडआस्टान में रुके थे और एमिली शेंकल तथा सुभाष चंद्र बोस के विषय में सब कुछ जानते थे।'

इस गोपनीय अभिलेख में सुभाष चंद्र बोस और एमिली शेंकल के विवाह के प्रश्न पर भी रिपोर्ट बनी थी। इसके अनुसार :

'जब मैंने एमिली शेंकल को अच्छी तरह से जान लिया तब हम उनके घर और दूतावास के कार्यालय पर अक्सर मुलाक़ात करने लगे। तब वह अपने बारे में बातें किया करती थी। वह सन् 1934 में बोस से मिली थी, जब वह विएना में थी और कभी-कभी उनके लिए टंकण का कार्य किया करती थी। सन् 1937 में जब वह बैडआस्टान में थी, तो वह उनके साथ रुकी और उनकी देखभाल की। वे एक-दूसरे के प्रेम में पड़ गए और उनके अंतरंग संबंध बने। सुभाष चंद्र बोस ने सन् 1938 के आरंभ में भारत के लिए प्रस्थान किया परंतु उन्होंने यह तय किया हुआ था कि वह फिर से यूरोप में आएँगे। जब वह भारत से फ़रार हुए और अफ़ग़ानिस्तान तथा मॉस्को के रास्ते से अप्रैल 1941 में बर्लिन पहुँचे तो सुभाष चंद्र बोस ने उनको बर्लिन बुलाया। वह सितंबर 1941 में बर्लिन गईं और बैडआस्टान में रुकीं, जहाँ सुभाष चंद्र बोस ने उनसे पहली बार विवाह करने का वादा किया। कुछ सप्ताह बाद वे लोग बर्लिन लौट आए और Tiergartenstransse में रुके, जो बोस का सरकारी आवास था। अप्रैल 1942 में एमिली शेंकल ने उसको बताया कि वह उनके बच्चे की माँ बनने वाली है। तब तक वे 'विवाहित' हो चुके थे।

चूँकि यह युद्ध का समय था इसलिए विवाह का पंजीकरण कराने अथवा कोई समारोह आयोजित करने की कोई संभावनाएँ नहीं थीं। यह एक अनौपचारिक रूप से हुई शादी थी और कोई नहीं जानता था कि उन्होंने विवाह कर लिया था, परंतु श्री नाम्बियार और निकट मित्रों ने इस बात का अनुमान लगा लिया था, क्योंकि वह अगस्त 1942 में छह माह की गर्भवती थी। वह बर्लिन छोड़कर विएना आ गई थी। वह बच्ची 29 नवंबर 1942 को पैदा हुई, परंतु उसके पिता का नाम रजिस्टर में अंकित नहीं किया गया। अपने जटिल राजनीतिक जीवन के दृष्टिगत सुभाष चंद्र बोस नहीं चाहते थे कि इस संबंध में किसी को पता चले। लेकिन उन्होंने अपने भाई को बांग्ला भाषा में एक पत्र लिखा था और कहा था कि यह पत्र तब तक नहीं भेजा जाए जब तक उनकी मौत न हो अथवा वह कहीं ग़ायब न हो जाएँ। सन् 1945 में उसने सुभाष चंद्र बोस के विमान दुर्घटना की

ख़बर सुनी, परंतु उसके पास शरत चंद्र बोस को यह पत्र भेजने का कोई साधन नहीं था। सन् 1947 में एमिली ने इस डर से पत्र की फ़ोटो प्रतियाँ ले ली थीं कि कहीं मूल प्रति न खो जाए। उन्होंने ऐसी एक फ़ोटो प्रति पारेख और दूसरी हाफ़िज़ को दी, जो उनके मित्र थे।

उन्होंने अनुरोध किया था कि इस पत्र को शरत चंद्र बोस के पास व्यक्तिगत रूप से पहुँचा दिया जाए। सन् 1948 में वे दोनों भारत पहुँचे और पारेख ने यह पत्र सरदार पटेल को दे दिया तथा हाफ़िज़ ने प्रधानमंत्री नेहरू को। ये प्रतियाँ शरत चंद्र बोस के पास नहीं पहुँचीं। हमारे प्रधानमंत्री ने तब शरत बोस को उनके भाई की पत्नी तथा बेटी के विषय में लिखा। शरत बोस इस बात से काफ़ी विचलित हो गए और उन्होंने खंडन किया कि उनके भाई कभी विवाहित रहे थे। परंतु जब उन्हें वह पत्र दिखाया गया जिसमें लिखा था कि 'मैंने यहाँ शादी कर ली है और मुझे अपनी पत्नी से एक बेटी भी है। कृपया जब मैं नहीं रहूँ तो मेरी पत्नी और बच्चे से भी पूरी ज़िंदगी भर उतना ही प्यार और स्नेह करना जितना आप मुझसे किया करते थे।' तब भी वह इस विषय पर संशय से भरे रहे। उन्होंने एमिली शेंकल और सुभाष चंद्र बोस की बेटी से यूरोप में मिलने का फ़ैसला किया। शरत चंद्र बोस सन् 1949 में वहाँ गए और तब उन्हें मूल पत्र दिया गया। इसके बाद उन्होंने अपने मन को बदल लिया। उन्होंने शेंकल को प्रस्ताव दिया कि वह उनके साथ भारत चले और वहीं रहे, परंतु वह तैयार नहीं हुई।

उस समय के बाद से बोस परिवार उसके प्रति स्नेहानिल बना रहा और अमिय नाथ बोस, कल्याण बोस, शिशिर बोस और अन्य लोग एमिली शेंकल से मिलने आते रहे। शरत दा के अवसान के बाद रोमा और उनकी बेटी डॉक्टर साची रे तथा उनके दामाद आकर विएना में लगभग एक साल तक रुके रहे, जिससे उनके पारिवारिक संबंध और मज़बूत हुए। इस प्रकार सुभाष चंद्र बोस की पत्नी और उनकी बेटी अनिता को परिवार के लोगों ने स्वीकार कर लिया। मैंने इस विवाह के संबंध में उनके ऐसे निकट मित्रों से गोपनीय जानकारियाँ एकत्रित की थीं जो शेंकल को भी अच्छी तरह से जानते थे और उन सबने इस बात की पुष्टि की कि यद्यपि उनके

बीच कोई औपचारिक विवाह नहीं हुआ है परंतु सुभाष बोस और फ्रा एमिली शेंकल साथ-साथ रहते आए हैं तथा उनका बच्चा उसी साथ का परिणाम है। उनकी वह बेटी विशिष्ट मंगोलियन नाक-नक़्श वाली है, जैसे कि बंगाली लोग होते हैं और मैं इस बात से संतुष्ट हूँ कि इन परिस्थितियों में अनिता को श्री सुभाष चंद्र बोस की बेटी के रूप में देखा जाना चाहिए।'

भारत के विदेश मंत्रालय को भेजी गई इस गोपनीय रिपोर्ट में एमिली शेंकल की पारिवारिक पृष्ठभूमि की भी पड़ताल करते हुए टिप्पणी की गई थी, जो इस प्रकार से थी :

'फ्रा एमिली शेंकल एक मध्य वर्ग के परिवार से आती है। उनके पिता की लगभग 20 वर्ष पहले मृत्यु हो गई थी, परंतु उनकी माता अभी जीवित हैं। उनके कोई भाई नहीं है लेकिन एक छोटी बहन है जिसका ग्राज में एक मैकेनिक से विवाह हुआ है। यद्यपि उसे फ्रा शेंकल के नाम से बुलाया जाता है परंतु वह मिस्टर बोस से मिलने से पूर्व विवाहिता नहीं थीं, पर ऑस्ट्रिया में यह सामान्य और मृदुल माना जाता है कि किसी 25 वर्ष से अधिक आयु की युवती को फ्रालिन (कुमारी) के स्थान पर फ्रा (श्रीमती) कहकर पुकारा जाए। उनके कोई अन्य निकट संबंधी नहीं हैं।'

इस रिपोर्ट में एमिली शेंकल की वित्तीय स्थिति का भी जायज़ा लेते हुए टिप्पणी दी गई थी। इस टिप्पणी में दिए गए विवरण के अनुसार,

'जनवरी 1950 में विएना आने के तत्काल बाद मैंने डायरेक्टर रिचटर से, जो एक इटालियन इंश्योरेंस कंपनी 'सोसाइटी एड्रियाटिक्स' में काम करते थे, उनके विषय में काफ़ी बातें सुनी थीं। उनसे मुझे श्री ए. सी. एन. नाम्बियार ने परिचित कराया था। डॉक्टर रिचटर का कहना था कि उनके पास कोई संपत्ति नहीं है और वह जो काम करती हैं, और उनकी माँ को जो छोटी पेंशन मिला करती है, उसी पर जीवन गुज़र-बसर किया करती हैं। यह पेंशन उनके गुज़ारे के लिए बमुश्किल पर्याप्त होती होगी। उन्होंने सुझाव दिया कि भारत सरकार को उनकी मदद और विशेष रूप से बेटी की देखभाल के लिए कुछ करना चाहिए, क्योंकि सुभाष चंद्र बोस के परिवार ने इस बात को स्वीकार करने के बाद भी कि अनिता सुभाष चंद्र बोस की बेटी है, उनके लिए इस संबंध में कुछ नहीं किया है।

फ्रा शेंकल विएना टेलीफ़ोन कंपनी में टेलिफ़ोन ऑपरेटर का काम करती है और सन् 1950 में उनका वेतन कुल मिलाकर लगभग 700 शिलिंग्स हुआ करता था, जो उस समय उनके, उनकी माँ और बेटी के ख़र्चे चलाने के लिए अपर्याप्त होता था। जब मैं अपने राजदूत श्री धीरजलाल बी देसाई से बर्न में मिला तो मैंने उनकी वित्तीय स्थितियों के बारे में बताया था। उन्होंने आश्वस्त किया था कि वह प्रधानमंत्री और सरदार वल्लभ भाई पटेल को इस संबंध में लिखेंगे। इस बीच उन्होंने मुझसे कहा कि उनकी जो मदद हो सकती हो, वह की जाए। मैं उन्हें समय-समय पर चाय, सिगरेट और खाद्य सामग्रियों के छोटे-छोटे पैकेट भेजता रहा हूँ और कई बार उनसे मिला भी हूँ। वह अक्सर हमारे घर भी आया करती हैं। अगस्त 1950 के मध्य में मुझे प्रधानमंत्री की ओर से 9245 शिलिंग्स की धनराशि प्राप्त हुई। श्री देसाई जो यहाँ कुछ समय बाद आए थे, की बाद में फ्रा एमिली शेंकल से मुलाक़ात हुई। वह उनको कुछ धनराशि देना चाहते थे, परंतु उसका कहना था कि यह धनराशि मेरे पास छोड़ दी जाए और वह मुझसे अपनी आवश्यकता के अनुसार ख़र्चे चलाने के लिए लेती रहेंगी। उसने मुझसे इस धनराशि में से 600 शिलिंग्स प्रतिमाह की राशि लेने की व्यवस्था की। वास्तव में इस धनराशि के मिलने से पहले ही वह मुझसे कुछ राशि ले चुकी थीं और अनुरोध किया था कि इस पूरे प्रकरण को गोपनीय रखा जाए, ताकि शरत बोस असहज महसूस न करें। उनको अगस्त से सितंबर तथा अक्टूबर 1950 की तीन क़िस्तें दी गईं, और उन्होंने चाय, कॉफ़ी, सिगरेट, तथा खिलौने आदि के छोटे-छोटे भेंट पैकेट भी स्वीकार किए। जब नवंबर माह की क़िस्त तैयार थी तो शरत चंद्र बोस के बेटे अमिय बोस विएना आए हुए थे। फ्रा एमिली शेंकल ने मुझसे घर आकर मुलाक़ात की और इस बात पर नाराज़गी व्यक्त की कि भारत में इस भुगतान को लेकर कुछ प्रचार किया जा रहा है जिससे बोस परिवार असहज महसूस कर रहा है। उसने इस बात की भी शिकायत की कि प्रधानमंत्री ने संसद में कुछ सदस्यों को इस धनराशि के भुगतान के विषय में जानकारी देने की घोषणा की है। दिसंबर 1950 के आरंभ में वह फिर से मेरे पास आईं और तीन क़िस्तों की कुल धनराशि 1800 शिलिंग्स को वापस कर उनकी रसीद प्राप्त की और सुनिश्चित किया कि उसने मुझे

पूरी धनराशि लौटा दी है।

श्री अमिय बोस ने उन्हें स्पष्ट रूप से कहा था कि यदि वह बोस परिवार के सदस्य के रूप में बनी रहना चाहती हैं तो उनको प्रधानमंत्री से कोई धनराशि स्वीकार नहीं करनी चाहिए। क्योंकि फ्रा एमिली शेंकल ने मुझे बताया था कि अमिय बोस ने उन्हें सूचित किया था कि उनके पास सूचना है कि सुभाष चंद्र बोस की मृत्यु नहीं हुई है और वह संभवत: किसी जगह छिपे हुए हैं और यदि उनके राजनीतिक शत्रु (प्रधानमंत्री) से कोई धनराशि स्वीकार की जाएगी तो वह आक्रोशित महसूस करेंगे। फ्रा शेंकल का कहना था कि वह पूरी तरह से अमिय बोस पर विश्वास नहीं करती थीं, परंतु वह उन्हें आहत होने का अवसर नहीं देना चाहती थी।

उसने ज़रूरत पड़ने पर फ़ंड से मदद स्वीकार करना तय किया और गोपनीय रूप से सुझाव दिया कि अनिता और उनके जन्मदिन, क्रिसमस, ईस्टर और नव वर्ष जैसे विशेष अवसरों पर उन्हें भेंट देने की व्यवस्था रखी जाए तो उसका कोई ग़लत अर्थ नहीं लगाया जा सकता। मैंने इस बात को राजदूत श्री देसाई के संज्ञान में लाया, जिन्होंने इस हेतु उसके द्वारा वापस की गई धनराशि में से 1550 शिलिंग्स को क्रिसमस के उपहार ख़रीदने में व्यय करने की स्वीकृति दी, और शेष राशि से फ्रा एमिली शेंकल के लिए बर्न जाने की व्यवस्था करने के लिए कहा, तथा वैसा ही किया गया। उन्होंने मुझे बताया कि आईएनए फ़ंड में ₹1,00,000 की धनराशि उपलब्ध है और दूसरे एक लाख रुपयों की राशि सरदार पटेल के पास है, जिसका उपयोग एमिली शेंकल और उनकी बेटी अनिता के लिए एक न्यास बनाने में किया जा सकता है। उन्होंने यह भी कहा कि शेंकल और उनकी बेटी को अमिय बोस तथा उस परिवार के अन्य सदस्यों के साथ संबंधों को सतर्कतापूर्वक निभाना होगा। चूँकि वह मुझपर काफ़ी भरोसा करती थीं और हमारे संबंध अच्छे थे, इसलिए मैंने गोपनीय रूप से इस सूचना को व्यक्तिगत संबंधों का निर्वहन करते हुए उन तक पहुँचाया।

सन् 1951 के आरंभ में प्रधानमंत्री ने फ्रा एमिली शेंकल को पत्र लिखा, जिसे मैंने व्यक्तिगत रूप से उन तक पहुँचाया। पत्र में उनसे अनुरोध किया गया था कि वह न्यास के अभिलेखों की क़ानूनी कार्यवाही पूरी

करने के लिए भारत आने का कार्यक्रम बनाएँ। जैसा कि प्रधानमंत्री ने इच्छा प्रकट की थी, उन्हें यह आश्वासन दिया गया कि यह मामला निजी बना रहेगा और सरकार का इससे कोई लेना-देना नहीं है तथा उन्हें भारत आने में कोई परेशानी नहीं होगी। सारे ख़र्च प्रधानमंत्री द्वारा व्यक्तिगत रूप से उठाए जाएँगे और वह अपनी इच्छानुसार बोस परिवार से मिलने कलकत्ता जा सकती हैं। फ्रा एमिली शेंकल ने इसका उत्तर देने में कुछ समय लिया। वह कई बार आईं और सलाह-मशवरा किया। इसी बीच में मुझे लगा कि उसने कलकत्ता में अमिय बोस को पत्र लिखा है और शरत बोस के दामाद सचिन रे जो उस समय विएना में थे, से भी विचार-विमर्श किया है।

उसने मुझे बताया कि उसने हमारे प्रधानमंत्री का यह पत्र किसी को नहीं दिखाया है और यह मामला पूरी तरह से गोपनीय रहा है। कुछ दिन बाद उसने मुझे कई कारण बताए कि वह भारत क्यों नहीं जा सकती। वह अपनी नौकरी खोना नहीं चाहती थी। उसे अल्प अवधि के नोटिस पर लंबी छुट्टियाँ नहीं मिल सकती थीं। वह बच्ची की पढ़ाई में व्यवधान नहीं डालना चाहती थी। वह इसलिए भी विएना छोड़ना नहीं चाहती थी कि उनकी माँ अकेली रह जाएँगी। परंतु उन्होंने मुख्य कारण इंगित नहीं किया। लेकिन मैंने उसका अनुमान लगा लिया। वह यह था कि यदि वह भारत गई तो सुभाष बोस का परिवार किसी-न-किसी कारण से उनके, यहाँ आने पर उठने वाले सुभाष के विवाह संबंधी प्रश्नों को लेकर असहज महसूस करेगा, और वह स्वयं भी ऐसे किसी प्रचार से असहज थी। उसने मुझे एक उत्तर लिखकर सीलबंद लिफ़ाफ़े में दिया और उसे भेजने के लिए कहा। मैंने फ़रवरी में इस उत्तर को राजदूत श्री देसाई को भेज दिया। उन्होंने मुझे फ़ोन कर कहा कि चूँकि वह बीमार हैं, इसलिए उसे (एमिली को) बर्न भेज दिया जाए।

मैंने उनकी बर्न यात्रा की व्यवस्था की, जहाँ वह गईं। वहाँ से वापस आने पर मुझे पता चला कि उन्होंने वहाँ भी भारत जाने को लेकर अपनी आपत्तियों को दोहराया था और राजदूत श्री देसाई ने उनके बिंदुओं को समझकर सहमति व्यक्त की थी। उसके बाद से हमने उन्हें कोई धनराशि

नहीं दी, परंतु हम समय-समय पर कुछ उपहार भेजते रहे, जो उन्होंने स्वीकार भी किए। लेकिन इसके बाद उन्होंने मई 1951 में शिकायत की कि प्रधानमंत्री ने उनके पत्र-व्यवहार के अंशों को संसद में जारी किया है जबकि उसे आश्वासन दिया गया था कि उनका मामला पूरी तरह से निजी और गोपनीय रहेगा।

इसी बीच में अमिय बोस के भाई शिशिर बोस जो विएना में थे, कलकत्ता लौट गए। उनके तथा श्रीमती शेंकल के बीच में कुछ पत्र-व्यवहार हुआ, जिसका संक्षिप्त विवरण मुझे फ्रा शेंकल द्वारा बताया गया। एक प्रस्ताव था कि सुभाष चंद्र बोस के 'इंडियन स्ट्रगल' का द्वितीय संस्करण और कुछ अप्रकाशित सामग्री जो उनके क़ब्ज़े में थी, को उसे सौंपना था और उसका पूरा लाभ उसी को (एमिली शेंकल) दिया जाना था। अगस्त 1952 में अमिय बोस द्वारा मुझे ₹300 की धनराशि इस अनुरोध के साथ भेजी गई कि इस धनराशि को फ्रा एमिली शेंकल को सौंप दिया जाए। इस धनराशि को जारी करने का परमिट विदेश मंत्रालय द्वारा प्रायोजित करने पर रिज़र्व बैंक ऑफ़ इंडिया को दिया गया था। उस महीने के बाद से उन्हें ₹200 प्रति माह नियमित रूप से भेजा जाने लगा। विदेश मंत्रालय इस भुगतान के संबंध में अवगत है।

राजदूत श्री एस. राघवन इस विषय में जानकारी रखते हैं। जब जुलाई 1952 में राजदूत आसफ़ अली ने चार्ज संभाला तो मैंने उन्हें पूरी कहानी बताई। मैंने उनसे पूछा कि उस धनराशि की बक़ाया कुल 3800 शिलिंग्स (52 पाउंड) का क्या किया जाना है। उन्होंने फ्रा शेंकल से बात की और इस धनराशि को अलग रखकर एक अच्छा रॉलीफ़्लेक्स कैमरा अथवा अनिता के लिए कुछ अच्छी सोने की ज्वेलरी ख़रीदकर उसे भेंट करने को कहा। बाद में उन्होंने कहा कि वह स्वयं जब अगली बार विएना आएँगे तो कैमरा ख़रीदकर उसे भेंट करेंगे। फ्रा शेंकल कैमरा लेने के लिए तैयार हो गई थी, क्योंकि उसे इसकी ज़रूरत थी। आसफ़ अली ने बर्न वापसी पर प्रधानमंत्री को इस संबंध में लिखा और तैयब जी ने मुझे फ्रा शेंकल के लिए कुछ चाय ख़रीदने की बात कही। भरोसा दिलाया गया कि वह ज़रूरत पड़ने पर भारत से पार्सल भेजेंगे। मैंने उत्तर दिया

कि मैं उन्हें नियमित रूप से चाय की आपूर्ति किया करता हूँ और सुझाव दिया कि भारत से किसी खाद्य सामग्री आदि का पार्सल आदि न भेजा जाए, क्योंकि फ्रा शेंकल इस मामले में संवेदनशील हैं और उनके मामले को सावधानीपूर्वक संभालना होगा। अक्टूबर 1952 में मुझे प्रधानमंत्री की ओर से एक धनराशि मिली, जिसमें से एक निश्चित धनराशि चाय और सिगरेट पर ख़र्च की गई।

इस प्रकार वर्तमान में फ्रा शेंकल को कलकत्ता के बोस परिवार से ₹200 प्रति माह मिला करते हैं, जो किताब की बिक्री से होने वाला लाभ है और यदि उन्हें कोई आर्थिक आवश्यकता पड़ती है तो उसके लिए पर्याप्त फ़ंड की व्यवस्था है। फ्रा शेंकल इस बात को लेकर संवेदनशील हैं कि बोस परिवार और हमसे उसके संबंध अच्छे बने रहें।

जब मैं बर्गनस्टॉक में था, तब प्रधानमंत्री ने मुझसे पूछा था कि क्या फ्रा शेंकल को भेजे जाने वाली धनराशि ख़र्च की जा चुकी है और क्या और धनराशि की ज़रूरत है ? मैंने कहा था कि पिछली बार भेजी गई धनराशि का अभी तक उपयोग नहीं किया जा सका है और फ्रा शेंकल पैसा नहीं ले रही हैं। उन्होंने कहा कि वह जानते हैं कि वह (शेंकल) धनराशि को स्वीकार नहीं कर रही हैं, परंतु इसे उनको उपहार और भेटों के रूप में मौक़े को ध्यान में रखते हुए दिया जाना चाहिए और धीरे-से यह भी बता देना चाहिए कि बोस परिवार की स्थिति अधिक अच्छी नहीं है और वह उनकी तरफ़ से किसी मदद की अपेक्षा नहीं रखें।'

यह तो रही एमिली शेंकल के मामले में आर्थिक पक्ष की बात। इस गोपनीय रिपोर्ट में फ्रा एमिली शेंकल के सामान्य व्यवहार का भी ज़िक्र किया गया था जिसके अनुसार बताया गया :

'वह एक साधारण परंतु चतुर महिला है। वह स्पष्ट रूप से बोस परिवार से यह स्वीकार कराना चाहती है कि वह सुभाष चंद्र बोस की पत्नी है और बाद में यह भी कि उसे वह धनराशि भी मिलनी चाहिए जो इस नाते उसके तथा उसकी बेटी के नाम की बनती है। वह इस बात को लेकर निश्चित हैं कि सुभाष बोस की मृत्यु हो चुकी है, परंतु आगंतुकों को बताया करती हैं कि उसे इस बात की अनुभूति है कि वह ज़िंदा हैं। जो लोग उनसे पूछते हैं

कि वह भारत क्यों नहीं जातीं, उन्हें वह स्पष्ट रूप से उत्तर देती हैं कि वह सुभाष चंद्र बोस के वापस आने पर उनके साथ भारत जाएँगी। वह मदद लेने को तैयार होती हैं, परंतु उसकी पावती देने को तैयार नहीं हैं, क्योंकि उन्हें डर है कि कहीं इससे बोस परिवार की स्थिति असहज न हो। एक बार जब मैंने उन्हें इस बात का प्रस्ताव दिया कि वह उनके लिए प्राप्त धनराशि को भारत वापस लौटाने का प्रस्ताव दे रहे हैं, क्योंकि उसकी उन्हें ज़रूरत नहीं है तो उन्होंने कहा कि मुझे ऐसा नहीं करना चाहिए, क्योंकि वह उस धनराशि का उपयोग तब करना चाहेंगी, जब बोस परिवार से मदद मिलनी बंद हो जाएगी। उन्हें ऐसा ही लगता था। उन्हें लगता था कि धनराशि दूतावास के पास सुरक्षित है। अधिकतर भारतीय लोग उनसे मिलने जाते थे, परंतु वह उनके प्रश्नों पर असहज महसूस करती थीं। वह भारत में उसको मिल रहे प्रचार से झुँझला जाती थीं, परंतु बोस परिवार के लोगों से मित्रतापूर्ण व्यवहार रखने वाले पत्रकारों से मिल लिया करती थीं। श्री एच. वी. कामत और अन्य वामपंथी नेताओं की उससे भेंट हुई थी जो उसे इस बात का विश्वास करने के लिए प्रोत्साहित करते थे कि सुभाष बोस जीवित हैं और उसका इस्तेमाल भारत में एक अपने प्रोपेगेंडा के लिए कर रहे हैं, ताकि जनता में एक विभ्रम की स्थिति बनी रहे।

फ्रा शेंकल चूँकि संवेदनशील हैं, इसलिए उसको सतर्कतापूर्वक और गोपनीय ढंग से संभालना होगा। यद्यपि वह अधिक बुद्धिमान नहीं हैं, परंतु वह चतुर तथा तीक्ष्ण हैं और जानती हैं कि उसके लाभ कहाँ पर हैं। वह श्री सुभाष चंद्र बोस की यादों के प्रति समर्पित हैं और अब तक उनके लिए सच्ची और भरोसेमंद रही हैं। वह एक दुनियादारी वाली महिला हैं जो अभी 43 वर्ष की आयु पूरी कर चुकी हैं और अनिता की अच्छे से देखभाल करती हैं।'

23. डॉ. बी. सी. राय से चर्चा

सन 1953 में स्विट्ज़रलैंड में भारत के राजदूत आसफ़ अली की अचानक मृत्यु के कारण एक शोक का वातावरण बना रहा। वर्ष 1954 के मध्य तक विएना में भारत के राजनयिक डॉक्टर के वी रामास्वामी, जो एमिली शेंकल के काफ़ी निकट संपर्क में बने रहा करते थे, का भी भारत स्थानांतरण हो गया था।

सन् 1954 के आरंभ में स्विट्ज़रलैंड में भारत के नए राजदूत वाई. डी. गुंडेविया ने फ्रा एमिली शेंकल की 'गोपनीय' पत्रावली तथा बोस परिवार से किए गए पत्र-व्यवहार की जानकारी माँगी थी, जिसे 23 फ़रवरी 1954 को विएना में भारत के राजनयिक के. वी. रामास्वामी ने उनके पत्र के जवाब में उन्हें वह जानकारी भेजते हुए, तब तक व्यय किए, सब विवरणों को भी साझा किया।

राष्ट्रीय अभिलेखागार में उपलब्ध अभिलेखों में 17 जनवरी 1954 को एमिली शेंकल द्वारा पश्चिम बंगाल के मुख्यमंत्री बी. सी. राय को लिखा गया एक पत्र भी उपलब्ध है, जिसके अनुसार उन्होंने प्रधानमंत्री के 17 दिसंबर 1953 के कांग्रेस कार्यसमिति द्वारा उनकी बेटी के लिए स्थापित किए जाने वाले ट्रस्ट का एक ट्रस्टी सदस्य बनने के विषय पर अपनी सहमति प्रदान की थी। उनका कहना था कि वह ट्रस्ट के विवरणों से अवगत नहीं हैं इसलिए उचित होगा कि उन्हें उसकी एक प्रति उपलब्ध कराई जाए। वह यह भी जानना चाहती थीं कि इस ट्रस्ट का अधिकृत ट्रस्टी कौन होगा, उसकी क्या शक्तियाँ रहेंगी और किन परिस्थितियों में वयस्क होने पर उस धनराशि को उनकी बेटी को पूरी तरह से स्थानांतरित किया जा सकेगा।

डॉ. बी. सी. राय ने पत्र में उनकी बेटी से पिछले वर्ष हुए वार्तालाप का हवाला

दिया था। उन्हें वह धनराशि ₹2,00,000 बताई गई थी जो ब्रिटिश मुद्रा के अनुसार लगभग 15,000 पाउंड बनती थी। उनका प्रस्ताव यह था कि इस धनराशि को एक ट्रस्ट के रूप में उनकी बेटी के लिए सुरक्षित रखा जाए और उसके वयस्क होने तक इस राशि से प्राप्त ब्याज़ को बेटी की इच्छा और ज़रूरत के अनुसार ख़र्च किया जाए। उनके अनुसार इस धनराशि पर मिलने वाला प्रति माह ब्याज़ लगभग 35 ब्रिटिश पाउंड होगा।

26 जनवरी 1954 को भारत के प्रधानमंत्री जवाहरलाल नेहरू ने बर्लिन में राजदूत वाई. डी. गुंडेविया को एक पत्र लिखकर कहा था कि वह सुभाष चंद्र बोस की बेटी के लिए रखे जाने वाले फ़ंड का एक अलग से अकाउंट खोल रहे हैं, जिसके अधिकार संयुक्त रूप से उनके और पश्चिम बंगाल के मुख्यमंत्री बी. सी. राय के पास रहेंगे। उनका यह भी कहना था कि इस धनराशि पर अधिक ब्याज़ की संभावनाएँ बनें, इसलिए उस राशि के एक हिस्से को अल्प अवधि की सरकारी प्रतिभूतियों में निवेशित किया जाएगा। इससे संभवत: रु 500 के आसपास का ब्याज़ मिलने की संभावना रहनी चाहिए।

नेहरू ने यह भी लिखा था कि अभी तक इस डीड का ड्राफ़्ट नहीं बना है, और अगर कहा जाए तो इसपर व्यापक विचार भी नहीं हुआ है, क्योंकि हमें इस संबंध में आगे क़दम बढ़ाने से पहले एमिली शेंकल की सहमति की आवश्यकता होगी। अब चूँकि उन्होंने उत्तर दे दिया है तो हम आगे बढ़ सकते हैं।

उनका कहना था कि मामले को लेकर कोई जल्दबाज़ी न की जाए। तब तक यह राशि अलग रखी रहेगी और उसपर मिलने वाले ब्याज़ को उनको उपलब्ध कराया जाता रहेगा। 'हम इस ब्याज़ को फ्रा एमिली शेंकल को नियमित रूप से भेजते रहेंगे'। उन्होंने यह भी आश्वस्त किया था कि यह ट्रस्ट डीड बेटी के वयस्क होने तक की अवधि तक के लिए होगी, और तदुपरांत यह धनराशि उसी को सौंप दी जाएगी।

प्रधानमंत्री ने राजदूत से यह जानने की अपेक्षा की थी कि इस राशि को भेजने का बेहतर रास्ता क्या होगा? क्या इसे हमारे विएना के उप काउंसलर रामास्वामी के माध्यम से भेजा जाए, अथवा फ्रा एमिली शेंकल को सीधे?

20 फ़रवरी 1954 को विएना (ऑस्ट्रिया) में भारत के राजदूत वाई. डी. गुंडेविया ने प्रधानमंत्री जवाहरलाल नेहरू को पत्र लिखकर अवगत कराया कि उन्होंने पिछले दिनों विएना में एमिली शेंकल से भेंट कर उन्हें सब विवरण से

अवगत कराया था। उनका कहना था कि उन्होंने श्रीमती एमिली शेंकल से जानना चाहा था कि क्या वह इस धनराशि को सीधे प्राप्त करना चाहती हैं? तो जैसा कि अपेक्षित था उन्होंने चिंता दर्शाते हुए कहा था कि यह धनराशि दूतावास के माध्यम से ही भेजी जानी उचित रहेगी। इस प्रकार की व्यवस्था से वह उम्मीद करती थीं कि उनकी इस आय से लगने वाले स्थानीय करों में बचत हो जाएगी जो अन्यथा भारी राशि होगी। उनका कहना था :

> 'मैंने उन्हें संकेत कर दिया है कि इस तरह की सहायता करने में हमारी कोई भूमिका नहीं रहेगी और एक बार नियमित रूप से भुगतान शुरू होने के बाद उन्हें यह अपेक्षा नहीं करनी चाहिए कि ऑस्ट्रियन सरकार से यह मामला गोपनीय बना रहेगा। यह करने के लिए उन्हें स्वयं स्थिति को संभालना होगा।'

इस राजनयिक ने यह भी बताया कि उन्हें पूर्व में भी बोस परिवार से ₹200 अथवा ₹300 की नियमित धनराशि प्राप्त होती रही है। विभिन्न कारणों से उन्हें लगता है कि यह धनराशि मिलना अब रुक जाएगी। मैंने उनसे पूछा कि क्या उन्हें हमारी तरफ़ से तत्काल किसी वित्तीय सहायता की ज़रूरत है, जिसे हम इस उद्देश्य से रखी गई धनराशि की बक़ाया में से उन्हें दे सकते हैं, तो उनका उत्तर था कि उन्होंने राजनयिक रामास्वामी को फ़िलहाल के लिए इस राशि को अपने पास रखने को बोला हुआ है और वह ज़रूरत पड़ने पर इसमें से छोटी-छोटी धनराशि ले लिया करेंगी।

पश्चिम बंगाल के मुख्यमंत्री डॉक्टर बी. सी. राय ने 10 मार्च 1954 को इस ट्रस्ट की डीड के अभिलेख तैयार करवाकर प्रधानमंत्री जवाहरलाल नेहरू को भेज दिए थे जिन्होंने विधि मंत्रालय की राय प्राप्त कर इसे ज़रूरी कार्रवाई के लिए अग्रसारित कर दिया।

प्रधानमंत्री जवाहरलाल नेहरू ने 14 मार्च 1954 को एक टिप्पणी में लिखा कि यह धनराशि भेजने की प्रक्रिया जटिल प्रतीत हो रही है और वह चाहेंगे कि इस मामले को थोड़ा और सरल बनाया जाए। उन्हें यह भी चिंता थी कि वह स्वयं, पश्चिम बंगाल के मुख्यमंत्री डॉक्टर राय और एमिली शेंकल एक साथ मिलकर इस ट्रस्ट डीड को कैसे हस्ताक्षरित कर पाएँगे। तब तक के लिए प्रधानमंत्री ने एक तिमाही की धनराशि, कुल रुपए 1500 के मूल्य की राशि एमिली शेंकल को भेजने के निर्देश दे दिए थे।

इस घटनाक्रम के पाँच दिन बाद, 19 मार्च 1954 को जवाहरलाल नेहरू ने पश्चिम बंगाल के मुख्यमंत्री को एक गोपनीय व्यक्तिगत पत्र लिखा कि उन्हें यह बात समझ नहीं आई कि उनके सुझाव के अनुसार किसी अतिरिक्त ट्रस्टी को रखने की क्या आवश्यकता है। उन्होंने यह भी लिखा :

'मैं नहीं समझता कि लड़की के 21 साल की आयु को प्राप्त कर लेने के बाद इस धनराशि को हमें वापस अपने पास रखने का कोई अर्थ है।'

इस पत्र के उत्तर में डॉक्टर राय ने 26 मार्च 1954 को एक पत्र लिखा और प्रधानमंत्री को उनके प्रश्नों के उत्तर देते हुए कहा कि वह उनसे सहमत हैं कि इस प्रक्रिया को जटिल न बनाया जाए, इसलिए वह ट्रस्ट डीड का एक संशोधित आलेख बना रहे हैं, जिसमें उनके तथा प्रधानमंत्री द्वारा फ़ंड को लेकर एक उद्घोषणा रहेगी, जिसमें यह तरीक़ा बताया जाएगा कि इस फ़ंड से हुई आय सुभाष बाबू की बेटी को कैसे उपलब्ध कराई जाएगी और वह वयस्क होने के बाद किस तरह से उसपर दावा कर सकती है। उनका यह भी कहना था कि यद्यपि उन्होंने इस ट्रस्ट के लिए तीन लोगों की व्यवस्था की है, परंतु उन्हें नहीं पता कि क्या तीसरे ट्रस्टी की आवश्यकता है। यदि प्रधानमंत्री समझें, तो तीसरे नाम पर विचार किया जा सकता है, जो भारत से ही हो। हमें इस संबंध में श्रीमती एमिली शेंकल के नाम पर विचार करने की आवश्यकता नहीं है। इस डीड पर हस्ताक्षर हम दोनों एक स्थान पर या अलग-अलग जगहों पर भी कर सकते हैं।

12 अप्रैल को पश्चिम बंगाल के मुख्यमंत्री डॉ. बी. सी. राय के पत्र के उत्तर में प्रधानमंत्री जवाहरलाल नेहरू ने ट्रस्ट डीड की संशोधित प्रति प्राप्त होने की जानकारी देते हुए उन्हें पत्र लिखा था। नेहरू ने इस पत्र में विधि मंत्रालय द्वारा उठाई गई कुछ विसंगतियों का उल्लेख किया था और बताया था कि प्रस्तर एक और दो के कुछ शब्दों में उचित हेर-फेर किया गया है। उन्होंने यह भी लिखा था, 'अब यह समझा जाता है कि केवल आप और हम ही इसके ट्रस्टी होंगे, कोई तीसरा व्यक्ति नहीं'। प्रधानमंत्री का मत था कि इससे दोनों लोगों को एक ही स्थान पर उपस्थित होने की बाध्यता भी नहीं रहेगी।

24. बेटी अनिता को भारत की नागरिकता का प्रस्ताव

31 मार्च 1954 को एमिली शेंकल ने विएना में भारतीय उप काउंसलर के पास एक आवेदन किया जिसमें उन्होंने बेटी को भारतीय नागरिक के रूप में पंजीकृत करने का अनुरोध किया था। इस विवरण के अनुसार बेटी का नाम अनिता और जन्म तिथि 29/11/1942 दर्शायी गई थी। इसमें पिता का नाम और पता दर्ज था, 'सुभाष चंद्र बोस, 1, वुडबर्न पार्क, कलकत्ता, भारत' जबकि माँ के रूप में फ्रा एमिली शेंकल का विएना का पता दिया गया था। इस पंजीकरण के समर्थन में उन्होंने बेटी के जन्म प्रमाण पत्र और सुभाष चंद्र बोस के अपने भाई शरत चंद्र बोस को लिखे उस पत्र की प्रतिलिपि संलग्न की थी, जिसमें उन्होंने एमिली शेंकल से विवाह और अनिता के पिता होने की स्वीकारोक्ति की थी।

पश्चिम बंगाल के मुख्यमंत्री डॉक्टर बी. सी. राय ने सुभाष चंद्र बोस के परिवार के लिए फ़ंड की धनराशि अलग रखने के मामले को लेकर अपने वकील से जो आलेख बनवाया था, 10 मार्च 1954 को उसकी प्रति प्रधानमंत्री जवाहरलाल नेहरू को भेजते हुए अनुरोध किया गया था कि उचित होगा कि उसको भारतीय राजदूत के माध्यम से श्रीमती शेंकल को उपलब्ध करा दिया जाए। 25 मार्च 1954 को अखिल भारतीय कांग्रेस समिति के 7, जंतर मंतर रोड, नई दिल्ली स्थित मुख़यालय से एम. पी. भार्गव, जो दल के कोषाध्यक्ष का पदभार संभाल रहे थे, ने इसे अग्रसारित किया था। प्रधानमंत्री पंडित जवाहरलाल नेहरू के विशेष सहायक

एम. ओ. मथाई को ₹3000 के मूल्य का एक चेक संलग्न करते हुए उस धनराशि को भारतीय दूतावास के माध्यम से श्री सुभाष चंद्र बोस की बेटी को पहुँचाने का अनुरोध किया था।

प्रधानमंत्री जवाहरलाल नेहरू ने 29 मार्च 1954 को इस विषय में एक नोट लिखकर स्पष्ट कर दिया था कि डॉ. बिधान चंद्र राय द्वारा भेजा गया डीड का आलेख अधिक सरल है और इसपर विचार कर लिया जाए। 19 अप्रैल 1954 को प्रधानमंत्री जवाहरलाल नेहरू ने डॉक्टर बिधान चंद्र राय को एक गोपनीय पत्र भेजकर बताया कि उस ट्रस्ट डीड के आलेख को विधि मंत्रालय ने पुनरीक्षित कर दिया है। नेहरू ने कहा था :

> 'इस आलेख में व्यवस्था रखी गई है कि किसी अपरिहार्य स्थिति में अनिता बोस के उसके वयस्क होने से पहले मृत्यु की दशा में यह फ़ंड कांग्रेस कार्यसमिति को स्थानांतरित कर दिया जाएगा, परंतु मैं इस व्यवस्था से सहमत नहीं हूँ। मेरा विचार है कि यह धनराशि उसकी माँ को मिलनी चाहिए।'

जवाहरलाल नेहरू ने यह व्यवस्था रखने के लिए भी कहा कि उसके दोनों ट्रस्टी में से किसी एक की मृत्यु अथवा अक्षम होने पर कांग्रेस के अध्यक्ष को नए ट्रस्टी को नामांकित करने के अधिकार दे दिए जाएँ। अनिता बोस की परिपक्व आयु को निर्धारित करने की भी बात हुई, जिसके अनुसार 21 वर्ष उचित आयु मानी गई। नेहरू जी का कहना था कि इससे अधिक आयु का निर्धारण करने से कोई लाभ नहीं होगा।

एमिली शेंकल के इस आवेदन पर कार्यवाही करते हुए विएना में भारतीय राजनयिक डॉ. के. वी. रामास्वामी ने स्विट्ज़रलैंड में भारत के राजदूत वाई. डी. गुंडेविया को ये प्रपत्र विचार करने हेतु छह अप्रैल 1954 को ही भिजवा दिए थे। राजदूत गुंडेविया ने 19 मई 1954 को भारत सरकार के विदेश मंत्रालय के संयुक्त सचिव सी. एस. झा को एक पत्र लिखकर बताया कि उनके दूतावास और प्रधानमंत्री सचिवालय के बीच फ्रा एमिली शेंकल को लेकर काफ़ी पत्र-व्यवहार हुआ है। उन्हें स्वर्गीय श्री सुभाष चंद्र बोस की पत्नी के रूप में स्वीकार कर लिया गया है। इस विवाह को बांग्ला में लिखे एक पत्र के आधार पर स्वीकार किया गया है, जो 8 फ़रवरी 1943 को सुभाष चंद्र बोस ने अपने भाई को लिखा था।

अंततः जब यह ट्रस्ट डीड तैयार हुई, तो इसपर जवाहरलाल नेहरू तथा डॉ.

बिधान चंद्र राय के हस्ताक्षर हुए। गवाहों के रूप में कैलाश नाथ काटजू और रफ़ी अहमद किदवई को रखा गया। 23 मई 1954 को प्रधानमंत्री जवाहरलाल नेहरू और डॉ. बी. सी. राय ने इन अभिलेखों पर हस्ताक्षर किए थे। मूल प्रति अखिल भारतीय कांग्रेस कमेटी के पास सुरक्षित संरक्षा में रही, और एक कॉपी विदेश मंत्रालय को रखने तथा विएना में उक्त परिवार को सूचित करने के लिए दिए जाने का निर्देश स्वयं प्रधानमंत्री जवाहरलाल नेहरू ने दिया। 24 मई 1954 को प्रधानमंत्री के विशेष सहायक एम. ओ. मथाई ने इस ट्रस्ट डीड की हस्ताक्षरित और अधिकृत प्रति विएना में भारतीय उच्चायुक्त वाई. डी. गुंडेविया के पास भिजवाई जबकि मूल प्रति ऑल इंडिया कांग्रेस कमेटी की सेफ़ कस्टडी में रखी गई।

राजदूत ने लिखा था कि फ्रा एमिली शेंकल ने अब हमारे विएना काउंसलर कार्यालय से अनुरोध किया है कि उनकी बेटी अनिता शेंकल बोस को एक भारतीय नागरिक के रूप में पंजीकृत किया जाए। संभावना व्यक्त की गई कि यह अनुरोध इसलिए किया जा रहा है कि भारत से इस बच्ची के लिए कतिपय फंड्स आने की संभावना हैं। प्रधानमंत्री इस बात से अवगत हैं और यह मामला उनके द्वारा व्यक्तिगत रूप से देखा जा रहा है।

उनका कहना था कि इस मामले में बेटी को भारतीय नागरिक के रूप में पंजीकृत न करने का कोई कारण नहीं होना चाहिए। चूँकि यह मामला एक महत्वपूर्ण व्यक्तिगत प्रकरण था जिसमें सरकार की भी रूचि थी, इसलिए वह कोई कार्यवाही की जाने से पूर्व मंत्रालय का एक औपचारिक स्वीकृति पत्र चाहते थे।

सरकारी अभिलेखों में विएना में भारत के राजनयिक के. वी. रामास्वामी के हाथ का लिखा और हस्ताक्षरित पाँच जून 1954 की एक टिप्पणी के अनुसार

> 'राजदूत ने मुझे आज फ़ोन करके अन्य मामलों के साथ यह भी इंगित किया कि उनको इस आशय का उत्तर प्राप्त हुआ है कि भारत सरकार को अनिता को श्री सुभाष चंद्र बोस की बेटी के रूप में पंजीकृत किए जाने पर कोई आपत्ति नहीं है। श्रीमती एमिली शेंकल को तदनुसार उत्तर भेज दिया जाए।'

बाद में उनके कार्यालय में स्विट्ज़रलैंड में भारत के राजदूत वाई. वी. गुंडेविया ने इसी तारीख़ को एक 'परम गोपनीय' पत्र भी भेजा, जिसमें उन्होंने बताया था कि उन्होंने अनिता शेंकल बोस को भारतीय नागरिक के रूप में पंजीकृत कराने के मामले को भारत सरकार को संदर्भित किया था। उन्हें उत्तर प्राप्त हो गया है जिसमें

बताया गया है कि संविधान के अनुच्छेद VIII के अनुसार उन्हें इस पंजीकरण पर कोई आपत्ति नहीं है।

24 मई 1954 को जारी एक सरकारी विज्ञप्ति के अनुसार बताया गया था :

> 'नेताजी सुभाष चंद्र बोस की बेटी अनिता बोस के लाभ के लिए इंडियन नेशनल आर्मी के फ़ंड से ₹2,000,00 का ट्रस्ट फ़ंड बनाया गया है। इसकी जानकारी कांग्रेस के अध्यक्ष श्री नेहरू ने 23 मई को कांग्रेस कार्यसमिति की बैठक में दी, जिसका दो दिवसीय समापन रविवार को नई दिल्ली में हुआ।'

30 जून 1954 को स्विट्ज़रलैंड में भारत के राजदूत वाई. डी. गुंडेविया ने शेंकल के विषय में एक टिप्पणी लिखते हुए इंगित किया कि अनिता का भारतीय नागरिक के रूप में पंजीकरण करने के लिए श्रीमती एमिली शेंकल को अनापत्ति प्रमाण पत्र उपलब्ध कराने के निर्देश दे दिए गए हैं। इस टिप्पणी के अनुसार विएना में भारतीय राजनयिक डॉ. रामास्वामी ने उनको बताया था कि मंत्रालय द्वारा प्राप्त स्वीकृति के अनुसार बेटी का पंजीकरण 'भारतीय संविधान के अनुच्छेद 8 में दी गई व्यवस्था के अनुसार भारतीय नागरिक' के रूप में किया जा सकता है। उनका कहना था कि यही उनका मंतव्य भी था, जिसके लिए उन्होंने 19 मई को पत्र भेजा था। फ्रा एमिली शेंकल ने उनसे यही दोहराया था कि वह इस बच्ची को 'भारतीय नागरिक की बेटी' के रूप में पंजीकृत करना चाहती हैं। डॉ. रामास्वामी का दावा था कि इस मामले में स्पष्ट होता है कि फ्रा एमिली शेंकल चाहती थी कि उनकी बेटी विभिन्न कारणों से ऑस्ट्रियन नागरिकता से वंचित न हो।

राजदूत ने इस टिप्पणी में लिखा कि यदि सब कुछ ठीक रहा और यह बच्ची भारतीय नागरिक के रूप में पंजीकृत होती है तो वह पंजीकरण अनुच्छेद में वर्णित व्यवस्था के अनुसार ही होगा और इस प्रकार वह भारतीय नागरिक कहलाएगी। उनका कहना था कि इस विषय पर फ्रा एमिली शेंकल से स्पष्ट रूप से बात कर लेना उचित होगा।

राजदूत गुंडेविया का कहना यह भी था कि इसमें कोई संशय नहीं है कि वह स्वर्गीय सुभाष चंद्र बोस की बेटी होने के नाते अनुच्छेद 8 के अंतर्गत भारतीय नागरिक है। हम उसके किसी ऐसे लाभ से उसे वंचित नहीं करना चाहते जो उसे ऑस्ट्रियन नागरिक होने के नाते मिल सकते हैं, और हम इस पंजीकरण को अपने दूतावास के माध्यम से प्रचारित नहीं करना चाहते। इसलिए अभी इस मामले को

जहाँ है, जैसा है, आधार पर रोक दिया जाए। बाद में जो स्थिति बनती हो, उसे ऐसे किसी प्रश्न के उत्पन्न होने के समय देखा जा सकता है, परंतु हमें इस मामले के परिणामों के विषय में फ्रा शेंकल को उससे होने वाली अगली मुलाक़ात के दौरान अपने तरीक़े से समझा देना चाहिए।

राजदूत यह भी जानना चाहते थे कि क्या श्रीमती एमिली शेंकल स्विस बैंक में खाता खोल सकती हैं? उनके एक अधीनस्थ अधिकारी ने इस विषय में पता किया तो पता चला कि ऑस्ट्रियन नागरिक ऐसा खाता खोल सकते हैं, परंतु उनपर कोई ब्याज़ नहीं मिलेगा, बल्कि हर मध्य वर्ष में उन्हें इस खाते को चलाए रखने के व्यय के रूप में पाँच शिलिंग्स देने होंगे। जब इस संबंध में जब एमिली शेंकल से बात की गई तो उन्होंने अनिच्छा प्रकट की और मामला वहीं रोक दिया गया।

अकेली माँ के रूप में बेटी को पालना एमिली के लिए कितना दुष्कर रहा होगा, इसकी सहज ही कल्पना की जा सकती है। वह समय द्वितीय विश्व युद्ध का था, जब बच्चों का पालन-पोषण दुरूह हो गया था। एमिली अपनी माँ के साथ अक्सर राशन में मिली चीनी और दूध को बेटी के लिए बचाकर रखा करती।

कृष्णा बोस लिखती हैं :

'दिसंबर 1959 में जब मैं विएना गई थी, तो मेरी बेटी ने काफ़ी अच्छी ड्रेस पहन रखी थी। बातचीत के क्रम में आंटी ने उसकी ड्रेस का कपड़ा छूने के बाद कहा, 'अनिता को तो फटे-पुराने कपड़े ही पहनने को मिल पाते थे'। लगभग 17 साल की हो चुकी अनिता उस समय कमरे में ही थी और उसने तुरंत टिप्पणी की, 'माँ, यह मत भूलो कि मेरे दौर के बच्चे युद्धकाल के बच्चे थे।'

25. प्रधानमंत्री नेहरू की सक्रियता और एमिली की कृतज्ञता

एक फ़रवरी 1955 को एमिली शेंकल ने भारत के प्रधानमंत्री जवाहरलाल नेहरू को जो पत्र लिखा वह इस प्रकार था :

युअर एक्सीलेंसी

मेरी लंबे समय से यह हार्दिक इच्छा थी कि एक बार आपसे मिलकर आपके द्वारा किए जा रहे दयालुतापूर्ण प्रयास के प्रति अपने हृदय की गहराइयों से आपको धन्यवाद अदा करूँ कि आपने कितनी रुचि लेकर मेरी बेटी अनिता के कल्याण के विषय में सोचा है।

परंतु हमेशा की तरह मेरी इच्छाएँ एक स्वप्न बनकर रह जाती है, कम-से-कम फ़िलहाल के लिए। मैं वर्तमान परिस्थितियों में जो कर सकती हूँ वह यह कि यूरोप में आपके आगमन पर एक पत्र लिखकर स्वागत कर सकती हूँ, क्योंकि मुझे लगता है कि इस बार आपके कार्यक्रम में इस इलाक़े का भ्रमण शामिल नहीं है।

मैं अभी भी आपके बरसों पहले दिए गए दयालु आमंत्रण के प्रति आभारी हूँ, जिसमें आपने मुझे बेटी के साथ भारत आकर छुट्टियाँ मनाने का अनुरोध किया था। दुर्भाग्यवश जब आशाएँ सच होने को आती हैं और मुझे लगता है कि वे अब मूर्त रूप ले रही हैं, तब फिर से कुछ कठिनाइयाँ आ खड़ी होती हैं। ऐसा मेरी बूढ़ी माँ की कमज़ोर स्वास्थ्य की स्थितियों

के कारण है और हमें तब अपनी योजनाओं को अनिश्चित काल की अवधि के लिए फिर से छोड़ना पड़ता है। फिर भी मैं यह आशा नहीं छोड़ूँगी कि एक दिन मुझे आप जैसे महानुभाव से मिलने का विशिष्ट अवसर प्राप्त होगा, चाहे आपके अपने देश में या अन्य कहीं। वर्तमान स्थितियों में मेरे लिए विएना छोड़ना भी संभव नहीं है।

मैं यह बात आनंदपूर्वक साझा कर सकती हूँ कि मेरी बेटी स्कूल में अच्छी और संतोषजनक प्रगति कर रही है। वह भारत से जुड़ी हर चीज़ में बेहद रुचि लिया करती है। उसके अध्यापक उसे 'भारतीय प्रश्नों के विशेषज्ञ' के रूप में जानते हैं।

आपका एक बार फिर से अनिता की ओर से भी हार्दिक धन्यवाद!

शुभेच्छु

एमिली शेंकल

जवाहरलाल नेहरू ने एमिली के एक फ़रवरी 1955 के पत्र का उत्तर 10 फ़रवरी 1955 को दिया जिसमें उन्होंने पत्र भेजने के लिए धन्यवाद के साथ इस बात को समझना स्वीकार किया कि वह अपनी माता के ख़राब स्वास्थ्य के कारण भारत आने में सक्षम नहीं हैं, लेकिन उन्होंने यह आशा प्रकट की कि वह बेटी अनिता के साथ भविष्य में भारत यात्रा पर अवश्य आएँगी।

10 अक्टूबर 1955 को जवाहरलाल नेहरू ने अपने सचिवालय को निर्देश दिए कि वह वित्त मंत्रालय से विमर्श कर सलाह प्राप्त करें कि अनिता बोस ट्रस्ट फ़ंड की धनराशि का बेहतर निवेश किस प्रकार किया जाए। फ़िलहाल अनिता को इस राशि पर ब्याज़ के रूप में लगभग रु 500 प्रतिमाह की धनराशि दी जा रही थी। जब वह अपनी उपयुक्त आयु को प्राप्त कर लेगी, तो उसे पूरी धनराशि मिलेगी।

जवाहरलाल नेहरू का कहना था :

'मैं निश्चित रूप से चाहूँगा कि यह धनराशि विश्वसनीय रूप से निवेशित की जाए। बेहतर यह होगा कि अगले दो-तीन साल तक मुख्य फ़ंड को न छुआ जाए अथवा उसमें कुछ और मिलाया जाए, ताकि हमें नियमित रूप से पर्याप्त ब्याज़ मिले।'

प्रधानमंत्री जवाहरलाल नेहरू के इस निर्देश पर कार्रवाई करते हुए उनके प्रमुख सचिव बी. एन. कौल ने 8 नवंबर 1955 को जो टिप्पणी की, उसके अनुसार वित्त

मंत्रालय से इस संबंध में जानकारी प्राप्त की गई और उनके द्वारा दी गई सलाह के अनुसार अगर इस धनराशि के एक हिस्से को 10 वर्ष के जमा योजना सर्टिफ़िकेट में निवेश किया जाए, तो उसपर 3.30 प्रतिशत वार्षिक का ब्याज़ बनेगा और यह 10 वर्ष का ब्याज़ पूरी तरह कर मुक्त होगा। शेष धनराशि को राष्ट्रीय योजना बोर्ड 1965 में ऋण के रूप में निवेश कर दिया जाए, जिसपर भी 3.30 प्रतिशत ब्याज़ मिलेगा, जो अभी तक का सबसे अधिक ब्याज़ है लेकिन इसपर जो ब्याज़ मिलेगा वह आयकर के अधीन होगा।

प्रमुख सचिव का यह भी कहना था कि अखिल भारतीय कांग्रेस समिति का यह कहना सही नहीं है कि बैंकों द्वारा निवेशित फ़िक्स डिपॉज़िट पर दिए जाने वाला ब्याज़ करमुक्त हैं। होता यह है कि बैंक द्वारा भुगतान करने के समय कर की कोई कटौती नहीं की जाती है, परंतु वह आपकी आय में जुड़ता है, जिसका प्रतिवर्ष विवरण आपको स्वयं प्रस्तुत कर कटौती कराना अनिवार्य होता है।

यह जानकारी प्राप्त होने पर प्रधानमंत्री जवाहरलाल नेहरू ने 9 नवंबर 1955 की अपनी टिप्पणी में लिखा कि वित्त मंत्रालय की ओर से प्राप्त संस्तुतियों के विवरण से अखिल भारतीय कांग्रेस कमेटी कार्यालय को अवगत करा दिया जाए, जो उनके अनुसार स्वीकार करने योग्य है।

इस प्रकार प्रधानमंत्री सचिवालय द्वारा वित्त मंत्रालय के परामर्श के आलोक में अनिता बोस ट्रस्ट फ़ंड के निवेश की योजना तैयार की गई, जिसके अनुसार 25% धनराशि का 10 वर्षीय जमा योजना में निवेश होना था। द्वितीय भाग के रूप में अखिल भारतीय कांग्रेस कमेटी के सुझाव के अनुरूप पंजाब नेशनल बैंक में एक फ़िक्सड डिपॉज़िट कराए जाने के प्रश्न पर विचार कर उसे उपयुक्त नहीं पाया गया, क्योंकि सरकारी निवेशों के अलावा अन्य निवेशों पर आयकर की छूट नहीं मिलती है और यदि इस आयकर को गणना में जोड़ लिया जाए तो ब्याज़ की प्रभावी धनराशि की प्राप्ति मात्र 2.7 प्रतिशत होगी। इसलिए उचित यह पाया गया कि यदि इस निवेश में आयकर की छूट नहीं मिलती है तो इस धनराशि का दूसरा हिस्सा 3% ऋण के रूप में एक सरकारी अल्प अवधि बॉन्ड में निवेश किया जाए, ताकि परिपक्वता के समय उपयुक्त धनराशि प्राप्त हो सके।

उसके बाद कांग्रेस कार्यालय से एमिली शेंकल को भेजी जाने वाली मदद का सिलसिला चल निकला।

19 अगस्त 1955 को लोकसभा में सांसद राधा रमन ने प्रधानमंत्री से तारांकित प्रश्न पूछा था कि क्या वह अपनी हाल की यात्रा में नेताजी सुभाष चंद्र बोस की पत्नी और उनकी बेटी से मिले हैं? वह यह भी जानना चाहते थे कि क्या उन्हें कोई सहायता प्रदान की जा रही है? और यदि ऐसा है, तो उसकी प्रकृति क्या है। सांसद की जिज्ञासा यह भी थी कि क्या इस सहायता को स्वीकार कर लिया गया है और क्या श्रीमती बोस अथवा उनकी बेटी का भारत में निकट भविष्य में कोई भ्रमण कार्यक्रम बना है?

प्रधानमंत्री ने उत्तर देते हुए बताया कि यह सही है कि वह हाल की अपनी यूरोप की यात्रा में उन लोगों से मिले थे और मई 1954 से उन्हें रु 500 प्रतिमाह की धनराशि दी जा रही है, जो उन्होंने स्वीकार की है। उनका कहना था कि इस बात की संभावनाएँ नहीं हैं कि श्रीमती बोस और उनकी बेटी निकट भविष्य में भारत की यात्रा पर आ पाएँगी। उपलब्ध सरकारी अभिलेखों के अनुसार संभवतः यह प्रश्न लोकसभा सचिवालय द्वारा अस्वीकृत कर दिया गया था, परंतु प्रश्न का उत्तर के रूप में दिए जाने वाला यह विवरण आलेख के रूप में पत्रावली में दर्ज है। लोकसभा में इस संबंध में उठाए गए प्रश्नों का सिलसिला आगे भी चलता रहा। 10 दिसंबर 1956 को सांसद रामकृष्ण ने प्रधानमंत्री से फिर इस तरह का ही प्रश्न पूछा। 23 अप्रैल 1958 को श्रीमती मंजुला देवी द्वारा भी ऐसा प्रश्न पूछा गया था।

25 अक्टूबर 1956 को विएना में भारतीय उच्चायोग के एक अधिकारी द्वारा भारत के विदेश मंत्रालय में एक पत्र भेजकर बताया गया कि जिस मकान में फ्रा शेंकल रहती हैं, उसका स्वामित्व बदलने के कारण उन्हें उस मकान को ख़ाली करना पड़ेगा। उन्होंने कुछ कठिनाइयों के बाद एक नई संपत्ति की खोज की है जिसे वह ख़रीदना चाहती हैं, परंतु उनके पास ज़रूरी धनराशि की कमी है और उन्होंने गोपनीय रूप से यह जानना चाहा है कि क्या उन्हें अखिल भारतीय कांग्रेस समिति द्वारा मिलने वाली धनराशि को थोड़ा अग्रिम रूप से उपलब्ध कराया जा सकता है? इस पत्र पर कार्रवाई करते हुए ज़रूरी धनराशि को शीघ्र और प्राथमिकता पर भेजने के निर्देश दिए गए।

सन् 1956 में जब श्री यू. एन. ढेबर अखिल भारतीय कांग्रेस समिति के अध्यक्ष और मोरारजी देसाई कोषाध्यक्ष हुआ करते थे, तब 27 नवंबर 1956 को पार्टी के 7, जंतर मंतर रोड, नई दिल्ली स्थित मुख़यालय से स्टेट बैंक ऑफ़ इंडिया नई दिल्ली के एजेंट को एक रेखांकित चेक भेजते हुए यह अपेक्षा की गई कि वह इस

₹3000 की धनराशि के चेक के बदले उन्हें पाउंड की मुद्रा में परिवर्तित कर श्री वी. सी विजय राघवन, प्रथम सचिव, भारतीय काउंसलर, विएना (ऑस्ट्रिया) के नाम परिवर्तित मुद्रा की धनराशि उपलब्ध कराने की व्यवस्था करा दें। इस धनराशि को श्रीमती एमिली शेंकल को दिया जाना था।

तत्कालीन सरकारी अभिलेखों में एक पत्र मौजूद है जो 24 जुलाई 1958 को प्रधानमंत्री जवाहरलाल नेहरू ने डॉ. बी. सी. राय, मुख्यमंत्री, पश्चिम बंगाल को लिखा था। उस पत्र के साथ लंदन के श्री कल्याण बोस का 20 जुलाई का पत्र संलग्न था, जो उन्होंने डॉ. राय को लिखा था। वह पत्र अनिता के विषय में था, जिसमें उस प्रक्रिया के विषय में पूछताछ की गई थी जो उसके भारतीय नागरिक बनने के लिए अपनाई जा रही थी। पत्र में ₹45,000 की उस राशि का ज़िक्र भी था, जिसकी पश्चिम बंगाल के मुख्यमंत्री से माँग की गई थी। प्रधानमंत्री जवाहरलाल नेहरू के अनुसार उन्हें इसकी कोई जानकारी नहीं थी।

26. अनिता बोस का प्रस्तावित भारत दौरा

30 नवंबर 1958 को प्रधानमंत्री जवाहरलाल नेहरू ने पश्चिम बंगाल के मुख्यमंत्री डॉ. बिधान चंद्र राय को अनिता बोस के प्रकरण पर एक लंबा पत्र लिखा जो निम्नवत है :

प्रिय बिधान

ललिता बोस कल मुझसे मिलने आईं। वह हाल में ही विएना से लौटी हैं, जहाँ वह काफ़ी समय तक अनिता और उसकी माँ के साथ रहीं। वह उनकी ओर से मेरे लिए पत्र भी लेकर आईं।

इन पत्रों में वे बताते हैं कि उन्होंने अनिता का नाम क़ानूनी रूप से बोस के रूप में लिखने की व्यवस्था कर ली है और अब वह भविष्य में अनिता शेंकल बोस के नाम से जानी जाएँगी।

वे दोनों चाहती हैं कि अनिता एक भारतीय नागरिक बने। इसके लिए कोई बाधा नहीं है, परंतु उन्होंने यह भी जोड़ा है कि वे दोहरी नागरिकता रखना चाहते हैं। ऑस्ट्रियन और भारतीय अधिकारियों ने उन्हें बताया है कि यद्यपि यह मुश्किल है, परंतु पूरी तरह असंभव नहीं है। ज़ाहिर तौर पर इस तरह के मामले कम रहे होंगे, परंतु जहाँ तक भारत का विषय है, मुझे समझ नहीं आता कि क्या यह क़ानूनी रूप से संभव है। मैं स्वयं यह नहीं सोच पा रहा कि अनिता को यह दोहरी नागरिकता क्यों चाहिए। ललिता बोस ने मुझे बताया कि नेताजी भवन को क़ानूनी रूप से अनिता

को सौंपने की व्यवस्थाएँ पूरी कर ली गई हैं। मैं आपसे यह जानकारी लेने का अनुरोध करता हूँ कि क्या इसमें कोई कठिनाई तो नहीं है। ललिता ने मुझे बताया कि संबंधित लोग इसके लिए सहमत हो गए हैं, यद्यपि अमिय बोस ने पहले इसपर विरोध किया था और सतीश बोस के बेटे ने भी, परंतु स्पष्ट रूप से यह मामला सुलझा लिया गया है। इसके बावजूद भी आप इसकी वर्तमान स्थिति का जायज़ा लें।

ललिता ने मुझे आगे बताया कि अनिता यहाँ निकट भविष्य में आने वाली है, मुख्य रूप से नेताजी भवन से संबंधित क़ानूनी औपचारिकताओं को पूरा करने के लिए। वह भारत में लगभग एक पखवाड़ा बिताएगी। मैंने ललिता को कह दिया है कि उसे यहाँ आने में कोई परेशानी नहीं होनी चाहिए। हम उसे तब तक भारतीय पासपोर्ट नहीं दे सकते जब तक वह भारतीय राष्ट्रीयता प्राप्त नहीं कर लेती है। उसे या तो ऑस्ट्रियन पासपोर्ट पर यात्रा करनी होगी अथवा हम उसके लिए विशेष यात्रा अभिलेख तैयार कराकर उपलब्ध करा सकते हैं।

मैंने ललिता से पूछा कि वह कलकत्ता आने पर कहाँ रुकेगी। अन्य जगहों के संबंध में कोई कठिनाई नहीं है। यदि दिल्ली आती है तो वह मेरे पास रुकेगी। यदि वह अन्य जगह जाती है जैसे बंबई, तो उसके रुकने की व्यवस्था सहज ढंग से कर दी जाएगी। यद्यपि कलकत्ता में उसके रुकने का स्थल उसके परिवार के लोगों के साथ होना चाहिए। ललिता का कहना है कि उसे नेताजी भवन में रुकना चाहिए जो उसी का है। मेरा कहना है कि यह तब तक उचित विचार नहीं है जब तक वह घर पर पूरी तरह से क़ाबिज़ नहीं हो जाती। ललिता का कहना है कि परिवार के कुछ सदस्य नेताजी भवन में स्थानांतरित होकर उसके साथ रह सकते हैं। यह सब मुझे थोड़ा विचित्र लगता है।

मैं कृतज्ञ हूँगा यदि आप ललिता से इन मामलों के विषय में बात कर सकें।

मुझे ललिता से यह जानकर आश्चर्य हुआ कि अनिता को लंबे समय से उसकी भत्ते की धनराशि नहीं मिली है। मैं इस संबंध में जाँच करने जा रहा हूँ।

भवदीय,

जवाहरलाल नेहरू

तत्कालीन अभिलेखों पर दृष्टिपात करने से समझ में आता है कि उस समय अनिता के भारत आने की स्थितियाँ कई लोगों के लिए सहज नहीं थीं। यह मुद्दा विपरीत प्रचार पाता, इससे बचने के लिए पश्चिम बंगाल के मुख्यमंत्री डॉ. बिधान चंद्र राय ने प्रधानमंत्री जवाहरलाल नेहरू को लिखा कि वर्तमान परिस्थितियों के दृष्टिगत उन्होंने ललिता को सूचित किया है कि अनिता को फ़िलहाल भारत नहीं आना चाहिए। उन्होंने प्रधानमंत्री को यह भी इंगित किया कि अनिता के संबंध में उन्हें कुछ और बिंदुओं पर भी चर्चा करनी है जो वह अगले सप्ताह उनसे व्यक्तिगत रूप से मिलने पर बताएँगे। मुख्य रूप से यह चर्चा सुभाष चंद्र बोस की संपत्ति और उसके स्वामित्व/अधिकार को लेकर थी, जिसके संबंध में बंगाल के मुख्यमंत्री ने अलग से एक टिप्पणी भी लिखकर भेजी थी। उसमें संपत्ति की तत्कालीन स्थिति का आकलन किया गया था।

प्रधानमंत्री जवाहरलाल नेहरू ने एक दिसंबर 1958 को यह जानकारी प्राप्त की कि अखिल भारतीय कांग्रेस समिति की ओर से अनिता बोस को विएना में स्पेशल फ़ंड के रूप में अब तक किस-किस तिथि को और कुल कितनी धनराशि भेजी गई है। तदनुसार, दो दिसंबर को प्रधानमंत्री के लिए कांग्रेस कमेटी से प्राप्त इस विवरण को प्रस्तुत किया गया। 16 दिसंबर 1958 को ही एमिली शेंकल ने उस धनराशि की एक खेप प्राप्त की थी।

भारत के तत्कालीन विदेश सचिव एस. दत्त ने विएना में भारतीय काउंसलर के प्रमुख ए. एन. मेहता को 9 दिसंबर 1958 को एक गोपनीय पत्र भेजकर लिखा था :

1. 'स्वर्गीय सुभाष चंद्र बोस की बेटी अनिता बोस पिछले काफ़ी समय से अपनी भारतीय नागरिकता तथा अन्य मामलों को लेकर हमारे संपर्क में हैं। उनके भतीजे कल्याण बोस ने हमें अगस्त में लिखा था कि वह भारतीय नागरिकता कैसे ग्रहण कर सकती हैं। उसके उत्तर में हमने उन्हें लिखा कि अनिता एक अल्पवयस्क है इसलिए भारत सरकार उसे नागरिकता अधिनियम की धारा 5 (4) के अंतर्गत विशेष परिस्थितियों में भारतीय नागरिकता प्रदान कर सकती है। ज़ाहिर है कि उस समय उनका भाव यह था कि वह एक अल्पवयस्क लड़की है और कुछ समय तक

विएना में रहेगी, इसलिए उन्होंने हमसे अनुरोध किया कि हम ऑस्ट्रियन सरकार को यह संस्तुति दें कि उसे दोहरी नागरिकता ग्रहण करने की अनुमति दी जाए। हमने इस मामले को एक विशिष्ट और अपवाद के रूप में सिद्धांत रूप से सहमति दी थी।

2. अब हमें समझ आ रहा है कि अनिता निकट भविष्य में संभवत: नेताजी भवन, जो कि स्वर्गीय सुभाष बोस की संपत्ति है, का अधिग्रहण करने के लिए कलकत्ता आ रही हैं। लेकिन यह प्रतीत होता है कि सुभाष बाबू के पास इस संपत्ति के कोई अभिलेख नहीं थे। जो लोग इस संपत्ति का मालिकाना हक़ रखते थे, वे इसपर अपना दावा छोड़ने को तैयार नहीं हैं और इसलिए अनिता इस संपत्ति पर फ़िलहाल तात्कालिक रूप से कोई क़ब्ज़ा नहीं ले सकेगी। प्रधानमंत्री चाहते हैं कि आप अनिता और उनकी माँ को मिलकर इस स्थिति को उन्हें समझाएँ। आपको उन्हें बताना होगा कि भारत सरकार ने अनिता की कलकत्ता जाकर नेताजी भवन पर क़ाबिज़ होने की इच्छाओं की चर्चा सुनी है। इसलिए उन्हें अनिता और उनकी माँ को बताना चाहिए कि यदि अनिता कलकत्ता जाकर इस संपत्ति का अधिग्रहण करने का प्रयास करती है तो बोस परिवार के अन्य सदस्य इस दावे का विरोध कर सकते हैं। ऐसी परिस्थितियों में यह प्रतीत होता है कि अनिता के लिए बेहतर होगा कि यदि वह इस संपत्ति पर क़ब्ज़ा करने के उद्‌देश्य से कलकत्ता जा रही हो तो ऐसा करने का विचार छोड़ दे।

3. इसके अतिरिक्त उन्हें यह भी बताना होगा कि भारत सरकार ने अनिता की भारतीय नागरिकता के विषय में आगे विचार किया है। उन्हें लगता है कि अल्पवयस्क रूप में भारतीय नागरिकता प्राप्त करने के बाद भी उसका इरादा विएना में रुकने का है और वह भारतीय नागरिकता के साथ-साथ अपनी ऑस्ट्रियन नागरिकता भी बनाए रखना चाहती है। आपको अनिता को बताना चाहिए कि हम सामान्य रूप से ऐसे इंसान को पसंद नहीं करते जो भारतीय नागरिकता के लिए आवेदन करें, परंतु अपनी मूल नागरिकता को भी बनाए रखें। इस मामले की सभी परिस्थितियों को देखने से समझ आता है कि उसे अल्पवयस्क होते हुए और विएना में रहते हुए भारतीय नागरिकता के लिए आवेदन नहीं करना चाहिए। यदि

भविष्य में वह कभी भारत को अपना स्थाई घर बनाने पर विचार करेगी तो उसे भारतीय नागरिकता स्वीकार करने पर विचार किया जा सकता है।

इस पत्र में दिए गए निर्देशों के क्रम में 19 दिसंबर 1958 को विएना के भारतीय राजदूत ए. एन. मेहता ने विदेश सचिव को पत्र लिखकर बताया कि श्रीमती एमिली शेंकल और अनिता दोनों सर्दी-बुख़ार के कारण बीमार हैं, इसलिए उन्हें संदर्भित पत्र की विषयवस्तु से अवगत नहीं कराया जा सका। राजदूत ने लिखा कि इस बीच उन्होंने श्रीमती शेंकल से यह जानकारी प्राप्त कर ली है कि ललिता बोस, जो कल्याण बोस की बहन हैं, अनिता को पत्र लिखकर उसे 'उसके हिस्से की संपत्ति' पर दावा करने के लिए कहा करती हैं। परंतु इस संबंध में श्रीमती शेंकल का कहना है कि अभी उनकी ओर से कुछ भी निर्णय नहीं लिया गया है और अगले दो महीनों तक अनिता का भारत जाने का कोई प्रश्न ही उत्पन्न नहीं होता। इसलिए मेरा प्रस्ताव है कि मैं श्रीमती शेंकल और अनिता को क्रिसमस की छुट्टियों के बाद अगले महीने की शुरुआत में स्थिति से अवगत कराना चाहूँगा।

राजनयिक ने विदेश सचिव के प्रस्तर दो में लिखे मुद्दे पर बताया कि यह जानना रुचिकर है कि लगभग दो महीने पहले ललिता बोस विएना आई थी और वह अनिता तथा श्रीमती शेंकल के साथ-साथ उनसे भी कई बार मिली थीं।

> 'उन्होंने मुझसे भी, अनिता का नाम शेंकल-बोस के रूप में परिवर्तित कराने की औपचारिकताओं के संबंध में विस्तार से जानकारी प्राप्त करनी चाही थी। श्रीमती शेंकल को हर संभव सहायता दी गई और उन्हें दूतावास के वकील से परिचित कराया गया। ऐसा लगता है कि उनका नाम शेंकल-बोस के रूप में परिवर्तित करने में कोई कठिनाई नहीं होगी। ललिता बोस ने यह भी बताया कि इसके बाद वह अनिता को भारत ले जाकर संयुक्त परिवार की संपत्ति में उसका हिस्सा दिलवाने की कार्यवाही कराएँगी। जब मैंने उनसे पूछा कि क्या परिवार के अन्य सदस्य उस संपत्ति का हिस्सा अनिता को देने को तैयार हैं तो उन्होंने बताया कि इस बात पर सहमति बन चुकी है और इसमें कोई कठिनाई नहीं होगी।'

भारतीय राजनयिक का कहना था कि वह यह जानकारी इसलिए दे रहे हैं क्योंकि उन्हें लगता है कि ललिता बोस भारत पहुँचकर श्रीमती शेंकल और अनिता को संपत्ति पर अधिकार जताने की सलाह दिया करती हैं। उन्होंने यह भी लिखा कि

वह अनिता और उनकी माँ से बात कर इस संबंध में विस्तार से लिखेंगे।

दो दिसंबर 1958 को प्रधानमंत्री जवाहर लाल नेहरू के लिखे पत्र के उत्तर में पश्चिमी बंगाल के तत्कालीन मुख्यमंत्री बिधान चंद्र राय ने एक गोपनीय पत्र में उनसे अनिता को दी जा रही धनराशि के विषय में चर्चा की थी। उनका कहना था कि 25 मार्च 1954 से दिसंबर 1958 तक रु 30 हज़ार की धनराशि उपलब्ध कराई गई है, जिसका तात्पर्य यह होता है कि पिछले 57 महीनों में, रु 500 प्रतिमाह की धनराशि अनिता को दी जाती रही है। उनके अनुसार यह पर्याप्त और संतोषजनक राशि है।

ठीक उसी दिन जब विएना के भारतीय राजनयिक ने यह पत्र लिखा था, अर्थात 19 दिसंबर 1958 को प्रधानमंत्री जवाहरलाल नेहरू भारत की संसद में एक प्रश्न के उत्तर में बता रहे थे कि भारत सरकार इस तथ्य से अवगत है कि अनिता बोस, जो स्वर्गीय सुभाष चंद्र बोस की बेटी है, ने स्थाई रूप से भारत में बसने की इच्छा ज़ाहिर नहीं की है। उन्होंने समय-समय पर भारत में संक्षिप्त दौरा करने की इच्छा अवश्य व्यक्त की है और सरकार उन्हें उनकी इच्छा के अनुरूप यहाँ आने के लिए ज़रूरी यात्रा प्रपत्र उपलब्ध कराने के लिए तैयार है। लोकसभा में प्रधानमंत्री यह जानकारी श्री रामकृष्ण गुप्ता, सांसद के अतारांकित प्रश्न संख्या 2184 के संबंध में दे रहे थे।

20 दिसंबर 1958 के 'हिंदुस्तान टाइम्स' में लोकसभा में इस प्रकरण को लेकर किए गए प्रश्न का विवरण भी समाचार के रूप में प्रकाशित हुआ था।

इस प्रश्न के उत्तर में यह भी बताया गया कि अखिल भारतीय कांग्रेस समिति ने मिस अनिता बोस के पक्ष में एक ट्रस्ट फ़ंड बनाया है। इस फ़ंड से प्राप्त होने वाले ब्याज़ को एक अवधि के बाद ₹500 प्रति माह की दर से उन्हें भेजा जाता रहा है। उन्होंने यह भी बताया कि अनिता को अखिल भारतीय कांग्रेस समिति द्वारा उसके पक्ष में बनाए गए ट्रस्ट के फ़ंड के ब्याज़ के रूप में समय-समय पर ₹500 प्रति माह की दर से धनराशि उपलब्ध कराई जाती है।

विदेश मंत्रालय में उपसचिव जे. एस. मेहता ने 17 दिसंबर 1958 को विएना के राजनयिक ए. एन. मेहता को एक व्यक्तिगत पत्र लिखकर बताया था कि ऑल इंडिया रेडियो 23 जनवरी 1959 को, जो नेताजी सुभाष चंद्र बोस के जन्मदिन की वर्षगांठ है, एक विशेष फीचर कार्यक्रम कर रहा है। इस संबंध में उन्होंने अनौपचारिक रूप से यह जानने की कोशिश की है कि क्या श्रीमती एमिली शेंकल

से बात कर साक्षात्कार की व्यवस्था की जा सकती है। अगर वह इस विषय में अनुकूल राय रखेंगे तो ऑल इंडिया रेडियो के अधिकारी विएना में भारतीय काउंसलेट के माध्यम से उनसे संपर्क करना चाहेंगे।

18 अप्रैल 1959 को लोकसभा सदस्य श्री रामकृष्ण गुप्ता ने अतारांकित प्रश्न संख्या 3208 के माध्यम से यह जानकारी प्राप्त करनी चाही कि क्या प्रधानमंत्री 19 दिसंबर 1958 के प्रश्न संख्या 2184 में बताई गई जानकारी के क्रम में यह बताएँगे कि अनिता बोस ने भारत की किन जगहों का भ्रमण करने की इच्छा व्यक्त की है और वह कब आ रही हैं, तथा क्या वह कार्यक्रम बना लिया गया है। यदि हाँ, तो उस कार्यक्रम का विवरण क्या है।

प्रधानमंत्री जवाहरलाल नेहरू ने इस प्रश्न का संक्षिप्त उत्तर देते हुए कहा कि वर्तमान में मिस अनिता बोस का भारत में आने का कोई प्रस्ताव विचाराधीन नहीं है।

20 अक्टूबर 1959 को प्रधानमंत्री जवाहरलाल नेहरू ने विएना (ऑस्ट्रिया) में भारत के राजनयिक अर्थर एस. लाल को विस्तार से पत्र लिखकर अनिता बोस के संबंध में कुछ बिंदुओं पर जानकारी प्राप्त करने का प्रयास किया। यह पत्र इस प्रकार था :

प्रिय अर्थर,

मैं आपको अनिता के विषय में लिख रहा हूँ। कल ललिता बोस मुझसे मिलने आई। ललिता सुभाष चंद्र बोस की भतीजी है। उसने मुझे बताया कि वह अनिता के अगले दो-तीन महीने में भारत यात्रा के लिए आवश्यक व्यवस्थाएँ कर रही हैं और उसने इस संबंध में मुझसे उन जगहों के विषय में बात की जहाँ उसे भ्रमण करना चाहिए। उसकी बातों से मुझे समझ में आया कि अनिता का भारत भ्रमण जल्दी ही होने वाला है। मुझे इससे कोई आपत्ति नहीं है। वास्तव में कुछ वर्ष पहले मैंने ही सुझाव दिया था कि अनिता को भारत का एक संक्षिप्त दौरा करना चाहिए। यहाँ पर एक कठिनाई थी क्योंकि तब हम इस विचार को प्रोत्साहित नहीं कर सकते थे, और यह कठिनाई बोस परिवार के साथ भी थी। उनके कुछ सदस्य हैं जो अभी भी समस्या उत्पन्न करते रहते हैं, यद्यपि वह काफ़ी सीमा तक ढीले पड़ गए हैं।

मैंने ललिता को बताया कि जहाँ तक हमारी बात है, अनिता को यहाँ आने

में कोई कठिनाई नहीं होनी चाहिए। दिल्ली में वह मेरे साथ रुक सकती है। यदि वह बंबई की यात्रा करना चाहे तो मेरा सुझाव रहेगा कि उसकी व्यवस्था भी हम करा दें। अब प्रश्न कलकत्ता का है। मेरा कहना है कि अनिता का अन्य किसी जगह रुकने से बेहतर बोस परिवार के लोगों के साथ रुकना उचित होगा। ललिता इससे सहमत थी।

बाद में जब मैं अपने कार्यालय आया और विदेश सचिव से इस मामले में बात की तो मेरा ध्यान उस पत्र की ओर दिलाया गया जो आपने इस संबंध में गत तीन अगस्त को लिखा था। इस पत्र में आपका कहना था कि अनिता और उसकी माँ, दोनों ने आपको बताया था कि चाहे जो कुछ हो जाए वे लोग इस वर्ष किसी हालत में भारत नहीं जा सकते, क्योंकि उसका स्कूल का अंतिम वर्ष चल रहा है। अगर वह शीघ्रतम भारत जाना चाहेगी तो 1960 के अंत तक ही जा पाएगी। मैंने आपके बारे में बताया और कहा कि इस संबंध में कुछ भ्रम की स्थिति पैदा हो रही है। उसका कहना था कि वह ख़ुद देखेगी और इस विषय में पता करेगी।

यह महसूस होता है कि शायद अनिता स्वयं भारत के दौरे पर आना चाहे, परंतु इस अवसर पर उसकी माँ इसके लिए राज़ी नहीं होंगी। जहाँ तक हमारी बात है, हम उनके किसी भी क़दम पर सहमत होने के लिए तैयार हैं। उनके ऊपर अभी यहाँ आने का कोई दबाव नहीं है और न ही ऐसा करने से हतोत्साहित करने का कोई प्रश्न है। मेरी जो चिंता है वह कलकत्ता के बोस परिवार के उन लोगों से है जो अनिता के आने पर उसके साथ दुर्व्यवहार कर सकते हैं।

मैं आपको इसलिए यह पत्र लिख रहा हूँ कि आप इस विषय पर हो रहे विकास से अवगत रहें। आप इस संबंध में अनिता और उसकी माँ के संपर्क में बने रहकर यह जानने का प्रयास कीजिए कि वह वास्तव में क्या चाहती हैं।

भवदीय

जवाहरलाल नेहरू

ऐसा प्रतीत होता है कि ऑस्ट्रिया में भारत के राजनयिक अर्थर लाल ने ही प्रधानमंत्री जवाहरलाल नेहरू को अवगत कराते हुए बताया था कि अनिता का सन्

1960 के अंत से पूर्व भारत आने का कोई प्रश्न नहीं है। यह जानकारी तीन नवंबर 1959 को जवाहरलाल नेहरू ने एक गोपनीय पत्र के माध्यम से पश्चिम बंगाल के मुख्यमंत्री बिधान चंद्र राय को दी।

अगले वर्ष 13 अक्टूबर 1960 को, ललिता बोस की प्रधानमंत्री जवाहरलाल नेहरू से मुलाक़ात हुई। यह तो नहीं पता कि उन दोनों के बीच क्या चर्चा हुई, परंतु जवाहरलाल नेहरू ने पश्चिम बंगाल के मुख्यमंत्री को पत्र लिखकर बताया था कि ललिता ने उनसे दिसंबर के तीसरे सप्ताह में अनिता बोस के भारत आने की ख़बर दी थी। उसका कहना था कि अनिता की माँ उसे अकेले यहाँ नहीं भेजना चाहती, इसलिए ललिता अनिता को लेने के लिए विएना जा रही हैं। वहाँ से वे लोग पहले दिल्ली आएँगे और दो अथवा तीन दिन बिताकर कलकत्ता जाएँगे। नेहरू का कहना था, 'ललिता ने मुझसे पूछा कि क्या वे लोग उनके साथ रुक सकते हैं। मैंने उसे बताया है कि अनिता के दिल्ली भ्रमण के दौरान मेरे आवास पर रुकने में कोई दिक़्क़त नहीं है'।

जवाहरलाल नेहरू ने पत्र में यह भी लिखा कि क्या उसने आपसे (बिधान चंद्र राय) इस विषय में चर्चा की है। उनका कहना था कि उसे केवल दो दिन पहले विएना से पत्र मिला था और वह अगले कुछ दिन में आपसे मिलकर इस संबंध में बात करने की आशा रखती है। उसके अनुसार परिवार के विभिन्न सदस्य अनिता का स्वागत करने में एकजुट रहेंगे।

प्रधानमंत्री ने पश्चिम बंगाल के मुख्यमंत्री को लिखा कि वह उनको इसलिए यह ख़बर दे रहे हैं कि उन्होंने एक बार इस विषय में उनसे चर्चा की थी। संभवतः वह ललिता बोस को इस विषय पर ज़रूरी सलाह दे सकते हैं।

1 नवंबर 1960 को सुभाष चंद्र बोस के परिवार के प्रदीप बोस जो 24 परगना जनपद में रहते थे, ने प्रधानमंत्री जवाहरलाल नेहरू को एक पत्र लिखा और कहा कि जैसा कि वे जानते हैं अनिता बोस दिसंबर में तीन महीने के भ्रमण प्रोग्राम पर भारत आ रही हैं, उनके परिवार के सभी सदस्य 9 नवंबर को अनिता के भ्रमण कार्यक्रम से जुड़ी समस्याओं और उनके ऊपर विस्तारपूर्वक विचार करने के लिए बैठक करेंगे। यदि उनके पास इस कार्यक्रम के संबंध में कोई सुझाव हो तो वह उसे 'पारिवारिक परिषद' के समक्ष रखना चाहेंगे।

प्रदीप बोस ने यह भी लिखा कि अनिता ने अपने पत्र में उल्लेख किया है कि वह कृतज्ञता प्रकट करने तथा कुछ मामलों पर चर्चा करने के लिए आपके पास

जाएगी। उन्होंने प्रधानमंत्री से अनुरोध किया था कि कृपया जनवरी माह की कोई उपयुक्त तिथि का समय निर्धारित करने का कष्ट करें। साथ ही नई दिल्ली में उनके रुकने के लिए उचित सुझाव देने का भी आग्रह किया गया था।

संभवतः यह पत्र व्यक्तिगत रूप से दिया गया होगा, क्योंकि प्रधानमंत्री जवाहरलाल नेहरू ने अगले ही दिन इस पत्र का उत्तर लिखवा दिया था। उन्होंने लिखा था :

> 'लगभग तीन सप्ताह पहले ललिता बोस मुझसे मिलने आई थीं और बताया था कि अनिता दिसंबर के तीसरे सप्ताह में भारत आ रही है। वह अनिता को भारत आने के लिए लेने विएना जा रही है। मुझे इससे आगे यह बताया गया कि अनिता पहले दिल्ली आएगी और दो या तीन दिन यहाँ बिताकर वे लोग कलकत्ता जाएँगे। मैंने ललिता को कहा था कि अनिता का दिल्ली भ्रमण के दौरान मेरे आवास पर रुकने के लिए स्वागत है।
>
> भारत में अनिता के भ्रमण कार्यक्रम के संबंध में मेरा कोई विशिष्ट सुझाव नहीं है। उसका कभी भी दिल्ली आने पर स्वागत है, परंतु उचित यह होगा कि उसका कार्यक्रम तब रहे जब मैं यहाँ पर रहूँ। मैं दिल्ली में 22 दिसंबर तक रहूँगा। जनवरी के माह में मुझे अक्सर दिल्ली से बाहर रहना पड़ेगा। मुझे आशा है कि वह जनवरी के मध्य में कुछ दिन के लिए यहाँ आएगी।'

अनिता शेंकल बोस की ओर से भारत के प्रधानमंत्री को 9 नवंबर 1960 को लिखा पत्र प्राप्त हुआ, जिसमें उसने भारत भ्रमण के अपने संभावित कार्यक्रम के संबंध में देर से लिखने की क्षमा याचना करते हुए बताया था कि वह स्वयं इस कार्यक्रम के विषय में निश्चित नहीं थी इसलिए वह पहले प्रधानमंत्री को पत्र नहीं लिख पाई थी। उसने बताया कि भारतीय काउंसलेट ने उसे सूचित किया था कि दिल्ली यात्रा के दौरान वह महामहिम की अतिथि रहेगी। उसका कहना था :

> 'आपका आमंत्रण मेरे लिए सम्मान और हर्ष की बात है और मैं इसे स्वीकार करते हुए आपके प्रति कृतज्ञता ज्ञापन करती हूँ।'

अपने कार्यक्रम का विवरण देते हुए अनिता ने लिखा था कि वह भारत के लिए चार अथवा पाँच दिसंबर को रवाना होंगी। उसने पूछा था कि प्रश्न यह है कि क्या मैं पहले दिल्ली जाऊँ अथवा कलकत्ता। वह चाहती थी कि प्रधानमंत्री इस प्रश्न

का अपनी सुविधानुसार समाधान करें। उसका कहना था कि उसने ललिता बोस से भी कहा था कि वह इस संबंध में आपसे संपर्क में बनी रहें।

प्रधानमंत्री जवाहरलाल नेहरू ने 17 नवंबर 1960 को अनिता को इस पत्र का जवाब देते हुए लिखा था :

प्रिय अनिता,

मुझे तुम्हारा 9 नवंबर का पत्र प्राप्त हुआ। मैं यह जानकर प्रसन्न हूँ कि तुम भारत आ रही हो। ललिता बोस ने मुझे इस संबंध में बताया और सूचित किया था कि वह तुम्हारा साथ देने के लिए तुम्हें विएना से भारत लाने के लिए वहाँ जा रही हैं। मैं समझता हूँ कि यह तुम्हारी माँ की इच्छा थी। लेकिन मुझे यह अनावश्यक लगता है कि कोई व्यक्ति केवल वापस आने के लिए इतनी दूर जाए। यह पैसे की बर्बादी है। अब मुझे समझ में आ रहा है कि यह तुम्हारी इच्छा नहीं है कि वह वहाँ जाए। मैंने उसे इस संबंध में संदेश भेज दिया है।

जहाँ तक भारत में तुम्हारे कार्यक्रम की बात है, यह निर्धारित करना मेरे लिए मुश्किल है। तुम्हारे परिवार के लोगों को यह करना चाहिए। जो भी दिल्ली में आएगा वह निश्चित रूप से मेरे साथ रुक सकता है। मैं दिसंबर के शुरुआती हिस्से में अधिकतर समय दिल्ली रहूँगा। मैं दिल्ली से 22 दिसंबर के बाद निकलूँगा और उसके बाद मैं अधिकतर दिसंबर और जनवरी के एक हिस्से तक बाहर रहूँगा।

मुझे इससे कोई फ़र्क़ नहीं पड़ता कि तुम पहले दिल्ली आओ अथवा कलकत्ता। संभवत: दिल्ली थोड़ा सुविधाजनक होगा, क्योंकि हवाई जहाज़ पहले यहीं आते हैं।

तुम्हारा स्नेहिल

जवाहरलाल नेहरू

प्रधानमंत्री जवाहरलाल नेहरू के लिए अनिता बोस के मुद्दे पर पश्चिम बंगाल के मुख्यमंत्री डॉ. बिधान चंद्र राय को विश्वास में बनाए रखना ज़रूरी था इसलिए वह समय-समय पर उनको इस संबंध में आवश्यक जानकारी और अपडेट्स दिया करते थे। जब प्रधानमंत्री ने इस विषय में ललिता बोस की भूमिका को लेकर डॉक्टर राय को पत्र लिखा तो उन्होंने 18 नवंबर 1960 को उसका उत्तर भेजा। यह उत्तर

इस प्रकार था :

प्रिय जवाहरलाल

मुझे अनिता बोस के संबंध में आपका पत्र प्राप्त हुआ।

मैं नहीं जानता कि ललिता कहाँ रहती हैं। मैंने स्वर्गीय शरत बोस के बेटे अमिय बोस से पूछा था कि क्या वह मुझे ललिता के विषय में बता सकते हैं। उनका कहना है कि ललिता कलकत्ता में नहीं हैं और वह नहीं जानते कि वह कहाँ रहती हैं, परंतु अमिय का मुझे यह भी कहना था कि अनिता ने ललिता को लिखकर कहा था कि वह उसे लेने के लिए विएना नहीं आए और उसकी भारत यात्रा के विषय में कोई हल्ला न करें। मुझे नहीं पता कि अनिता की इच्छा का परिवार द्वारा किस सीमा तक सम्मान किया जाएगा। चिंता यह है कि यह केवल पारिवारिक मामला नहीं है जिसके कारण यह दुष्प्रचार हो रहा है, परंतु यह फ़ॉरवर्ड ब्लॉक पार्टी के लोग भी हैं जो प्रोपेगेंडा करने में आगे रहेंगे।

भवदीय

बिधान चंद्र राय

लोकसभा में प्रश्न संख्या 843 के रूप में 25 नवंबर 1960 को एक अतारांकित प्रश्न पूछा गया जिसमें सांसद श्री अरबिंदो घोषाल ने पूछा था कि प्रधानमंत्री यह बताने का कष्ट करेंगे कि क्या नेताजी सुभाष चंद्र बोस की बेटी ने भारत आने की इच्छा प्रकट की है और, यदि हाँ, तो कब ?

प्रधानमंत्री जवाहरलाल नेहरू ने विदेश मंत्री की हैसियत से इन प्रश्नों का जवाब देते हुए स्वीकार किया कि नेताजी की बेटी इस वर्ष दिसंबर में भारत भ्रमण करेंगी। उनके आने की तिथि ज्ञात नहीं है।

प्रधानमंत्री द्वारा 9 दिसंबर 1960 को अनिता को भेजा पत्र भी उपलब्ध है जिसमें उन्होंने अनिता के 30 नवंबर के पत्र की प्राप्ति स्वीकार करते हुए उसके प्रोग्राम को नोट किया था। उनका कहना था कि जैसा कि उनके परिवार के सदस्य चाहते हैं, वह पहले कलकत्ता जा सकती हैं और 17 दिसंबर को दिल्ली आ सकती हैं। वह तब दिल्ली में ही रहेंगे।

जवाहरलाल नेहरू ने अनिता के इस कार्यक्रम की जानकारी पश्चिम बंगाल के मुख्यमंत्री बिधान चंद्र राय को देते हुए बताया कि अनिता 11 दिसंबर को विएना

से सीधे कलकत्ता पहुँचेगी। वह 17 दिसंबर को दिल्ली आने की इच्छुक है, उन्होंने उसे पत्र लिख दिया है।

बारह दिसंबर 1960 को विएना में भारत के राजनयिक अर्थर एस. लाल को विदेश मंत्रालय से टेलीग्राम भेजा गया जिसमें उन्हें अनिता के सुरक्षित कलकत्ता पहुँचने और भव्य स्वागत की सूचना दी गई। लिखा गया कि उनकी माता को कहा जाए कि वह चिंता न करें।

27. अनिता का भारत दौरा : कुछ चर्चाएँ

अनिता बोस जब 17 दिसंबर को दिल्ली पहुँची, तब उसकी आयु 18 वर्ष बताई गई थी। 18 दिसंबर 1960 के 'द संडे स्टैंडर्ड' ने इस पाँच दिवसीय भ्रमण पर अनिता बोस के फ़ोटो के साथ एक समाचार प्रकाशित किया। इस समाचार में बताया गया कि मिस बोस के साथ उनके परिवार के दो सदस्य डॉक्टर शिशिर बोस और ललिता बोस भी साथ थे, जिनकी हवाई अड्डे पर प्रधानमंत्री नेहरू की भाँजी नयनतारा सहगल ने अगवानी की।[41] इस समाचार में बताया गया था कि अनिता बोस राजधानी में अपने भ्रमण के दौरान श्री नेहरू की अतिथि रहेंगी, जिन्होंने अपने आवास पर उनका स्वागत किया है। मुख्य लोगों से मिलने के उनके कार्यक्रम में राष्ट्रपति डॉ. राजेंद्र प्रसाद और उपराष्ट्रपति डॉ. राधाकृष्णन का नाम भी शामिल था। 22 दिसंबर 1960 को कलकत्ता वापस लौटने से पहले अनिता बोस इंडियन नेशनल आर्मी के अधिकारी शाहनवाज़ ख़ान जो तत्कालीन सरकार में उप मंत्री थे, के साथ आगरा के दौरे पर भी गईं।

पर इस विषय में विवादों का भी साथ लगातार बना रहा। सात फ़रवरी 1961 को पश्चिम बंगाल के मुख्यमंत्री डॉक्टर बी. सी. राय को लंदन के ई. लॉगमैन का एक विस्तार से लिखा पत्र मिला जिसकी प्रति निदेशक, नेताजी शोध ब्यूरो कलकत्ता को भी पृष्ठांकित की गई थी। उन्होंने अपने पत्र में 10 जनवरी 1961 के लंदन के समाचारपत्र 'डेली एक्सप्रेस' में प्रकाशित अनिता बोस की भारत के प्रधानमंत्री के साथ भेंट का एक चित्र प्रकाशित होने का उल्लेख किया, जिसका

41. कृष्णा बोस के अनुसार हवाई अड्डे पर उसे लेने के लिए राजीव गाँधी आए थे

शीर्षक दिया गया था : 'गद्दार की बेटी की नेहरू से भेंट'।

लॉगमैन का कहना था कि इस समाचार को प्रकाशित हुए कई सप्ताह बीत गए हैं, परंतु लंदन के किसी भारतीय पत्रकार ने इसके विरोध में एक पंक्ति भी नहीं लिखी है। भारतीय पत्रकार एसोसिएशन का काम केवल दोपहर भोज, रात्रि भोज तथा कॉकटेल पार्टियों का आयोजन करना और उनमें भाग लेना रह गया है। उनके पास ऐसे महत्वपूर्ण मामलों को उठाने का समय प्रतीत नहीं होता है। कहा गया कि भारत सरकार के लंदन स्थित प्रतिनिधियों के विषय में कुछ कहना ज़रूरी नहीं है, क्योंकि भारतीय लोग उनकी गतिविधियों अथवा निष्क्रियता से पहले से परिचित हैं तथा इस संबंध में संसद में विभिन्न चर्चाओं में भी ज़िक्र आता रहता है।

पत्र में लिखा गया कि यह बेहद शर्मनाक है कि सरकारी और ग़ैर-सरकारी भारतीय प्रतिनिधि इस मामले में चुप्पी साधे हुए हैं। यह मानसिकता संकेत देती है कि कैसे भारत जैसा एक बड़ा राष्ट्र सैकड़ों साल तक ब्रिटेन जैसे नन्हे-से देश के अधीन बना रहा। यह सच है कि 'डेली एक्सप्रेस' को गालियाँ देने का हक़ है, जिसमें उसकी विशेषज्ञता है, परंतु यह सोचना असंभव नहीं है कि यदि वॉशिंगटन, मशारिक अथवा लेनिन के साथ इस तरह का अभियान चला होता तो उनके राष्ट्रभक्त प्रतिनिधि, चाहे वे सरकारी अथवा ग़ैर-सरकारी हों, इस तरह की शर्मनाक स्थिति में अपमान का घूँट पीकर रह जाते, जैसा कि भारतीयों ने किया है। क्या भारतीयों ने 13 साल की स्वतंत्रता के बाद भी अपने अंदर थोड़ी स्वाभिमान की भावना बचाकर रखी है? भगवान भारत का भला करें।

पत्र के लेखक ने इस मामले में एक स्वाभिमानी राष्ट्र के तौर पर ब्रिटेन की संवेदनहीनता का भी ज़िक्र किया। उसने लिखा कि भारतीय विद्यार्थियों के एक ख़ेमे में इस शर्मनाक स्थिति के परिणामस्वरूप अफ़वाह फैली हुई है कि क्वीन एलिज़ाबेथ के कलकत्ता दौरे के समय उन्हें विरोध पोस्टर और पट्टिकाएँ दिखाई जाएँगी। उनका कहना था, 'परंतु मुझे लगता है कि यह कार्यवाही अनावश्यक रूप से और उस उद्देश्य के विरुद्ध होगी, जिसको आप लोग हासिल करना चाहते हैं। ब्रिटेन की महारानी किसी भी प्रकार की राजनीति से ऊपर है और विभिन्न विचारधाराओं के प्रतिनिधित्व के बावजूद हर राजनीतिक दल उनका बराबर सम्मान किया करता है। 'डेली एक्सप्रेस' के असम्मानजनक समाचार से महारानी का कोई लेना-देना नहीं है। इस मामले में महारानी को घसीटना अनावश्यक रूप से ब्रिटिश नागरिकों को उनकी सहानुभूति से वंचित कर देगा। महारानी जबरन भारत नहीं आ

रही हैं, बल्कि उनको भारत सरकार का अतिथि होने का आमंत्रण मिला है। भारतीय आतिथ्य की भावना और परंपरा इस मामले में भी बनी रहनी चाहिए'।

लॉगमैन ने यह भी लिखा कि इस मामले में महारानी को संबद्ध किए बिना अपना प्रभावी विरोध प्रकट करने के कई तरीक़े हो सकते हैं, तथा 'डेली एक्सप्रेस' की प्रतियों और उसके संपादक का पुतला जलाया जाना एक अच्छे-ख़ासे प्रचार के रूप में लिया जाएगा। भारतीय पत्रकारों और इंडियन जर्नलिस्ट एसोसिएशन की निंदा से भी इन लोगों की आँखें खुलेंगी। इस संबंध में निष्क्रिय बने रहने को लेकर भारत के उच्चायोग को भी लताड़ पड़ने का व्यापक प्रचार किया जाना चाहिए। यदि कलकत्ता में 'डेली एक्सप्रेस' का कोई प्रतिनिधि हो तो उसे पश्चिम बंगाल सरकार द्वारा निष्कासित कर देना चाहिए। यदि उनका कोई प्रतिनिधि दिल्ली में हो तो पश्चिम बंगाल सरकार को उनका अपने प्रदेश में प्रवेश वर्जित कर देना चाहिए।

पत्र लेखक का कहना था कि अपने देश की गरिमा, सम्मान और अखंडता की रक्षा करने के लिए सम्राट अशोक के समय से कई रास्ते मिल सकते हैं, परंतु क्या भारतीय ऐसा कर पाएँगे? लंदन में उनके प्रतिनिधियों को देखते हुए ऐसा नहीं लगता।

जवाहरलाल नेहरू के लिए यह ख़बर अर्थपूर्ण नहीं थी। 18 जनवरी 1961 में विज्ञान भवन में प्रधानमंत्री की प्रेस कॉन्फ्रेंस में एक पत्रकार ने प्रश्न किया था कि नेताजी सुभाष बोस की बेटी के साथ आपकी भेंट को ब्रिटिश अख़बारों ने नेहरू की एक ग़द्दार की बेटी से मुलाक़ात कहकर प्रचारित किया है। इसका उत्तर देते हुए नेहरू ने कहा था :

> 'मैंने यह नहीं देखा है। यह पहली बार है कि मैं यह बात सुन रहा हूँ। किसी ऐसे व्यक्ति को जो उसके अपने देश में महान रूप से पूजनीय हो, कहा जाना किसी व्यक्ति के विषय में चर्चा करने का अच्छा तरीक़ा नहीं है।'

पश्चिम बंगाल के मुख्यमंत्री डॉक्टर बी. सी. राय को जब लंदन से लॉगमैन का पत्र मिला तो उन्होंने उसकी प्रति प्रधानमंत्री जवाहरलाल नेहरू को भेजते हुए 12 फ़रवरी 1961 को लिखा :

प्रिय जवाहर

मैं आपको एक पत्र की प्रति भेज रहा हूँ, जो मुझे लंदन में रह रहे लॉगमैन

नामक व्यक्ति से मिला है, जिसमें उसने लंदन के 'डेली एक्सप्रेस' द्वारा प्रकाशित अनिता बोस की आपसे बैठक को 'ग़द्दार की बेटी की नेहरू से भेंट' कैप्शन दिया है। मुझे समझ नहीं आ रहा कि हमें इसके विरूद्ध क्या क़दम उठाना चाहिए। परंतु मुझे लगता है कि 'ग़द्दार' की यह अभिव्यक्ति सुभाष चंद्र बोस के लिए कभी भी लागू नहीं हो सकती। मैं इसे आपके पास इस आशय से भेज रहा हूँ कि आप इस मामले में उचित क़दम उठाना चाहें।

प्रधानमंत्री जवाहरलाल नेहरू ने पश्चिम बंगाल के मुख्यमंत्री डॉक्टर बी. सी. राय को 15 फ़रवरी 1961 को एक गोपनीय पत्र यूँ लिखा :

प्रिय बिधान

आपने लंदन के किसी लॉगमैन नामक व्यक्ति से प्राप्त पत्र का संदर्भ दिया है। 'डेली एक्सप्रेस' भारत का और इंग्लैंड में माउंटबेटंस का घोर विरोधी है। यह लगातार हम लोगों को अपशब्द कहा करता है। हमने बहुत पहले यह निर्णय ले लिया था कि हमें इसपर कोई ध्यान नहीं देना है। मुझे समझ में नहीं आता कि मिस्टर लॉगमैन इस मामले में हमसे क्या करने की अपेक्षा करते हैं। उन्होंने अख़बार की प्रतियों को जलाए जाने का सुझाव दिया है परंतु 'डेली एक्सप्रेस' की भारत में इतनी प्रतियाँ नहीं आती हैं, कि हम उनकी होली जला सकें। क्या इसके लिए हमें उन्हें इंग्लैंड से इकट्ठा करना होगा और फिर आग लगानी होगी?

आपका स्नेहिल

जवाहरलाल नेहरू

यह मामला ठंडा भी नहीं हुआ था कि लगभग उसी समय सिंगापुर के मलाया इंडियन कांग्रेस की तरफ़ से 12 जनवरी 1961 को भारत के प्रधानमंत्री जवाहरलाल नेहरू को लिखा पत्र आया, जिसमें उनके अध्यक्ष जॉन जैकब ने प्रधानमंत्री को लिखा था कि नेताजी सुभाष चंद्र बोस के अधीन एक भूतपूर्व इंडियन नेशनल आर्मी के अधिकारी के रूप में और उनके भारत की आज़ादी की लड़ाई के योगदान के प्रशंसक के रूप में उन्हें नेताजी की बेटी कुमारी अनिता बोस की भारत यात्रा से बड़ी प्रसन्नता हुई थी। इसके बाद उन्होंने लिखा कि कुमारी अनिता और आपकी तस्वीरें 'स्ट्रेट्स टाइम्स' में प्रकाशित हुई हैं, जिनके नीचे शीर्षक लिखा गया है,

'भारतीय राजनीति में विवादास्पद चरित्र'।

जॉन जैकब ने पत्र में लिखा कि एक महान व्यक्तित्व के इंसान को इस तरह से लिखा जाना अप्रसन्नताजनक है। यह फ़ोटो और उसका शीर्षक यूनाइटेड प्रेस इंटरनेशनल, जो एक अमेरिकन समाचार एजेंसी है, का है, और यदि आप इस मामले की गंभीरता को पर्याप्त समझते हों, और अपनी तरफ़ से उनके विरुद्ध कार्यवाही करेंगे, तो मैं आभारी रहूँगा।

13 जनवरी 1961 को लोकसभा सचिवालय में सांसद, सुबिमान घोष की ओर से एक तारांकित प्रश्न पूछने का नोटिस दिया गया था। प्रश्न गृह मंत्रालय से था, जिसमें सांसद महोदय जानना चाहते थे कि अनिता बोस इस देश के भ्रमण के दौरान भारत के प्रधानमंत्री के निवास में कितने दिन रुकी? क्या उन्होंने नेताजी सुभाष चंद्र बोस से संवाद करने का कोई रास्ता सुझाया था? यदि हाँ, तो वह कौन-सा रास्ता था, यदि नहीं तो क्या सरकार ने उससे इस संबंध में नहीं पूछा, और यदि नहीं पूछा तो किस वजह से?

17 फ़रवरी 1961 को विदेश मंत्रालय के उपसचिव पी. एच. देसाई ने लोकसभा में पूछे गए तारांकित प्रश्न संख्या 2312 के संबंध में प्रधानमंत्री सचिवालय से उपयुक्त जानकारी माँगी। 20 फ़रवरी 1961 को प्रधानमंत्री के निजी सचिव एम. एल. बजाज ने लोकसभा सचिवालय को जानकारी उपलब्ध कराते हुए बताया कि मिस अनिता बोस प्रधानमंत्री के आवास पर 17 से 22 दिसंबर 1960 तक रुकी थीं। उनका कहना था कि प्रश्न के शेष बिंदु स्पष्ट नहीं हैं और उनके पास उन बिंदुओं के संबंध में कोई जानकारी नहीं है।

सुभाष बाबू-एमिली के प्रेम की कहानी में संशय करने वाले लोग भी कम नहीं रहे। 44, सदानंद रोड, कलकत्ता के एक निवासी ने 19 मार्च 1962 को भारत के प्रधानमंत्री जवाहरलाल नेहरू को भेजे पत्र में लिखा था कि जनता का एक बड़ा वर्ग दृढ़तापूर्वक विश्वास करता है कि नेताजी सुभाष चंद्र बोस के विवाह की कहानी कल्पनापूर्ण और मूर्खता भरी है। नेताजी के विवाह की कहानी एंग्लो-अमेरिकन प्रचारकों का एक दुर्भावनापूर्ण फैलाया हुआ झूठ है, जिसमें उच्च कोटि के भारतीय राजनीतिज्ञ (जिनका नाम वह फ़िलहाल खोलना नहीं चाहता), शामिल हैं। वे हमारे प्रिय और सम्मानित नेताजी के विषय में ग़लत बातें फैलाकर उनके अनुयायियों तथा शिष्यों को हतोत्साहित कर भावनाओं को आहत करना चाहते हैं।

पत्र में माँग की गई कि अगर इस संबंध में उन्हें निम्नलिखित सूचना दी जाए तो

वह आभारी होंगे— कथित विवाह किस तरीक़े और संस्कार के साथ संपन्न हुआ था ? उसके कौन-कौन गवाह थे ? क्या विएना के अधिकारियों द्वारा अथवा नेताजी के स्वयं के सहयोगियों द्वारा एमिली शेंकल के विवाह से संबंधित कोई सरकारी प्रमाण पत्र जारी किया गया था ? क्या नेताजी की कथित बेटी का जन्म प्रमाण पत्र उपलब्ध है ? नेताजी सुभाष चंद्र बोस की कथित बेटी का नाम अनिता ब्रिगेट[42] है, अनिता बोस क्यों नहीं ?

पत्र में लिखा गया कि इसके अलावा नेताजी की कथित शादी और बच्चे का विवरण 'सन्मार्ग' में 22 अप्रैल 1949 को प्रकाशित हुआ था। यह कहा गया कि इस विवाह से एक बेटा उत्पन्न हुआ है और वह बेटा उस समय आठ साल का था। इस तरह का समाचार फिर से 1951 में प्रचारित किया गया। बेटा तब भी आठ साल का बताया गया। परंतु 'बेटा' किस प्रकार से 'बेटी' में परिवर्तित हो गया ? क्या ये तथ्य कुछ गड़बड़ होने का इशारा नहीं करते हैं ?

इस पत्र के लेखक ने पत्र की प्रतियाँ डॉ. एस. राधाकृष्णन, शाहनवाज़ ख़ान और डॉक्टर बी. सी. राय, मुख्यमंत्री, पश्चिम बंगाल को भी भेजी थीं। प्रधानमंत्री के निजी सचिव एम. एल. बजाज ने 26 मार्च 1962 को एक कार्यालय आदेश निकालकर पत्र को आवश्यक कार्यवाही के लिए विदेश मंत्रालय भेज दिया था, क्योंकि यह कार्यवाही प्रधानमंत्री सचिवालय से संबंधित नहीं थी और उनके पास इस संबंध में कोई सूचना उपलब्ध नहीं थी।

लोकसभा के सांसद योगेंद्र झा ने 4 नवंबर 1963 को एक नए विवाद की शुरुआत करते हुए एक लेखक की किताब के आधार पर दावा किया था कि नेताजी सुभाष चंद्र बोस भारत में एक बंगाली महिला के साथ विवाहित हैं और उनका एक बेटा भी था।

प्रधानमंत्री जवाहरलाल नेहरू को इन सांसद ने एक पत्र लिखा था जिसको ज्यों का त्यों दिया जा रहा है :

श्रद्धेय पंडित जी

सादर जय हिंद

स्वर्गीय नेताजी सुभाष चंद्र बोस जी के संबंध में सबों की यही जानकारी

---

42. शरत चंद्र बोस को भेजे गए अपने पत्र में एमिली शेंकल बोस ने इस स्थिति को स्पष्ट करते हुए पूर्व में ही लिखा था कि वह उसका नाम अमिता रखना चाहती थी, पर जर्मन अधिकारी इस नाम से सशंकित होते और ब्रिगेट इसलिए लिखाया गया था कि इसका जर्मन शाब्दिक अनुवाद गीता होता है।

थी और है कि जर्मनी जाने के पहले वह अविवाहित थे। विदेश जाकर ही उन्होंने विवाह किया था, जिस पत्नी से एक पुत्री है। किंतु भारत रत्न डॉक्टर भगवान दास[43] लिखित 'विविधार्थ' नाम की पुस्तक में लेखक ने नेताजी के चरित्र में दो दोष बताए हैं। एक बहुत ज़िद्दी होने का तथा दूसरा इंद्रिय निग्रह के अभाव का। दूसरे दोष को प्रमाणित करते हुए डॉक्टर भगवान दास ने लिखा है कि एक सती साध्वी बंगाली पत्नी के रहते भी विदेश जाकर सुभाष बाबू ने दूसरा विवाह कर लिया। लेखक के अनुसार न सिर्फ़ नेताजी ने विवाह किया था बल्कि दूसरे विवाह के समय तक वह पत्नी जीवित थी तथा नेताजी को उस पत्नी से संतति भी है। किसी भी भारतीय को इन बातों पर सहज अविश्वास होगा, किंतु भारत रत्न डॉक्टर भगवान दास ऐसा लिखें, ऐसी बातें भविष्य में नेताजी के चरित्र के प्रति संदेह पैदा कर सकती हैं तथा एक अनावश्यक विवाद भी खड़ा हो सकता है। अतः यह उचित है कि इस बात की जाँच-पड़ताल हो। अगर नेताजी का विवाह हुआ था तो इसको गोपनीय क्यों रखा गया ? उनका बंगाली पत्नी से हुआ पुत्र कहाँ और किस अवस्था में है ? उनकी बंगाली पत्नी कहाँ है ? आख़िर उसने आज तक नेताजी की पत्नी होने का दावा क्यों नहीं किया ? नेताजी की विदेशी पुत्री का स्वागत देखकर भी क्या नेताजी की संतति ने शांत रहना वाजिब समझा ? पुस्तक के प्रकाशक से अथवा डॉक्टर भगवान दास जी के विश्वासपात्र से इन बातों की जानकारी करनी चाहिए। या तो इसको प्रमाणित किया जाए अथवा पुस्तक की प्रतियाँ ज़ब्त करके उचित संशोधन करवाया जाए। विश्वास है कि आप इसपर ध्यान देंगे।

आपका

योगेंद्र झा

9 नवंबर 1963 को प्रधानमंत्री जवाहरलाल नेहरू ने योगेंद्र झा को उत्तर देते हुए लिखा :

'मैंने आज तक किसी से नहीं सुना कि नेताजी सुभाष चंद्र बोस का विवाह भारत में जर्मनी जाने से पहले हुआ था। आपके पत्र में यह पहली दफ़ा मैंने पढ़ा। यह मुझे मालूम था कि जर्मनी या ऑस्ट्रिया में उन्होंने विवाह

43. राजनयिक एवं केंद्रीय मंत्री श्रीयुत श्री प्रकाश के पिता जो वाराणसी के निवासी थे

किया था और उनकी एक बेटी भी थी, जो दो-तीन बरस हुए भारत आई थी और कलकत्ता में सुभाष बाबू के परिवार से मिली थी।'

हरीपद बोस ने 21 दिसंबर 1963 को भारत के प्रधानमंत्री, राष्ट्रपति और पश्चिम बंगाल के मुख्यमंत्री को पृष्ठांकित 'आनंद बाज़ार पत्रिका' के संपादक को एक पत्र लिखा। इस व्यक्ति ने दैनिक 'आनंद बाज़ार पत्रिका' में प्रकाशित एक समाचार के अनुसार अनिता नाम की एक ऑस्ट्रियन लड़की को नेताजी की बेटी बताया गया है। उसका कहना था कि समाचारपत्र ने यह जानते-बूझते हुए कि यह घटना (नेताजी का विवाह) एक धोखाधड़ी और अंतरराष्ट्रीय षड्यंत्र है, जो मुख्य रूप से नेहरू, मैकार्थ और माउंटबेटन ने किया है, जो तथाकथित नेता अभी तक देश पर राज करते आए हैं और उन्होंने अपनी मातृभूमि की सेवा से हटकर यह काम करने का दुस्साहस किया है।

पत्र में लिखा गया था कि समाचार एजेंसियों को इस तरह की देश-विरोधी और मूर्खताभरी ख़बरों को प्रकाशित नहीं करना चाहिए। यह भी आशा की गई थी कि उसके पत्र को समाचारपत्र के अगले संस्करण में खंडन के रूप में प्रकाशित किया जाए, अन्यथा यह माना जाएगा कि वह भी इस षड्यंत्र में भाग लेने के दोषी हैं।

28. नेहरू के बाद : शास्त्री और इंदिरा

27 मई 1964 को प्रधानमंत्री जवाहरलाल नेहरू के अवसान के बाद लालबहादुर शास्त्री ने प्रधानमंत्री का पद संभाला। उसी वर्ष 10 जुलाई को कांग्रेस के महासचिव जी राजागोपालन ने अनिता बोस ट्रस्ट फ़ंड की पृष्ठभूमि और उस तिथि तक उपलब्ध ट्रस्ट की धनराशि के संबंध में विस्तारपूर्वक पत्र लिखते हुए प्रधानमंत्री लालबहादुर शास्त्री को अवगत कराया कि पाँच दिसंबर 1953 को हुई बैठक में लिए गए निर्णय के अनुसार मिस अनिता बोस जो नेताजी सुभाष चंद्र बोस की बेटी है, के लाभ के लिए ₹2,00,000 की धनराशि का फ़ंड बनाया गया था। समिति ने बाद में निर्णय लिया कि इस धनराशि को कांग्रेस अध्यक्ष और डॉक्टर बी. सी. राय की एक समिति की देख-रेख में ट्रस्ट बनाकर सरकारी प्रतिभूतियों में निवेशित कर दिया जाए।

नए प्रधानमंत्री लालबहादुर शास्त्री ने 15 जुलाई 1964 को अखिल भारतीय कांग्रेस समिति के महासचिव जी. राजागोपालन से अनिता बोस ट्रस्ट फ़ंड की जानकारी ली। पत्र में लिखा गया था कि शास्त्री जी ने पी. सी. सेन के उस सुझाव पर सहमति व्यक्त की जिसने इंगित किया गया था कि अनिता बोस ट्रस्ट फ़ंड में ट्रस्टी के रूप में पंडित नेहरू की जगह उनके साथ संयुक्त रूप से शास्त्री जी का नाम जोड़ा जाए।

पत्र के अनुसार यह मामला 20 जनवरी 1954 को कांग्रेस कार्यसमिति की बैठक में रखा गया था। इससे पूर्व 5 दिसंबर 1953 को कार्यसमिति के प्रस्ताव में यह निर्णय लिया गया कि यह फ़ंड श्री जवाहरलाल नेहरू और डॉक्टर बी. सी. राय

के नाम से एक संयुक्त खाते के माध्यम से ऑपरेट किया जाएगा। चूँकि डॉक्टर बी.सी. राय की एक जुलाई 1962 को मृत्यु हो गई थी इसलिए उनकी जगह पी. सी. सेन से भरी गई। यह कार्यवाही जवाहरलाल नेहरू द्वारा 12 अगस्त 1962 में आहूत की गई कांग्रेस कार्यसमिति की बैठक की सहमति के बाद सुनिश्चित हुई। उस समय अनिता बोस ट्रस्ट फ़ंड में कुल मिलाकर ₹2,41,700 की धनराशि जमा थी, जिसमें से ₹45,000 का योगदान डॉक्टर बी. सी. राय के माध्यम से प्राप्त हुआ था। कार्य समिति को बताया गया है कि वह लोग प्रतिमाह ₹500 मिस अनिता बोस को उस ब्याज़ से प्राप्त धनराशि में से देते हैं, जो फ़ंड के निवेशों के ब्याज़ से मिलती है। यह राशि विएना में भारत के राजनयिक के माध्यम से दी जाती है।

प्रधानमंत्री सचिवालय की गोपनीय पत्रावली में इस संबंध में बंबई निवासी एम. ओ. वकील के तत्कालीन प्रधानमंत्री श्रीमती इंदिरा गाँधी को लिखे गए कथित रूप से निजी और गोपनीय पत्रों का विवरण मिलता है, जिसमें वह प्रधानमंत्री को 'मेरी सबसे प्रिय बहन इंदु' लिखकर संबोधित करते हैं। इनमें पहला पत्र जनवरी 1966 का है, जिसमें वह उन्हें संसद में कांग्रेस दल के नेता और प्रधानमंत्री के पद पर चुने जाने की बधाई के साथ तीन-चार अन्य मुद्दे भी उठाते हैं। बाद का पत्र पाँच फ़रवरी 1966 का है, जिसमें वह तोरु दत्त के 110वें जन्मदिवस को मनाने का अनुरोध करते हैं, पर 17 फ़रवरी 1966 के अगले ही पत्र में वह लाल स्याही से रेखांकित किए गए वाक्यों में कहते हैं कि 24 जनवरी 1966 को प्रधानमंत्री पद की शपथ लेने के बाद से आपके सचिव आपको चारों तरफ़ से घेरे हुए हैं, जिसका परिणाम यह हुआ है कि उनके पिछले दो पत्रों का कोई जवाब नहीं मिल सका है। उनका कहना था कि यदि उनके जैसे 22 वर्ष पुराने मित्र के साथ यह व्यवहार होता है तो वह समझ सकते हैं कि भारत और बाहर रहने वाले आम भारतीयों के साथ किस तरह का व्यवहार किया जाता होगा। उन्होंने इस बात पर दुःख प्रकट किया कि उनके पत्रों की पावती तक नहीं दी जाती जबकि वह उन्हें फ़रवरी 1944 से जानते हैं।

इस पत्र के अगले हिस्से में उन्होंने नेताजी सुभाष चंद्र बोस की बेटी अनिता बोस पफ़ का, संयुक्त राज्य अमेरिका का नया पता देते हुए अनुरोध किया कि जब प्रधानमंत्री का मार्च या अप्रैल के आरंभ में वॉशिंगटन का दौरा होगा तो उन्हें अनिता और उसके पति मार्टिन से मिलने में कोई कठिनाई नहीं होनी चाहिए। उनका कहना था कि यह जानना रुचिकर है कि इन दोनों का रोमांस मद्रास में तब आरंभ हुआ

था जब अनिता सन् 1960-61 में भारत के भ्रमण पर थीं।

पत्र लेखक ने इंदिरा गाँधी को याद दिलाया था कि उनके पिता पंडित नेहरू ने भी अपने व्यस्त कार्यक्रम के बावजूद कुछ वर्षों पहले ऑस्ट्रिया के दौरे से समय निकालकर अनिता और उसकी माँ श्रीमती एमिली शेंकल बोस से विएना में नाश्ते पर मुलाक़ात की थी। इस पत्र में निकोबार और अंडमान द्वीपसमूह का नाम बदलकर नेताजी द्वारा दिए गए 'शहीद एवं स्वराज द्वीपसमूह' रखने का भी सुझाव दिया गया था ताकि हम लोग नेताजी की स्मृतियों को जीवंत रख सकें।

प्रधानमंत्री श्रीमती इंदिरा गाँधी ने 26 फ़रवरी 1966 को श्री वकील के पत्र की प्राप्ति की सूचना देते हुए उन्हें शुभकामनाएँ और सराहना के लिए धन्यवाद दिया था। उस पत्र में प्रधानमंत्री की ओर से यह भी लिखा गया कि वह अनिता से फिर से मिलकर प्रसन्न होंगी, परंतु संयुक्त राज्य अमेरिका का उनका भ्रमण कार्यक्रम अल्प अवधि का है और यह उनके लिए मुश्किल होगा कि सरकारी व्यस्तताओं से समय निकालकर कुछ अन्य काम भी किया जा सकें।

एम. ओ. वकील ने 17 मार्च 1966 को इंदिरा गाँधी को फिर लिखा कि वह चाहेंगे कि श्रीमती गाँधी उनके पिता और बाबा के निकट सहयोगी सुभाष चंद्र बोस के अनिता बोस ट्रस्ट तथा इंडियन नेशनल आर्मी फ़ंड के अध्यक्ष के नाते अमेरिका की अपनी आगामी यात्रा के दौरान नेताजी सुभाष चंद्र बोस की बेटी अनिता बोस पफ़ से मिल सकें तो एक अच्छा संदेश जाएगा। चार अप्रैल 1966 को संबोधित पत्र में नेताजी की बेटी अनिता के लिए वॉशिंगटन भेजे जाने हेतु दो पैकेट्स संलग्न किए गए थे। उनकी इच्छा थी कि यह पैकेट जो अनिता के उपयोग के लिए हैं, वॉशिंगटन के भारतीय दूतावास के माध्यम से उन्हें भिजवा दिए जाएँ।

प्रधानमंत्री के निजी सचिव एन. के. शेषन ने पत्र लेखक को पुष्टि की कि उन्हें ये दो पैकेट मिले हैं और जिनको अनिता को उपलब्ध कराने की कार्रवाई की गई है। उन्होंने कहा कि दुर्भाग्य से प्रधानमंत्री अनिता से वॉशिंगटन में नहीं मिल पाईं, क्योंकि उनका कार्यक्रम संक्षिप्त और व्यस्त था। प्रधानमंत्री ने पत्र में लिखी भावनाओं के लिए धन्यवाद कहलवाया है। इन महाशय की ओर से फिर से प्रधानमंत्री के नाम 16 अगस्त 1966 को एक पत्र भेजा जिसमें उन्होंने नेताजी सुभाष चंद्र बोस की स्मृति को जीवंत रखने के लिए कई सुझाव दिए। इनमें से एक सुझाव था कि अनिता बोस पफ़ और उनके पति को नेताजी के अगले जन्मदिन 23 जनवरी 1967 तथा गणतंत्र दिवस 1967 के लिए नई दिल्ली आमंत्रित किया जाए।

प्रधानमंत्री कार्यालय के एक वरिष्ठ अधिकारी ने श्री एम. ओ. वकील के पत्रों में लिखे गए विवरणों से झुँझलाकर पत्रावली में टिप्पणी लिखी थी :

> 'यह व्यक्ति नियमित रूप से पत्र लिखता आ रहा है, क्योंकि प्रधानमंत्री ने एक बार इसके पत्र की प्राप्ति स्वीकार कर उसका उत्तर दे दिया था। कृपया इसे ध्यान में रखा जाए।'

परंतु तत्कालीन विदेश मंत्री दिनेश सिंह ने इसी टिप्पणी में यह पूछा कि उस सुझाव में क्या दिक़्क़त है जो अनिता को 23 जनवरी तथा 26 जनवरी 1967 को भारत में आमंत्रित करने के विषय में है। आधिकारिक उत्तर था :

> 'निश्चित रूप से इसमें कोई दिक़्क़त नहीं है, बल्कि यह एक लोकप्रिय क़दम होगा।'

एक टिप्पणी के अनुसार विदेश मंत्री को अवगत कराया गया कि अखिल भारतीय कांग्रेस समिति नेताजी की बेटी को सन् 1964 तक जबकि उसकी शादी नहीं हुई, ₹6000 प्रति वर्ष की धनराशि भेजती रही थी। इसे तब रोक दिया गया, जब वह विवाह संपन्न हो गया।

नेताजी की पत्नी को सरकार से किसी धनराशि की आवश्यकता नहीं है, इसलिए ऐमिली को कोई राशि उपलब्ध नहीं कराई जा रही है, यह भी बताया गया।

29. अनिता का विवाह, संपर्क, भ्रमण और पत्र-व्यवहार

छह जुलाई 1965 को विएना में भारत के राजनयिक पी. एन. हक्सर ने विदेश मंत्रालय को एक टेलीग्राम भेजकर सूचित किया कि नेताजी सुभाष चंद्र बोस की बेटी अनिता बोस का विवाह कल मार्टिन पफ़, एक अमेरिकन नागरिक के साथ संपन्न हुआ।

अगले ही दिन अर्थात सात जुलाई 1965 को राजनयिक श्री हक्सर द्वारा विदेश मंत्रालय को एक दूसरा टेलीग्राम भेजा गया, जिसमें स्पष्ट किया गया कि मार्टिन पफ़ अमेरिकन नहीं ऑस्ट्रियन नागरिक हैं। बाद में इस संबंध में एक पत्र भी विदेश मंत्रालय को भेजा गया, जिसमें मार्टिन की पृष्ठभूमि का विवरण दिया गया था। इस विवरण के अनुसार 31 मार्च 1939 को जन्मे मार्टिन की शैक्षणिक योग्यता, अर्थशास्त्र में पीएचडी बताई गई, जो उन्होंने अंतरराष्ट्रीय मार्केटिंग में संयुक्त राज्य अमेरिका की यूनिवर्सिटी ऑफ़ पेंसिलवेनिया से 1965 में हासिल की थी।

यह मात्र संयोग था कि मार्टिन के रोज़गार की शुरुआत स्वतंत्र भारत से हुई थी, जहाँ वह 1961 में रोटरी स्कूल ऑफ़ ब्लाइंड, रोहतक और उसके बाद तत्कालीन पंजाब में एसोसिएट डायरेक्टर का पद संभाल चुके थे। उन्होंने सन् 1958 से 1961 तक बेंगलुरु के डिवाइन लाइट स्कूल फ़ॉर ब्लाइंड के अवैतनिक कोषाध्यक्ष की ज़िम्मेदारी का भी निर्वहन किया था और 1964 के बाद से मार्केटिंग साइंस इंस्टीट्यूट में प्राध्यापक के पद पर कार्यरत रहे। इस प्रकार वह कई वर्ष भारत में

रहे हैं। वह बुंडेस्टैग, जर्मनी की संसद के सदस्य थे और जर्मन सोशल डेमोक्रेटिक पार्टी से संबंध रखते हैं।

अनिता ने भी अर्थशास्त्र में पीएचडी करने के बाद ऑग्सबर्ग विश्वविद्यालय के अर्थशास्त्र विभाग में प्राध्यापक के रूप में सेवाएँ दी थीं।

एक अप्रैल 1968 को विएना में भारतीय दूतावास के प्रथम सेक्रेटरी जे. एन. दीक्षित ने विदेश मंत्रालय को एक गोपनीय पत्र भेजा, जिसमें बताया गया कि श्रीमती अनिता बोस पफ़, जो नेताजी सुभाष चंद्र बोस की बेटी है, 28 मार्च 1968 को उनसे मिलीं और उन्होंने उनके लिए स्वर्गीय प्रधानमंत्री जवाहरलाल नेहरू की पहल पर बनाए गए अखिल भारतीय कांग्रेस समिति के उस फ़ंड के बारे में चर्चा की जिसकी धनराशि उनके 21 वर्ष की आयु की परिपक्वता पर मिलनी थी।

दूतावास ने जब अपने रिकॉर्ड की जाँच की तो पाया कि सन् 1954 में बने इस ट्रस्ट के लिए प्रधानमंत्री जवाहरलाल नेहरू और तत्कालीन पश्चिम बंगाल के मुख्यमंत्री बिधान चंद्र राय के समय में उक्त ट्रस्ट की ₹2,00,000 की धनराशि के ब्याज़ से मिलने वाली यह राशि प्रतिमाह के अनुसार हर तीन महीने या छह माह में नियमित रूप से अनिता को भेजी जाती रही। लेकिन पिछले दो-तीन वर्ष में यह धनराशि प्राप्त नहीं हुई। दूतावास को श्रीमती अनिता बोस पफ़ द्वारा भी इस संबंध में अनुस्मारक दिए गए, जबकि दूतावास ने विदेश मंत्रालय को याद दिलाया। अभिलेखों से स्पष्ट होता है कि इस ट्रस्ट में प्रावधान किया गया था कि वयस्क होने की आयु में इस न्यास की धनराशि अनिता के पक्ष में उपलब्ध करा दी जाएगी, परंतु उसके सन् 1963 में 21 वर्ष की आयु पूरी करने के बाद भी अभी तक अखिल भारतीय कांग्रेस समिति अथवा भारत सरकार की ओर से ऐसा नहीं किया गया।

अनिता इस फ़ंड के संबंध में दूतावास में मिली थी और उसने पिछले 18 वर्षों में इस ट्रस्ट फ़ंड द्वारा किए गए भुगतान का विवरण माँगा था। वह यह भी जानना चाहती थी कि क्या यह धनराशि नक़द रूप में मौजूद है अथवा किन्हीं जमा योजनाओं में निवेशित, या शेयर आदि में संचित की गई है? उसका कहना था कि वर्तमान ट्रस्टियों को इस फ़ंड के संबंध में उससे सलाह लिए बिना आगे कोई कार्यवाही नहीं करनी चाहिए। वह ट्रस्ट के वर्तमान कार्यकर्ताओं का विवरण जानना चाहती थीं, ताकि उनसे सीधे अथवा सरकारी माध्यम से संपर्क में बनी रहें। उन्हें भारत में निवेश किए जाने वाले प्रश्नों के विषय में भी जानकारी की आवश्यकता थी, ताकि वह किन्हीं सामाजिक कल्याण और विकास गतिविधियों के लिए इस

धनराशि का उपयोग कर सकें; यद्यपि वह इस राशि को फ़िलहाल किसी ख़ैराती काम में नहीं लगाना चाहती थीं, परंतु उनकी इच्छा थी कि इसका राष्ट्रीय कल्याण के कामों में बेहतर ढंग से उपयोग हो सके, जिसके संबंध में उसे परामर्श दिया जा सकता था।

विएना में भारत के राजदूत के निर्देशानुसार इस संबंध में विदेश मंत्रालय से आवश्यक जानकारी प्राप्त की गई, ताकि अनिता को उससे अवगत कराया जा सके। विएना के भारतीय दूतावास के एक अधिकारी के. बी. फ़बियान ने 24 नवंबर 1970 को विदेश मंत्रालय को लिखा था कि श्रीमती बोस विएना में अकेले रह रही हैं और अपनी बढ़ती आयु के बावजूद काम किया करती हैं। उनकी बेटी विवाह के उपरांत संयुक्त राज्य अमेरिका में बस गई हैं और माँ का अपनी बेटी से नियमित संपर्क नहीं हो पाता है।

अनिता पफ़ बोस समय-समय पर भारतीय दूतावास और विदेश मंत्रालय के संपर्क में बनी रहीं। उनका कहना था कि वह सन् 1963 में 21 वर्ष और 1967 में 25 वर्ष की आयु पूरी कर चुकी हैं, लेकिन अखिल भारतीय कांग्रेस समिति ने उनके उपयोग के लिए रखे 2 लाख रुपयों के फ़ंड को ट्रस्ट डीड के प्रावधानों के अनुरूप उसे स्थानांतरित नहीं किया है। उन्होंने जानना चाहा था कि वह फ़ंड कहाँ है और उसे कौन लोग व्यवहृत कर रहे हैं? अनिता ने अपने बोस परिवार के उस पुश्तैनी हिस्से का मुद्दा भी उठाया जो सुभाष बाबू की पुत्री होने के नाते उसकी विरासत है।

विएना में भारत के राजदूत ने 11 मई 1978 को विदेश मंत्रालय को टेलीग्राम में लिखा था :

> 'नेताजी बोस की बेटी अनिता पफ़, दो लाख रुपयों के उस ट्रस्ट के विषय में चिंतायुक्त जानकारियाँ प्राप्त किया करती हैं, जो सन् 1954 में उसके लिए एआईसीसी ने बनाया था और पंडित नेहरू तथा डॉ. बी. सी. राय उसके ट्रस्टी थे। सन् 1964 तक उसे नियमित रूप से भुगतान किया जाता रहा था और उसके उपरांत अज्ञात कारणों से इस भुगतान को रोक दिया गया था।'

बाद में सरकारी रिकॉर्ड्स से भी पुष्टि हुई थी कि अनिता बोस पफ़ को सन् 1964 तक, ट्रस्ट फ़ंड के ब्याज़ की धनराशि तो नियमित रूप से मिलती रही थी, पर वह उसके बाद अचानक रोक दी गई। अभिलेखों से यह भी पता चलता है कि इस रोक का कारण उसका विवाह होना था।

28 जून 1983 को पश्चिम बंगाल के तत्कालीन मुख्यमंत्री ने भारत के विदेश सचिव एम. रसगोत्रा को 1,99,631 रुपए की ट्रस्ट की इस निवेशित धनराशि का विवरण भेजा था। विदेश सचिव का कहना था कि इस राशि पर सन् 1964 से वर्तमान तक का ब्याज़ जोड़ना उचित होगा।

विएना में भारत के राजदूत एस. के. सिंह ने विदेश मंत्रालय को इस संबंध में एक गोपनीय पत्र लिखा कि ट्रस्ट डीड के प्रावधानों के अनुसार इस मामले का तार्किक रूप से समापन किया जाए। उनका कहना था :

> 'यद्यपि वे लोग इस मामले में कोई दबाव नहीं बना रहे, और न ही किसी शीघ्र भुगतान की बात करते हैं, परंतु उन्हें यह स्पष्ट जानकारी अवश्य चाहिए, कि उन्हें यह राशि कब तक प्राप्त हो सकेगी। मेरा अनुमान तो यह है कि वे इस धनराशि को विदेशी मुद्रा में प्राप्त करने के इच्छुक नहीं हैं, और उसका भारत में ही किसी ख़ैराती काम में उपयोग करना चाहते हैं।'

इस मामले में एक और मोड़ आया, जब 31 अगस्त 1983 को विएना में भारत के राजदूत एस. के. सिंह ने भारत के विदेश मंत्रालय को एक गोपनीय पत्र भेजकर अनिता बोस पफ़, उनके पति मार्टिन पफ़ और माँ एमिली शेंकल से हुई भेंट और उनमें उभरे बिंदुओं को सूचित किया था। इसके अनुसार, अनिता बोस पफ़ को पी. सी. सेन अथवा उनके कार्यालय से जानकारी मिली थी कि अनिता बोस ट्रस्ट फ़ंड को कई सालों से नवीनीकृत नहीं कराया गया है, और यह कि परिणामस्वरूप उन निवेशित प्रतिभूतियों पर किसी ब्याज़ अथवा लाभांश मिलने की उम्मीद नहीं की जा सकती।

भारतीय राजदूत का कहना था कि अनिता का कहना था, वह (अनिता) अर्थशास्त्र की प्राध्यापिका होने के नाते वह समझ सकती हैं कि यह सब कितना अव्यवहारिक है, लेकिन यह अक्षमता समझना कोई मुश्किल बात नहीं है। वह इसे एक मानवीय चूक के नाते स्वीकार करने को तैयार हैं।

भारतीय राजदूत का भी कहना था कि जो हो गया सो हो गया, वह इस मामले को किसी भी रूप में प्रचारित नहीं करना चाहतीं। अनिता इस नतीजे पर पहुँची थीं कि इस राशि को किसी दान अथवा ख़ैराती काम करने का अर्थ एक तरह के प्रचार को आकर्षित करना होगा। इसलिए फ़िलहाल वह चाहती थीं कि वर्तमान में जो भी धनराशि हो वह बस उनके नियंत्रण में रख दी जाए। अनिता का कहना था कि वह इसमें से तात्कालिक रूप से भारत में कुछ धनराशि का निवेश करेंगी।

वह इस राशि को भारत से बाहर ले जाने का इरादा नहीं रखती हैं। उसे जब और जहाँ महसूस होगा कि इस धनराशि को लेकर कोई लंबी अवधि की कार्ययोजना बनानी होगी, तब इसपर काम करेंगी। तब तक इस संबंध में अनावश्यक प्रचार की संभावनाएँ भी घट जाएँगी।

विएना में भारत के राजदूत एस. के. सिंह ने 16 नवंबर 1983 को पश्चिम बंगाल के मुख्यमंत्री पी. सी. सेन को संदेश भेजा कि उनकी श्रीमती शेंकल और उनकी बेटी श्रीमती अनिता बोस पफ़ से बात हुई है और उनको यह बता दिया गया है कि सरकार ने कलकत्ता में मुख्यमंत्री सेन को सूचित किया है कि श्रीमती बोस पफ़ 'अनिता बोस ट्रस्ट फ़ंड' को उनके नाम स्थानांतरित करने के विषय पर उनसे शीघ्र ही सीधे संपर्क करेंगी। उन्होंने मुख्यमंत्री को यह भी बताया कि अनिता सरकार की कार्रवाहियों के प्रति कृतज्ञ हैं।

सन् 1987 में जब अनिता बोस पफ़ भारत आईं तो भारत के राष्ट्रपति ज़ैल सिंह ने उनके सम्मान में राष्ट्रपति भवन में एक भोज का आयोजन किया। इस अवसर पर बड़ी संख्या में आईएनए के भूतपूर्व सैनिक, अधिकारी, स्वतंत्रता सेनानी, राजनीतिक दलों के नेता और विशिष्ट अतिथि आमंत्रित थे। यद्यपि अनिता ने राष्ट्रपति को उनके सम्मान के लिए धन्यवाद दिया, लेकिन उन्होंने कहा कि भारत में कुछ ऐसी बातें हुई थीं जो उनके पिता के लिए अप्रसन्नता का कारण होतीं। इस ख़बर को 'हिंदुस्तान टाइम्स' ने अपने एक फ़रवरी 1987 के अंक में प्रकाशित किया था।

भारत की अपनी तीसरी यात्रा पर आई अनिता बोस पफ़ ने एक इंटरव्यू में दावा किया था कि यद्यपि जब उसके पिता उसे छोड़कर अपने मिशन पर निकले थे, वह बमुश्किल कुछ हफ़्तों की थी, पर भारत से उनके संबंध हमेशा निकट के बने रहे हैं।

30. विवाद-दर-विवाद

एमिली शेंकल और सुभाष चंद्र बोस के विवाह की भारत सरकार द्वारा विभिन्न स्रोतों से पुष्टि कराए जाने के बाद भी दशकों तक इस विषय पर विवाद दस्तक देते रहे। यद्यपि सुभाष बाबू के परिजनों ने भी यह पूर्ण रूप से स्वीकार कर लिया था कि एमिली शेंकल सुभाष बाबू की पत्नी है और अनिता उनकी बेटी, लेकिन फिर भी लोग इस विषय को विवाद में जीवंत बनाने में लगे रहे।

सन् 1979 में जब पश्चिम बंगाल के राज्यपाल त्रिभुवन नारायण सिंह ने अनिता बोस पफ़ से राजभवन में भेंट की, तो 30 अगस्त 1979 को उन्हें कलकत्ता के जदू भट्टाचार्य लेन निवासी अरुण घोष का एक विरोध पत्र मिला जिसमें उन्होंने कहा था :

> 'मुझे कलकत्ता के दैनिक समाचारपत्रों से जानकारी मिली है कि आपने श्रीमती अनिता पफ़ जो नेताजी सुभाष चंद्र बोस की तथाकथित बेटी है, का स्वागत किया था। आप निम्नस्तरीय भावनाओं में बहकर यह काम कर बैठे, क्योंकि आपको न तो इस झूठ का पता है और न ही वर्तमान में बोस परिवार के लोगों के चरित्र और पृष्ठभूमि का।'

उन्होंने राज्यपाल को इस मामले की पृष्ठभूमि समझाते हुए लिखा था कि यह उनका कर्तव्य है कि वह सत्य की स्थापना करने के लिए राज्यपाल के समक्ष तथ्यों को प्रस्तुत करें। उनका दावा था :

> 'कथित लड़की एक श्रीमान कर्नल ब्रिगेट की मृत्यु उपरांत पैदा हुई बच्ची है, जो तब एक्सिस पावर के साथ थे। उसकी माँ श्रीमती ब्रिगेट बच्चे

को जन्म देने के कुछ समय उपरांत मर गई थी। मिस एमिली शेंकल उनके पड़ोसी होने के नाते उनकी अंतरंग मित्र थीं और उसने इस बेटी को लावारिस के रूप में अडॉप्ट किया था। ब्रिटेन के समर्थक कांग्रेसियों और मित्र देशों के सहयोग से एक षड्यंत्र रचा गया, ताकि आजीवन अविवाहित रहे नेताजी के पवित्र चरित्र को धूमिल किया जा सके।

आपकी व्यक्तिगत संतुष्टि के लिए मैं आपसे अनुरोध करूँगा कि श्रीमती अनिता की अधिकृत जानकारी और वास्तविक पहचान निकलवाई जाए तथा जब वह पहली बार सन् 1960 में भारत के तत्कालीन प्रधानमंत्री श्री नेहरू द्वारा भारत बुलाई गई थी, तब उसके पासपोर्ट तथा वीज़ा काग़ज़ों में क्या लिखा था? केवल गृह मंत्रालय और विदेश मंत्रालय से यह जानकारी की जा सकती है। आपको ऑस्ट्रिया के अधिकारियों से भी पता करना चाहिए कि क्या ऐसी कोई लड़की विएना अथवा ऑस्ट्रिया के किसी स्कूल या विश्वविद्यालय में पढ़ी है जिसके पिता का नाम श्री सुभाष चंद्र बोस हुआ करता था? आज के बोस परिवार के किसी भी तथाकथित सदस्य के झाँसे में मत आइएगा। मैं पूर्व में बोस परिवार के वरिष्ठ सदस्यों के साथ गहन रूप से संबद्ध रहा हूँ।'

यह पत्र पाकर स्वाभाविक रूप से पश्चिम बंगाल के महामहिम राज्यपाल के मन में संशय आया। उन्होंने एक सितंबर 1979 को भारत सरकार के गृह मंत्रालय के सचिव टी. सी. ए. श्रीनिवास वरदान को एक गोपनीय पत्र लिख भेजा :

'जहाँ तक मुझे याद है, सरदार पटेल के समय में नेताजी सुभाष चंद्र बोस की जर्मनी में रहने की अवधि के दौरान एक विदेशी लड़की से शादी और उसके परिणामस्वरूप बेटी के जन्म की बात सामने आई थी। इस संबंध में गृह मंत्रालय में कोई रिकॉर्ड होना चाहिए, क्योंकि उसकी शिक्षा तथा पालन-पोषण के लिए कुछ धनराशि भेजी जाया करती थी। एक श्रीमती अनिता पफ़ यहाँ आई थीं और मुझसे मिलीं। मुझे उनसे डॉ. शिशिर बोस ने नेताजी की पुत्री के रूप में मिलवाया। मेरे पास उनका अविश्वास करने का कोई कारण नहीं है। अब मुझे एक श्री अरुण घोष का पत्र प्राप्त हुआ है जिसमें उन्होंने इस पूरे मामले पर जो जानकारी दी है, उससे संशय प्रकट होता है। मुझे आशा है कि गृह मंत्रालय के रिकाड्र्स के अध्ययन

> से वास्तविक तथ्यों का पता चल जाएगा। मैं इस विवरण देने वाले पत्र की प्रतिलिपि संलग्न कर रहा हूँ।'

लेकिन नौकरशाही से तथ्यात्मक रिपोर्ट मिलना जितना आज मुश्किल है, उतना ही तब भी हुआ करता था। छह फ़रवरी 1980 को भारत सरकार के गृह मंत्रालय के विदेशी अनुभाग-सात के एक अधिकारी विनय वशिष्ठ ने पश्चिम बंगाल के महामहिम राज्यपाल की ओर से भेजे गए पत्र में उठाए गए मुद्दों के संबंध में अपना पल्ला झाड़ लिया। उन्होंने अपने वरिष्ठ अधिकारी को लिखा :

> 'इस मंत्रालय के पास नेताजी की किसी विदेशी महिला से शादी और उस शादी से उत्पन्न एक लड़की के संबंध में कोई रिकॉर्ड मौजूद नहीं है। गुप्तचर ब्यूरो से भी सलाह ली गई, जिनके पास भी ऐसा कोई रिकॉर्ड उपलब्ध नहीं पाया गया। महामहिम राज्यपाल को इस प्रकार का उत्तर भेजने से पहले यह मंत्रालय सुनिश्चित करना चाहेगा कि क्या किसी स्तर पर तत्कालीन प्रधानमंत्री सचिवालय, विदेश मंत्रालय या केबिनेट सेक्रेटेरिएट मिस अनिता की 1960 में भारत यात्रा के विषय में जानकारी रखते हैं और इस संबंध में कोई जानकारी अथवा अभिलेख उपलब्ध करा सकते हैं कि क्या इस विदेशी महिला से हुई शादी के फलस्वरूप उनको एक बेटी पैदा हुई थी?'

यह मामला स्वतः ही अपनी स्वाभाविक अवसान की स्थिति पर पहुँच गया, क्योंकि पूर्व में ही विभिन्न स्रोतों से भारत सरकार प्रधानमंत्री जवाहरलाल नेहरू के नेतृत्व में यह स्थापित कर चुकी थी कि एमिली शेंकल नेताजी की पत्नी थीं और अनिता शेंकल बोस, जो बाद में अनिता मार्टिन बोस पफ़ के नाम से जानी गई थीं, उनकी बेटी थीं। तथ्य यह भी था कि तदनुसार ही उनके लिए सम्मानपूर्वक ज़रूरी व्यवस्थाएँ तथा धनराशि उपलब्ध कराई जाती रही।

इससे पूर्व एक घटनाक्रम और हो चुका था जिसमें नेताजी सुभाष चंद्र बोस के ग़ायब होने की परिस्थितियों की जाँच के लिए भारत सरकार द्वारा बनाए गए जी. डी. खोसला जाँच आयोग ने अपनी रिपोर्ट सरकार को प्रस्तुत की थी। जस्टिस खोसला ने इस मामले की महत्ता और चर्चा को देखते हुए थॉमसन प्रेस लिमिटेड के अनुरोध पर एक किताब भी लिखी थी जिसका शीर्षक था 'लास्ट डेज़ ऑफ़ नेताजी'। इस किताब में उन्होंने नेताजी के ग़ायब होने की परिस्थितियों का ज़िक्र

किया था। उन्होंने पुस्तक में सुभाष चंद्र बोस के विवाह और उनकी बेटी अनिता के भी संदर्भ दिए थे।

कलकत्ता की एक अदालत में धारा 500 और 501 के अंतर्गत उनके और प्रकाशक के विरुद्ध मानहानि का दावा किया था। आयोग की कार्यवाही के दौरान उनके समक्ष ऐसे अभिलेख प्रस्तुत किए गए थे, जिनसे साबित होता था कि नेताजी जर्मनी में रुकने के दौरान अपनी निजी सचिव एमिली शेंकल से प्यार कर बैठे थे, जिससे उन्हें एक बेटी भी पैदा हुई थी। इस बात के सबूत भी प्रस्तुत किए गए थे कि नेताजी के इस विवाह को परिवार के सदस्यों ने स्वीकार कर लिया था और उन्होंने श्रीमती बोस तथा नेताजी की बेटी से विएना में जाकर मुलाक़ात भी की थी।

जस्टिस खोसला का कहना था कि उनके विरुद्ध ऐसा कोई मुक़दमा किया जाना दुर्भावनापूर्ण और तथ्यों के विपरीत है, लेकिन उन्हें अपनी सफ़ाई प्रस्तुत करनी थी इसलिए उन्होंने उस पत्रावली को देखने की माँग की जो जाँच रिपोर्ट के बाद एक सार्वजनिक दस्तावेज़ की तरह था।

प्रधानमंत्री के सचिव वी. शंकर ने यह मामला 17 मार्च 1978 को तत्कालीन प्रधानमंत्री के संज्ञान में लाया, और उनकी स्वीकृति के उपरांत सचिव वी. शंकर ने 17 मार्च 1978 को ही एक पत्र लिखकर जस्टिस खोसला को यह पत्रावली देखने की स्वीकृति प्रदान कर दी थी।

14 फ़रवरी 1980 को गृह मंत्रालय के राजनीतिक विभाग द्वारा जो पत्रावली प्रस्तुत की गई, उसके मुख्य बिंदु निम्नलिखित बताए गए :

- यह पुष्टि की जाती है कि एमिली शेंकल सुभाष चंद्र बोस की विधवा हैं और अनिता शेंकल उनकी बेटी।
- सुभाष चंद्र बोस के परिवारिक सदस्यों ने भी इस बात को स्वीकार किया है।
- अनिता बोस ने 1960 में भारत का भ्रमण किया था और वह कुछ अवधि के लिए प्रधानमंत्री आवास में रुकी थीं।
- अखिल भारतीय कांग्रेस समिति नेताजी की बेटी को सन् 1964 तक रु 6000 प्रतिवर्ष भेजती रही, यह प्रक्रिया 1965 में उसकी शादी होने के बाद रोक दी गई।
- नेताजी की पत्नी ने किसी धनराशि की माँग नहीं की।

- अनिता का विवाह एक अमेरिकन नागरिक मार्टिन पफ़ से हुआ है।

इस पत्रावली को प्रथम दृष्टि में देखने से समझ आता है कि समय-समय पर कई संशय उठे हैं, परंतु तथ्य यह है कि एमिली-सुभाष बाबू का विवाह और उनको बेटी होने की पुष्टि होती है। बाद में इस प्रकरण में क्या हुआ, इसका कोई उल्लेख किसी सरकारी दस्तावेज़ में नहीं मिलता है। संभवतः यह मामला सक्षम न्यायालय द्वारा आरंभिक स्थिति में ही ख़ारिज कर दिया गया।

31. एमिली के अंतिम वर्ष, अवसान और उसके बाद

यह 1993 की बात है। उस दिन कृष्णा बोस[44] एमिली शेंकल से मिलने जर्मनी में थीं। एमिली भारतीय कपड़े की फूलों के डिजाइन वाली सुंदर ड्रेस पहले खड़ी थीं। उन्होंने कृष्णा से कहा :

'तुम्हें पता है, 60 साल होने वाले हैं?'

'किस बात के साठ साल?'

कृष्णा ने चकित होकर पूछा तो एमिली का जवाब था–

'मैं सुभाष बाबू से विएना में जून 1934 में मिली थी। अगले साल, अर्थात जून 1994 में हमारी पहली भेंट के 60 वर्ष हो जाएँगे।'

उस पहली भेंट के 62 वर्ष पूरे होने से पूर्व एमिली इस संसार का साथ छोड़ गईं।

13 मार्च 1996 को तत्कालीन विदेश मंत्री प्रणव मुखर्जी ने प्रधानमंत्री के लिए एक अत्यंत तात्कालिक संदेश भेजा। इसमें लिखा गया था :

'नेताजी सुभाष चंद्र बोस की विधवा श्रीमती एमिली शेंकल बोस का गत रात जर्मनी के ऑग्सबर्ग में निधन हो गया है। वह 85 वर्ष की थीं। उनकी अंतिम यात्रा 18 मार्च को स्टैंडबर्गन में होगी।'

तत्कालीन प्रधानमंत्री पी. वी. नरसिम्हा राव ने उसी दिन एमिली की बेटी

---

44. नेताजी के भाई शरत चंद्र बोस के बेटे शिशिर बोस की पत्नी

प्रोफ़ेसर अनिता बोस पफ़ को शोक संदेश भेजते हुए लिखा :

'मैंने दुःख के साथ श्रीमती एमिली शेंकल बोस के अवसान की ख़बर सुनी। वह एक ऐसी महिला थीं जो नेताजी के सबसे नज़दीक रहीं। उनके अवसान से हमने इतिहास की एक कड़ी को खो दिया है।

वह हमेशा नेताजी के पवित्र कार्यों में जुटी रहीं और हर विपरीत परिस्थितियों में भी उनके साथ दृढ़ता से बनी रहकर उनकी मातृभूमि को दासता से मुक्त कराने के लिए संघर्षरत रहीं। कृपया इस दुःखद हानि पर मेरी हार्दिक संवेदना स्वीकार करें।'

यह शोक संवेदना पत्र प्रधानमंत्री कार्यालय से उनके देश में भारत के राजदूत को अनिता को भेजने के लिए सौंप दिया गया।

सुभाष चंद्र बोस की विधवा श्रीमती एमिली शेंकल बोस का अंतिम संस्कार 18 मार्च 1996 को प्रात: 10:00 लीटर्सहॉफेन (Leitershofen) के सेंट ओसवाल्ड के पुराने चर्च में किया गया। भारत सरकार के वित्त राज्य मंत्री देबी प्रसाद पाल ने भारत के राजदूत सतींद्र के लांबा के साथ भारत का प्रतिनिधित्व किया। देबी प्रसाद पाल ने मृतका श्रीमती एमिली शेंकल बोस को श्रद्धांजलि अर्पित करते हुए उनके द्वारा स्वतंत्रता आंदोलन के दौरान नेताजी को दी गई सहायता के लिए याद किया। उन्होंने भारत सरकार और भारत के लोगों की ओर से मृतक श्रीमती एमिली शेंकल बोस के शव पर पुष्प अर्पित किए। इससे पहले इस भारतीय प्रतिनिधिमंडल ने भारत के प्रधानमंत्री पी. वी. नरसिम्हाराव, भारत सरकार और वहाँ के लोगों की तरफ़ से श्रीमती अनिता बोस पफ़ के आवास पर जाकर संवेदना प्रकट की।

भारतीय प्रतिनिधिमंडल के रूप में वहाँ गए वित्त राज्य मंत्री डॉक्टर देबी प्रसाद पाल ने अपने संबोधन में कहा था :

'भारत में नेताजी सुभाष चंद्र बोस का नाम गहन सम्मान, सराहना और उच्चतम इज़्ज़त के साथ लिया जाता है। हम सबको श्रीमती एमिली शेंकल बोस के अवसान की ख़बर से, जिनका अपने पति के साथ उस पीढ़ी का एक अटूट रिश्ता जुड़ा था, गहरा दुःख पहुँचा है। श्रीमती एमिली शेंकल बोस ने अपने पति नेताजी सुभाष चंद्र बोस को भारत की आज़ादी के महान उद्देश्य के लिए लिखी जा रही उत्कृष्ट किताब 'इंडियन स्ट्रगल' और उनकी अधूरी आत्मकथा के लिखने में सहायता की थी। श्रीमती एमिली शेंकल बोस नेताजी के द्वारा किए जा रहे उन महान कामों के रास्ते में कभी आड़े नहीं आईं, जिनके लिए वह जीवन भर प्रतिबद्ध

रहे थे। अपने जीवन के इन वर्षों में तब वह अकेलेपन में बनी रहीं, जब नेताजी आज़ाद हिंद फ़ौज के साथ अपने उद्देश्य की प्राप्ति के लिए आगे बढ़ रहे थे। एक समर्पित पत्नी की तरह उन्होंने इस अकेलेपन को अपने पति से धैर्य, दृढ़ता और प्रेरणा के रूप में ग्रहण किया। उनकी एकमात्र आकांक्षा बेटी अनिता बोस का पालन करने की थी और वह संतोषपूर्वक यह सुनिश्चित कर पाईं कि उनकी बेटी जीवन में बेहतर रूप से स्थापित हो। हम श्रीमती एमिली शेंकल बोस के अवसान पर अपने दुःख को साझा करते हैं।'

श्रीमती एमिली शेंकल बोस के निधन पर उनके परिवार तथा संबंधियों की ओर से जो सूचना जारी की गई थी वह अनिता और मार्टिन पफ़, बेटी और दामाद, बेटी के परिवार/दामादों पीटर और निकोलाई, थॉमस और माया तथा उनके बच्चों चारलेट पीटरऑफ की ओर से जारी की गई थी। इस पत्रक में सबसे ऊपर शेक्सपियर की पंक्ति उद्धृत की गई थी

'मनुष्य को इस संसार से अपना प्रयाण स्वीकार करना चाहिए, जैसा कि वह आगमन को करता है।'

भारत में नेताजी सुभाष चंद्र बोस के परिवार की ओर से प्रतिनिधि के रूप में श्रीमती रोमा राय जर्मनी गई थीं, जो उस समय बोस परिवार की सबसे वरिष्ठ जीवित सदस्य थीं। वह एमिली को सन् 1948 में तब से जानती थीं, जब वह अपने बाबा के साथ विएना गई थीं, और जब एमिली को औपचारिक रूप से नेताजी की पत्नी के रूप में पहचान दी गई थी। उसके बाद भी, रोमा राय का सन् 1950 में विएना में रहने के समय से उनका एमिली से एक निकट संबंध बना रहा था। उनके बेटे आशीष सी. रे ने 16 मार्च 1996 को नई दिल्ली से जर्मनी में भारत के राजदूत एस. के. लांबा को फ़ैक्स भेजकर यह सूचित किया था।

कृष्णा बोस ने एमिली शेंकल की मृत्यु पर 'आनंद बाज़ार पत्रिका' में लिखा था :

'मैं उनकी मृत्यु का दुःख नहीं मनाऊँगी, क्योंकि यह उनके प्रियतम से उनके लंबे विरह का अंत है।'

12 अक्टूबर सन् 2000 को बर्लिन में भारत के राजदूत आर. सेन. ने भारत के विदेश सचिव श्री ललित मानसिंह को भेजे गए एक गोपनीय पत्र में उन्हें याद

दिलाया था कि उनकी पिछले महीने दिल्ली भेंट के समय उन्होंने नेताजी सुभाष चंद्र बोस की बेटी प्रोफ़ेसर अनिता के साथ हुई बातचीत का एक संक्षिप्त विवरण प्रस्तुत किया था।

उन्होंने बताया कि अनिता ने उनसे मिलने का अनुरोध किया था और यह मुलाक़ात 22 सितंबर को उनके दूतावास के आवास पर हुई थी। तब उनको अवगत कराया गया था कि प्रधानमंत्री ने उस महीने फ्रेंकफ़र्ट के भ्रमण के दौरान अनिता के लिए शुभकामनाएँ भेजी थीं। अनिता ने प्रधानमंत्री की ओर से व्यक्त की गई इन दयालुता भरी संवेदनाओं के लिए आभार व्यक्त किया। उसके बाद के बिंदुओं के अनुसार, वह जापान से अपने पिता के भस्मावशेष वापस लाने के लिए कभी एक और कभी दूसरे कारणों से हो रहे विलंब पर चिंतित थीं, जबकि उनके पिता के बचे-खुचे सहयोगियों और निकट संबंधियों की संख्या घटती जा रही थी। उन्होंने इस बात को समझा कि पश्चिम बंगाल की वर्तमान राजनीतिक परिस्थितियों में तार्किक निर्णय लिया जाना एक मुश्किल काम है और यह कि नया जाँच आयोग विभिन्न मामलों को देख रहा है। वर्तमान परिस्थितियों में अनिता इस बात से चिंतित थीं कि श्रीमती पूरबी राय जैसे तथाकथित विद्वानों ने रूस में जिस तरह के पुराने अभिलेखों के अस्तित्व की बात उठाई है, उससे नए संशय पैदा होते हैं।

राजदूत का कहना था कि उपरोक्त बातों के कारण उनका मत था कि सरकार स्वतंत्र बुद्धिजनों का एक समूह बनाकर वैचारिक पूर्वाग्रह से मुक्त रूप से भारत-सोवियत संबंधों के परिप्रेक्ष्य में इस सोवियत अभिलेखीय सामग्री का द्वितीय विश्वयुद्ध के परिप्रेक्ष्य में अध्ययन कराए। इसमें केवल आईएनए की गतिविधियों की बात नहीं, बल्कि अन्य मुद्दों पर भी चर्चा होनी चाहिए। ऐसा कोई भी अध्ययन पूर्वाग्रह से ग्रसित लोगों की अनावश्यक चर्चाओं को विराम देने में कारगर होगा।

राजदूत आर. सेन. का कहना था कि जब उन्होंने मॉस्को में अपने उत्तराधिकारी राजदूत लांबा से इस बात की चर्चा की, तो उनका सोचना था कि ऐसा अध्ययन इंस्टीट्यूट ऑफ़ ओरिएंटल स्टडीज़ ऑफ़ द रशियन एकेडमी ऑफ़ साइंसेस तथा भारत-जर्मन समूह के बौद्धिक लोगों के सामने कोई समस्या खड़ी नहीं करेगा। उनका मानना था कि इसके बावजूद, चूँकि इस तरह के अध्ययन की विश्वसनीयता जनता के दृष्टिकोण पर निर्भर होगी, इसलिए रूसी सरकार का पूरा सहयोग और सहमति ज़रूरी होगी। यदि ऐसा कोई अनुरोध किया जाता है तो उसे सावधानीपूर्वक शब्दों में लिखना होगा, ताकि रूसी सरकार द्वारा पूर्व में दिए गए औपचारिक

उत्तरों पर कोई संशय उत्पन्न होता ध्वनित न हो। दूसरी बात यह भी देखनी होगी कि क्या आयोग के काम करने के मध्य इस तरह की एक स्वतंत्र पहल की जानी उचित होगी।

बर्लिन में भारत के राजदूत टी. सी. ए. रंगाचार्य ने 11 अगस्त 2004 को विदेश मंत्रालय के संयुक्त सचिव अशोक कांत को एक गोपनीय पत्र भेजकर सूचित किया कि नेताजी सुभाष चंद्र बोस की बेटी श्रीमती अनिता बोस पफ़ और उनका परिवार विश्वास नहीं करते कि नेताजी अभी जीवित हैं। इस संबंध में जो भी खोजबीनें पिछले 10 वर्षों में हुई थीं, उनसे कोई नई बात निकलकर नहीं आई थी, जिससे स्थापित हो कि वह जीवित रहे होंगे।

उन्होंने तत्कालीन विदेश मंत्री श्री प्रणब मुखर्जी से अपनी भेंट को याद करते हुए कहा कि 1995 में उनके जर्मनी भ्रमण के दौरान उपलब्ध जानकारी, उन्हें उपलब्ध करा दी गई थी। वह फ़ॉरवर्ड ब्लॉक और कुछ अन्य लोगों की स्थिति से भी अवगत हैं और यह भी कि भारत सरकार ने इन सबूतों का फिर से निरीक्षण करने के लिए एक नया आयोग गठित किया है। उन्होंने आश्चर्य व्यक्त किया कि क्या इस आयोग के पास कोई विशिष्ट नई जानकारी है ? और यह कब तक अपना काम पूरा कर लेगा ? उनका कहना था कि अगले वर्ष युद्ध की 60वीं वर्षगांठ के अवसर पर इस अध्याय को बंद कर देना एक अच्छा अवसर रहेगा। नेताजी के सहयोगी तेज़ी से अदृश्य हो रहे हैं, और जो हैं वे काफ़ी बूढ़े हो गए हैं। यह उनकी भी इच्छा है कि इस मामले को ख़त्म किया जाए। यह भी कि टोक्यो के रैंकोजी मंदिर में रखे नेताजी के अवशेषों को भारत वापस लाया जाए और उन्हें उचित सम्मान और गांभीर्य प्रदान किया जाए। बर्लिन स्थित राजदूत ने यह भी जानने का आग्रह किया था कि श्रीमती अनिता बोस पफ़ के इस प्रस्ताव पर सरकार की क्या प्रतिक्रिया रहेगी।

पत्रकार-लेखक शंकर रे का दावा है कि डॉक्टर अनिता बोस पफ़, जो श्रीमती शेंकल की अकेली बेटी है, उसका चेहरा स्पष्ट रूप से भारत के क्रांतिकारी नेता सुभाष चंद्र बोस की छवि के रूप में दिखता है। उनका कहना था कि यदि यह विवाह संपन्न नहीं हुआ तो क्या डॉ. अनिता उनके माँ और पिता के अनैतिक संबंधों की उत्पत्ति है ?

एक दैनिक समाचारपत्र में प्रकाशित रे के लेख के अनुसार बहुत से लोग हैं जो नेताजी-शेंकल के विवाह की प्रामाणिकता को चुनौती दिया करते हैं। इनमें से

एक सुरजीत दास गुप्ता हैं, जिन्होंने आठ अन्य लोगों के साथ सन् 2005 में एक जनहित याचिका डालकर नेताजी की एमिली शेंकल से शादी को चुनौती दी थी। उनका कहना था कि इस संबंध में नेताजी द्वारा अपने बड़े भाई शरत चंद्र बोस को लिखे गए जिस बंगाली पत्र का अँग्रेज़ी अनुवाद चर्चा में रहता है, सिर्फ़ वही विवाह का एकमात्र सबूत बताया जाता है। यह पत्र नेताजी रिसर्च ब्यूरो कलकत्ता के पास है और इसकी मूल प्रति उपलब्ध नहीं है, जिसे ये लोग जाली बताते हैं।

सुभाष चंद्र बोस की एमिली शेंकल से वैवाहिक स्थिति को लेकर बोस परिवार के सोने के कंगनों की कहानी भी चर्चा में रहा करती है। यद्यपि उपलब्ध विवरण के अनुसार नेताजी की एमिली शेंकल से पहली मुलाक़ात सन् 1934 में हुई थी जहाँ उन्होंने तीन वर्ष बाद दिसंबर 1937 में विवाह कर लिया था, परंतु नेताजी द्वारा भारतीय राष्ट्रीय कांग्रेस से इस्तीफ़ा देने के बाद सन् 1939 में स्थापित किए गए अखिल भारतीय फ़ॉरवर्ड ब्लॉक के लोग हमेशा इस बात से इंकार करते रहे थे। रे का कहना था कि बोस परिवार के परंपरागत सोने के कंगन इस विवाह की पुष्टि का एक अच्छा प्रमाण हो सकते हैं। इन कंगनों की कहानी बताते हुए वह कहते हैं कि शरत चंद्र बोस जब अपनी पत्नी विभावती और तीन बच्चों के साथ विएना गए थे, तब उनकी पत्नी के हाथों में वे कंगन थे जो सुभाष चंद्र बोस की माँ ने अपने बेटे की बहू के लिए रखे हुए थे। जब वे लोग लौटकर इंग्लैंड आए तो विभावती के हाथों में कंगन नहीं थे। इस बात की पुष्टि अनिता बोस पफ़ ने भी की कि उनकी माँ को सोने के आठ जोड़ी कंगन दिए गए थे, जो बाद के दिनों में वह पहना करती थीं।

इस प्रकरण का उल्लेख कृष्णा बोस ने भी किया है। वह कहती हैं :

> 'मैं जब 1959 की सर्दियों में पहली बार विएना गई, तो पहली शाम हम दोनों रसोईघर में खड़े बात कर रहे थे, जब आंटी ने अपने हाथ में पड़ी सोने की चूड़ियाँ दिखाते हुए बताया, 'जब हम पहली बार (नवंबर 1948 में) मिले थे तो तुम्हारी सास ने मुझे ये चूड़ियाँ दी थीं। मैंने उन्हें तब से कभी नहीं उतारा।' उस मुलाक़ात में विभावती ने अपने हाथ की चूड़ियाँ (कंगन) उतारकर उन्हें पहना दी थीं। उन चूड़ियों के साथ आंटी को एक सफ़ेद बनारसी साड़ी भी मिली थी।'[45]

क्रांतिकारी देशबंधु चितरंजन दास[46] से सुभाष बाबू के प्रगाढ़ संबंध थे। उनकी

45. कृष्णा बोस, एक सच्ची प्रेम कथा : एमिली और सुभाष, नियोगी बुक्स, 2019.
46. पश्चिम बंगाल के पूर्व मुख्यमंत्री सिद्धार्थ शंकर रे के नाना

पत्नी बासंती देवी को सुभाष बाबू दूसरी माँ जैसा सम्मान देते थे। उन्होंने कृष्णा को बताया था कि 1930 के दशक के मध्य में एक बार सुभाष बाबू जब यूरोप से वापस आए और उनसे मिलने गए तो उन्होंने सुभाष बाबू से पूछा कि तुम विएना को बहुत पसंद करते हो, वहाँ कोई ख़ास है क्या ? इसपर सुभाष बाबू शरमा गए थे और उन्होंने बड़ी दबी आवाज़ में ऐसा कुछ होने से इनकार किया था।[47]

वह कहते हैं कि उन लोगों को, जो नेताजी-एमिली के विवाह पर प्रश्नचिह्न खड़े करते हैं, यह याद रखना चाहिए कि विभावती बोस और सुभाष चंद्र बोस के माँ-बेटे जैसे संबंध थे, और उन्होंने स्वयं सुभाष बाबू-एमिली के रिश्ते को बिना किसी संशय के स्वीकार किया था।

---

47. कृष्णा बोस, एक सच्ची प्रेम कथा : एमिली और सुभाष, नियोगी बुक्स, 2019. पृ.सं 20-21

32. बेटी अनिता : मन की बात

सन् 2001 में भारत यात्रा पर आई अनिता बोस पफ़ ने एक पत्रकार को दिए गए साक्षात्कार में कहा था :

'मुझे गर्व और प्रसन्नता की अनुभूति है कि मैं नेताजी की बेटी हूँ, लेकिन मेरा अपने माता-पिता और अन्यों के प्रति एक कर्त्तव्य होता है।'

वह कहती हैं :

'उनके नाम से ही रोमांच होता है। वह देशभक्तों के देशभक्त थे, जिन्होंने देश को ब्रिटिश दासता से आज़ाद कराने के संघर्ष के लिए एक सेना खड़ी कर दी थी।'

नेताजी की एकमात्र संतान अनिता अपने पिता की छाया मात्र बने रहने की पक्षधर नहीं हैं। उसके अनुसार उनकी बेटी का होना उसके लिए एक विशिष्ट एहसास और ज़िम्मेदारी, दोनों है। भारतीय प्रौद्योगिकी संस्थान (आईआईटी), चेन्नई में एक बैठक को संबोधित करते हुए अनिता ने कहा था :

'मैंने भारत में न रहने का निर्णय इसलिए लिया था, ताकि मैं इस बात का लाभ न ले सकूँ, कि मैं अपने पिता की बेटी हूँ। पर यदि मैं यहाँ रहती भी तो शायद मैं एक डॉक्टर बनती (राजनीति में न जाती)।'

अपनी माँ की स्मृतियों में पिता और अन्य बातों पर चर्चा करते हुए उन्होंने बताया :

'मेरी माँ अपनी निजता का ख़याल रखती थीं। वह उन दिनों की बातें हर

समय नहीं करती थीं। उन्होंने पिता की कभी आलोचना नहीं की। विवाह के नौ वर्ष के दौरान वे लोग मात्र तीन वर्ष ही साथ रहे। ऐसा जीवन साथी होना कितना कठिनता भरा होगा, पर माँ ने इस बात को लेकर कोई शिकायत नहीं की। वह शिफ़्टों में टेलीफ़ोन एक्सचेंज में काम किया करती थीं। आरंभिक वर्षों में (विश्व युद्ध के बाद) लोग अक्सर ऑस्ट्रिया के हमारे घर के दरवाज़े खटखटाते। वे उनको देखना चाहते थे। जब कोई घर आता तो माँ घर पर नहीं हुआ करती थीं, मेरी नानी को उन लोगों को संभालना पड़ता। चूँकि वह अँग्रेज़ी नहीं जानती थीं, इसलिए यह एक अलग समस्या बन जाती। माँ अक्सर काम से देर रात लौटतीं। एक बार कोई व्यक्ति सवेरे सात बजे उनसे मिलने चला आया। माँ आक्रोशित हो गईं। उन्होंने भारतीय दूतावास को कहा कि किसी को भी उनके घर का पता न दिया जाए, न ही पत्रकारों को।'

एक साक्षात्कार में अनिता की राय थी :

'नेहरू जी की तरह नेताजी एक वामपंथी नेता थे। वह उन दिनों के आधुनिक नेता थे। उनके मन में देश के लिए कुछ कर गुज़रने के विचार थे। वह ऐसे देशों की मदद लेने को तैयार हुए जो वैचारिक रूप से मेल नहीं खाते थे— जर्मनी, इटली और जापान। ये धुरी शक्तियाँ थीं और फ़ासीवादी देशों के रूप में जाने जाते थे। यह मेरे पिता के विपरीत विचारधारा थी। परंतु ये देश भारत के स्वतंत्रता आंदोलन में मदद करने को तैयार थे।

यह वह समय भी था जब संयुक्त राज्य और सोवियत रूस भारत की मदद करने को तैयार न था। इसलिए अन्य कोई विकल्प न था। ऐसे में दुश्मन के दुश्मन की मदद लेना एक बेहतर नीति थी।'

नेताजी के अवसान के विवादों को लेकर वह कहती हैं :

'यह मेरे बचपन से परेशान करती आई घटना है, जिसने अपेक्षाकृत वयस्क नहीं, मेरे बाल्यकाल को अधिक प्रभावित किया है। इस विषय पर विवाद का पूरा घटनाक्रम मूर्खतापूर्ण है। उनके विचारों को आगे बढ़ाया जाए, यह कहीं अधिक महत्त्वपूर्ण है।'

नेताजी की रहस्यमय मृत्यु को लेकर अनिता के मन में कोई संशय नहीं है।

उसका मानना है कि 18 अगस्त 1945 को हुई विमान दुर्घटना में उसके पिता की मृत्यु हो गई थी। सन् 2022 में अनिता ने भारत सरकार से फिर से अनुरोध किया कि जापान के रैंकोजी मंदिर में रखे उनके पिता के भग्नावशेषों का डीएनए परीक्षण कराया जाए। उनका विश्वास है कि यह अवशेष नेताजी के ही हैं।

अनिता ने अपने हाल के ही एक साक्षात्कार में कहा :

'वह देश को केवल स्वतंत्र ही नहीं देखना चाहते थे, बल्कि भारत को एक सफल राष्ट्र के रूप में देखना चाहते थे। उनकी इच्छा थी कि देश की शैक्षिक, स्वास्थ्य और सामाजिक स्थितियों में बेहतरी हो। एक बात जिससे वह निश्चित रूप से सहमत नहीं हो सकते थे, वह देश के विभाजन की थी। मुझे लगता है कि वह इसे रोकने का प्रयास करते।'

33. एक अंतहीन अनावश्यक विवाद

23 जनवरी 2016 को नेताजी सुभाष चंद्र बोस की 119वीं वर्षगांठ थी। प्रधानमंत्री नरेंद्र मोदी द्वारा इस अवसर का उपयोग इस महान क्रांतिकारी से संबंधित सरकारी पत्रावलियों को सार्वजनिक करने में किया गया। कहते हैं कि काफ़ी लोगों, जिनमें बोस परिवार के कुछ सदस्य, नेताजी के अनुयायी और शोधकर्ता शामिल थे, ने उनके स्वतंत्रता आंदोलन में योगदान, आईएनए और उनकी तथाकथित प्लेन क्रैश की गोपनीय पत्रावलियों के साथ ही सार्वजनिक और निजी जीवन से संबंधित अभिलेखों की गोपनीयता का टैग हटाकर सार्वजनिक किए जाने की माँग की थी।[48]

इन लोगों ने 12 जनवरी 2016 को कोलकाता में आयोजित एक प्रेस कॉन्फ्रेंस में एमिली शेंकल के परिदृश्य पर आने, उनकी नेताजी से शादी होने का वर्ष, और जिस तरह से पत्र में बोस परिवार को विवाह और बच्चे के विषय में बताया गया, उसकी विसंगतियों पर बात भी की। लोगों का कहना था कि सन् 1960 के उत्तरकाल में शेखर बोस की बांग्ला पुस्तक 'नेताजिर सहधर्मिणी' में विवाह का वर्ष 1941 बताया गया था : परंतु जयश्री प्रकाशन के विरुद्ध सन् 1977 में उनके भतीजे शिशिर बोस द्वारा दायर एक मुक़दमे में कहा गया कि सुभाष चंद्र बोस ने एमिली से 1942 में विवाह किया था। फिर, 1980 के अंत में प्रकाशित लियोनार्ड गोर्डन की पुस्तक 'ब्रदर्स अगेन्सट द राज' में कहा गया कि यह विवाह 1941 में हुआ था। अंततः नेताजी के समग्र काम के सातवें अंक में शिशिर बोस और उनके

48. https://timesofindia.indiatimes.com/city/kolkata/cry-to-unravel-emilie-schenkl-mystery/articleshow/50538887.cms, visited on November 26, 2022.2022.

बेटे सौग़ात बोस ने परिचयात्मक टिप्पणी में लिखा कि यह विवाह 29 दिसंबर 1937 को संपन्न हुआ था।

उन लोगों का प्रश्न था कि किसे सच माना जाए? या यह नेताजी के विरुद्ध नेहरू-माउंटबेटन के षड्यंत्र की एक गढ़ी हुई कहानी है? वे कहते थे कि जिस तरह से बोस परिवार को इस विवाह के संबंध में विरोधाभासी जानकारी मिली, उससे रहस्य और गहरा होता है। नेताजी की भतीजी रोमा का कहना था कि एमिली शेंकल ने इस संबंध में सुभाष बाबू का लिखा पत्र शरत चंद्र बोस के विएना भ्रमण के समय सन् 1949 में उन्हें सौंपा था। बांग्ला में लिखे इस पत्र में एमिली शेंकल अथवा अनिता का कोई ज़िक्र नहीं था। रोमा की बहन गीता ने बाद में दावा किया था कि यह पत्र एक दिन उनके एल्गिन रोड़ के पते पर डाक से आया था। एक दूसरे वर्णन के अनुसार शिशिर बोस ने लिखा था कि यह पत्र एक सिगार बॉक्स में पाया गया था।

डॉ. मधुसूदन पाल, जिन्होंने नेताजी के विषय में शोध किया है, का कहना था कि 17 जनवरी 1953 को शिशिर बोस ने अरबिंदो बोस को बर्लिन से पत्र लिखा था, जिसमें कहा गया था कि उन्होंने बर्लिन और विएना के अपने मित्रों से कहा था, 'आंटी का विवाह प्रमाणपत्र और अनिता का जन्म प्रमाण पत्र' खोजें। पचास और साठ के दशकों के मध्य कभी सरकारी जासूसों के हाथ यह पत्र लगा था।

नेताजी की एक संबंधी राज्यश्री चौधरी ने एमिली शेंकल के 1935, 1936 और 1937 के उन फ़ोटोग्राफ़्स पर भी संशय व्यक्त करते हुए दावा किया था कि वे सब फ़ोटो वास्तव में उनके नहीं थे। इसके विपरीत पुष्ट स्रोतों, नेताजी के परिजनों और सरकारी जाँचों में एमिली शेंकल का सुभाष चंद्र बोस की पत्नी और अनिता की उनकी बेटी के रूप में प्रामाणिकता पहले ही सिद्ध हो चुकी थी, इसलिए न सरकार ने, और न ही लोगों ने इन विरोध के स्वर उठाने वाले लोगों की अफ़वाहों और संशय भरी कहानियों पर कभी ध्यान दिया।

चयनित संदर्भः

Prime Minister's Office (PMO), File no 2(67)/56-71-PM, Vol-I, Regarding Widow and daughter of Shri Subhash Chandra Bose- Miscellaneous correspondence with and about. NAI Repository, 1956-71.

Prime Minister's Office (PMO), File no 2(67)/56-71-PM, Vol-II, Regarding Widow and daughter of Shri Subhash Chandra Bose- Miscellaneous correspondence with and about. NAI Repository, 1956-71. Visited in November 08, 2022

Ministry of External Affairs (MEA) 28(20)-EUR/55, Vol-XV, NAI Repository, 1955 regarding parliament question no 5218 in Lok sabha requesting Prime Minister to state whether he had an occasion to meet the wife of Netaji Subhash Chandra Bose and his daughter in his recent European tour.

Ministry of External Affairs (MEA) BON/POL/415/2/96, Volume-XV, NAI Repository, Regarding funeral of Mrs Emilie Schenkl Bose, wife of Netaji Subhash Chandra Bose.

Ministry of External Affairs (MEA), Sec/58/59, NAI Repository, 1993 regarding Frau Emilie Schekl, Receipt of Rs 32,278 for Mrs Emile Schenkl dated 04-07-1961.

Ministry of External Affairs (MEA) F2-Pol(Aus)/53, 1953, NAI Repository, Regarding Frau Milie Schenkl wife of Netaji S C Bose.

Ministry of External Affairs (MEA) Vien/415/5/65, NAI Repository, 1965 regarding Frau Emilie Schenkl and Anita Schenkl-Bose, for Anita Bose Trust Fund.

Ministry of External Affairs (MEA), WI/103/98/2000-EW,

2000, NAI Repository, regarding Anita Pfaff's view on Netaji S C Bose's ashes.

Ministry of External Affairs (MEA), Con/8/(1) NAI Repository, on Frau Emilie Schenkl, regarding a press release from MEA. It contains the message by Dr Debiprasad Pal at the funeral ceremony of Mrs Emilie Schenkl Bose at Leitershofen on 18th March 1996.

Ministry of External Affairs (MEA) Con/8/(10(a), NAI Repository, on Frau Emilie Schenkl, correspondence relates to financial assistance to the family of late Subhash Chandra Bose.

Ministry of External Affairs (MEA) Con/8/(10(a), NAI Repository, on Frau Emilie Schenkl, related to frau Emilie Schenkl, Acknowledgement receipt of schilling six hundred only (AS 600) received from Legation of India Vienna by Emile Schenkl.

Ministry of External Affairs (MEA) Con/8/(10(c), NAI Repository, on Frau Emilie Schenkl, a note submitted to the minister on Frau Emilie Schenkl and her daughter Anita by Shri D B Desai.

Ministry of External Affairs (MEA) Con/8/(18), NAI Repository, on Frau Emilie Schenkl, regarding a letter dated 5th June 1954 from YD Gundevia, Embassy of India, Berne to Ramaswamy, concerning registration of Anita Schenkl Bose as an Indian citizen.

Ministry of External Affairs (MEA) 52/34/NGO, NAI Repository, on Frau Emilie Schenkl,on Subhash Chandra Bose: Financial help to his wife and daughter.

By Gautam Chattopadhyaya, Subhash Chandra Bose, A biography NCERT, New Delhi, January 1997.

Asoke Nath Bose, My Uncle Netaji, Esem Publications, MG Road, Calcutta. 1977.

Subhas Chandra Bose, edited by Sisir K Bose and Sugata Bose, An Indian Pilgrim, An Unfinished Autobiography, Vol I, Oxford University Press, Delhi, 1997.

The Oracle, January 2020, Vol XXXXII, no.1 Sisir Kumar Bose Centenary Volume, Netaji Research Bureau, Kolkata.

Wearing the mantle with grace, The Hindu, Thursday March 01, 2001.

Cry to unravel Emilie Schenkl mystery, Times of India, January 12, 2016.

Emilie Schenkl, Mrs Subhas Chandra Bose, Outlook, Nov 26, 2022.

Interview: On the Declassification of the Netaji Files and His Place in Indian History, The Wire, Feb 22, 2016.

Lina Mondal, Netaji Subhas Chandra Bose's views about women and women empowerment, University of Calcutta. JETIR March 2020, Volume 7, Issue 3.

Krishna Bose, Emilie and Subhas: A True Love Story. 2016, Niyogi Books, New Delhi.

Subhas Chandra Bose, Letters to Emilie Schenkl 1934-1942, edited by Sisir Kumar Bose and Sugata Bose, Netaji Research Bureau, Kolkata,

Krishna bose, 'Important Women in Netaji'slife', in The Illustrated Weekly of India, 1973.

Netaji Subhas Chandra Bose, The Indian Struggle, Collected Works Vol. 2, Netaji Research Bureau, Calcutta, 1984.

Sarmila Bose, Love in the time of war, Economic and Political Weekly, January 15, 2005. Page 249-256 (eight pages).

My father would've been a prominent alternative to Nehru: Bose's daughter. India News, updated on Jan 22, 2016.

Rudrangshu Mukherjee, Nehru and Bose, Parallel Lives, Penguinbooksindia.com.

Joymala Bagchi, September 08 is meaningless: Netaji family on skipping Statue unveiling, Kolkata, September 08, 2022.

The Bose I knew is memory now: Lakshmi Sahgal, The Tribune, Sunday June 12, 2005.

TT Bureau, To Emilie, with love, published 05-06-2011.

कृतज्ञता ज्ञापन

किताब को परिष्कृत और विश्वसनीय रूप देने में जिन विभिन्न स्रोतों से मदद, प्रेरणा और सहयोग मिला :

नेताजी शोध ब्यूरो, कोलकता से उपलब्ध प्रामाणिक सामग्री और कृष्णा बोस के संस्मरणों की पुस्तक, जिनसे उदघृत कतिपय महत्त्वपूर्ण सामग्री के आधार पर इस पुस्तक की परिकल्पना सुगम और प्रामाणिक हो सकी। सुहेल वहीद, सहयोगी और मित्र का आभार कि उन्होंने यह महत्त्वपूर्ण विषय सुझाया और पुस्तक को बेहतर बनाने में सहयोग किया।

राजकिशोर शर्मा 'राजे' जो मेरे मित्र, वरिष्ठ इतिहासकार और मार्गदर्शक हैं, का हार्दिक आभार कि उन्होंने भाषागत, विश्लेषणात्मक और तथ्यात्मक त्रुटियों को दूर करने में हमेशा की तरह मदद कर अपना स्नेह और सहयोग दिया। अनिल माहेश्वरी का आभार कि अपनी व्यस्त दिनचर्या में से समय निकालकर मेरे लेखन को सुगठित और संपादित करने का कष्ट किया। अभिषेक मुखर्जी गंभीर ऐतिहासिक विषयों में रुचि रखने के साथ संपादन में भी प्रतिभावान हैं। उनकी मदद से किताब का कथानक सुगठित हुआ है और तथ्यात्मकता तथा सहज प्रवाह का स्तर बढ़ा है। उनका इस बात के लिए भी आभार कि पुस्तक में प्रयुक्त बंगाली शब्दों को त्रुटिहीन रूप देने में भी मदद की।

लेखक परिचय

राजगोपाल सिंह वर्मा

पत्रकारिता तथा इतिहास में स्नातकोत्तर। केंद्र एवं उत्तर प्रदेश सरकार में प्रकाशन, प्रचार और जनसंपर्क के क्षेत्र में सहायक संपादक, संपादक और उपनिदेशक के रूप में कार्य निर्वहन। सरकार की साहित्यिक पत्रिका 'उत्तर प्रदेश' का संपादन। उद्योग मंत्रालय तथा स्वास्थ्य मंत्रालय, भारत सरकार में भी संपादन कार्यों की ज़िम्मेदारी का निर्वहन।

अब तक कुल 28 पुस्तकें प्रकाशित, जिनमें 24 मूल हिंदी में तथा उर्दू, पंजाबी और अँग्रेज़ी में अनूदित चार पुस्तकें भी शामिल हैं। मुख्यतः ऐतिहासिक विषयों और जीवनीपरक किताबों का लेखन। कई अन्य पुस्तकें प्रकाशनाधीन।

उत्तर प्रदेश सरकार द्वारा 'पं महावीर प्रसाद द्विवेदी सम्मान' और प्रदेश सरकार के हिंदी संस्थान का 'बेचन शर्मा 'उग्र' सम्मान' से अलंकृत। 'कमलेश्वर स्मृति कथा पुरस्कार- 2019' आयोजन में श्रेष्ठ कहानीकार घोषित। रंगलीला, आगरा द्वारा 'प्रेमचंद सम्मान-2023' माध्यम साहित्यिक संस्थान से 'हरिवंश राय 'बच्चन' सम्मान- 2024' से सम्मानित।

राष्ट्रीय समाचारपत्रों, पत्रिकाओं, आकाशवाणी और डिजिटल मीडिया में हिंदी और अँग्रेज़ी भाषा में लेखन, प्रकाशन तथा संपादन का अनुभव। कविता, कहानी और ऐतिहासिक विषयों पर लेखन।

संपर्कः

103, रीगेल रेजीडेंसी, आगरा एन्क्लेव,

कामायनी हॉस्पिटल के पीछे, सिकंदरा,

आगरा-282007. (उत्तर प्रदेश)

फ़ोनः 98977 41150

ई-मेलः rgsverma.home@gmail.com